# KONSALIK

# Der Fluch der grünen Steine



ROMAN

Weltbild

Besuchen Sie uns im Internet
*www.weltbild.de*



Weltbild Buchverlag –Originalausgaben–
Genehmigte Taschenbuch-Lizenzausgabe für Verlagsgruppe
Weltbild GmbH, Steinerne Furt 67, 86167 Augsburg

3. Auflage 2006


Umschlaggestaltung: Hauptmann & Kompanie
Werbeagentur GmbH, München
Umschlagabbildung: © Bob Krist/CORBIS
Satz: Uhl + Massopust, Aalen
Druck und Bindung: GGP Media GmbH,
Karl-Marx-Straße 24, 07381 Pößneck

Gedruckt auf chlorfrei gebleichtem Papier

Printed in Germany

ISBN 3-89897-247-X

# 1

Mit einem Brief begann es.

Er trug Poststempel Bogotá, Columbia, war mit der Luftpost gekommen, seit sechs Tagen unterwegs – obgleich kein Flugzeug sechs Tage von Kolumbien bis Hamburg braucht –, und das Auffallendste an ihm war zunächst die bunte Briefmarke. Sie zeigte eine tropische Landschaft mit Riesenbäumen, bunten Papageien und einem Gewirr von Lianen.

Dr. Peter Mohr betrachtete die Vorderseite des Kuverts, die Briefmarke, den Poststempel, und drehte es dann erst um. Der Absender war ihm ein Rätsel; Fabril de farmacologia »H. Strothfeld«, Bogotá-City. Als Dr. Mohr vorhin das Ärztekasino betreten hatte, schwenkte die Serviererin schon von weitem den Brief in der Hand und lief auf ihn zu.

»Herr Doktor! Herr Doktor! Für Sie! Ein Brief aus Südamerika. Kann ich die Marke bekommen, für meinen kleinen Bruder? Der sammelt alle Briefmarken, wo Bilder drauf sind.«

»Selbstverständlich, Anni. Ich gebe Ihnen das ganze Kuvert.«

Sechs Stunden Operation lagen hinter ihm. Ein Magendurchbruch, eine Galle, gefüllt mit sage und schreibe 32 gelbgrünen Gallensteinen; zuletzt eine Darmverkürzung mit Anus praeter, die nur eine Entlastungsoperation war. Der Mann war 64 Jahre alt. Sein Körper saß bereits voller Metastasen. Da nutzten auch keine Bestrahlungen mehr. Aber ein oder zwei Lebensjahre, die hatte man ihm noch schenken können mit dieser Operation.

Erschöpft ließ sich Dr. Mohr auf den plastikbezogenen

Stuhl fallen, nahm zwei Schlucke von dem Tee mit Rum, den Anni ihm ungefragt hinstellte. Jeden Operationstag wiederholte sich der Ritus des Teetrinkens, kombiniert mit einem Stück Kuchen, meistens eine Biskuitrolle, mit Käsesahne gefüllt.

Pharmazeutische Fabrik Dr. H. Strothfeld, dachte Dr. Mohr, während er das Kuvert mit einem Messer aufschlitzte. Kenne ich nicht. Reklamebriefe kommen doch entweder an die Krankenhausverwaltung oder an die Privatadressen der Ärzte. Was ihn vor allem stutzig machte, war die Anschrift. »Dr. Pit Mohr (nicht Othello)«, stand da. Dann die Adresse des Krankenhauses, und in der oberen linken Ecke war in roten handschriftlichen Druckbuchstaben »Privat« hingeschrieben.

Pit Mohr (nicht Othello), diese Anrede kannte nur ein kleiner Kreis. Damals auf der Universität in Heidelberg war das ein geflügeltes Wort gewesen: Da kommt Othello. Man sagte das nicht nur wegen seines Namens Mohr; er trug damals auch seine pechschwarzen, kleingelockten Haare wie ein Farbiger kurz geschnitten. Die Mädchen waren wie wild hinter ihm her, und seine Kommilitonen beneideten ihn. Gute, alte Studentenzeit. Wie lange war das her? Sechs Jahre schon! Und nun, nach sechs Jahren, schrieb jemand aus Südamerika wieder Pit Mohr (nicht Othello)!

Der Brief war zwei Seiten lang. Dr. Mohr las zuerst die Unterschrift: Dein Ewald.

Ewald? Wer war Ewald? Er rekapitulierte schnell seine ehemaligen Freunde. Nach den Examina waren sie in alle Welt verstreut worden, nur wenige hatten Kontakt untereinander gehalten. Ein Ewald war nicht dabei.

Aber schon der erste Satz des Briefes klärte die Frage. Ewald schrieb:

»Du wirst Dich wundern, wieder etwas von Ewald Fachtmann zu hören, alter Junge! Erinnerst Du Dich? Ich kam von der Pharmakologie zu Euch Quacksalbern, und schon bei der ersten Paukpartie hast Du mir einen Zieher verpaßt. Wir haben dann drei Semester wie die Irren gesoffen, bis ich nach Freiburg überwechselte. Dich zu finden war gar nicht leicht, aber es ist gelungen, wie Du siehst. Ich bin jetzt hier in Bogotá und leite die deutsche Niederlassung der pharmazeutischen Werke H. Strothfeld mit der Aufgabe, neben den bekannten Antibiotika nun auch Anti-Baby-Pillen in Kolumbien populär zu machen. Junge, das ist gar nicht so einfach. Erstens ist die Kirche dagegen, und zweitens erkläre einem Chibcha-Indianer in den Kordilleren einmal, daß nach den weißen Pillchen der Papa einen Freischußschein bekommen hat. Wie kann man das auch begreifen? Soweit mein Leben.

Frage: Bist Du fest an das Krankenhaus gebunden. Mehrjahresvertrag und so? Wenn nicht, Othello, komm rüber zu mir! Ich weiß, daß Du ein Abenteurertyp bist, daß die weite Welt mehr Dein Arbeitsgebiet ist als der schmale OP-Tisch in einem blutriechenden, gekachelten Raum. Und hübsche Mädchen gibt's überall – vor allem hier! Glutäugig, schmalhüftig, langbeinig und rundbrüstig! Was willst Du mehr? Vor allem aber: Wir brauchen hier dringend gute Ärzte. Die medizinische Versorgung gerade auf dem Lande, bei den Indianern und den Schürfern, ist miserabel. Keiner traut sich da hin. Und hier bin ich beim Thema: Schürfer.

Auf eine tolle Sache bin ich da gestoßen! Smaragdschmuggel! Illegaler Minenbau in den Bergen. Jährlich gehen für 3/4 Milliarden DM ›schwarze‹ Smaragde von Bogotá nach Hongkong, USA, Japan und der Schweiz. Nahezu alle grünen Klunker, die Du bei den Frauen an Busen, Hals, Ohren und Händen siehst, sind gestohlen! Neun von zehn Steinen kommen über dunkle Kanäle in die Welt des Reichtums. Und sie kommen hierher aus einer Welt, die mehr einer Hölle gleicht! Wenn Du einmal die Minenstädte Muzo, Chivor und Cozques gesehen hast, von der Siedlung Penasblancas wollen wir voll Entsetzen schweigen, bist Du auf das letzte große Abenteuer unserer Menschheit gestoßen. Und hier, gerade hier brauchen wir Ärzte!

Reizt Dich das nicht? überlege es Dir, Junge. Für einen Mann wie ›Othello‹ wäre das eine Aufgabe. An vorderster Front der Menschheit, dort, wo Menschlichkeit ein Fremdwort ist. Hier ist ein Arzt hundertmal mehr wert als ein Missionar. Und auch der fehlt! Ruf mich an. Herzlichst Dein Ewald.«

Dr. Mohr las den Brief zweimal, steckte ihn dann in seinen Arztkittel, winkte Anni, gab ihr das Kuvert für ihren kleinen Bruder und aß bedächtig seine Biskuitrolle mit Käsesahne.

Bogotá. Die Kordilleren. Urwaldarzt am Ende der Welt. Hier im Klinikum von Hamburg hatte er seinen festen, zunächst mäßig bezahlten Posten. Aber das änderte sich bald. Prof. Dr. Harrenbroich hatte es angedeutet. Der II. Oberarzt wechselte als Professor nach Marburg. Dr. Peter Mohr, das hörte man überall, sollte nachrücken. Dann sah die Lage besser aus: Gutachten, die Geld brachten, Privatpatienten, »Chefoperationen«, die dann er ausführte und sich mit Harrenbroich die Liquidation teilte (ein solch kollegialer Mensch war Harrenbroich, weit entfernt vom üblichen gottähnlichen Chefdenken). Seit einem Jahr arbeitete Mohr an seiner Habilitation über Tumor-Operationen mit Laserstrahlen. Eine verheißungsvolle Zukunft lag vor ihm. Außerdem gab es da noch Gabrielle, eine junge französische Ärztin der II. Medizinischen Klinik in Eppendorf. Eine wundervolle Frau mit langen, bis zu den Hüften wehenden roten Haaren. Im Klinikum erzählte man sich, daß seit Auftauchen von Gabrielle genau 48 Ärzte in ein wildes Jagdfieber verfallen waren. Sogar der I. Ober der Gynäkologie, Prof. Neubruch, befand sich unter den Jägern. Nur einer hatte es bisher jedoch erreicht, Gabrielle in die Oper einzuladen und hinterher in die Atlantic-Bar auszuführen: Dr. Peter Mohr mit seinen pechschwarzen Kräusellöckchen.

Nach der dritten Einladung kannte Pierre – wie Gabrielle ihn seitdem nannte – »alle anatomischen Vorzüge der schönsten Ärztin, die jemals im Klinikum Hamburg praktiziert hatte...« so Prof. Neubruch in einer lyrischen Anwandlung.

Bogotá! Smaragd-Minen. Das letzte ›Wild-West‹ auf unserer Erde. Die Welt der Glücksritter. Ein Eldorado der Gesetzlosen. Wenn es für diese Menschen noch einen Heiligen gab, dann war es ein Arzt! Lieber Gott – welch ein Abenteuer!

In der Nacht – in Bogotá mußte es jetzt früher Morgen sein – rief Peter Mohr bei Ewald Fachtmann an.

»Ich wußte es!« brüllte Tausende von Kilometern entfernt Fachtmann ins Telefon. »Pit, ich wußte es! Sei in Gedanken umarmt! Hörst du das Radio? Frühsport. Das gibt es auch hier! Knieeee beugt... tiiiiief einatmen... und schnell hoch! Sprung! Ausaaatmen... Bitte nicht furzen! Diese Übung regt den Darm an!« Er lachte schallend. Auch Peter Mohr grinste im nachtschwarzen Hamburg. Er wohnte außerhalb der Stadt, in einem Bauernhaus nahe der Elbe. Da gab es noch keine Straßenbeleuchtung. Der Feldweg war Privateigentum.

»Du hast dich nicht verändert, Ewald«, sagte er. »Immer noch die riesengroße Schnauze...«

»Deshalb hat man mich ja nach Bogotá geschickt! Mit Murmelspiel kommst du hier nicht weiter! Moment!« Fachtmann drehte das Radio aus und kam zum Telefon zurück. »Bevor du alle Bedenken aufzählst, Pit, und die kenne ich im voraus: Kolumbien ist ein Land, wo die Millionen aus dem Boden wachsen. Du mußt nur die richtige Stelle finden. Und du mußt darauf verzichten, das Leben, das du hier führst, Leben zu nennen! Natürlich kannst du brav, wie ich, bürgerlich arbeiten. Darin unterscheidet sich Kolumbien in nichts von anderen Ländern. Der sittsame Mann hat sein Auskommen und lebt einer zwei Meter mal ein

Meter großen Grube entgegen. Die Särge sind übrigens schöner als in Deutschland. Über und über mit Schnitzereien verziert. Und für ein paar Pesos kannst du Klageweiber engagieren, die heulen für dich drei Tage lang! Ist das dein Ziel?«

»Ich bin in Kürze II. Oberarzt der Chirurgie im Klinikum.«

»Ahnte ich es doch! Pit... wir brauchen dich hier.«

»Ich bin Chirurg, Ewald! Kein Urwalddoktor-Genie wie Albert Schweitzer.«

»Gerade Chirurgen brauchen wir hier! Pillen verteilt hier jeder Sanitäter. Aber schneiden muß man können! Kugeln aus allen möglichen Körperteilen herausholen.«

»Kugeln?«

»Im Minengebiet gibt es mehr Bleikugeln als weiße Bohnen in der Suppe! Aber es gibt auch Smaragde, derentwegen sich Familien gegenseitig ausrotten! Pit, man kann das alles am Telefon nicht erzählen, und aufschreiben schon mal gar nicht – das wären ein paar hundert Seiten. Sieh dir alles selber an! Das *mußt* du sehen. So etwas gibt es gar nicht, sagt jeder, dem man erklären will, was in den Kordilleren bei Muzo los ist! Und trotzdem ist es Wahrheit! Gegenwart! Daß es so was im 20. Jahrhundert noch gibt, ist phänomenal! Junge, kannst du nicht Urlaub nehmen? Unbezahlten Urlaub auf – na, sagen wir – zwei Jahre?«

»Unmöglich! Dann ist die Oberarztstelle futsch. Außerdem gibt es eine Gabrielle...«

»Hier rennen tausend Gabrielles herum, schöner als deine.«

»Das gibt es nicht. Gabrielle ist das vollendete Weibwunder.«

»Hier gibt es Madonnen von einer Unheiligkeit, daß dir die Knochen erweichen. Pit, überleg es dir. Nicht wegen der Mädchen, aber wegen der Menschen hier, der Vogelfreien, die einen Arzt brauchen wie Nahrung und Wasser. Sie haben nur zwei Hoffnungen, auf denen sie ihr Leben aufbauen: einen großen Smaragdfund – und das Überleben. Ruf mich wieder an, wenn du's dir genau überlegt hast. Tschüs, Othello!«

Sieben Tage trug Dr. Mohr die Versuchung aus Bogotá mit sich herum. Er wollte sie verdrängen, indem er jede freie Minute mit Gabrielle verbrachte. Samstag und Sonntag hatte er dienstfrei. Da lag er mit ihr fast 48 Stunden im Bett, und Gabrielle sagte hohläugig: »Mon cher, du bischt ein Wunder. Medizinisch gesehen. Wohär bei dir kommt so grossse Produktion von Hormonen! Hast du Fabrik in Körrperr?«

Aber selbst die süßeste Ablenkung half nichts. Ewald Fachtmanns verdammte Mephistostimme blieb Peter Mohr in den Hirnwindungen. Ein Heer von Gesetzlosen, die keinen Arzt haben. Menschen, am Rande der Gesellschaft und total vergessen. Aber dennoch Menschen, durch deren Hände Millionen gleiten. Smaragde, die kostbaren Edelsteine mit dem betörenden grünen Feuer.

Grüne Sonnen, in Gold oder Platin gefaßt.

Am Montag ließ sich Dr. Mohr bei einem der großen Juweliere auf dem Jungfernstieg Smaragde zeigen. Die beste Qualität. Einkaräter. Ungefaßt. Der Preis warf ihn fast um.

»Die reinste Farbe, die es gibt. Ein Grün wie ein tiefer Bergsee. Ein Spitzenobjekt. Im Karat DM 22000,–.«

Am Dienstag hatte Dr. Mohr eine lange Aussprache mit seinem Chef Professor Harrenbroich. Sie fand nach einem siebenstündigen Operationstag statt. Sie rauchten eine Zigarette zusammen und tranken tiefschwarzen, starken Kaffee, so wie ihn Harrenbroich nach einem solchen Tag liebte. Als Arzt allerdings warnte er seine Patienten eindringlich vor solch massivem Herzaufputschmittel.

»Wie lange kennen wir uns, Peter?« fragte Harrenbroich. »Vier Jahre, nicht wahr? Das gibt mir das Recht, zu Ihnen zu sagen: Sie sind total verrückt! Kolumbien. Zu den Pippa-Indianern…«

»Chibcha-Indianer, Herr Professor...« Er konnte es nicht lassen, zu widersprechen.

»Von mir aus. Und zu den Schürfern! Was Sie mir da erzählt haben, hört sich mehr nach Hollywood an! Das gibt es doch heute gar nicht mehr!«

»In Muzo doch! Das ist es ja: Nur weiß man nichts davon! Über den Kamm der Kordilleren dringt nichts an die Weltöffentlichkeit. Was da in den Bergkesseln, in den verlassenen Minen, in den Urwäldern und auf den Dschungelstraßen geschieht, ist anonym. Und dabei handelt es sich um Tausende von Menschen, die weniger wert sind als ein Fingerhut voll Smaragdstaub. Was im 19. Jahrhundert in Kalifornien und in Alaska geschah – der große Goldrausch –, das wird dort in Kolumbien noch überboten. Und keiner ahnt es! Im Zeitalter der Computer und der Weltraumfahrt, der Mondlandungen und der Funksatelliten kratzen Menschen mit den bloßen Händen die Erde auf. Kleiner, grüner Steine wegen. Eine Frage, Herr Professor: Besitzt Ihre Gattin Smaragdschmuck?«

»Ja.« Harrenbroich zog an seiner Zigarette.

»Wahrscheinlich in Kolumbien gestohlen...«

»Machen Sie keine Witze, Peter!«

»Natürlich ehrlich beim Juwelier gekauft, der keine Ahnung davon hat, woher die Steine über den Großhandel kommen. Denn auch der Großhandel bezieht sie über Exporteure – und die kennt kaum einer mit Namen! Nur die Strohmänner!« Peter Mohr zerdrückte seine Zigarette im Aschenbecher und trank den Rest des höllisch starken Kaffees. »Ich habe mich informiert. Dreimal habe ich mit meinem Freund Ewald telefoniert. Nach dem dritten Anruf stand für mich fest: Ich muß nach Bogotá.«

»Ihr verfluchtes Abenteurerblut!«

»Vielleicht, Herr Professor.«

»Ich hatte immer gehofft, Sie heiraten Gabrielle und werden ein großer Chirurg. Sie haben alles vor sich: Chefposten, Ordinarius … Peter! Ist dieses Abenteuer diesen Einsatz wert?«

»Ich weiß es nicht. In zwei Jahren bin ich wieder da.«

»Als in der Sonne mumifizierter Kadaver.«

»Ich kann auch nachher beim Überqueren der Straße totgefahren werden. Diese Möglichkeit ist hier größer als in Kolumbien. Herr Professor, ich komme als Arzt zu diesen Gesetzlosen! Das ist eine Sonderstellung. Außerdem – mich reizt das alles.«

»Genau das ist es, Peter. Ihr unruhiges Blut! Wenn kein Zureden hilft, dann fliegen Sie meinetwegen in die Hölle! Ihren II. Ober aber kann ich Ihnen nicht zwei Jahre lang reservieren.«

»Das weiß ich, Herr Professor.« Mohr lächelte charmant. Dieses Lächeln warf Krankenschwestern und Ärztinnen reihenweise um. »Vielleicht ist dann der I. Ober frei?«

Und Harrenbroich lachte schallend. Ein Ordinarius mit Humor ist selten …

Bogotá war auf den ersten Blick eine Enttäuschung.

Schon als das Flugzeug in einem großen Bogen über der Stadt kreiste, ehe es auf dem Flugplatz »El Dorado« aufsetzte, fühlte Peter Mohr sich in dem bestätigt, was er sich an Hand einiger Reiseführer über Kolumbien angelesen hatte: Das moderne Bogotá war kein südamerikanischer Tropentraum mehr, sondern eine Betonstadt mit Zehntausenden von Fenstern. Wolkenkratzer nach amerikanischer Bauart, eine City mit einer Vergnügungs- und Einkaufsstraße wie dem Broadway in Kleinausführung, einem Geschäftsviertel der großen Firmen, Büros und Banken. 2,7 Millionen Menschen leben hier, dachte Dr. Mohr. Über zweimal soviel wie in Hamburg, und trotzdem ist diese Stadt mit Ausnahme der Wolkenkratzer eine elende Ansammlung von miesen Häusern. Es gab nur wenige Lichtblicke: Da die berühmte, im alten spanischen Stil erbaute Kathedrale. Die Sternwarte mit ihren silbern leuchtenden Kuppeln, der Komplex der neuen Universität mit den Parkanlagen und Springbrunnen, das prunkvolle Parlamentsgebäude im Kolonialstil, die Anlagen der Militärakademie, in der Bauart wie alle Kasernen aussehend.

Das Flugzeug kreiste jetzt ganz niedrig über der Stadt. Mohr erkannte nun auch, wo die Masse der Bogotáner wohnte. Die Ärmsten der Armen hausten in den Berghängen, Höhle an Höhle, durch Treppen verbunden, mehrere Stockwerke übereinander, mit kleinen Austritten und Plateaus. Ein Gewimmel von Menschen. Termiten mit menschlichen Körpern. Eine Million Ausgestoßene, um die sich keiner kümmerte. Die genaue Zahl kannte niemand. Es war ein Kommen und Gehen, ein Sterben und Gebären. Wer vom Land in die Stadt kam und in den Bergwohnungen verschwand, entzog sich jeder Kenntnis und konnte daher nie registriert werden.

Ewald Fachtmann erwartete Peter Mohr am Ausgang der Paßkontrolle. Er umarmte seinen Kollegen, drückte ihn an sich und rief: »Junge! Willkommen in Kolumbien! Verdammt, jetzt saufen wir erst mal einen!«

»Du hast dich kaum verändert.« Mohr betrachtete den alten Freund aus Heidelberger Zeiten. »Dicker bist du geworden, das ist aber auch alles. Keine Frau?«

»Bei diesem Überangebot von liegefreudigen Mädchen?! Ich bitte dich! Das wirst du noch kennenlernen: Du blickst einmal in die Runde und hast zehn an der Hose hängen! Hier wimmelt es von armen Luderchen aus den Bergen, die bei dir sofort einen 20-Peso-Schein wittern, wenn sie die Bluse aufknöpfen. Und da gibt es was zu greifen, Othello! Bogotá-Mädchen sind berühmt für ihre Schönheit!« Er musterte Dr. Mohr und nickte mehrmals. »Seriöser bist du geworden. Ein etablierter Arzt! Aber deine Löckchen sind wie früher, und die werden die Weiber um den Verstand bringen. Du siehst aus, als solltest du unterentwickelte Gegenden aufzüchten! Haha!«

Sie verließen Arm in Arm die Flughafenhalle. Der Gepäckträger, ein Halbindianer, schleifte Mohrs Koffer hinter ihnen her. Vor dem Airport stand Fachtmanns Wagen, ein weißer Buick.

»Dünne Luft«, sagte Mohr. Fachtmann nickte.

»Bogotá liegt 2640 m über dem Meeresspiegel. Immer Hochgebirgsklima, aber man merkt es nach einiger Zeit nicht mehr. Dafür herrscht hier aber auch nie solch eine Bullenhitze wie in der Hafenstadt Barranquilla beispielsweise. Da mußt du dich in manchen Monaten mit Wärmegraden um die 34° anfreunden. Selbst die Nächte bringen die ersehnte Erleichterung nicht, weil es zu dieser Zeit dann bestenfalls auf 24° abkühlt. Siehst du, da haben wir es hier besser. Nur als Neuling kommst du anfangs noch außer Puste, wenn du dich überanstrengst, zum Beispiel im Bett. «

»Andere Themen kennst du wohl nicht?« fragte Dr. Mohr.

»Mein lieber Pit, für uns Europäer gibt es in Kolumbien drei Dinge, die den Tagesablauf beherrschen: Geldmachen, Saufen und Mädchen. Das gilt für alle, bis auf ein paar Heilige. Einer ist gerade gelandet: Dr. Peter Mohr. Bei ihm wird es heißen: helfen, sich aus Gutmütigkeit und Edelmut übers Ohr hauen lassen, später aus Kummer saufen! Es sei denn, du funktionierst dich um.«

Sie fuhren in die brodelnde Stadt hinein, kamen durch Vorstädte, die noch im alten spanischen Stil gebaut waren, sahen die typischen bunt bemalten Häuser, dazwischen Hütten aus Brettern und Wellblech mit Dächern aus Steinen und ausgeschnittenen Benzinfässern. Dann die neue Stadt, der Stolz Kolumbiens. Weite Avenuen, Parks, Denkmäler von Nationalgrößen, Bankpaläste, Firmensitze mit internationalen Namen.

»Nun paß mal auf!« sagte Fachtmann. »Wir fahren jetzt durch die Emerald-Street. Schön langsam, denn schnell geht's bei dem Verkehr sowieso nicht. Und sieh dich genau um.« Er bog in die Straße ein, die sich kaum von den anderen Straßen dieses Viertels unterschied. Geschäftshäuser, Balkone aus Schmiedeeisen oder geschnitzten Hölzern, Fensterklappläden, Geschäfte mit Markisen, ab und zu ein glattes, neu erbautes Haus mit Firmenschildern aus blitzendem Messing. Um diese Zeit herrschte großes Gedränge auf dem Gehsteig. An den Straßenrändern standen lange Reihen parkender Autos, zumeist amerikanische und japanische Fabrikate.

»Was ist mit der Emerald-Street?« fragte Mohr. »Ich sehe nichts Besonderes.«

»Ein paar zerlumpte dreckige Gestalten?«

»Ja.«

»Ein paar Männer, die in den Haustüren herumlungern?«

»Was ist da so erstaunlich?!«

»Sieh dir die Ganoven genauer an! Alle haben unter den Achseln ausgebeulte Jacketts. Da hängen .38er drin, entsichert! Die Emerald-Street ist der Umschlagplatz des illegalen Smaragdhandels. Die zerlumpten, ausgedorrten Kerle kommen aus den Bergen. In ihren Taschentüchern eingeknotet, tragen sie ein Vermögen herum. Grüne, glitzernde Steinchen. Und die da herumlungern, das sind die Hehler, die sich die Burschen schnappen, um die Steinchen abzukaufen. Im Auftrag der ganz großen Bosse, die man nie gesehen hat und deren Namen weitgehendst unbekannt sind. Wenn du hier abends als Tourist allein spazierengehst, hast du alle Aussichten, am nächsten Morgen zwischen dicken Kerzen in einer Krankenhauskapelle aufgebahrt zu sein. Hier knallt es jede Nacht! Da nützt dir auch die Rot-Kreuz-Binde nicht und ein Schild vorm Bauch: Médico.«

Sie verließen die Emerald-Street und bogen in Richtung Universität ab. Ewald Fachtmann hatte dort im Neubaugebiet mit tropischen Gärten eine weiße Villa gemietet. Standesgemäß unterhielt er drei Mann Personal: einen Diener, einen Koch und einen Gärtner. Die Firma bezahlte alles. »Mein ganzes Personal besteht aus entlassenen Gaunern«, lachte er. »Sieh mich nicht so entgeistert an: Das sind die Treuesten! Ich bin ihr neuer Boß, und für den lassen sie sich vierteilen! Die Herdenmentalität: Das Leittier hat immer recht! Das mußt du dir merken, Othello: Du mußt immer das Leittier sein! Die kleinste Schwäche – schon ist ein Vaterunser fällig!« Fachtmann hielt vor einer Bar im Kolonialstil und bremste kühn. Staub wirbelte auf. Aus der Tür des Restaurants stürzten zwei Kellner. »Da hast du's! Sie erkennen mich schon sofort am Bremsen. Jetzt sind sie bereit, Zucker in den Hintern zu blasen.«

»Und das empfindest du als richtig?« fragte Dr. Mohr.

»So kann nur einer fragen, der täglich mit demokratischen und sozialistischen Schlagzeilen gefüttert wird!« Fachtmann stieg aus. Die beiden Kellner verneigten sich wie in einem billigen Theaterstück. »Othello, komm raus! Hier saufen wir uns einen auf das Wiedersehen an! Roberto hat den besten Wein und eine Nichte, auf deren Brüsten du Nüsse knacken kannst! Sechs Jahre – das muß gefeiert werden! Bis nach Hause sind's nur ein paar Meter. Und der zuständige Polizist sieht nichts. Er bekommt von mir jede Menge Anti-Baby-Pillen geschenkt. Der Junge hat einen schwunghaften Handel damit begonnen.«

Später saßen sie im Innenhof, der als Palmengarten angelegt war, in tiefen, bequemen, gepolsterten Korbstühlen, tranken kühlen Wein, aßen eine Tortilla mit Tomaten und Oliven und durften Señorita Pepita, die Nichte mit den Eisenbrüsten, bewundern. Sie trug ein tief ausgeschnittenes spanisches Folklorekleid, das alles ahnen ließ, warf Dr. Mohr einen brennenden Blick zu, servierte den Wein, kicherte ein paar Worte und wippte davon.

»Gewonnen!« sagte Fachtmann fachmännisch. »Othello, du führst dich gleich gut ein! Aber zurück zur Emerald-Street. Diese Straße wird dein Schicksal sein. Wie ich dir schon am Telefon erklärt habe: Wenn du nicht als professioneller Halsabschneider nach Penasblancas, dem wüstesten, aber auch fundreichsten Smaragdort kommst – das heißt, daß du dich vielleicht durchschießen mußt, durch Polizeisperren, Militärkontrollen und Selbstschutztruppen der Schürfer –, sondern als offizieller Helfer der dort vergessenen Menschheit, als heißersehnter Arzt, brauchst du die Fürsprache von Don Alfonso Camargo.«

»Wer ist das?«

»Gottvater selbst. Der große, unbekannte Boß, über dessen Schreibtisch schätzungsweise 2/3 aller gestohlenen, geschmuggelten und illegal geschürften Smaragde rieseln. Wenn Don Alfonso ›si‹ sagt, trägst du einen Heiligenschein, sagt er ›no‹, reserviere dir rechtzeitig einen Liegeplatz auf dem Friedhof. Der große Unbekannte regelt alles.«

»Und du kennst ihn?«

»Nicht persönlich! Wer hat Don Alfonso schon persönlich gesehen? Ich nehme an, seine eigene Familie weiß nicht, daß er Don Alfonso ist, und seine Geliebten rufen ihn sicherlich ›tesorito‹, aber nie Alfonso. Wie steht's übrigens mit deinem Spanisch? Damals konntest du es ganz gut. Was heißt ›tesorito‹?«

»Schätzchen.«

»Bravo!« Fachtmann klatschte in die Hände. »Übermorgen wirst du in der Emerald-Street mit Alfonso sprechen. Daß er dich in sein Bürohaus kommen läßt, ist eine so hohe Auszeichnung, als stecke er dir einen Ordensstern an die Brust. Woher ich Don Alfonso kenne? Er steht mit unserer Fabrik in Geschäftsbeziehungen. Kauft jährlich für Millionen Medikamente, Desinfektionsmittel, Verbandmaterial. Vor allem Antibiotika. Im Minengebiet herrscht ein Klima… Junge, Junge! Und Hygiene ist ein Wort, das aus der Mondsprache stammen muß. Als ich Alfonso andeutete, daß ein deutscher Arzt unter gewissen Umständen als idealistischer Idiot zu den Schürfern ziehen will, war er sehr interessiert.«

»Was nennst du gewisse Umstände?« fragte Dr. Mohr vorsichtig. Kolumbien fing an, sich so zu verändern, wie er es erwartet hatte. Das Abenteuer begann bereits in der Bar von Roberto.

»Neben deiner Bezahlung als Arzt auch einen Anteil an den Smaragden, die du findest. Ich habe vorgeschlagen 50:50!«

»Ewald, ich bin Arzt und kein Smaragdsucher.«

»Das wird sich von allein ergeben! Jetzt darüber zu diskutieren wäre müßig. Du wirst automatisch in die Stollen kriechen und von den grünen Steinen fasziniert sein. Dem habe ich vorgebeugt. Don Alfonso ist mit 50:50 einverstanden.«

»Und er bezahlt mich auch als Arzt?«

»Nur als Mäzen! Angestellt wirst du vom Gesundheitsministerium. Aber das staatliche Gehalt ist so miserabel, daß bisher kein Arzt in die Kordilleren gegangen ist. Das tun nur deutsche oder Schweizer Idealisten. Darum legt Don Alfonso heimlich ein paar hundert Pesos drauf... und die 50 Prozent Schürfrechte! Du kannst Millionär werden, Pit! Weißt du übrigens, wie die Schürfer heißen?«

»Guaqueros. «

»Du wirst immer besser, Junge.«

»Ich habe in den letzten Tagen alles gelesen, was man über die kolumbianischen Minen weiß. Das ist wenig. Ich habe aber erfahren, daß sie seit 1974 geschlossen sind und von 3 Bataillonen bewacht werden.«

»Habe ich dir doch geschrieben, Othello!«

»Ich hab's aber nicht geglaubt. Daß so etwas möglich ist in unserem Jahrhundert: Edelsteinsuche mit dem Revolver in der Hand.«

»Das wäre das wenigste.« Fachtmann trank seinen Wein aus, In Penasblancas gibt es nur noch Menschen, die aussehen wie Menschen. Ihre Mentalität aber ist absolut raubtierhaft. Das richtige Arbeitsfeld für dich.«

»Und was versprichst du dir davon, Ewald?« Das war die

Frage, auf die beide die ganze Zeit gewartet hatten. Fachtmann lachte etwas gequält.

»Wenn du Millionär geworden bist, hoffe ich, daß ein paar Tröpfchen in mein wüstenleeres Portemonnaie fallen. Ich weiß, es ist schäbig: Du hast die Arbeit vorne im Dreck, und ich halte hinten nur die Hand auf. Aber erkenne an: Ich habe dir die Chance vermittelt, das große Abenteuer zu erleben. Ich selbst – das gebe ich ohne rot zu werden zu – bin für diesen Job viel zu feige! Das ist etwas für Männer wie dich. Außerdem bist du Arzt, und das ist da draußen so etwas wie eine kugelsichere Weste.«

Das Bürogebäude von Don Alfonso Camargo war ein Neubau in der Emerald-Street, mit Marmorplatten verkleidet, vollklimatisiert und mit einem Portier neben der Eingangshalle, der mehr einem Zuchthauswächter glich. Er saß in einer Kabine aus schußsicherem Panzerglas, umgeben von Hebeln und Knöpfen, die rot oder grün schimmerten und anscheinend im Notfall einen elektronischen Krieg auslösen konnten. Vor einer Schranke stand ein Mikrofon. Jeder Besucher mußte hineinsprechen, sich anmelden und sagen, was er wollte. An die Portiersloge kam man erst gar nicht heran.

Fachtmann hatte Dr. Mohr vor dem Gebäude abgesetzt und ihm Hals- und Beinbruch gewünscht. Sie hatten ausgemacht, sich in einem Café auf der Rambla zu treffen.

Der Portier musterte Dr. Mohr und schätzte ihn ab. Dann ertönte aus einem Lautsprecher an der Hallendecke: »Amerikaner, Sir?«

»No!« sagte Mohr in das Mikrofon.

»Engländer? Franzose?«

»Weder noch. Deutscher!«

»Danke.« Der Portier blickte auf eine Liste vor sich. Hatte er vorher englisch gesprochen, sprach er jetzt spanisch. »Sie sind Dr. Peter Mohr aus Hamburg?«

»Genau.« Jetzt wurde es spannend, jetzt begann das Abenteuer.

»Gehen Sie durch die Glastür, nehmen Sie den Fahrstuhl Nr. III und fahren Sie bis zum neunten Stockwerk. Dort holt Sie Señorita Teresa ab.«

»Ich werde mir Mühe geben, alles zu behalten«, sagte Mohr etwas sarkastisch. »Keine Röntgenkontrolle?«

»Bei Ihnen nicht, Don Pedro.«

Ach ja, dachte Mohr. Stimmt ja. Ich heiße jetzt Pedro statt Peter. Don Pedro. Die Glastür summte leise, als er sie aufdrückte, dann stieg er in den Lift Nummer III, tippte auf die Taste mit der Zahl 9 und wurde sanft nach oben getragen. Als sich die Tür wieder öffnete, stand eine hübsche, schwarzäugige Señorita da und lächelte ihn engelgleich an. Eigentlich wie bei allen großen Firmen, dachte Mohr. Die Sekretärin erwartet den Gast des Chefs. Nichts deutet darauf hin, daß hier für einige Millionen Mark Smaragde sinnbildlich von Blut reingewaschen werden.

Señorita Teresa führte Dr. Mohr in ein Zimmer mit alten spanischen geschnitzten Möbeln, hohen Lehnstühlen und einem riesigen Schlachtengemälde an der Wand. Es zeigte die Eroberung Kolumbiens durch die spanischen Konquistadoren. Gepanzerte Reiter hieben auf wildbemalte Indianer ein. Auf einem Hügel stand ein Bischof und hob segnend das Kreuz über das Gemetzel. Die Kultur kam nach Südamerika... Angeekelt setzte sich Dr. Mohr. Señorita Teresa hatte ihn allein gelassen.

Plötzlich zuckte er zusammen. Aus der Wand klang eine deutliche, kaum verzerrte Stimme. Sonor, gut klingend.

»Ich begrüße Sie, Dr. Mohr!« sagte die Stimme. »Wie ist Ihr Spanisch? Soll ich lieber deutsch sprechen?«

»Bleiben wir bei Spanisch. Es wird ja vielleicht für die nächste Zeit meine Sprache werden.« Dr. Mohr blieb sitzen. Er gab sich keine Mühe, den Lautsprecher zu suchen. »Ich danke Ihnen für die Begrüßung, Don Alfonso.«

»Dr. Fachtmann hat mir nicht zuviel versprochen. Sie sind ein Mann, dem man ein Leben in Penasblancas zutrauen könnte.«

Aha, dachte Dr. Mohr. Irgendwo sind auch eingebaute, unsichtbare Fernsehkameras. Er kann mich genau beobachten. Ewald hat nicht gelogen oder übertrieben: Niemand kennt Alfonso Camargo, aber er kennt alle. Im Grunde mit einem ganz billigen Trick.

»Noch habe ich mich nicht entschieden«, antwortete Dr. Mohr. »Um es vorweg zu nehmen: Es geht mir nicht um die Pesos. Ich komme aus einem vermögenden Elternhaus. Mich interessieren auch nicht die 50 Prozent Schürferlöse, weil sie zu irreal sind. Ich will als Arzt zu den Minen, nicht als guaquero! Und als Arzt stelle ich Bedingungen, bevor ich losziehe.«

»Ich höre«, sagte die Stimme von Don Alfonso. »Ich habe sonst grundsätzlich etwas gegen Fremde, die ihre Nasen in unser Geschäft stecken. Wir haben Unruhe genug in den Minen, und jeder Fremde stellt zunächst einen Feind dar! Sie wollen Forderungen stellen – ich auch! Ich will – und für diese Aufgabe scheinen Sie mir der richtige Mann zu sein – , daß vor allem in Penasblancas in die Schürfkolonnen ein anderer Zug kommt. Den guaqueros fehlt der ›Kopf‹. Sie verstehen, was ich meine. Diese Menschen dort sind wie Wilde, aber wenn man sie richtig organisiert, können sie viel mehr leisten! Von uns aus ist das unmöglich durchzuführen. Sieben sogenannte Inspektoren, die ich nach Muzo schickte, sind einfach abgeknallt worden. Aber Sie, als Arzt, werden bald eine Macht über diese Menschen haben, daß Sie auch Reformen durchsetzen können.«

»Mit anderen Worten: Ich soll Arzt und Ihr Statthalter in Penasblancas sein. Voll und ganz Ihre Kreatur, abhängig von Ihrer Lust und Laune.«

»Don Pedro, da ist ein falscher Ton in Ihrer Stimme. Ihre Forderung?«

»Alle Freiheiten, um meinen Beruf als Arzt auszuführen. Alle Medikamente, die ich brauche.«

»Liefert Ihnen Ihr Freund Don Ewaldo ...«

»Eine Not-OP-Einrichtung. Bau eines Hospitals, um auch stationär behandeln zu können. Jeglicher Schutz, der möglich ist.«

»Der neue Albert Schweitzer der Kordilleren! Don Pedro, sonst noch etwas?«

»Nein! Das genügt, um meine Pflicht zu tun.«

»Ihre Pflicht.« Don Alfonsos Stimme wurde ernster. »Seien Sie nicht so hochmütig und so randvoll mit deutschem Reformiergeist! Koppeln Sie Ihre Aufgabe mit meinem Vorschlag: Bilden Sie eine Elitetruppe von guaqueros heran, die einmal die Minen fest in den Händen halten wird. Und verziehen Sie nicht den Mund, wenn Sie Smaragd sagen. Das ändert sich, wenn Sie zum erstenmal hunderttausend Mark in kleinen, grünen Steinen in der Hand halten. Ich weiß, wir werden uns verstehen. Kaufen Sie an Ausrüstung alles, was Sie brauchen. Rechnung an mich. In Penasblancas halten Sie Kontakt mit mir über meinen Minenleiter Christus Revaila. Don Pedro, wir sollten echte Partner sein. Leisten Sie sich ein krummes Ding, bekommen Sie nicht einmal ein Holzkreuz auf Ihren Hügel.«

»Ich bin nur Arzt, Don Alfonso!«

»Nur Arzt!« Camargo lachte sonor. »Wieviel Betten hatten Sie in Hamburg?«

»In der I. Chirurgischen: 340 Betten.«

»Der 3 bleiben Sie treu. Auf Sie warten in den Bergen 30 000 Gesetzlose! Sie werden für diese 30 000 der einzige Arzt sein!«

Dr. Mohr nickte. Aber über seinen Rücken lief ein kalter Schauer. Es gibt eine Grenze, wo auch das größte Abenteuer schierer Wahnsinn wird.

Er stand an dieser Grenze.

# 2

In seinem weißen Kolonialstilhaus wartete Ewald Fachtmann ungeduldig auf Dr. Mohr. Die Verabredung in dem Café an der Rambla hatte Peter nicht eingehalten. Fachtmann hatte über eine Stunde gewartet, war dann unruhig mit seinem Wagen die Emerald-Street auf und ab gefahren, hatte sogar unauffällig vor dem Bürogebäude von Don Alfonso geparkt und den Eingang beobachtet... doch Dr. Mohr kam nicht heraus.

Fachtmann wurde unruhig, fuhr nach Hause und trank erst einmal zwei riesengroße Whiskys. Zwei Möglichkeiten gab es: Entweder hatte sich Peter dusselig benommen und war von den Leibwächtern Camargos kaltlächelnd kassiert worden; in diesem Falle sah man ihn nie wieder, und es hatte auch keinen Sinn, die Polizei oder die deutsche Botschaft zu alarmieren. Alfonso Camargo hatte einen so gußeisernen Namen bei allen Regierungs- und Polizeistellen, bei Ministern und Generälen, daß jeder ausgelacht worden wäre, der Don Alfonso hätte anklagen wollen. Wer dann noch beharrte und weiter behauptete, Don Alfonso sei der größte Gauner von Kolumbien und einer der gefährlichsten Gangster überhaupt, mit einer bestens ausgebildeten Killertruppe, der konnte entweder mit seiner Ausweisung oder so feinfühlig servierten Gemeinheiten und Schwierigkeiten der Behörden rechnen, daß er von selbst verstört das Land verließ.

Als zweite Möglichkeit für Peters Unpünktlichkeit erwog Fachtmann, daß dieser tatsächlich mit Camargo in ein solch intensives Gespräch gekommen war, daß Don Alfonsos wertvolle Zeit plötzlich keine Rolle mehr spielte. Das jedoch schien außerordentlich unwahrscheinlich. Wer Camargo kannte, wußte von seiner Eigenheit, Entscheidungen schnell und präzise zu treffen, diskussionslos und konsequent. Mit Widerreden hatte sich Camargo noch nie aufgehalten.

Ewald Fachtmann genehmigte sich einen weiteren dreistöckigen Whisky, setzte sich dann auf die von geschnitzten Holzsäulen gestützte Terrasse, blickte trübsinnig in seinen gepflegten Park und kam sich reichlich hilflos vor. Bei Don Alfonso anzurufen hatte überhaupt keinen Sinn. Weiter als bis zu dem Portier kam er nicht, höchstenfalls bis zu Señorita Teresa. Dann aber war Endstation.

Nach genau drei Stunden, in denen Fachtmann dreißig seelische Höllen mit Gebirgen voller Selbstvorwürfe durchwanderte, knirschten draußen die Bremsen eines Taxis. Der Hausboy riß die Tür auf. Dr. Mohr sprang lächelnd die drei Treppen zum Eingang hinauf.

»Nie wieder!« sagte Fachtmann laut und griff zur Whiskyflasche. »Nie wieder hole ich dich irgendwohin! Das überlebt ja keiner!« Er schwenkte die Flasche. »Das ist mein vierter ...«

»Die vierte Flasche?« Dr. Mohr nahm sie Fachtmann aus der Hand, setzte sie direkt an den Mund und trank einen langen Schluck. »Ewald! Die Leber! Das zarte Leberchen!« Er stellte die Flasche auf einen kleinen Tisch. »Junge, du siehst ja ganz verstört aus. Was hast du denn?«

»Mein Gott, das fragst du noch?« Fachtmann ging voraus zur Terrasse und warf sich in einen der breiten Korbsessel. »Nicht allein, daß in Bogotá bei fast 2700 Metern über dem Meeresspiegel die Luft sehr dünn ist und das Blut wallt ... jede Aufregung bringt den Überdrucktopf zum Platzen. Othello, ich war nahe davor. Drei Stunden bei Don Alfonso. Das hat noch nicht einmal ein Minister geschafft.«

»Bei einem gründlichen Arzt muß man Zeit mitbringen.«

»Ich sinke um! Du hast Camargo gesehen?«

»Nein! Nur gehört. Eine sympathische Baritonstimme.«

»Die sagen kann: Liquidieren ... und dann geht ein Feuerwerk los. Menschenleben bedeuten diesem sympathischen Bariton nicht viel.«

»Bei unserem Gespräch ging es nicht ums Liquidieren, eher um das Gegenteil.«

»Othello, werde kein Silbenrätsel!«

»Don Alfonso will Leben retten.«

Fachtmann beugte sich vor und schob seine Haare zurück. »Junge, guck mir mal in die Ohren. Ich habe einen Hörfehler.«

»Wußtest du, daß in den verlassenen Grubengebieten trotz drei Bataillonen Militär und Polizei über 30 000 guaquenos vegetieren?«

»Ja ...« Fachtmann blickte unschuldig in den blaßblauen Himmel. »Ich wollte dich nur nicht schon vorher erschrekken!«

»Gauner!«

»Von den 30 000 sind 29 999 ½ potentielle Mörder ...«

»Wer ist der Halbe?«

»Einer mit einem Arm und einem Auge ...«

»Camargo will ein Krankenhaus bauen«, sagte Dr. Mohr ernst als Reaktion auf diesen blutigen Witz. Fachtmann starrte ihn entgeistert an.

»Hast du wirklich mit Don Alfonso gesprochen? Bist du sicher?«

»Er ist ein kluger Bursche. Seine Rechnung sieht folgendermaßen aus: Wenn die guaqueros sich durch Fieber, Krankheiten und gegenseitiges Umbringen dauernd dezimieren, werden auch weniger Smaragde gefunden. Das illegale Schürferpotential muß immer wieder aufgestockt werden. Aber weiß man, was für Leute nachkommen? Die bereits da sind, kennt man genau. Also liegt es nahe, im Interesse eines ständig sprudelnden Smaragdflusses in die Tresore von Camargo, die Arbeitskraft der guaqueros nicht nur zu erhalten, sondern zu fördern, zu steigern, gewissermaßen medizinisch zu unterstützen.«

»Das hat er dir erzählt?«

»Und das leuchtet mir ein.«

»Dr. Peter Mohr, der Albert Schweitzer von Penasblancas.«

»Genau das hat Don Alfonso auch gesagt. Er will ein Hospital gründen, damit wenigstens die schwersten Fälle an Ort und Stelle behandelt werden können.«

»Das werden Schußwunden sein. Zerhackte Gliedmaßen. Macheten und Äxte sind sehr beliebte Diskussionshelfer. Nicht zu vergessen Messer! Es gibt da wahre Künstler, die werfen ein Messer selbst auf größte Distanzen genau in den Rücken oder ins Herz.«

»Aber es existieren auch schreckliche Infektionen und Krankheiten. Unfälle mit Quetschungen sowie Reißwunden...«

»... und Syphilis!«

»Auch die! Es ist genug zu tun.«

»Das glaube ich, du heilloser Idiot!« Fachtmann wartete, obgleich er deutsch sprach, bis der Boy gegangen war. Er hatte Kuchen und Tee serviert, dazu erfrischende Säfte und einen großen Korb mit exotischen Früchten.

»Ein einziger Arzt für 30 000 Menschen!«

»Wer hat mich mit dramatischen Briefen nach Kolumbien gelockt? Wer hat geschrieben: Wir brauchen dich. Hier verfault ein Teil der Menschheit ohne jegliche Hilfe! Hier wartet auf dich eine Aufgabe als Arzt, wie sie nie wieder kommen wird! – Na, wer hat das gesagt?! Und plötzlich bin ich ein Idiot?!«

Frachtmann nickte mehrmals, trank einen Schluck Tee und kaute an seinem Stück Butterkuchen, als sei es aus Gummi. »Man kann ja plötzlich Angst vor seiner eigenen Courage bekommen, Othello! Himmel, ja, ich habe dir Enthusiasmus vorgetanzt, und Kolumbien ist auch ein Land, in dem man leben kann – falls man genug Geld hat und in Bogotá wohnt. Im Hinterland aber herrscht noch das Gesetz der Banditen. Straßenräuberei ist fast ein Kavaliersdelikt. Wer mit einem Truck über Land fährt, hat neben dem

Lenkrad immer schußbereit seine Maschinenpistole stehen. Es gibt Strecken, die selbst ausgekochte Fernfahrer nur noch im Konvoi befahren. Außerdem, ich habe nie geglaubt, daß du dich mehr für die Smaragdsucher interessierst, als es ein Abenteuer wert ist.«

»Das Hospital in Penasblancas interessiert mich«, sagte Dr. Mohr nachdenklich.

»Peter!« Fachtmann sah Mohr entsetzt an. »Hast du Don Alfonso zugesagt?!«

»Unter bestimmten Bedingungen.«

»*Du* hast Bedingungen gestellt? Bei Camargo?!« Fachtmann starrte zur Decke empor und streckte die Arme aus. »Nein! Der Himmel fällt nicht runter! Es muß wahr sein.«

»Ich bekomme alles, was ich brauche«, sagte Dr. Mohr. »Aber was ich brauche, kann ich erst an Ort und Stelle feststellen. Und das will ich unbefangen tun. Ich fahre zunächst nicht als Arzt nach Penasblancas, sondern als neuer guaquero. Ich will mich umsehen. Vielleicht baue ich das Hospital in Muzo oder Chivor? Dort jedenfalls, wo es zentral liegt und am meisten gebraucht wird.«

»Das ist Penasblancas. Vom gegenseitigen Auslöschen her gesehen auf jeden Fall. – Und Hamburg? Du hast doch nur drei Monate unbezahlten Urlaub genommen.«

»Ich werde Professor Harrenbroich schreiben und die Situation erklären ...«

»Und Gabrielle?«

»Die werde ich um Verzeihung bitten ...«

»Der edle Mensch von Penasblancas! – Othello, ich muß noch einen trinken.«

»Ich bin übrigens ab sofort Pedro Morero.«

»Wie bitte?«

»Pedro Morero.«

»Nicht Doktor?«

»Beim ersten Ausflug zu den Minen nicht.«

»Gestrichen!« Fachtmann sprang auf. »Peter, das lasse

ich nicht zu! Gut, ich habe dich hierhergelockt. Aber neben dem Abenteuer war der Grundgedanke, daß du als Arzt zu den guaqueros gehst. Erinnere dich. Ich habe gesagt: Es gibt für dich keinen besseren Panzer, als überall zu sagen: Ich bin Arzt! Das ist wie eine schußsichere Weste!«

»Stimmt! Aber ich fange mit dem Abenteuer an und verwandle mich erst später in einen Arzt.«

»Dazu bleibt dir keine Zeit mehr. Du wirst gar nicht erst bis Penasblancas kommen.« Fachtmann goß sich seinen Whisky ein. Seine Hand zitterte dabei. »Warum hat Camargo nicht schon längst ein Hospital gebaut, wenn er seine Schürfer so hochpäppeln will?«

»Er hat keine Ärzte dafür gefunden.« Dr. Mohr nippte an seinem heißen Tee, der nach fremdartigen Blüten schmeckte. Ein Hauch von Jasmin war auch darin. »Sie hatten alle Angst.«

Eine Woche später startete Dr. Mohr, der jetzt Pedro Morero hieß, zu seiner Fahrt in die Kordilleren. Allein. Ewald Fachtmann, der drei Tage mit sich gerungen hatte, ob er seinen Freund begleiten sollte, kapitulierte schließlich doch. »Meine Feigheit«, sagte er ehrlich. »Ich hab's dir schon erklärt, Othello. Große Fresse ist nicht gleichbedeutend mit großem Mut. Außerdem habe ich meine Aufgabe bei H. Strothfeld, Pharmazeutische Werke. Bin froh, diesen Direktorposten erobert zu haben. Hier bin ich mein eigener Herr.«

Dr. Mohr hatte sich aus Beständen des kolumbischen Militärs einen alten amerikanischen Jeep gekauft und neu lackiert. Er wählte dafür eine erdbraune Farbe, fuhr den Jeep aus Bogotá hinaus und stellte ihn an eine mit Büschen bewachsene Bergwand. Schon nach zehn Schritten war der Geländewagen als Auto nicht mehr erkennbar... er verschmolz mit seiner Umgebung. Fachtmann, der ihn dabei begleitete, schüttelte den Kopf.

»Halte die alten Profis in den Minen nicht für Kretins«, sagte er. »Die erkennen eine Baumschlange, auch wenn sie ruhig wie eine Liane herunterhängt und genauso aussieht. Außerdem: Mit einem Jeep bist du immer verdächtig. Ein echter guaquero trampt, geht zu Fuß, reitet im Glücksfall auf einem Muli, und an der ersten Station – wenn er sie überhaupt erreicht – steigt er in den Bus. Aber selbst dort ist er nicht sicher. Da stehen sie so dicht an dicht, daß keiner umfallen kann. Nachher aber, in Bogotá angekommen, ist es schon vorgekommen, daß jemand plötzlich umfiel, als sich das Gedränge lichtete, und mausetot war. Stich in den Rücken, oberhalb des ersten Lendenwirbels. Absolut und sekundenschnell tödlich. Natürlich fehlte dem Mann sein zusammengeknotetes Taschentuch mit den Smaragden. Ausbeute vielleicht eines halben Jahres Schwerstarbeit.«

Dr. Mohr ließ sich nicht davon abbringen, mit dem Jeep zu fahren. Er stellte sich die erste Ausrüstung zusammen: ein Zelt, Gaskocher mit Gasflaschen, ein paar kräftige Ersatzstiefel, zwei große Hüte aus geflochtenem Stroh, einige Hemden und einen großen metallenen Koffer, den er mit den nötigsten Medikamenten, Verbandszeug und Ampullen füllte. Hinzu kam ein chirurgisches Notbesteck, wie sie es auch in den Notarztwagen in Deutschland hatten. Alle Rechnungen schickte er an Don Alfonso.

Einen Tag vor seiner Abfahrt brachte ein Taxifahrer ein Paket zu Fachtmanns Haus. Er sagte, ein unbekannter Mann habe ihm das Paket mit dem Auftrag gegeben, es hierher zu bringen. Die Fahrt sei bezahlt. Gut bezahlt. Der Taxifahrer grinste zufrieden und brauste davon. Fachtmann trug das Paket ins Haus, als enthielte es eine Bombe.

»Für dich, Othello.« Er legte das Paket auf den Rand des Schwimmbeckens. »Wir können es ins Wasser werfen oder hinten im Garten in die Luft sprengen...«

Dr. Mohr kletterte aus dem Swimmingpool und setzte

sich neben das Paket. »Es gibt noch eine dritte Möglichkeit: Wir schnüren es einfach auf.«

»Und jubeln stückweise in die Luft!«

»Warum? Wer sollte ein Interesse daran haben, uns explodieren zu lassen? Ewald, deine Feigheit nimmt pathologische Formen an.« Er löste den leichten Knoten, wikkelte das Papier ab und öffnete den Karton, der zum Vorschein kam. Fachtmann starrte ungläubig in das Paket.

»Eine Aktentasche. Gutes, schwarzes Leder, mit zwei Klappverschlüssen.« Er nahm sie aus dem Karton und wunderte sich. »Die ist voll. Und schwer ist das Ding! Ha, da hat sich jemand einen dämlichen Scherz erlaubt. Die Tasche hat zwei Löcher. Da!« Er zeigte auf ein kreisrundes Loch an der Schmalseite und auf ein größeres Loch auf der Rückseite der Tasche. Es war eine Umhängetasche. Ein breiter Lederriemen mit Schulterschutz war in zwei goldfarbene Metallösen gehakt. »Wetten, da sind Steine drin! Wer will mich da auf'n Arm nehmen?!«

»Das Paket ist an mich adressiert«, sagte Dr. Mohr. Er nahm die lädierte Tasche und ließ die Klappschlösser aufschnappen. »Ich ahne etwas. Paß mal auf!«

Der Deckel klappte auf. Im Inneren der Tasche, in den Deckel eingebaut und durch geformte Hölzer gut und wackelfrei verklotzt, schimmerte das schwarze Metall einer kurzläufigen, sehr handlichen Maschinenpistole. Auffallend war das lange Magazin, bereits eingerastet, schußbereit. Quer dazu, in dem freien Raum unter Abzug und Lauf, waren zwei Ersatzmagazine festgeklemmt. Genug, um sich im Notfall den Weg freizuschießen. Jetzt waren auch die beiden Löcher erklärbar: An der Schmalseite der Aktentasche ratterte der Tod heraus. Das größere Loch auf der Hinterseite war gerade groß genug, um den Zeigefinger hindurchzustecken und den Abzug zu betätigen.

Eine schöne, lederne Aktentasche, die man über die

Schulter hängen konnte. Harmlos, lässig, elegant, bequem. Und unstehlbar! Der Druck eines Zeigefingers genügte.

»Don Alfonsos Abschiedsgeschenk«, sagte Fachtmann dumpf.

»Stimmt. Hier ist ein Zettel: Gute Fahrt! – Keine Unterschrift.«

»Er muß dich erstaunlicherweise sehr mögen.«

»Wieso erstaunlich?«

»Bisher hat noch niemand berichtet, daß Don Camargo sich für etwas anderes interessiert als für Smaragde. Für Menschen jedenfalls nie!«

»Ich bin für ihn auch kein Mensch«, sagte Dr. Mohr, klappte die Maschinenpistolen-Umhängetasche wieder zu und ließ die Verschlüsse zuschnappen. »Für ihn bin ich zur Zeit noch der größte Smaragd auf zwei Beinen. Ich gebe mich da gar keiner Illusion hin. Und ich weiß auch, daß ich abspringen muß, wenn meine Zeit in Camargos Augen herum ist. Das ist der kritischste Punkt im ganzen Unternehmen. Vor den 30 000 guaqueros fürchte ich mich nicht.«

Am Abend übte Dr. Mohr das Schießen aus der Aktentasche. Es klappte vorzüglich. Sogar der Rückstoß war durch Schaumgummipolster weitgehend vermindert. Die Munition war höllisch: ein Panzergeschoß mit Sprengladung. Ewald Fachtmann mußte drei Sykomorenbäume an seinem Parkteich opfern. Die Geschosse zerfetzten sie glatt.

»Mein Gott, was bleibt da von einem Menschen übrig«, sagte Dr. Mohr heiser. »Wo und wie soll ein Arzt da noch helfen?«

Nun war es also soweit. Militärisch hätte man gesagt: Der Tag X war gekommen.

Dr. Mohr saß in seinem vollgepackten Jeep, die tödliche Umhängetasche neben sich, im stählernen Halter des Wagens, neben sich, griffbereit, ein Schnellfeuergewehr. Um die Hüften, an einem breiten, mit Metallknöpfen in Hollywood-Cowboy-Art beschlagenen Ledergürtel, hingen ein beidseitig geschliffenes Messer und ein Revolver in einem offenen Halfter.

»Revolver ist besser als Pistole!« hatte der Waffenhändler gesagt. »Pistolen haben zu oft Ladehemmung. Revolver aber sind immer bereit!«

Selbst das hatte Don Alfonso durch seine umfassenden Verbindungen erreicht: Dr. Mohr konnte offiziell Waffen kaufen – ein Polizeioffizier brachte ihm unaufgefordert einen Waffenschein in Fachtmanns Haus – und das staatliche Hospital von Bogotá lieferte eine große Rot-Kreuz-Fahne, die Dr. Mohr mit Bindfäden über den Kühler des Jeeps spannte. Allerdings nur, bis er die Straße nach Muzo erreicht hatte. Dann wollte er die Fahne einrollen und als Pedro Morero weiter in die Kordilleren fahren.

Der Abschied von Freund Ewald war kurz. Sie drückten sich die Hand, Mohr ließ den Motor an, und Fachtmann lief ein paar Meter nebenher, solange der Jeep nur rollte.

»Verfluch mich nicht!« rief er und klopfte Mohr auf den Rücken. »Und wenn es irgendwie möglich ist, gib einen Laut, Othello! Ein arbeitendes Postamt gibt's in Penasblancas nicht. Wer sollte von dort Ansichtskarten schreiben? Außerdem sind die meisten dort Analphabeten. Othello, und wenn du ein hübsches Mädchen siehst in Penasblancas, geh immer mit 'nem entsicherten Revolver ins Bett! Und noch eins…«

Mohr gab Gas, die nächsten Sätze zerhackte der alte Jeepmotor. Fachtmann redete noch weiter, stand einsam auf der Straße und blickte dem hüpfenden Wagen nach. Er mußte reden, Dampf ablassen, den Druck in seiner Brust loswerden.

»Komm wieder, Othello«, sagte er endlich. Der Jeep bog um die Ecke und verschwand. »Komm mit zwei Armen und zwei Beinen wieder.«

Die Straße nach Muzo, der »Smaragd-Stadt«, ist ein paar Kilometer außerhalb Bogotás noch eine vernünftige Straße mit einer festen Decke. Omnibuslinien verbinden die Außenbezirke mit der Hauptstadt, in denen vor allem die Arbeiter der Erdölfirmen leben. Seitdem man in Kolumbien große Ölvorkommen entdeckt hatte und ein sagenhafter Reichtum über eine Minderheit der Bevölkerung hereinbrach, wurden auch einige Slums eingeebnet und nach amerikanischem Muster Siedlungen gebaut. Riesige Bienenwaben, in denen die Menschen wie überdimensionale Insekten leben und sich nach ihren Hütten aus Steinen, Lehm und Blechdächern aus alten Benzintonnen sehnen. Dort hatten sie ihre Hühner, ihre Ziege, ihre Karnickel und ihre Ratten. Auch Ratten kann man essen. Ernährungswissenschaftler der UNO haben festgestellt, daß Rattenfleisch den gleichen Nährwert wie Rindfleisch hat, aber einen niedrigeren Fettgehalt. Sehr gut für einen ausgeglichenen Cholesterinspiegel. Auch Affen- und Schlangenfleisch empfehlen sie als genießbar und gesund. Ein Aufruf an die hungernden Menschen der Dritten Welt. Ein UNO-Beitrag der zivilisierten Welt.

Wo die ausgebaute Straße nach Muzo aufhört und übergeht in eine typische südamerikanische Piste durch Urwald und Gebirge, dort, wo es auch keine Haltestelle der Omnibusse mehr gibt, seitdem Muzo eine tote Stadt geworden ist, nur noch bevölkert von Abenteurern, Militär und Polizei, Spielsalons und Bordellen, Umschlagplatz für das illegale Millionengeschäft mit den kleinen grünen Steinen, dort also, wo der »blutige Weg zu den grünen Sonnen« beginnt, stand ein Mann am Straßenrand und hob nach guter internationaler Manier den Daumen in die Höhe, als Dr. Mohrs Jeep von weitem sichtbar wurde.

Mohr hatte die Rot-Kreuz-Fahne bereits abgenommen. Nachdenklich musterte er den winkenden Mann an der Straße, rückte den Revolver im offenen Halfter griffbereit näher zum Bauch und bremste. Der Mann sah wild aus. Ein schwarzer Vollbart überwucherte sein Gesicht. Der schlanke, aber nicht dürre, vielmehr ziemlich muskulöse Körper steckte in einem uralten, fleckigen, vielfach geflickten und einmal weißen, jetzt grauen Leinenanzug. Um den Hals hatte er ein Tuch gebunden, den Kopf bedeckte der typische, breitrandige, geflochtene Hut. Auch dieser war an manchen Stellen eingerissen. Ein grüner Seesack und eine umgehängte ehemalige Militärtasche aus Segeltuch waren das ganze Gepäck der abenteuerlichen Erscheinung.

Der Mann trat an den Jeep, lehnte sich an den Kühler und sah Mohr mit einem breiten Lächeln an.

»Warum halten Sie?« fragte er.

»Warum nicht? Sie haben den Daumen hochgehalten.«

»Das mache ich seit drei Stunden. Bisher hat keiner gebremst. Einer hat mich sogar im Vorbeifahren beschossen. Einfach so. Aber bei schnellem Fahren kann man nicht gut zielen.« Er warf einen Blick auf Mohrs Bauch und grinste breiter. »Auch schußbereit, was? Gute Kanone, die Sie da haben. Ganz neu! – Nehmen Sie mich mit?«

»Wohin?« fragte Dr. Mohr verschlossen.

»Wo fahren Sie hin?«

Der Mann setzte sich auf den Nebensitz, nachdem er um den Jeep gegangen war. Mit der Hand klopfte er gegen das Schnellfeuergewehr in der Halterung.

»Die ist gut!« fügte er hinzu. »Aber anfällig gegen Feuchtigkeit. Muß immer trocken sein. Wo Sie hinwollen, ist aber viel Wasser. Bergbäche, Regenwälder, überflutete Höhlen ...«

»Wo will ich denn hin?« fragte Mohr wortkarg.

»Wo wir alle hinwollen, camarada.« Der Mann hielt seine Hand hin. Erstaunlicherweise hatte er keine dreckigen, schwieligen Hände. Sie wirkten eher gepflegt. Glatthäutig. »Ich heiße Cristobal Montero.«

»Pedro Morero.«

»Ist das ein Zufall!« jubelte der Bärtige. »Morero – Montero! Wir müßten gut zusammenpassen! Natürlich fahren Sie nicht nach Muzo, sondern nach Penasblancas. Nehmen Sie mich mit?«

»Sie sitzen ja schon neben mir.«

»Sie könnten mich wegfeuern! Ich kann Ihnen nicht antworten, da ich unbewaffnet bin.«

»Und da wollen Sie nach Penasblancas? Sind Sie ein Irrer?«

»Nicht direkt! – Ich bin Priester.«

»Bravo!« Dr. Mohr lachte laut. Er schlug in die hingestreckte Hand ein, drückte sie und war versucht, ebenfalls seine Identität preiszugeben. Im letzten Augenblick verwarf er den Gedanken. Nein, bleib, was du sein willst: Pedro Morero, ein Glückssucher, ein Abenteurer, ein künftiger guaquero. Den Deutschen sieht dir keiner an. Dein Spanisch ist gut. Tauche ein in die fremde Welt, ins letzte große Abenteuer dieser Erde. »Ein Pfaffe!«

»Vom Orden der ›Grünenden Dornenkrone‹.«

»Die werden Sie nötig haben, Don Montero. Wollen Sie unbedingt Märtyrer werden, Pater?« Er zeigte auf den am Straßenrand stehenden Seesack. »Steigen Sie aus und machen Sie's wie Ihr Gepäcksack: Kleben Sie am Boden!«

»Und Sie?« Pater Cristobal lehnte sich auf dem stählernen Jeepsitz zurück. »Was soll ich Ihnen raten? Rückkehr ins Bett einer schönen Señorita?«

»Hui! Das sagt ein Priester?!«

»Wir kennen die Welt.« Der Pater sah Mohr ernst an. »Sie sind kein Smaragdsucher...«

»Du lieber Gott, woran sieht man das?!«

»Sie haben noch viel zuviel Zivilisation an sich hängen! Aber das ändert sich schnell! – Was treibt Sie nach Penasblancas?«

»Smaragde! Ich will anfangen, zugegeben, aber ich habe große Chancen in den verlassenen Minen.«

»Das sagen alle und verwandeln sich in kurzer Zeit in Ratten.«

»Ich bin Geologe. Ich suche gezielt.« Alles dummes Geschwätz, aber was soll's?

»Die anderen zielen auch. Mit Revolvern und Gewehren, Messern und Macheten.«

»Und Sie, Sie kluger Pfaffe?« sagte Mohr ziemlich grob. »Wenn Sie zum erstenmal das Kreuz heben, heißt das für die anderen: Feuer! Sie exekutieren sich selbst, Pater.«

»Irrtum! Da hinten in den Bergschluchten und Wäldern, an den Wildwassern und Höhlen, auf den Straßen und in den Saloons wird täglich gemordet. Und dann geschieht ein Wunder: Jemand geht hin und legt dem Toten ein Kruzifix auf die Brust. Und wenn er in der Erde liegt, steht ein Kreuz über ihm, und wenn's ein schiefes Kreuz aus Krüppelholz ist! Es ist ein Kreuz!« Pater Cristobal stieg aus, wuchtete seinen Seesack in den Jeep, knallte ihn auf Mohrs Aluminium-Arztkoffer und schwang sich wieder auf den Sitz. »Los geht's, Pedro Morero! Bin froh, daß Sie gehalten haben. Ich ahne es: Sie haben mich nötig!«

»Ich bin aus der Kirche ausgetreten, Pater!« knurrte Mohr. »Wegen Unglaubwürdigkeit der Predigten.«

»Recht hatten Sie, Pedro. Es ist schlimm, als Satter für Satte zu predigen. Aber wohin wir jetzt kommen, sind Verhungerte, körperlich und geistig, und wenn sie es auch nie sagen: Gott ist ihnen nahe. «

»Beim Morden …«

»Eben! Sie glauben an Gott, weil ihr Leben so kurz und täglich in Gefahr ist.«

Mohr nickte. Er hat recht, dachte er. Darum fahre ich ja auch hin. Ein Priester und ein Arzt, sie haben vieles gemeinsam. Fast jeder braucht den einen oder anderen einmal in seinem Leben … aber die wenigsten danken es ihnen.

»Sie haben mich überzeugt«, sagte er und fuhr an. »Außerdem ist es besser, wenn vier Augen die Straße beobachten. Können Sie schießen?«

»Ich habe es an Spielkarten geübt.«

»Spielkarten?« Er konnte ein ungläubiges Lachen kaum noch unterdrücken.

»Eine in die Luft werfen, abdrücken. Wenn das Loch mitten in der Karte sitzt, können Sie schießen.«

»Hervorragend. Ich bekomme ein ganz anderes Kirchenbild ...«

»Halten Sie an!«

Mohr bremste scharf. Sein Kopf flog herum. »Was haben Sie, Pater?«

»Nichts.« Cristobal Montero hielt Mohr wieder die Hand hin. »Lassen Sie uns Du zueinander sagen. Cris.«

»Pedro oder Pete ...«

»Pete.« Pater Cristobal nahm das Schnellfeuergewehr aus der Halterung und klemmte es zwischen seine Beine. »Jetzt weiter, Pete! Ich glaube nicht, daß wir Penasblancas heute noch erreichen. In der Nacht möchte selbst ich allein mit Gottes Hilfe nicht fahren.«

»Ich fahre.«

»Nachts ins Gebirge?«

»Wenn du Angst hast, Cris, bete zu deinem Chef.«

»Der unterstützt keine Verrücktheit! Vergeblich!«

»Dann halte dich an das Gewehr. Cris, mein Pfäfflein, ich glaube wirklich, wir passen gut zueinander.«

Nach einer Stunde gab es einen neuen Halt. Hinter ihnen tauchte ein Wagen auf, näherte sich sehr schnell und erwies sich als ein großer Geländewagen, der mit Vollgas über die Todesstraße preschte. Warum man sie so nannte, konnte sich Mohr noch nicht erklären. Bisher waren sie fast allein gewesen, abgesehen von vier Maultiertreibern, die bei ihrem Anblick sofort in den Wald sprangen und in Deckung gingen.

»Die haben es fast geschafft«, sagte Pater Cristobal. »Vier Smaragdsucher. Sie denken, wir seien Aufkäufer der Großhändler und wollten uns auf ihre Funde stürzen. Man kann nämlich auch so ›einkaufen‹. Wer sieht's den Smaragden später an? Ihr leuchtendes Grün läßt nie den Gedanken an rotes Blut aufkommen.«

Der schnelle Geländewagen überholte die beiden Männer in ihrem Jeep, bremste vor ihnen und zwang sie, ebenfalls anzuhalten. Dr. Mohr trat auf die Bremse und riß gleichzeitig seinen Revolver heraus. Pater Cristobal hatte das Schnellfeuergewehr längst entsichert im Anschlag. Aus dem großen Wagen sprangen zwei Männer in Uniform. Ein Offizier der Armee und ein Offizier der Polizei. Ihre Maschinenpistolen an den Hüften, kamen sie näher.

»Die Waffen weg!« brüllte der Armee-Offizier. »Hände hinter den Nacken! Aus dem Jeep raus! Aber schnell!«

Pater Cristobal legte das Gewehr weg, stieg aus und hob die rechte Hand. »Gott segne dich, mein Sohn!« sagte er laut. »Wenn du in Not bist, ich gebe dir ein Heiligenbildchen…«

»Ein Verrückter!« schrie der Offizier dem anderen zu. »Und du da? Weg vom Steuer!«

Auch Dr. Mohr stieg aus und kam langsam näher. »Wie kann man einen friedlichen Tag so vermiesen?« fragte er. »Ich dachte, ich befinde mich hier auf einer Straße in die Freiheit?!«

»Noch ein Verrückter!« brüllte der Offizier. »Namen!«

»Pater Cristobal Montero.«

»Geologe Pedro Morero.«

»Auf dem Wege nach Penasblancas.«

»Mit einer Erlaubnis des Innenministers.«

»Scheiße!« sagte der Offizier und senkte den Lauf der Maschinenpistole. »Ich bin Luis Gomez. Major der Armee. Ich soll das II. Bataillon in Muzo übernehmen.«

»Felipe Salto!« Der andere Offizier, in Polizeiuniform, machte eine knappe Verbeugung. »Leutnant. Abkommandiert als neuer Polizeichef von Penasblancas.«

»Welch eine illustre Versammlung!« lachte Pater Cristobal. »Meine Herren, wir sollten jetzt sofort am Straßenrand einen Gottesdienst abhalten. Drei von Ihnen laufen Gefahr, bald leblos auf dem Rücken zu liegen. Polizeichef von Penasblancas – Leutnant, ist Ihnen klar, was das bedeutet?«

»Ja!« Felipe Salto, ein kleiner, drahtiger Mann mit einem Schuß Indianerblut, ansonsten stolzer Nachkomme der spanischen Eroberer, nickte. »Ordnung!«

»Amen!« Pater Cristobal schlug ein Kreuz. »Wie fahren wir nun?«

»Gemeinsam!« schlug Major Gomez vor. Er war groß und stark wie ein andalusischer Bulle.

»Nach Penasblancas also?«

»Ja! Geradewegs!«

»Ich glaube, man hat uns alle ganz gewaltig in den Hintern getreten«, sagte Dr. Mohr. »Sie mit Ihren Versetzungen, wir mit unserer freiwilligen Gegenwart. Irgendwie sind wir verrückt, so offiziell einzumarschieren.«

»Vorschlag!« rief Pater Cristobal. »Wir nennen uns ›Die idiotischen Vier‹. Bedenkt: Gott ist bei denen, die schwach im Geiste sind...«

»Daß Gott mir das antut: einen Pater in meinem Bezirk!« Major Gomez schlug die Hände zusammen. »In die Wagen! Ich funke zu meinem Bataillon, daß ich erst morgen in Muzo eintreffe und in Penasblancas übernachte.«

»Ihre Männer werden sich bereits zur Trauerfeier rüsten!« sagte Cristobal. »Wer fährt vor?«

»Sie!« Polizeileutnant Salto grinste breit. »Gott ist immer der erste.«

Sie trafen gegen Mitternacht in Penasblancas ein.

Das erste kleine Wunder hatte sich vollzogen: Niemand belästigte die beiden Wagen auf der Fahrt. Niemand beschoß die Insassen. Keine Straßensperre hielt sie auf. Es lag eine seltsame Ruhe über der Berglandschaft und in den von Urwald überwucherten Niederungen und Schluchten. Selbst die vielstimmigen Nachtgeräusche der Wildnis schienen verstummt. Mit in der Stille geradezu donnernden Motoren rumpelten die beiden Autos durch die von Schlaglöchern übersäte Straße in die Stadt.

Wenn man Penasblancas eine Stadt nennt, sind die Slums von Rio oder Hongkong eine Anhäufung königlicher Paläste. Natürlich gibt es Häuser in Penasblancas. Flach gebaut wie zur Zeit der Siedler im amerikanischen Westen, Holzschuppen, den alten Goldgräbersiedlungen wie am Sacramento in Kalifornien oder am Klondike in Alaska ähnlich. Es gab ein paar Straßen aus festgestampfter Erde, an denen das Magazin lag, die Polizeistation, ein paar Läden, Werkstätten, Schuppen und ein großer Bau, dessen beleuchtetes Schild »Bar and Dancing« grell in die Nacht leuchtete.

Überhaupt Licht!

Als die Minen stillgelegt wurden, schnitt man auch Penasblancas den Strom ab. In Muzo gab es noch Elektrizität, desgleichen in Chivor und Cozques, überall, wo Militär stationiert war. Die Generatoren in Penasblancas jedoch hatte man stillgelegt. Bis auf geheimnisvolle Weise eines Tages dann doch wieder das Licht anging, wenn auch nur im »Stadtinneren«. Monteure flickten die Leitungen, brachten die Generatoren, mit Benzin betrieben, wieder in Gang, und Christus Revaila, der große Orts-Boß, der mit seiner Leibwache herumzog und Penasblancas als seinen Besitz betrachtete, ließ verkünden, daß jeder, der Licht aus der Leitung haben wollte, dafür Pesos bezahlen müsse. Da wußte man, von wem die Wohltat in die Berge gekommen war. Der große Don Alfonso...

Ein halbes Jahr herrschte Anarchie. Man versuchte, heimlich die Leitung anzuzapfen und eine Strippe in seine Berghöhlen zu ziehen, in die Waldhutten, in die Erdwohnungen der Ärmsten der Armen unter den guaqueros. Christus Revaila unterband solch seiner Meinung nach unfeines Tun sehr schnell. Neun Stromdiebe wurden erschossen, und siehe da, die anderen klemmten schnell ihre heimlichen

Leitungen wieder ab. So kam es, daß einige Straßen in Penasblancas Licht hatten, strahlendes Licht, und direkt daneben die tiefe Nacht begann. Teilweise fehlte sogar das Schummerlicht der Kerzen und Petroleumlampen, und es herrschte undurchdringliche Dunkelheit. Hier lebte man von Sonnenaufgang bis Sonnenuntergang. Nur in den Bergen selbst loderten noch, wie in Urzeiten, die Feuer und gaben Wärme, Licht und Schutz. Dort wohnten Tausende in blättergedeckten Hütten, in ausgebauten Höhlen, auf vorspringenden Plateaus, Vogelnestern gleich. Familien mit neun, zehn Kindern, Hühnern, Schweinen, Ziegen, Mulis, menschliche Termiten, die in den Bergfalten herumkriechen, Tag und Nacht hämmern und bohren und sich in den Fels fressen: Smaragde! Smaragde!

Der Traum vom Reichtum.

In Penasblancas war man auf den Neuzugang vorbereitet. Das Nachrichtensystem funktionierte einwandfrei. Unsichtbare Wächter, die die vier ahnungslos passiert hatten, gaben per Funk durch: »Es kommen Fremde. Militär. Nur zwei Wagen. Sollen wir sie in die Luft jagen?«

Christus Revaila stoppte die sonst übliche Begrüßung, von der genug Kreuze am Straßenrand zeugten. »Passieren lassen!« brüllte er in sein Funkgerät. »Wehe, wenn etwas in die Hosen geht! Das sind besondere Kerle.«

Die »idiotischen Vier« hielten dort an, wo sie hingehörten: vor der Polizeistation. Die vier bisher verwaisten Polizisten standen in der Tür und salutierten. Sie trugen Uniform, nach sieben Wochen zum ersten Mal wieder. Vor sieben Wochen genau war nämlich ihr Chef durch einen rätselhaften Messerwurf in den Rücken aus dem Dienst geschieden. Ansonsten war die Straße leer. Nur aus der »Dancing-Bar« tönte laute Musik. Amerikanischer Rock.

Dr. Mohr sah sich um. Das darf nicht wahr sein, dachte er. Das ist aus einem alten Hollywood-Film! Eine verkommene Stadt, rundum in den Bergen Feuer und flimmernde

Lichter, ein Tanzschuppen, vier einsame Polizisten, die trübe auf ihren neuen Chef blicken. Gespenstisch ist das! Ein maskierter Vorhof zur Hölle.

»Eine friedliche Kleinstadt«, sagte er laut. Die vier Polizisten zuckten zusammen, als rattere eine Maschinenpistole los. Leutnant Salto seufzte, ging in sein neues »Polizeipräsidium« und kam schnell wieder heraus. Der Major, Kommandeur des II. Bataillons, welches ihn bereits nach der Nachricht, er wolle in Penasblancas übernachten, abgeschrieben hatte, blieb im Geländewagen sitzen. Pater Cristobal schielte auf die Tanzbar. Er ahnte ein reiches Missionsfeld.

»Was ist los?« fragte Dr. Mohr.

Leutnant Salto zeigte nach hinten. »Was ist das für ein Weib in der Zelle?« brüllte er. »Unterhält die Polizei hier einen eigenen Puff?! Das Mädchen weint.«

Dr. Mohr ging an den vier Polizisten vorbei und betrat die Polizeistation. Hinter dem großen Dienstzimmer war eine Tür geöffnet und ließ den Blick auf einen Zellentrakt frei. Zwei Zellen waren leer, in der dritten stand ein junges Mädchen, preßte das schmale Gesicht an die Gitter und weinte herzzerreißend. Als es Dr. Mohr sah, hob es den Kopf und atmete tief durch.

Dr. Mohr blieb ruckartig stehen. Eine Madonna, dachte er. Es ist saublöd, ich weiß es... aber das ist eine weinende Madonna. So hätte Velasquez eine Madonna gemalt, ein zartes, schmales Gesicht, umflossen von schwarzen Haaren, ein Gesicht, beherrscht von den Augen und dem Mund. Ein Gesicht, das von innen strahlen kann und selbst im Leid noch einen Glanz ausströmt.

»Weinen Sie nicht«, sagte Dr. Mohr und trat an das Eisengitter. »Wenn ich Ihnen helfen kann, brauchen Sie nicht mehr zu weinen.«

Das Mädchen nickte und starrte ihn ungläubig an. Zum erstenmal in ihrem Leben redete jemand sie mit »Sie« an;

zum erstenmal sagte keiner »Na, kleine Hure!« oder »Verdammtes Bastardaas!« zu ihr.

Zum erstenmal war ein Mann höflich, ohne ihr sofort in die Bluse zu greifen.

»Ich heiße Margarita«, sagte sie und unterdrückte ein neues Schluchzen. »Ich habe nichts getan! Ich wollte nur meine Schwester besuchen!«

»Ich werde Ihnen helfen«, sagte Dr. Mohr mit merkwürdig belegter Stimme. »Verlassen Sie sich nur auf mich. Ich hole Sie hier heraus.«

Das Mädchen sah ihn mit großen erstaunten Augen an. Dr. Mohr warf ihr noch einen aufmunternden Blick zu, wandte sich ab und verließ den Zellentrakt.

Vor der Tür der Polizeistation schrie Leutnant Felipe Salto noch immer herum. Die Polizisten ließen es mit ergebenem und trübem Blick über sich ergehen. Er ist neu hier, dachten sie. Da ist man noch voll Idealismus und will alles ändern, besser machen, überall aufräumen. Das kennen wir, camaradas, das verflüchtigt sich wie ein lauter Furz, das ist bei allen so, die hier nach Penasblancas kommen und staatliche Gewalt demonstrieren wollen. Nur zwei Dinge bleiben jedoch im Endeffekt übrig: Entweder man stellt sich um, sehr schnell und gründlich – dann lebt es sich auch in dieser Hölle verhältnismäßig gut, oder aber man bleibt stur und endet so wie der Vorgänger. Wer das Messer in seinen Körper geworfen hat, wird nie in Erfahrung gebracht werden. Camarada, brüll noch ein bißchen, das tut gut. Morgen, wenn die Sonne scheint, beginnt ein anderer Tag, auch für dich. Daß Penasblancas so friedlich aussieht, so verschlafen, so treuherzig – das ist nur, weil Christus Revaila den Befehl gegeben hat: Laßt die vier kommen und tut ihnen nichts. Laßt sie ins Leere laufen. Am Smaragdsuchen wird uns keiner hindern.

Pater Cristobal, der ein paar Schritte die Straße hinunter gegangen war und die »Dancing Bar« näher betrachtet hatte, kam zurück und beugte sich in den Geländewagen. Major

Luis Gomez hockte noch immer auf dem Sitz, das Schnellfeuergewehr zwischen den Beinen.

»Was sagen Sie nun?« fragte Cristobal Montero. »Ein Städtchen mit friedlich schlafenden Bürgern. Ein paar schwingen das Tanzbein und besaufen sich. Dem Gekreische nach gibt es auch unterhaltsame Damen.«

»Die spielen uns hier ein billiges Stück vor«, knurrte Gomez. »Oder glauben Sie wirklich an diesen Frieden, Pater? Hätte man uns hier mit Feindschaft empfangen – gut, damit habe ich gerechnet, das wäre normal gewesen. Aber diese Ruhe?! Das ist ja direkt pervers! Sehen Sie sich nur um, dort in den Bergen, überall diese Lichter und offenen Feuer! Da sitzen Tausende in den Felsen! Da warten ganze Regimenter auf uns vier!«

Dr. Mohr trat aus der Polizeistation und ging auf Felipe Salto zu.

»Da drinnen ist ein Mädchen, das weint!« rief er. Die vier Polizisten zogen die Köpfe ein.

»Ich weiß es!« schrie Leutnant Salto.

»Man hat sie völlig unschuldig eingesperrt.«

»Unschuldig ist hier keiner! O Madre, reden Sie in Penasblancas nie von Unschuld. Ich weiß, Pedro, das Mädchen ist hübsch! Habe es mit einem Blick gesehen. Darum verhöre ich auch meine vier Knaben!«

»Sie wollte nur ihre Schwester besuchen.«

»Das glauben Sie?!«

»Ja.«

»Nur weil sie weint und Sie mit ihren Schafsaugen anwimmert?! Mein lieber Freund – hier gibt es nur Gauner! Vom ersten Lebensschrei bis zum letzten Seufzer. Einschließlich der Polizei!« Er wandte sich wieder seinen vier Polizisten zu und brüllte: »Wer hat die Kleine für sein Bett geholt?! Antwort!«

»Komm«, sagte Pater Cristobal und hakte sich bei Dr. Mohr unter.

»Wohin?« Er war voller Abwehr, fragte sich wirklich, was er hier sollte.

»Da hinüber in den Tanzschuppen. Mich reizt die Musik.«

»Und das Frauengekreische.«

»Auch ...«

»In der ersten Nacht schon eine Bibelstunde? Das kann ja heiter werden!« Dr. Mohr schüttelte den Kopf. »Mich interessiert das Schicksal dieser Margarita viel mehr.«

»Sie wird entlassen!« schrie Leutnant Salto. »Natürlich kommt sie heraus!« Er hatte aus seinen vier Polizisten wenigstens einen Teil der Wahrheit herausgebrüllt. »Sie sagen, Christus Revaila habe befohlen, die Straßen zu meiden. Da tauchte dieses Mädchen auf, und um mit Christus keinen Krach zu bekommen, haben sie die Kleine eingesperrt. Pater, das wäre doch *Ihr* Fall. Ein Obergangster, der Christus heißt. Himmel, verzeih mir, das ist keine Lästerung, aber der Kerl heißt nun mal so.«

»Ich werde mich um diese Kleinigkeiten der Reihe nach kümmern.« Pater Cristobal zog es zur »Dancing Bar«. »Wo wohnen wir überhaupt?«

»Zunächst bei mir!« sagte Leutnant Salto. »Major Gomez fährt morgen weiter nach Muzo. Dann sehen wir weiter. Der Pater wird es am einfachsten haben.«

»Gehen wir.« Cristobal Montero knöpfte seine geflickte, dreckige Leinenjacke zu und stapfte die Straße hinunter zur »Bar«. Dr. Mohr zögerte, dann folgte er ihm mit langen Schritten und holte den Pater vor der Tür des anscheinend größten und höchsten Hauses von Penasblancas ein. Es hatte eine Fassade aus weiß lackiertem, geschnitztem Holz, war drei Etagen hoch und nach altem spanischem Baustil mit einigen kleinen Balkonen verziert.

Der Bar gegenüber, hinter einer Jalousie, hockte ein Mann im Dunkeln und meldete per Sprechfunk: »Jetzt gehen zwei in den Tanzschuppen. Was nun?«

Christus Revaila, der Empfänger des Funkspruches, starrte entsetzt an die Wand.

»Sind die denn verrückt?« sagte er heiser. »Sofort zu Mercedes?«

»Einer mit Bart und ein kräftiger Bursche mit schwarzen kleinen Locken.«

»Das ist er!«

»Wer?«

»Dem keine Locke mehr gekräuselt werden darf!« fauchte Revaila. »Ich rufe Mercedes an.«

»Zu spät. Sie gehen ins Haus!«

Christus Revaila warf sein Funkgerät weg, sprang aus dem Sessel, klemmte einen Revolver in den Hosenbund und verließ schnell sein Haus. Er hatte es nicht weit bis zur »Bar«, aber er befürchtete, daß jetzt der Weg zu lang war, um zu verhindern, was sich gerade anbahnte.

Pater Cristobal und Dr. Mohr stießen die Tür auf und traten ein. Ein Faustschlag aus geballter Musik traf sie. Aus allen Ecken dröhnten Lautsprecher. Eine Art Portier, der hinter der Tür stand, bullig, breitschultrig, mit eingeschlagenem Nasenbein, glotzte sie dümmlich an. Er wußte nicht, was er tun sollte. Ein Besuch der Neuen in der »Bar«, gleich in der ersten Stunde, stand nicht auf dem Programm, das Christus Revaila verkündet hatte. Wer konnte mit so etwas rechnen?

»Aha!« sagte der Portier hilflos. »Da seid ihr ja ...«

»Gott segne dich, mein Sohn!« antwortete Pater Cristobal und schlug das Kreuz über die Brust des völlig Verblüfften. »Kannst du singen?«

»Ja ...« stammelte der Portier.

»Gut?«

»Man ... man kann's sich anhören ...«

»Dachte ich mir. Du hast einen guten Ton in der Stimme! Ab nächsten Sonntag bist du Vorsänger in der Kirche.«

»Maria ...« stammelte der Portier. Pater Cristobal nickte freundlich.

»Sie wird dir helfen, Bruder. Du hast recht.« An dem völlig Sprachlosen vorbei betraten sie das Tanzlokal. Es war ein riesiger Raum mit vielen runden Tischen und einfachen, mehrfach geflickten Stühlen, was bewies, daß man hier Diskussionen mit Stuhlbeinen unterstrich. Auf einigen Tischen lagen sogar Deckchen. Eine Wand wurde von einer den Raummaßen angepaßten gewaltigen Theke beherrscht, hinter der nicht, wie sonst, Regale mit Flaschen oder Gläsern standen, sondern nur die mit indianischen Motiven bemalte Wand bunt und durch von an der Decke angebrachten Scheinwerfern in den Saal strahlte.

Das Auffälligste war die Theke selbst. Sie war verkleidet mit ebenfalls bemalten Stahlplatten. Die Nieten waren deutlich zu sehen und stellten sogar ein künstlerisches Element dar.

»Ein Panzer!« sagte Pater Cristobal sinnend. »Das ist keine Theke, Pedro, das ist ein Panzer! Wer dahinter in Deckung geht, kann nur mit Granaten hervorgelockt werden.« Er ging zu einem der Tische, den ein lustiges Deckchen bedeckte, lächelte die Männer, die daran saßen, wortlos an und zog die Decke weg. In der Tischplatte saßen ein paar häßliche Löcher, die sicherlich nicht der Ventilation wegen hineingebohrt worden waren.

»Das ist alles gespenstisch«, sagte Dr. Mohr leise. »Die Zeit ist zurückgedreht: Leben wir im Wilden Westen?!«

»Ja!«

»Mit allen Zutaten ...«

»Nur modifiziert!«

»Und das ist weitaus gefährlicher.«

»Warten wir es ab.« Pater Cristobal ging auf die Theke zu. Getreu allen Anordnungen von Christus Revaila kümmerte sich keiner um sie. Auf dem Holzparkett tanzten die Paare mit wilden Zuckungen und Verrenkungen, die Menschen an den Tischen sahen zu oder unterhielten sich, an der Bartheke hockten ein paar Trinker und schlugen den

Takt der Musik mit den Stiefelspitzen gegen die Panzerplatten. Es waren verwegene Gestalten, kräftig, aber von der Arbeit in den Minenstollen ausgemergelt, lederhäutig, mit merkwürdig großen, glänzenden Augen.

Peyotl-Saft, dachte Dr. Mohr. Oder Cocablätterkauen. Oder Tuberkulose, Vitaminmangelerscheinungen. Kinderaugen in Greisenköpfen.

Einen Meter vor der Theke wurden sie aufgehalten. Nicht, daß man sie festhielt oder hinderte, anrief oder sich ihnen in den Weg stellte, nein, sie blieben ruckartig von selbst stehen. Eine Erscheinung, die von der Seite kam, machte es unmöglich, gelassen weiterzugehen. Aus einer kleinen Tür neben der Theke trat eine hochgewachsene und ziemlich fleischige Frau. Mit hochgesteckten, schwarzen Haaren, einem ehemals bestimmt faszinierenden Gesicht, welches nun etwas verquollen und in die Breite gelaufen war und in dem die Augen steckten wie zwei eben ausgeglühte Kohlenstücke. Sie trug eine Bluse aus gelber Seide über ihrem mächtigen Busen, einen bis zu den Knöcheln reichenden Rock aus geblümtem Cotton und darunter, man sah es beim Gehen deutlich, hohe Stiefel. Um die Taille aber, und das unterschied sie besonders von anderen Frauen, trug sie einen breiten Ledergürtel, an dem in zwei offenen Halftern die Griffe von zwei Revolvern schimmerten. Die Frau hatte einen männlich-festen Gang und brauchte sich durch die Menge ihrer Gäste gar nicht erst einen Weg zu bahnen. Es bildete sich eine Gasse, die sich hinter ihr wieder schloß.

»Aha!« sagte Dr. Mohr leise. »Die ›Grande Dame‹ des Etablissements. Mütterchen Puff. Cristobal, aus welcher Ecke kommt jetzt John Wayne?! Das ist doch Hollywood!«

»Das ist Penasblancas, Pedro. Wo Menschen sind, wiederholt sich alles. Die Lebensumstände sind begrenzt. Wir merken es bloß nicht, weil wir uns für so vollkommen halten!«

Er steckte die Hände in die Taschen seines Leinenjacketts und betrachtete mit deutlichem Wohlwollen die revolverschleppende, imponierende Frauengestalt.

»Es freut mich!« sagte der weibliche Berg und blieb vor ihnen stehen. »Ich bin Mercedes Ordaz.«

Pater Cristobal griff mit der Rechten in die Innentasche, zog – zum Entsetzen Dr. Mohrs – eines der kleinen, bunt bedruckten Heiligenbildchen heraus und hielt es Mercedes Ordaz hin. »Die Heilige Mutter segne dich«, sagte er dabei. »Nächsten Sonntag um 11 Uhr vormittags ist die Heilige Messe.«

»Mercedes die Große«, wie man sie in Penasblancas nannte, griff nach dem Heiligenbildchen, betrachtete es und steckte es dann vorn in ihre Bluse. Sie schob es zwischen ihre gewaltigen Brüste. Cristobal nickte zufrieden.

»Das war der heilige Antonius. Er wird sich wohl fühlen. Tieren galt seine ganze Liebe.«

»Ich habe weder Läuse noch Flöhe«, sagte Mercedes ruhig. Ihre Stimme war angenehm dunkel, von jenem samtigen Timbre, das in Räume mit kissenbelegten Betten paßt. Ihr Spanisch war rein, sauber von allen Dialektflecken – ein vollendetes Kastilianisch. »Haben Sie die Absicht, einen Bilderhandel in Penasblancas aufzumachen, señor?«

»Ich bin Priester, señora.«

»Das meine ich ja.«

»Wie heißt Ihr Portier?«

»Meinen Sie Miguel?«

»Er wird Vorsänger. An Stelle der noch fehlenden Orgel.«

»Dieser Idiot!«

»Gott schützt die Einfältigen. – Aber er hat eine gute Stimme. Sie auch, señora.«

»Was trinken Sie?« fragte Mercedes Ordaz. Die Richtung des Gespräches gefiel ihr nicht. Sie sah Dr. Mohr an, musternd, kritisch, dann lächelten zuerst ihre Augen, die vollen Lippen folgten. Die erste Prüfung war bestanden. »Sie sind der Geologe aus Bogotá?!« In ihrer Stimme lag ein spöttischer Klang.

Sie weiß genau, wer ich bin, dachte Dr. Mohr. Vor ihr Versteck zu spielen wäre eine Farce.

»Ja, ich komme aus Bogotá.« Er wandte sich an Pater Cristobal. »Ich muß eine Lüge zurücknehmen, Cris, ich bin kein Geologe. Ich bin Arzt.«

»Ha! Hat er das geglaubt?!« rief Mercedes.

»Nein.« Cristobal Montero lächelte breit. Man sah es daran, daß sein Vollbart etwas aufklaffte und sich verzog. »Aber man soll Menschen, auch wenn sie Freunde sind, die Freude an kleinen Geheimnissen lassen. Sie spielen so gerne damit wie Kinder mit ihrem Püppchen.«

»Danke, Cris. Eine Todsünde weniger.«

»Einen Pfaffen zu belügen wird nicht so hoch eingestuft.«

»Was trinken Sie?« fragte Mercedes Ordaz erneut. Die Lautsprecher dröhnten, die Paare tanzten, an den Tischen wurde diskutiert und gesoffen. Alles sah ein bißchen krampfhaft aus, marionettenhaft, wie von einer unsichtbaren großen Hand gezogen. Bis auf »Mercedes die Große«. Ihr zu befehlen wäre ein Unding gewesen. Das hatte selbst Christus Revaila erfahren. Nach einer Meinungsverschiedenheit mit Mercedes wegen eines Smaragdverkaufs lag er ein paar Tage im Bett. Nur ein Oberschenkelstreifschuß, nur ein harmloses Ritzchen, aber Mercedes hatte nach dem Schuß mit stolzer Grandenstimme gesagt: »Das nächstemal geht es zehn Zentimeter nach rechts, mitten ins Glockengeläut…« So etwas muß man sehr ernst nehmen. Das sind keine leeren Versprechungen!

»Was Sie trinken, señora!« antwortete Dr. Mohr. »Ich halte mit.«

»Und Gottes Enkelchen?«

»Ich brauche das Doppelte. Mein Bart säuft mit!«

Mercedes Ordaz sah Pater Cristobal erstaunt an, ging um die Panzertheke herum und griff nach unten. Die Flasche, die sie hervorholte, war anscheinend für besondere Gäste reserviert, denn die neben Dr. Mohr und Pater Cristobal sitzenden Männer warfen ein paar mitfühlende Blicke auf die Neuen. Es sah wie ein stummer Abschied aus.

»Mercedes die Große« schüttete drei Gläser voll, nahm ihres und kippte es hinunter. »Kein Gift!« sagte sie mit unverändert warmer Stimme.

Dr. Mohr und Pater Montero taten es ihr nach. Bis zu diesem Augenblick hatten sie nicht gewußt, daß Feuer flüssig sein kann und ausschüttbar in Gläser. Ein wilder Brand durchglühte ihre Speiseröhre, fraß sich im Magen weiter fort und bildete dort einen Glutklumpen.

Dr. Mohr starrte Mercedes entsetzt an. Pater Cristobal faltete die Hände über seinen Vollbart.

»Herr, der Qualen sind Tausende«, sagte er heiser. »Und immer kommen wieder unbekannte dazu.«

»Wollen Sie Ihre Zimmer sehen, señores?« fragte Mercedes würdevoll.

»Zimmer?« Dr. Mohr umklammerte noch immer das Glas. Es war eiskalt, obgleich es eigentlich geschmolzen sein mußte. »Wieso?«

»Ich habe zwei Zimmer für Sie herrichten lassen.« Sie goß die Gläser noch einmal voll. »Die Offiziere wohnen im Polizeigebäude, das war mir klar, aber für Sie habe ich meine besten Zimmer hergegeben.«

»Das ist rührend!« sagte Pater Cristobal. Er goß das flüssige Feuer noch einmal in sich hinein und verstand die Märtyrer, die stumm den Flammentod erlitten hatten, überhaupt nicht mehr. »Aber wir vier möchten zusammenbleiben.«

»Angst?«

»Mercedes die Große« lächelte mütterlich. »In *meinem* Hause und an *meinem* Tisch gibt es keinen Judas, Pater.« Sie trank ihr Glas leer, kam um die Panzertheke herum und wartete, bis auch Dr. Mohr das höllische Getränk gekippt hatte. »Ich führe Sie zu Ihren Zimmern.«

An der Schmalseite des Tanzlokals führte eine Treppe nach oben. Mercedes ging voraus, gab einem Betrunkenen, der auf den Stufen saß, einen Tritt und machte auf diese simple Art den Weg frei. Auf dem Podest zum ersten Flur blieb sie stehen.

»Ich habe 22 Zimmer«, sagte sie. »Davon bewohne ich selbst drei. Bleiben 19. Sie, Pedro Morero, bekommen Zimmer 12. Der Pater zieht in Nummer 14 ein. Ich nehme an, Ihre Nachbarn wirken nicht allzu belastend auf Ihr Gemüt.«

»Wer sind unsere Nachbarn?« fragte Pater Cristobal.

»Entzückende junge Mädchen. Sie arbeiten bei mir als Bedienungen und Tanzpartnerinnen für Junggesellen.«

»So kann man es auch nennen, señora«, sagte der Pater.

»Sie reden von, ich praktiziere Nächstenliebe!«

Die Zimmer waren groß und einfach eingerichtet. Ein Schrank, ein Tisch, zwei Stühle, ein Waschbecken, ein Spiegel und ein breites Holzbett.

Am wichtigsten schien der massive Innenriegel an der Tür zu sein. Vor den Fenstern – sie gingen zur Straße hinaus – hingen starke Holzläden.

»Es ist kein Hilton!« sagte »Mercedes die Große«.

»Für Penasblancas doch!« Dr. Mohr setzte sich auf das Bett. »Was kostet die Übernachtung?«

»Ich kann mir den Luxus leisten, Sie als meine Gäste einzuladen.« Sie drückte die Tür mit ihrem Körper zu und wurde sehr ernst. »Ich setze voraus, daß Sie Gastfreundschaft zu würdigen wissen, señores, und mein Geschäft für Sie unantastbar ist.«

»Ich bin Arzt, señora.« Dr. Mohr stand auf, ging ans Fenster und lugte durch einen Spalt der Läden auf die Straße. »Ich werde alles tun, was mir dieser Beruf auferlegt.«

»Meine Mädchen sind gesund! Ich untersuche sie selbst jede Woche!«

»Bravo.«

»Und sie brauchen auch keinen Beichtvater!« Sie sah Pater Cristobal an. »Sie sind zufrieden, verdienen gutes Geld und leben freiwillig bei mir. Freiwillig, Pater!«

»Ich habe das nie bestritten. Die Not ist wie ein Sumpf. Die schönsten Blüten treiben aus fauligem Grund, das wirst du bald verstehen.«

»Sie werden Penasblancas bald wieder verlassen.«

»Glauben Sie?«

»Ich weiß es. Jeder Mensch braucht einen Arzt und einen Priester. Nur diese Menschen hier nicht! Ihr Gott und ihre Medizin sind die kleinen, grünen Steine. Ihre Welt ist zusammengeschrumpft auf das Stollenloch, das sie jeden Tag tiefer in den Berg treiben. Der einzige Sinn ihres Lebens sind grüne Kristalle. Sind durch Beimengungen von Chrom zu grünen Sonnen gewordene Beryll-Mineralien.«

»Deshalb werde ich spätestens nächste Woche auch in die Berge ziehen, señora«, sagte Dr. Mohr. Mercedes Ordaz sah ihn nachdenklich an.

»Weiß das Christus Revaila?«

»Das kümmert mich nicht.«

»Ohne Revaila – und mich – geht hier nichts, señor médico.«

»Es ist immer von Nutzen, wenn man die internen Kräfteverhältnisse kennt«, sagte Pater Cristobal freudig. »Um Christus werde ich mich noch kümmern, ich meine, um Revaila-Christus. Sie sind zugegen, señora, und anscheinend eine Frau, mit der man offen reden kann. In Penasblancas gibt es doch eine Kirche?«

»Gab es, Pater. Aber mangels Priester wurde ein Supermarkt daraus.«

»Ich werde mit dem Inhaber sprechen.«

»Das tun Sie bereits.«

»Sehr tüchtig! Um Wege zu sparen, wo treffe ich Sie sonst noch als Besitzer an?«

»Mir gehört die halbe Stadt«, sagte »Mercedes die Große«

milde. »Ein Haus oder ein Zimmer, um eine neue Kirche zu gründen, bekommen Sie hier nicht!«

Sie holte das bunte Bildchen des heiligen Antonius zwischen ihrem Busen hervor, zerriß es und streute die Schnipsel in die Luft.

Pater Cristobal nickte mehrmals.

»Du hast Antonius vor der Versuchung gerettet, meine Tochter.«

Mercedes Ordaz hielt es für unter ihrer Würde, weiter mit dem Pfäfflein zu sprechen. Sie verließ das Zimmer und schlug die Tür hinter sich zu.

»Du wirst es schwer haben, Cris«, sagte Dr. Mohr nachdenklich. »Ich glaube nicht, daß Portier Miguel in deiner Kirche singt.«

»Wer ist Christus Revaila?«

»Der Statthalter des großen unbekannten Boß! Ich kenne ihn als Don Alfonso. Er kann aber auch anders heißen.«

»Er ist also die andere Hälfte von Penasblancas.«

»Die gefährlichere.«

»Wirklich?« Pater Cristobal ging zur Tür. Sein Zimmer Nummer 14 lag neben dem Dr. Mohrs. »Dieses Hünenweib fordert mehr als Gegnerschaft. Sie ist intelligent und grausam bis in die letzte Muskelfaser. Ich komme mir vor wie Bonifazius, bevor er die Donar-Eiche fällte.«

Es klopfte an der Tür.

Dr. Mohr und Pater Cristobal sahen sich erstaunt an. Daß man in Penasblancas anklopfte, bevor man eintrat, hatten sie nicht erwartet. Der dicke Türriegel verriet da andere Umgangsregeln. Als nicht sofort eine Antwort erfolgte, klopfte es noch einmal.

»Ein höflicher Mensch«, sagte Pater Cristobal.

»Herein!« rief Mohr.

Dieses Mal flog die Tür weit auf und knallte gegen die Wand. Ein Mann trat ein, bei dessen Anblick ein vernünftiger Mensch sofort in Deckung geht. Das graue Haar war kurzgeschnitten wie eine Bürste. Darunter folgte ein Gesicht, geprägt von dem Wissen, daß dieses Leben absolut nichts wert ist, wenn man es nicht in jeder Minute mit einem Colt verteidigen kann. Dieser Colt hing denn auch sichtbar am Gürtel neben einem langen Messer in einer Lederscheide. Das war das einzig Kriegerische an dem Mann. Er trug einen normalen Anzug, etwas zu derbe Schuhe, aber nach guter spanischer Herrensitte Hemd und Krawatte. Vielleicht war es die einzige Krawatte, die in Penasblancas existierte. Kalte, grüngraue, unter buschigen Brauen eingeschobene Augen musterten Dr. Mohr und Pater Cristobal.

»Christus Revaila!« sagte der muskulöse Mann. »Sie sind der Arzt... Sie sind der Pfaffe!«

»Oh, er ist intelligent!« rief Pater Cristobal begeistert. Revailas Augen verengten sich sofort wie bei einem gereizten Tier. »Waren Sie als Kind einmal Meßdiener?«

»Mercedes hat mit Ihnen gesprochen. Das wollte ich verhindern! Sie hat Ihnen sogar Zimmer gegeben. Auch das wollte ich nicht! Wenn Sie anderes gesagt hat, lügt sie. Sie sollten bei mir wohnen...«

»Können Sie mir auch so süße Nachbarschaft bieten, Revaila?« fragte Dr. Mohr sarkastisch. Revaila winkte ab.

»Wenn Sie scharf sind auf diese... diese...« Er verschluckte das unschöne Wort, das er im Sinn hatte und lehnte sich gegen die Tür. »Wenn's Sie überkommt, Doktor: In den Bergen gibt es Mädchen genug, die für eine Dose Schweinefleisch nicht mit der Uhr neben dem Bett schlafen. Für viele Eltern wird es eine Ehre sein, wenn ihr Töchterchen dem feinen médico ein paar Stunden versüßt. Das Alter spielt keine Rolle. Es gibt Zwölfjährige, die halten Sie für zwanzig!« Revaila lachte Montero an. »Sie stehen ja noch senkrecht, Pater?!«

»Ich komme aus einer Gegend, in der Kinderprostitution zum täglichen Brot gehörte. Warum soll es gerade in Penasblancas anders sein?«

»Sie ziehen um!« Revaila zeigte mit dem Daumen nach hinten zur Tür. »Der Donnerbusen steht auf der anderen Seite und lauscht …«

»Wie sind Sie überhaupt an ihr vorbeigekommen?« fragte Dr. Mohr. »Wir kennen uns zu gut.« Revaila lachte verhalten. »Unten an der Bar sitzen zehn Freunde. Hat sie Ihnen erzählt, wer sie ist?«

»In groben Zügen …«

»Es gibt zwei Transportwege von hier bis nach Bogotá, die vollkommen sicher sind. Der eine bin ich, der andere ist die ›Mamá von Penasblancas‹. Es gab einmal eine Zeit – das war vor drei Jahren, kurz nach Schließung der staatlichen Minen –, da tauchten hier Idioten auf, die glaubten, Mercedes sei nur eine Frau mit besonderen Maßen. Sie versuchten, ihr die Smaragde, die sie aufkaufte, abzujagen. Was passierte? Nicht der Rede wert. Wenn Sie morgen in der Stadt spazierengehen, sehen Sie gleich am Eingang zum Friedhof vier Gräber mit vier gleichen Kreuzen. Auf jedem steht: Sie waren zu dumm! – Weiter nichts! Aber seitdem hat ›Mamá‹ Ruhe.«

»Es gibt hier tatsächlich einen Friedhof?« fragte Pater Cristobal.

»Einen großen …«

»Natürlich! Und Kreuze auf dem Grab?«

»Ja …«, sagte Revaila gedehnt.

»Am Grab wurde auch gebetet?«

»Ich kann es nicht verhindern!« schrie Christus.

»Eine brave Stadt.« Pater Cristobal faltete die Hände. »Mein Sohn, am Sonntag um 11 Uhr ist Messe …«

»Scheiße!«

»Das kannst du vorher oder hinterher tun.«

»Wir ziehen also um!« rief Revaila.

»Ich bleibe«, sagte Montero.

»Im Hurenhaus!«

»Gott ist überall …«

»Es ist noch gar nichts entschieden«, sagte Dr. Mohr. »›Mamá‹ hat uns mit den Zimmern überrumpelt, Sie werfen uns auch die Betten nach. Vorher müssen wir mit unseren Reisekameraden sprechen.«

»Die Offiziere sind untergebracht.« Revaila zupfte an seiner Jacke. »Ich würde mich da aufhalten, señor médico, wo die Lebenserwartungen länger sind.«

»Ich werde es den anderen raten.«

»Tun Sie das!« Revaila grinste breit. Sein Gesicht zersprang in lauter kleine Falten. »Es ist gut, wenn ihr alle wißt, daß ihr unsere Feinde seid.«

»Wir wissen es.«

»Holen Sie Ihren Wagen, señor. Ich habe den Auftrag, mich nur um Sie zu kümmern.«

»Ich soll Sie von Don Alfonso grüßen.«

»Bekannt.« Christus Revaila nickte zu Pater Cristobal hinüber. »Ihre Messe am Sonntag fällt aus.«

»Aber nicht doch …«

»Ich verbiete sie!«

»Und gerade du heißt Christus?«

»Ich könnte meinen Alten noch jetzt dafür aufhängen!« sagte Revaila grob und verließ das Zimmer.

»Mercedes die Große« war nicht im Flur und hatte gelauscht.

Sie wußte auch so, was Revaila zu sagen hatte.

Im Polizeigebäude warteten Leutnant Salto und Major Gomez auf Dr. Mohr und Pater Cristobal. Die beiden Offiziere hatten ihre Maschinenpistolen umgehängt; die vier Polizisten standen an der Wand, ebenfalls bewaffnet und sichtlich erleichtert, als Dr. Mohr und Pater Montero eintraten.

»Das war in letzter Minute!« rief Major Gomez. »Wir waren gerade dabei, zum Sturm auf die ›Bar‹ anzusetzen. Du lieber Himmel, was haben Sie bloß da drinnen gemacht?!

Als ich sagte, jetzt kümmern wir uns um den Schuppen, wurden die Polizisten weiß wie gekalkte Wände.«

»Wir haben zweimal Feuer geschluckt, eine enorme Frau kennengelernt, vier Betten in zwei verschiedenen Häusern angeboten bekommen und sollen Ihnen sagen, daß Ihre Lebenserwartungen begrenzt sind.« Dr. Mohr blickte zu dem Zellentrakt. Er war leer. »Wo ist Margarita?«

»Entlassen.« Leutnant Salto legte seine MP weg. »Sie war tatsächlich unschuldig.«

»Wo ist sie jetzt?«

»Weiß ich das? Bei ihren Eltern ...«

»Hier in der Stadt?«

»Unbekannt. Warum?«

»Ich hätte sie gerne noch einmal gesprochen«, sagte Dr. Mohr langsam.

»Aha!«

»Nichts aha! – Wie heißt sie?«

»Wie heißt sie?« brüllte Salto die Polizisten an. Sie zogen die Köpfe ein und zuckten mit den Schultern.

»Margarita ...« wagte einer zu sagen.

»Ist denn kein Protokoll aufgenommen worden?« Das war Dr. Mohrs einzige Hoffnung.

»Wozu? Sie wollte ja nur ihre Schwester besuchen und kam in eine von Revaila angeordnete Straßenruhe hinein. Diesen Revaila kaufe ich mir noch! Spielt hier den starken Mann!«

»Kennt jemand die Schwester?«

»Wer kennt die Schwester?« schrie Salto.

»Ich!« Ein Polizist trat vor. »Sie heißt Perdita ...«

»Weiter!«

»Nichts.«

»Es wird schwer werden!« seufzte Leutnant Salto. »Meine Leute haben statt Hirn gegorenen Eselsdreck im Kopf! Doctor, an Ihre Margarita kommen wir nicht mehr heran. Wenn sie in den Bergen wohnt ... glauben Sie mir, es ist einfacher, einen zehnkarätigen Smaragd zu finden. Zugegeben, sie war ein hübsches Ding. Aber von denen gibt es hier genug.« Salto blickte sich um. »Machen wir den Laden dicht, señores. Wir haben uns den Schlaf ehrlich verdient.«

»Ich wohne über der ›Bar‹«, sagte Pater Cristobal.

»Das ist doch nicht möglich!« schrie Major Gomez. »Bei den quietschenden Weibern?«

»Auch Straßenbahnen quietschen in den Schienen.«

»Ein köstlicher Vergleich!«

»Ich schlafe bei Revaila ...«, warf Dr. Mohr ein.

»Bei wem?« Leutnant Salto beugte sich vor.

»Christus Revaila. Die Nummer eins in der Stadt. Er erwartet mich.«

»Das sagen Sie so ruhig?«

»Soll ich dabei herumhüpfen?«

»Was ich in der letzten halben Stunde über diesen Gangster gehört habe, reicht mir.«

»Zu mir war er, seiner Art entsprechend, sehr freundlich.« Dr. Mohr winkte den Offizieren zu. »Wann sehen wir uns morgen, señores?«

»Ich fahre schon früh nach Muzo zu meinem Bataillon weiter.« Gomez winkte zurück. »Dann kehre ich mit der Truppe zurück und kämme einmal Penasblancas durch.«

Auf der Straße stiegen Dr. Mohr und Pater Cristobal in den alten Jeep und fuhren den kurzen Weg bis zur »Bar«. Dort stieg der Priester aus und holte seinen Seesack und den Beutel aus dem Wagen.

Miguel, der Portier mit dem Boxergesicht, schien darauf gewartet zu haben. Er stürzte aus der Tür auf die Straße und schleppte Monteros Gepäck ins Haus.

»Sie hatte nicht ganz recht!« sagte Pater Cristobal. »Das ist doch das Hilton von Penasblancas. Ein guter Service.«

»Du wirst wieder Feuer saufen müssen, Cris, wenn ›Mamá‹ dich erwartet ...«

»Eine ganze Flasche, wenn sie am Sonntag zur Messe kommt!«

»Nie!«

»Sag niemals ›nie‹, Pete.« Pater Cristobal drückte Dr. Mohr die Hand. »Ich werde mit meiner Firma eher funktionstüchtig sein als du.«

»Kunststück! Du brauchst dich nur hinzustellen und ›Gelobt sei Jesus Christus‹ zu rufen.«

»Und du brauchst nur Pillen zu verteilen.«

Sie lachten, umarmten sich, und als Montero im Haus verschwunden war, fuhr Dr. Mohr weiter. An der Straßenecke wartete Christus Revaila. Wortlos stieg er in den Jeep, ließ sich in den Sitz fallen und sagte erst dann: »Mein Hintern brennt. Ich merke, hier hat ein Pfaffe gesessen. Fahren Sie geradeaus, dann links um die Ecke, dann wieder geradeaus. Das Steinhaus mit den weißen Holzsäulen ist's...«

»Oha! Welch ein Luxus!«

»Man kann nur befehlen, wenn die anderen heraufschauen!« sagte Revaila mit der Philosophie aller Diktatoren. »Haben Sie einen König gekannt, der aus einer Grube hinaus regierte? Ich nicht! Und ich *bin* der König von Penasblancas.«

Es klang nicht stolz oder überheblich, es klang ganz natürlich. Christus Revaila kannte seinen Wert. Er brauchte ihn nicht zu demonstrieren.

Als die Sonne schien, erwachte Penasblancas nach der merkwürdig stillen Nacht wieder zu vollem Leben. Aus den Bergen, von den heimlichen Schürfstellen, aus den flachen, unabgestützten Stollen der alten Gruben, von den Gebirgsbächen, die mit ihren Wasserfällen und Stromschnellen die Smaragde aus dem Gestein schwemmten, kamen die guaqueros in die Stadt, ihre verknoteten Taschentücher auf dem Leib tragend, in der Hand ihre Revolver oder Pistolen.

Die »Büros« waren geöffnet. »Mamá« saß breit und wohlwollend in einem Anbau ihrer »Dancing-Bar«. Es war eine kleine Festung mit schußsicherem Glas, Eisengittern, fünf Leibwächtern und einem Panzerschrank. Im anderen Teil der Stadt lauerten die »Schlepper« von Christus Revaila auf die Schürfer und lockten sie in die »Oficina« des Königs von Penasblancas. Der tägliche blutige Kampf hatte wieder begonnen. Die grünen Steine beherrschten diese Welt. Eine gnadenlose Welt zwischen unzugänglichen Bergen.

Leutnant Salto bekam sofort Arbeit. Aufkäufer von Revaila hatten einen Aufkäufer von »Mamá« erschossen. Nicht in der Stadt, sondern auf dem Weg zu den verlassenen Minen. Das alte Leiden: Man lauerte den guaqueros schon auf dem Pfad aus ihren geheimen Schürfstellen auf, um sie mit Preisangeboten zu locken.

Da es nur einen Toten gab, aber keinen, dem man das Schießen nachweisen konnte, war die Polizei wie immer unlustig und sorgte nur für den Abtransport des Erschossenen. Den Toten kannte natürlich niemand.

Er vermehrte die Gräber der Namenlosen, die auf dem Friedhof von Penasblancas lagen.

Pater Cristobal erschien, sprach ein Gebet und legte ein roh gezimmertes Holzkreuz auf die Brust des Ermordeten. Seit fünf Uhr früh, ohne vorher geschlafen zu haben, stellte er aus Latten Holzkreuze her. Miguel, der Portier, half ihm dabei. Im Hof des Hauses, zwischen leeren Kartons und Kisten, umgeben von stinkenden Abfalltonnen, hämmerten sie seit Stunden unermüdlich vor sich hin.

Dr. Mohr, ebenfalls bemüht, stellte den Tod des Erschossenen fest. Das war völlig sinnlos, denn jeder sah, daß der Schuß ins linke Auge gegangen war, aber da man jetzt einen médico hatte, mußte er auch beschäftigt werden. Die Verletzten aus diesem Feuergefecht jedoch sah Dr. Mohr nicht.

Vier Tage lang ging er danach spazieren, besuchte Leutnant Salto, hörte, daß Major Gomez tatsächlich heil in Muzo angekommen war und sein Bataillon in einem Zustand vorfand, der bejammernswürdig war, fuhr mit seinem Jeep in die Berge und wunderte sich, wo hier 30 000 guaqueros mit ihren Familien hausen wollten. In der Nacht sah er rundherum in den Felsen die lodernden Feuer. Am Tag war die Gegend wie ausgestorben. Vier Familien sah er, in primitiven Laubhütten, die als Vordächer einer Höhlenwohnung dienten. Frauen, Kinder, drei Greise, von der gnadenlosen Natur ausgelaugt, am Rande menschlicher Existenz. Als sich Dr. Mohr den Hütten näherte, flüchteten die Kinder und Frauen ins Innere. Da blieb er stehen, ging zum Jeep zurück und fuhr weiter. Er wollte helfen, nicht provozieren. Sie werden eines Tages von selbst zu mir kommen, dachte er. Zuerst einer, dann zwei, drei, fünf... und sie werden erzählen und die anderen ermutigen. Noch war ihr Mißtrauen ungeheuer. Warum konnte ein Arzt nicht auch ein Spitzel und ihr Feind sein?

## 3

Am Sonnabend abend stand die Kirche.

Aus Kunststoffplanen, alten Kistendeckeln und Felssteinen, geklauten Brettern und Wellblech, das Miguel organisiert hatte, baute Pater Cristobal so etwas wie ein Zelt, in dessen Mitte er ein großes Holzkreuz aufstellte.

Am Sonntag läutete er die »Glocke«: Mit einem Hammer schlug er auf eine eiserne Bratpfanne. Kommt herbei, ihr Kinder Gottes, auch wenn ihr alle Verfluchte seid!

Um 11 Uhr war die Kirche voll.

Der erste Gottesdienst von Pater Cristobal war ein Ereignis.

In der ersten Reihe standen Señora Mercedes und Christus Revaila, durch je vier Leibwächter voneinander getrennt. Portier Miguel, als lebende Orgel, begann den ersten Sologesang. Kopf an Kopf drängten sich die wilden Gestalten rund um das Kreuz. Aber nicht allein die Tatsache, daß der als unüberwindbar geltende Miguel, »Mamás« Hinausschmeißer, mit röhrender Stimme die Kirchenlieder anstimmte, als habe er nie etwas anderes getan, war so sensationell, nein, auch Doña Mercedes Ordaz holte tief Luft, ließ ihren fulminanten Busen noch mehr schwellen und fiel mit einer gewaltigen Altstimme in das Lied ein. Die Männer und Frauen, bisher sehr zurückhaltend und zu »Mamá« schielend, gafften sprachlos das Duett an, das diese nun einträchtig mit Miguel sang.

Neben »Mamá«, hinter der Mauer seiner Leibwächter, kaute Christus Revaila an der Unterlippe. Sein Blick war finster. Ein raffiniertes Luder, dachte er. Glaubt an Gott so wenig wie ein Panther an die Gesundheit vegetarischer Kost, aber sie weiß genau, daß viele dieser gottverdammten Halunken hier in einem Winkel ihrer Herzen noch ihre kindliche Gläubigkeit bewahrt haben. Zum Teufel noch mal, sie sammelt Stimmen und Sympathie! Sie kämpft um die Herrschaft in Penasblancas sogar mit Hilfe eines Pfaffen!

Christus Revaila spreizte die Beine, klammerte die Hände in seinen Hosenbund und blökte los. Das Lied kannte er noch aus seinen Kindertagen. Keinen Text natürlich, aber die Melodie. Das war ein neuer Minuspunkt, denn »Mamá« donnerte zusammen mit Miguel fehlerlos das Lob des Herrn in die improvisierte Kirche. Daß Miguel zwei Tage vorher den Text von Pater Cristobal bekommen und ihn dann mit Señora Mercedes auswendig gelernt hatte, konnte niemand ahnen.

Revaila glich den Mangel an Text durch Lautstärke der Melodie aus. Er sang nicht schön, das konnte keiner behaupten, es war mehr ein stierhaftes Gebrüll, welches irgendwie nach verschieden hohen Tönen klang; aber daß Christus Revaila sang, war an sich schon so ungeheuerlich, daß alle in der Kirche schlagartig einfielen. Es war, als habe man eine Schleuse geöffnet: Plötzlich schallte ein Gesang in den stillen Sonntagvormittag, wie ihn Penasblancas wohl noch nie gehört hatte.

Pater Cristobal kniete vor dem Altar aus Felssteinen, gebogenem Wellblech und lackierten Holzlatten. Vor dem einfachen, großen Balkenkreuz hatte er seinen silbernen Reisekelch aufgebaut, ein kleines silbernes Kruzifix und eine Schale mit Hostien. Als das Lied beendet war, erhob er sich und drehte sich mit Schwung herum. Seine Stimme hallte laut durch die armselige Kirche und über die Köpfe der Versammelten.

»Das war gesungen wie am Rande der Hölle!« sagte er. »So war es richtig! Wir leben hier ja am Rand der Hölle, und der Satan ist grün, durchsichtig und hängt später an Ohren, Hälsen und Fingern.«

Da haben wir's, dachte Revaila. Das ist der Dank, daß wir ihm seine Mistkirche nicht schon gestern nacht angezündet haben. Wir wollen ihm Gutes, und er tritt uns gleich mit den ersten Worten in den Hintern! Man sollte einmal mit ihm sprechen, ganz freundlich, und ihm mitteilen, daß er mit dieser Art keine Chancen hat, lange in Penasblancas zu überleben. Unruhen haben wir hier genug. Wir brauchen keinen Priester, um neue Wirbel entstehen zu lassen.

Dr. Mohr stand neben Revaila und beglückwünschte innerlich Pater Cristobal.

Er hatte es geschafft.

Und dann sah er sie... Sie stand in der vierten Reihe hinter dem Kreuz, ein weißes Spitzentüchlein über dem schwarzen Haar. Neben ihr ein gedrungener, ernster Mann... das mußte ihr Vater sein. Auf ihrer anderen Seite eine Frau, die ältere, verhärmte Ausgabe ihrer Schönheit: die Mutter. Sie alle hatten die Hände gefaltet und blickten auf das Kreuz. Dr. Mohr atmete tief auf. Margarita...

Penasblancas verlor für Dr. Mohr alle Häßlichkeit und alles Grauen. Er hörte nicht mehr auf die Predigt von Pater

Cristobal. Langsam schob er sich durch die Menge, ging zur anderen Seite und drängte sich dort wieder in die erste Reihe. Ein paarmal stieß man ihn kräftig zur Seite, aber als man erkannte, daß es der neue Doktor war, gab man den Weg frei.

Während Pater Cristobal verkündete, jeder könne zu ihm kommen, um sich auszusprechen, denn nichts löse mehr die Qualen der Seele als ein gutes Gespräch, und selbst der Verworfenste sei immer noch ein Kind Gottes, schob sich Dr. Mohr neben Margarita. Sie blickte nicht zur Seite, mit großen leuchtenden Augen hörte sie dem Priester zu. Erst als Cristobal »Amen« sagte und Miguel mit einem dröhnenden Halleluja einsetzte, in das sofort, sehr zum Ärger Revailas, sowohl Mercedes Ordaz als auch alle Versammelten einfielen, berührte Dr. Mohr leicht Margaritas Arm. Sie zuckte zusammen wie unter einem Schlag, ihr Kopf flog herum, die herrlichen Augen sprühten ein wildes Feuer. Dann, als sie Dr. Mohr erkannte, wandte sie sich wortlos wieder dem Altar zu.

Bis zum Ende des Gottesdienstes standen sie stumm nebeneinander. Erst nach dem Segen, bei dem sie mit gesenktem Haupt niederkniete, und nach dem »Glockenläuten«, das diesesmal Miguel übernahm und die Eisenpfanne bearbeitete, als müsste er sie in Stücke zerhämmern, schob sich ihr Vater zwischen Margarita und Dr. Mohr und blickte den Doktor mißtrauisch an.

»Gehen Sie, señor!« sagte er. »Sie passen nicht zu uns.«

»Nur weil ich glattere Hände habe als ihr?« Er warf einen Blick zu Margarita. Nun hatte sich auch die Mutter dazwischen geschoben. Verschlossen, im Gesicht das Leid ihres Lebens, bildete sie mit dem Vater eine Mauer: Laß unsere Tochter in Ruhe. Du gehörst nicht hierher. Und wer nicht aus unserem Stand ist, bringt nur Unglück. Wir kennen sie, die erbarmungslosen Jäger unserer hübschen Töchter.

»Was wollen Sie?« fragte der Vater.

»Ich habe Ihre Tochter im Polizeigefängnis kennengelernt.«

»Sie hat es erzählt!« Der Vater wurde unsicher. Da stand ein feiner Herr und redete ihn mit »Sie« an. Das war nicht nur ungewöhnlich und völlig ungewohnt, das war ein Benehmen, das man nicht einordnen konnte. Ein guaquero ist eine Handvoll Dreck, das war selbstverständlich. Und nicht anders als Dreck wurde man auch behandelt – bis man mit seinem verknoteten Taschentuch kam und es, den Revolver neben sich auf der Tischplatte, ausbreitete und den Fund mühseliger, die Gesundheit zerfressender Wochen zeigte: kleine, grüne Steine.

Dann war man für eine Stunde ein Mensch, wurde höflich behandelt, bekam einen Schnaps spendiert. Sogar Christus Revaila klopfte einem auf die Schulter und nannte den dreckigsten Burschen seinen camarada. So ist das Leben eben – ein guaquero ist nur ein Mensch, wenn er die kleinen grünen Sonnen mitbringt. Aber selbst dann wird es niemandem einfallen, »Sie« zu einem zu sagen und so zu tun, als sei er ein feiner Herr.

»Laß uns gehen, Adolfo«, sagte die Mutter.

»Ich fresse Sie nicht.« Dr. Mohr sah sich um. Die Kirche hatte sich so schnell geleert, als wären alle vor der Entdekkung ihrer geheimsten Sehnsüchte geflüchtet. Nur Pater Cristobal lehnte noch am Altar und tat so, als putze er den versilberten Hostienteller mit einem Handtuch.

»Ich bin Pedro Morero ...«

»Wir wissen es. Ich bin Adolfo Pebas, das ist meine Frau Maria Dolores und meine Tochter Margarita.«

»Sie haben noch eine Tochter, señor Pebas?«

Die etwas verbindlicher gewordenen Gesichtszüge versteinerten sich wieder. »Reden wir nicht von ihr, señor!« sagte Pebas hart. »Wir fallen schon auf. Lassen Sie uns endlich gehen.«

»Ich möchte Ihnen helfen.«

»Wie?! Helfen!« Pebas lachte rauh. »Wenn Sie uns helfen wollen, dann lassen Sie uns in Ruhe. Das ist die beste Hilfe! Vielleicht können Sie mir mal eine Kugel aus dem Körper holen oder meinen Tod feststellen wie bei Pablo Ramirez. Dafür danke ich Ihnen hiermit im voraus ... später kann ich's ja nicht mehr.«

Er lachte wieder mit einer galligen Bitterkeit, drehte sich weg, griff seiner Frau und seiner Tochter unter den Arm und verließ mit ihnen die Kirche. Dr. Mohr zögerte. Dann lief er ihnen nach, holte sie draußen auf der Straße ein und ging neben ihnen her.

Die Pebas blickten starr geradeaus, als gäbe es keinen Begleiter. Erst als sie bei ihren beiden Mauleseln angelangt waren, die an der Schmalseite des Platzes an einen armseligen, verstaubten und vertrockneten Baum gebunden waren, ließ Adolfo Pebas die Arme seiner Frau und seiner Tochter los und vertrat Dr. Mohr den Weg.

»Sie haben Glück, ein leidlich sympathischer Mensch zu sein!« sagte er dumpf. »Jedem anderen, der sich so benehmen würde, hätte ich schon längst die Nase eingeschlagen. Wir brauchen Sie nicht!«

»Das ist mir klar.«

»Warum haben Sie gelogen?« Es war das erstemal, daß Margarita sprach. Sie war auf eines der Mulis gestiegen und ordnete jetzt ihren Rock über ihren schönen Beinen. »Es hieß, ein Geologe käme nach Penasblancas. Sie sind aber Arzt ...«

»Ich mußte meine Absicht ändern.« Dr. Mohr empfand so etwas wie eine Erlösung. Die starre Mauer der Pebas begann zu bröckeln. Die Abwehr wurde schwächer. Man hörte ihm zu, kritisch zwar, auf dem Sprung wie ein Raubtier, das man anlockte und das nun vorsichtig und abwartend in der Deckung lag. »Ich wollte zu euch, den guaqueros, kommen, um einige Zeit mit euch zu leben und eure Sorgen und Nöte, eure Probleme und eure Hoffnungen kennenzulernen. Ich wollte einer von euch sein, um später dort helfen zu können, wo es wirklich nötig ist.«

»Dazu wären Sie nie gekommen!« sagte Pebas.

»Sehe ich wie aus Zucker gebrannt aus?«

»Die da draußen« – Pebas zeigte mit dem Daumen in die Berge – »hätten Sie nicht atmen lassen! Sie wollten schürfen?«

»Natürlich.«

»O Maria! Wo denn? In den Gruben und Stollen, Höhlen und Flußufern wimmeln sie herum wie Ameisen. Wollten Sie einen Stollen für sich freischießen?«

»Ich hätte mich einem Team angeschlossen. Vielleicht Ihnen. Zwei Hände mehr bedeuten eine doppelte Chance. Eine echte Partnerschaft...«

»Die sofort endet, wenn der eine etwas findet. Dann bringen sich die Freunde gegenseitig um. Wer überlebt, ist der Glückliche.« Pebas winkte ab. »Sie haben keine Ahnung, señor, wo Sie hier gelandet sind. Das einzige, was gilt, sind die grünen Steine. Wir sind doch alle Idioten, die wir an den großen Fund glauben. Ich auch! Uns ist nicht mehr zu helfen. Unseren Verstand haben wir in die Berge gewühlt.«

»Versuchen wir es«, sagte Dr. Mohr.

»Was?«

»Nehmen Sie mich mit.«

»Wohin?«

»Zu Ihnen.«

»In die Berge?«

»Ja.«

»Verrückt.«

»Wenn Sie einen Platz haben, wo ich mich hinlegen kann, genügt das.«

»Sie wollen zu uns in die Berghütte kommen?«

»Ich möchte bei Ihnen leben. Ich will, wie ihr alle, ein guaquero sein.«

»Können Sie schießen?«

»Ja.« Was sollte er darauf antworten? Er mußte dieses Examen bestehen.

»Haben Sie Kraft?« Pebas trat an sein Muli, schnallte ein Bohlenbrett vom Gepäcksattel und nahm es in beide Hände. »Eigentlich brauchte ich es für eine Tür«, sagte er. »Aber auch hierfür ist es gut! Halten Sie es fest, mit beiden Händen. Ganz fest.«

Dr. Mohr nahm die Bohle und streckte sie Pebas entgegen. Er wußte genau, was kommen würde, und grub seine Finger in das Holz. Pebas fixierte das Brett, hob blitzschnell die rechte Faust und ließ sie ebenso schnell heruntersausen. Es krachte, und das Holz zersplitterte. Dr. Mohr hielt die beiden Stücke fest in den Händen.

»Gut!« sagte Pebas hart. »Und Sie, doctor?!«

»Legen Sie es auf zwei Steine …«

»Bin ich ein Schwächling?« schrie Pebas.

»Ich möchte nicht, daß Sie sich die Arme brechen.«

»Ha! Das will ich sehen.«

Pebas suchte in der Umgebung, brachte zwei Ziegelsteine heran. Über die Steine legte er das Brett. »Das schaffen Sie nie! Nie! Sie sind aus Fleisch und Blut, aber nicht aus Eisen! Lassen Sie den Unsinn, doctor. Wenn wir etwas von Ihnen brauchen, dann Ihre Hände.«

Dr. Mohr kniete vor dem Brett und konzentrierte sich. Vor zwei Jahren, dachte er. In Hamburg. Lee-en-Lai, der Karatelehrer, der Bretter und Ziegelsteine, dicker als diese hier, mit einem Handkantenschlag mittendurch trennte wie ein schneidender Blitz. Lee-en-Lai war vorher sein Patient gewesen. Eine komplikationslose Blinddarmoperation, aber für Lai war tiefe Dankbarkeit selbstverständlich. Er stattete sie ab in Form eines Privatlehrgangs in Karate. Was sonst nie gelehrt wurde, hatte Dr. Mohr mit Lai an Brettern und Steinen, ja sogar an gußeisernen Platten geübt: den Todesschlag. Der fürchterliche Hieb, der das Skelett eines Menschen völlig deformieren kann.

Dr. Mohr starrte auf das Brett. Er atmete tief auf, dachte an Lee-en-Lai und streckte die Hand. Dann zuckte sein Arm empor, die Mobilisierung der geheimnisvollen Kräfte entlud sich in einem dumpfen Stöhnen, die Handkante sauste auf die Bohle und zerschnitt sie, als habe sie ein rasiermesserscharfes Beil getroffen.

Wortlos starrte Pebas auf die Bohle. Dr. Mohr erhob sich von den Knien und trat an das Maultier heran, auf dem Margarita saß. Ihre großen schwarzen Augen glänzten. Mit beiden Händen hielt sie das über dem Haar liegende Spitzentüchlein unter dem Kinn zusammen.

»Danke«, sagte Dr. Mohr.

»Wofür?« fragte sie leise.

»Als ich zuschlug, habe ich gedacht: Wenn es gelingt, habe ich Margaritas Vater überzeugt. Dann nimmt er mich mit in die Berge ... in seine Hütte ...«

»Tu es nicht, Adolfo!« sagte hinter Mohrs Rücken Maria Dolores, die Mutter. »Es wird ein Unglück geben! Tu es nicht ...«

»Wann wollen Sie kommen, doctor?« fragte Pebas leise.

»Sofort. Wenn Sie hier warten können, bin ich in einer halben Stunde zurück. Ich packe nur meinen Jeep ...«

»Wo wir wohnen, kommt kein Auto hin. Auch nicht Ihr Jeep. Kaufen Sie sich zwei Mulis, und lassen Sie den Wagen hier stehen. Gut, wir warten!«

»Bestimmt?«

»Doctor, ich bin nicht nur ein guaquero, ich bin auch ein Spanier! Meine Vorfahren kamen vor 130 Jahren nach Kolumbien. Aus Murcia. Unser Wort gilt.«

»In einer halben Stunde.«

Dr. Mohr wandte sich ab und lief den Platz hinunter. Verstohlen rieb er seine rechte Handkante. Sie brannte, als habe er sie in Feuer gelegt. Am Eingang der Kirche stand Pater Cristobal und drohte ihm mit dem Zeigefinger.

»Komm einmal her, Pete!« sagte er und grinste verhalten.

»Los, berichte deinem Beichtvater, was du erreicht hast. Welch ein Zufall: Sie war in der Kirche.«

»In einer halben Stunde ziehe ich mit ihnen in die Berge. Ich hole nur meine Sachen von Revaila.«

»Das ist schlecht.« Cristobal Montero faltete die Hände. Er trug noch immer sein Meßgewand. »Ich habe gedacht, wir arbeiten eng zusammen: du die Klinik, ich die Kirche. Zwei Ks, die sie hier brauchen wie Luft, Wasser und Brot.«

»In den Bergen werde ich meine Kranken suchen. Ich will nicht warten, bis sie zu mir kommen ... ich gehe in ihre Hütten und Höhlen.«

»Das ist ein gutes Wort.« Pater Cristobal blickte auf seine improvisierte Kirche. »Ich komme nach.«

»Cris, das ist Wahnsinn!«

»Gott in den letzten Winkel der Menschheit zu tragen ist genau mein Ziel. Wir treffen uns bald wieder, Pete.«

Dr. Mohr sah ein, daß Diskussionen jetzt keinen Sinn hatten. Er klopfte Cristobal auf die Schulter und lief weiter. Am Eingang ihrer »Bar« stand »Mamá« Mercedes und winkte mit beiden Händen. Sie trug noch ihr »Kirchenkleid« und ihre Spitzenmantilla.

»Kommen Sie herein, doctor!« rief sie. »Trinken wir einen guten Wein zusammen. Ich muß etwas mit Ihnen besprechen. Es wird Sie freuen. Ich will etwas für die Klinik stiften ...«

»Bringen Sie es in die Berge, señora!« rief er zurück. »Ab übermorgen Sprechstunde jeden Vormittag!«

Mit wortlosem Staunen starrte ihm Mercedes Ordaz nach.

Christus Revaila war schlechtester Laune. Der Kirchgang hatte ihn angestrengt. Nicht, daß jetzt ein Stachel christlichen Gewissens in ihm stak, so sehr Pater Cristobal auch vom Gewissen gepredigt hatte, es war vielmehr die Erkenntnis, daß die Kirche plötzlich, innerhalb weniger Tage zu einer neuen Macht in Penasblancas geworden war. Die Auswirkung dieser Neuerung konnte man nicht absehen. Am meisten erschütterte Revaila, daß Juan de Lupa, ein ganz übler Bursche, der nur mit blankem Messer und entsichertem Revolver herumspazierte und den nur »Mamá« beherrschen konnte, als einer der ersten an den Altar getreten war, um die Kommunion zu empfangen. Kniend, mit geschlossenen Augen, ein Bild frommer Gläubigkeit. Ein ungeheuerlicher Anblick.

»Ah! Da sind Sie ja, señor médico!« rief Revaila, als Dr. Mohr ins Haus kam. »Ich platze! Ich zerspringe! Haben Sie ein Mittel gegen Zerplatzen?!«

»Trinken Sie einen doppelten Schnaps, Christus.«

»Für so ein Rezept muß man jahrelang studieren?« Revaila legte die Füße vor sich auf den Korbtisch. »Haben Sie das verdammte Luder von Mercedes gesehen? Singt sich die Lunge aus dem Leib! Bekreuzigt sich, geht mit aller Wucht in die Knie, verdreht die Augen wie eine gedeckte Kuh... hach!... ich platze! Und alle Lieder kennt sie auswendig! Ich frage mich, woher? Doctor, ich kenne diese ›Dame‹, seit sie in Penasblancas aufgetaucht ist. Vor einigen Jahren, mit drei Huren im Gefolge. Das war der Grundstock der ›Dancing-Bar‹! Durch drei Zelte und einen Wohnwagen – da wohnte die ›Mamá‹ – wurde alles geschleust, was Pesos oder Smaragde hatte. Nach einiger Zeit baute sie das Haus in die ›Bar‹ um und wurde vornehm. Jeder, der zu den Weibern will, muß sich erst waschen. Heiß waschen! Und desinfizieren! Vor vier Jahren tauchte ein Pfarrer auf, geschickt vom Erzbischof von Bogotá. Wie reagierte Mercedes Ordaz? Betete sie? Sang sie wie heute mit wogenden Brüsten?! Scheiße! Sie schickte ihm zwei ihrer Weiber ins Haus, ließ sie nackt durch das Pfarrhaus tanzen und aus den Fenstern jubeln: Ha, wie kann er's gut! Der Kerl macht uns alle verrückt! Der arme Pfaffe raufte sich die Haare und beteuerte seine Unschuld, er lief herum und wollte alles klarstellen, er predigte mit Verzweiflung... aber alle lachten ihn nur aus! Da flüchtete er aus der Stadt. Seitdem kamen nur noch dreimal Priester nach Penasblancas, betrachteten die in ein Magazin umfunktionierte Kirche, riefen die Behörden zu Hilfe, wurden nachts von Unbekannten verprügelt und flüchteten wieder in die Arme ihres Erzbischofs. Das waren normale Zustände. Und jetzt? Kniet sich hin und schluckt eine Hostie! Dieses verdammte Aas! Stimmen will sie sammeln, Stimmen gegen mich! Den Handel will sie an sich reißen, mit Hilfe der Kirche, und der Pfaffe ist auch noch so blöd und merkt das nicht!«

»Pater Cristobal ist ein anderer Gegner! An ihm wird Mercedes noch Freude haben!« Dr. Mohr ging in sein Zimmer und holte seinen Koffer vom Schrank. Revaila, der ihm gefolgt war, stieß ihm die Faust in den Rücken.

»Doctor, was soll das?«

»Ich ziehe um.«

»Aha! Und wohin?«

»In die Berge. Zu den guaqueros.«

»Warum dieser Umweg? Wenn Sie unbedingt erschossen werden wollen... ich kann das auch! Im übrigen habe ich von Don Alfonso den Auftrag, auf Sie aufzupassen. Das kann ich nur hier.«

»Weil Sie sich in den Bergen nicht blicken lassen dürfen.«

»Halleluja! Wenigstens das haben Sie begriffen.«

»Hier liegt der Unterschied zwischen Ihnen und mir: Ich kann mich in den Bergen sehen lassen. Deshalb ziehe ich um.«

»Nicht ohne Don Alfonsos Erlaubnis. Und Sonntag kann ich ihn nicht erreichen. Sie müssen bis morgen warten.«

»In einer halben Stunde reite ich los.«

»Doctor, wollen wir uns streiten?« Revaila ergriff den Koffer Dr. Mohrs und warf ihn wieder auf den Schrank. »Das bringt nichts ein.«

Dr. Mohr lehnte sich gegen die Wand und betrachtete den

bulligen, vor Kraft strotzenden Christus Revaila. Ein Muskelpaket wie ein Stier.

»Eine Stadt voller Wunder, dieses Penasblancas«, sagte er ruhig. »Da fliegen Koffer von selbst durch die Luft. Revaila, lassen Sie ihn wieder runterkommen.«

»Vielleicht am Montag.«

»In einer Minute.«

»Wir werden Ihr Rezept von vorhin einlösen, doctor. Trinken wir einen Schnaps zusammen!«

»Revaila, ganz kurz: Wenn Sie Don Alfonso sprechen, sagen Sie ihm, daß ich ihn an unsere Abmachung erinnere: völlig freie Hand! Ich mache hier das, was *ich* für gut erachte, nicht *Sie* und schon gar nicht *Don Alfonso,* weit weg in Bogotá. Wenn er anderer Ansicht ist, betrachte ich unser Abkommen für erledigt.«

Revaila sah ihn entgeistert an und schüttelte den Kopf. »Vergessen Sie das, médico«, sagte er. »Sie machen sich lächerlich.«

»Es ist schade. Eigentlich hat alles so gut begonnen.« Dr. Mohr betrachtete seinen Koffer auf dem Kleiderschrank. Ich muß beweisen, daß ich hierhin gehöre, dachte er. Immer und immer wieder. Vor jedem, der es nicht glauben will, muß ich demonstrieren, daß ich kein weiches Kerlchen aus der großen Stadt bin. Hier sind Menschen, die nur durch Sehen begreifen, nicht durch Reden. Ein einziges Zeichen von Schwäche, und man ist abgeschrieben, der Lächerlichkeit preisgegeben, ein Hase, den man hetzen und schließlich erlegen darf. Was ich jetzt tue, Christus Revaila, hat nichts mit Arzt sein zu tun – aber tue ich es nicht, werde ich nie euer Arzt sein können.

»Der Koffer«, sagte Dr. Mohr hart.

»Ein schöner Koffer, doctor«, grinste Revaila.

Es war der letzte vernünftige Satz, den Revaila in den nächsten Stunden sagte. Wie ein Blitz traf Mohrs Faust den verdutzten »König von Penasblancas« und schmetterte ihn gegen den Schrank. Revaila wollte zu seinem Revolver greifen, aber ein in seiner Schnelligkeit fast unsichtbarer Karatetritt traf seinen Unterarm. Der Knochen knirschte deutlich. Revaila stieß einen dumpfen Schrei aus, breitete dann die Arme aus und warf sich mit dem Kopf zuerst auf Dr. Mohr. Er raste direkt in die vorgestreckte Faust, wurde zurückgeworfen und taumelte wie blind um die eigene Achse. Der dritte Schlag machte der Demonstration ein Ende. Revaila fiel in die Knie und legte sich dann auf die Dielen. Dr. Mohr kreuzte die Hände auf Revailas Rücken und opferte eine ganze Rolle Leukoplast. Mit dem Klebeband umwickelte er die Gelenke. Eine unlösbare Fessel, die selbst ein Stier wie Revaila nicht zerreißen konnte.

In aller Ruhe packte er daraufhin seinen Koffer und stellte die Reisekisten zusammen, trug alles in den Innenhof hinunter, wo sein Jeep parkte, lud ihn voll und kehrte dann in das Zimmer zurück.

Revaila rollte über den Boden, versuchte mit hochrotem Kopf, die Fesseln zu zerreißen, und schob sich an der Wand empor. Es war offensichtlich: Er wollte zum Fenster, um nach Hilfe zu schreien. Dr. Mohr riß ihn zurück und warf ihn wieder auf den Boden. Der Haß, der ihm aus Revailas Augen entgegenschlug, war tödlich.

»Ich würde das nicht tun«, sagte Dr. Mohr ruhig. »Der Herr von Penasblancas ruft jämmerlich um Hilfe?! Das ist kein Stil für einen Herrscher, Revaila. So etwas spricht sich herum: Der Unbesiegbare ist mit Leukoplast gefesselt worden! Diese Blamage! Ein Vorschlag: Ich schicke Ihnen in zwei Stunden Cristobal hinauf. Er wird Sie wieder auswickeln.«

»Ich bringe dich um, du Saukerl!« stöhnte Revaila.»Ich bringe dich um! Du gottverfluchte Sau!«

»Wenn Sie meinen ärztlichen Rat brauchen, ich eröffne meine Praxis in den Bergen.«

»Und wenn du in der Hölle bist, ich kriege dich noch einmal!«

»Sicherlich. Ich werde sogar nach Penasblancas kommen, um einzukaufen. Grüßen Sie Don Alfonso. Ich habe die große Hoffnung, daß er besser überblickt, was ich plane, als Sie. Revaila, Sie mögen ein großer Mann in Penasblancas sein, aber Muskeln und Skrupellosigkeit haben noch nie das Gehirn ersetzt. Und dort ist bei Ihnen viel, viel Hohlraum…«

»Scheißkerl!« stöhnte Revaila. Er zitterte vor Wut. »Scheißkerl! Scheißkerl!!!«

»In zwei Stunden können Sie nachkommen.« Dr. Mohr verabschiedete sich mit einem Nicken, schloß die Tür und verließ das für die Verhältnisse in Penasblancas geradezu prunkvolle Haus.

Als er an der ›Kirche‹ vorbeifuhr, stand Cristobal Montero davor und winkte mit beiden Armen. Dr. Mohr schwenkte ab und bremste.

»Ich wäre bestimmt zurückgekommen«, sagte er. »Cris, ich wäre doch nicht ohne Abschied gegangen. Ich muß erst noch zwei Mulis kaufen.«

»Komm mit und sieh dir das an.« Der Pater ging voraus. In der Kirche, vor dem Altar, standen zwei kräftige, braungraue Mulis und glotzten Dr. Mohr an. Das eine trug einen Sattel, das andere ein weit ausladendes Gestell, auf dem man eine Menge Gepäck verstauen konnte.

»Pater, *das* in der Kirche?« Dr. Mohr lachte und legte den Arm um Cristobals Schulter. »Kannst du Gedanken lesen?«

»Ich habe mit den Pebas gesprochen. Und was heißt: *Das* in einer Kirche? Jesus ritt auf einem Maultier in Jerusalem ein.«

»Was kosten sie?«

»Eine Leihgebühr. Du überläßt mir deinen Jeep.«

»Das hätte ich ohnehin getan. Aber ich garantiere dir nicht, daß die Mulis überleben.«

»Dein klappriger Jeep auch nicht.«

»Du willst tatsächlich nachkommen?«

»Die Kirche läßt sich doch nicht von einem Arzt vormachen, was Menschenliebe ist.« Cristobal Montero griff nach den Zügeln des Mulis mit dem Sattel und zog es an sich heran. »Kannst du überhaupt ein Maultier reiten?«

»Natürlich kann ich reiten.«

»Ein Muli! Das ist etwas anderes als ein Pferd! Ein Muli hat die Seele eines Pferdes, aber den Dickschädel eines Esels. Setz dich drauf, Pete …«

»In der Kirche?«

»Die Wohnung Gottes war immer ein Raum der Lehre. Ob das Wort oder das Mulireiten, wo ist da ein Unterschied?«

»Ihr Pfaffen habt wohl für alles eine Erklärung, was?«

»Wir wären verloren, wenn wir nur eine Sekunde lang sprachlos wären. Pete, red nicht soviel! Die Zeit drängt. Sitz auf.«

Zehnmal ritt Dr. Mohr auf seinem Muli kreuz und quer durch die Kirche, umkreiste den Altar und trabte unter dem von dem Deckenbalken hängenden großen Holzkreuz hindurch. »Bravo!« rief Pater Cristobal ein paarmal. »Sehr gut! Vorzüglich! Es ist erstaunlich, was du als medizinischer Klempner alles kannst! Wann hast du das alles gelernt? Ich denke, ihr Kliniker arbeitet am Tag 36 Stunden?«

»40, Cris! In den verbleibenden 4 Stunden pro Tag erfreuen wir uns am Leben.« Dr. Mohr hielt sein Muli an und stieg ab. Das Tier rieb den Kopf an seiner Schulter und schnupperte mit den Nüstern über sein Haar. »Es liebt mich schon.«

»Kunststück! Es ist eine Stute!«

»Danke, Pater …«

»Du gehst doch nur in die Berge, um bei Margarita zu sein!«

»Nicht allein deswegen. Ich will ›vor Ort‹, wie man bei uns sagt. An die vorderste Front dieses Leides, das keiner kennt, keiner wahrhaben will, jeder verschweigt. Man kann einen Sumpf nur trockenlegen, wenn man ihn kennt. Eine Landkarte allein genügt nicht.«

»Margarita ist kein Blümchen, das am Wege wächst und man sich einfach ins Knopfloch stecken kann.«

»Ihre Belehrung, Beichtvater, war unnötig.«

»Die Eltern haben Angst. Eine Tochter haben sie schon verloren.«

»Das wußte ich nicht. Aber eine Schwester von Margarita...«

»Um die handelt es sich.« Pater Cristobal lehnte sich gegen das Packmuli. »Für Alfonso und Maria Dolores ist sie tot. Perdita – so heißt das Mädchen – arbeitet seit einem Jahr bei Señora Mercedes in der ›Bar‹. Sie hatte das furchtbare Leben in den Bergen, in der Hütte und den Höhlen satt. ›Mamá‹ bot ihr einen guten Vertrag als Serviererin mit 5 Prozent Anteil am Verzehr.«

»Das ist mies! In St. Pauli bekommen sie 10 Prozent.«

»Für Penasblancas ist das ein Traumvertrag! Denn was nach der Arbeitszeit passiert, ist absolute Privatsache. Bis auf eine Kleinigkeit: 25 Prozent kassiert ›Mamá‹.« Pater Cristobal räusperte sich. »Für die Mädchen bedeutet das trotzdem viel Geld! Ihre Stundendienste lassen die Pesos regnen. Perdita kann in zwei Jahren reich sein, aber sie wird nie mehr eine Ehre haben. Für ihre Familie ist sie tot. Nur noch Margarita hält zu ihr. Als sie im Gefängnis saß – bei ihrer Ankunft –, wollte sie gerade heimlich Perdita besuchen. Adolfo Pebas hat später getobt.«

»Woher weißt du das alles?«

»Sie haben es mir erzählt. Ich habe ihnen die Beichte abgenommen.«

»Auf dem Marktplatz?«

»Gott ist überall.«

»Ich weiß. Ihr Priester könnt hemmungslos sein.«

»Deshalb werde ich auch Perdita aus dem Haus von ›Mamá‹ herausholen!« Pater Cristobal strich sich seinen struppigen Bart. »Ich habe herausgefunden, daß sie auf der gleichen Etage wie ich wohnt und ›arbeitet‹.«

»Mein Gott!« Die Angelegenheit wurde langsam schwierig und verwickelt – zu verwickelt für ihn.

»Was rufst du, mein Sohn?«

»Du willst bei ›Mamá‹ wohnen bleiben?!«

»Ich habe nie an etwas anderes gedacht. Es ist der beste Platz für mich!« Cristobal Montero packte die beiden Mulis an den Zügeln und führte sie aus der »Kirche«. Dr. Mohr folgte ihm, ging zu seinem Jeep und begann die Gepäckstücke auszuladen.

»Du willst es mit ›Mamá‹ aufnehmen? Krieg von Etage zu Etage? Du wirst verlieren, Cris.«

»Solange sie den Gottesdienst besucht ...«

»Sie wird vor dir knien und voller Dankbarkeit eine Hostie aus deiner Hand nehmen, an der Ecke allerdings wartet der von ihr bezahlte Mörder. Du vergibst ihr im voraus die Sünde, dich umzubringen.«

»Das ist Christentum.«

»Da passe ich!«

Sie beluden das Muli und verteilten die Last so, daß das Tier nicht überladen wurde. Seinen Medizinkoffer und die geheimnisvolle Aktentasche, das Geschenk von Alfonso Camargo, lud Dr. Mohr auf sein Reittier. Dann gab Pater Cristobal ihm stumm die Hand, zog ihn plötzlich an sich und küßte ihn auf beide Wangen.

»Gott mit dir!« sagte er mit belegter Stimme. »Wir sehen uns bald wieder.«

»Überleg es dir, Cris. Die Menschen hier in der Stadt brauchen dich auch.«

»Wenn auf 30 000 guaqueros ein Arzt kommt, kann es auch ein Priester schaffen! Wir werden schuften müssen.«

»Es wird sich lohnen, Cris.« Dr. Mohr kletterte auf sein Reitmuli. »Nimm dich in acht vor Mercedes Ordaz. ›Mamá‹ ist gefährlicher als Revaila. Übrigens: Ich habe Christus mit Leukoplast gefesselt. – Himmel, wie das klingt! – Er liegt in seinem Haus auf der Erde. Ich habe ihm versprochen, daß du in zwei Stunden kommst und ihn auswikkelst.«

»Er kann bis zum Abend warten. Etwas Ruhe und Besinnung tun ihm gut.«

»Ich habe in ihm einen neuen Todfeind.«

»Siehst du, jetzt sind wir wieder gleich: Du hast deinen Revaila, ich meine Mercedes Ordaz. Pete, noch einmal: Gott mit dir! Paß auf dich auf.«

»Und du auf dich.«

Dr. Mohr trieb sein Muli an. Es trabte los, das Packtier an einem Strick hinterherziehend. Als der Doktor sich umblickte, sah er gerade noch, wie Pater Cristobal den Jeep in die Kirche fuhr. Er ist von einer beneidenswerten Gläubigkeit, dachte er. Für ihn ist Gottes Haus immer noch der sicherste Platz. Ein Glück, daß ich ihm im Jeep eine Maschinenpistole mit vier Reservemagazinen zurückgelassen habe.

Auf dem Marktplatz wartete noch die Familie Pebas. Adolfo half Maria Dolores in den Sattel, als er Dr. Mohr von weitem anreiten sah.

Margarita hatte das Spitzentuch vom Haar genommen und ein Kopftuch mit langen Fransen umgebunden. Sie lächelte zaghaft, als Dr. Mohr bei der Familie eintraf.

»Endlich!« sagte Pebas. »Fast zwei Stunden hat es gedauert! Wir müssen uns beeilen.«

»Es war schwer, Revaila zu überzeugen.«

»Hat es Krach gegeben?« Adolfo blickte Dr. Mohr ängstlich an. »Wir sind nicht einen Peso mehr wert, wenn Revaila unser Feind ist.«

»Er hat die Notwendigkeit eingesehen.« Dr. Mohr sah sich um. »Worauf reiten Sie, Adolfo?«

»Ich nehme meine Füße! Drei Mulis kann ich mir noch nicht leisten. Ab und zu setze ich mich hinter Margarita.«

»Wie weit ist es bis zu Ihrer Hütte?«

»Fünf Stunden, wenn es gut geht.«

»Zum Teufel, warum haben Sie das nicht gesagt. Ich hätte ein Muli für Sie angeschafft!«

»Ich will nichts geschenkt haben, señor!« Pebas tätschelte Dr. Mohrs Muli die Nüstern. »Das ist auch wichtig, doctor: Wir nehmen nichts, was wir nicht bezahlen können. Auch meine Frau und meine Tochter nicht. Eher krepieren wir!«

»Sind sie alle so da draußen?«

»Nein!« Pebas schnalzte mit der Zunge, die Mulis zokkelten los. »Deshalb nennen sie mich auch den ›verrückten Dolfo‹.« Er ging neben Dr. Mohr her und hielt sich an einer Sattelschlaufe fest. »Das ist ein guter Name. Man nimmt mir nichts mehr übel.«

Fast sieben Stunden ritten sie durch Schluchten mit üppigen Riesenfarnen und verfilzten Büschen, über schmale Trampelpfade an schroffen Berghängen entlang, über schwankende Holzbrücken, die sich über reißende Gebirgsbäche spannten. Sie kletterten immer höher, kamen an Siedlungen vorbei, die mehr Vogelnestern glichen, an Wohnhöhlen und mit geflochtenen Matten bedeckten Hütten. Überall, wo hier Menschen lebten, gab es Einstiege in die Berge, aus dem Stein gehauene Röhren in die Tiefe, Stollen, mit Knüppelholz notdürftig abgestützt – Eingänge zu dem erträumten Paradies, das grün und glitzernd war.

Das Haus der Pebas lag in einem Gebiet, das die staatlichen Minen vor vier Jahren als unrentabel aufgegeben hatten. Überall war der Berg mit Stolleneingängen angebohrt, die Schutthalden waren längst überwuchert, der Urwald rückte wieder vor. Es war ein trostloses Land, ausgebeutet und deshalb nutzlos. Selbst erfahrene guaqueros hatten hier nur zwei Jahre ausgehalten, dann waren sie weitergezogen. Zurück blieben zehn Familien, darunter der »verrückte Dolfo«, die fest daran glaubten, daß irgendwo in der Tiefe der Mine eine Smaragdader liegen müsse, die noch keiner gefunden hatte. Die staatlichen Geologen hatten nur mit dem Kopf geschüttelt. Was man hier mit einem ungeheuren technischen Aufwand gefunden hatte, war nicht einmal den hundertsten Teil dessen wert, was die Mine jährlich gekostet hatte. Als dann bei Cosques ein neues Smaragdlager entdeckt wurde, ließ man diese Mine liegen, räumte sie und überließ es den Spinnern, die wenigen kleinen grünen Steinchen ans Licht zu buddeln, die man übersehen hatte.

Pebas' Hütte sah wie alle Behausungen hier aus: eine Höhle, vor die man als Verlängerung des Wohnraumes ein großes Dach gebaut hatte. Was noch zwei weitere Zimmer ergab. Zehn Hühner und ein Hahn empfingen die Zurückkehrenden mit wildem Gegacker, in einem Knüppelholzstall rumorten zwei Schweine. Eine Milchziege lief frei herum und senkte die Hörner, als sie die Mulis sah. Hinter dem Haus erhob sich die Steilwand des Berges. Mitten in dieser Wand gähnten die Einstiege von drei Stollen. Vom oberen Abbruch pendelte eine Strickleiter herunter.

»Stehenbleiben!« brüllte eine Stimme von oben. Über einen Stein vor dem mittleren Stollen schob sich der Lauf eines Gewehres. »Die Hände hoch, ihr Halunken! Eure Namen! Keinen Schritt weiter!«

Dr. Mohr hob beide Arme. Entsetzt sah er, wie Adolfo Pebas ruhig hinter Maria Dolores aus dem Sattel glitt und zu seinem Haus ging. Auch Margarita saß ab und folgte ihrem Vater.

»Zurück!« schrie Dr. Mohr. »Er zielt auf euch! Margarita, bleib stehen!«

Er griff nach hinten, riß Don Alfonsos »Aktentasche« an sich und steckte die Hand in das Loch der Rückwand. Der kalte Griff der Maschinenpistole fühlte sich klebrig an.

Über dem Stein am Stollen erschien jetzt ein struppiger Kopf.

Dann die Schulter, in die der Gewehrkolben gepreßt war.

Dr. Mohr atmete tief durch. Er richtete das Ausschußloch der »Aktentasche« nach oben und krümmte den Finger bis zum Druckpunkt.

Zwei, drei Sekunden lang setzte bei ihm der Herzschlag aus. Nun stieg auch Maria Dolores von ihrem Muli und ging mit ruhigen Schritten ihrem Mann und Margarita nach. Der Mann oben im Stollen zielte noch immer, aber er drückte nicht ab. An der »Veranda« des armseligen Hauses, einem Vordach aus Knüppelholz, Brettern, geflochtenem Reisig und Strohmatten, blieb Adolfo Pebas stehen und winkte Dr. Mohr zu.

»Kommen Sie, doctor. Wir sind zu Hause. Oder bereuen Sie Ihre Entscheidung schon? Zurück können Sie jetzt nicht mehr. Unsere Wachen haben Sie hineingelassen, aber heraus kommen Sie nicht mehr allein.« Er lachte laut, als er Dr. Mohr zu dem Stollen starren sah, und brüllte: »Es ist gut, Pepe! Alles in Ordnung.«

Der Mann hinter dem Stein verschwand. Das Gewehr wurde zurückgezogen. Mit steifen Beinen rutschte Mohr von seinem Muli und ging auf das Haus zu. Margarita und ihre Mutter waren bereits in der großen Wohnhöhle verschwunden. Pebas lud das Packtier ab.

»Ich habe mich dämlich benommen, was?« fragte Dr. Mohr.

»Wegen Pepe? Woher sollten Sie Bescheid wissen? Pepe Garcia ist unser Nachbar. Er paßt auf unser Haus auf, wenn wir in die Stadt gehen. Aber das ist mehr symbolisch. Pepe ist halb blind. Dafür sieht er doppelt gefährlich aus. Er ist – glaube ich – der älteste guaquero im Minengebiet. Als die staatlichen Gruben noch funktionierten und Penasblancas eines der armseligsten Dörfer war, bewohnt von ein paar Chibcha-Indianern, schürfte er schon heimlich nach Smaragden. Dann fand man auch in diesem Gebiet zwar Smaragde, was Pepe zwar längst wußte, aber er hatte keine Werkzeuge, um an die Adern heranzukommen. 20 Jahre wühlte er sich durch den Berg, nur mit einer Hacke und einer Schaufel. Er schob Petroleumlampen vor sich her, später eine Taschenlampe. Der ständige Wechsel von Dunkelheit im Stollen und Sonne hier draußen fraß sein Augenlicht weg.« Pebas hob einen Sack mit Konserven von seinem Muli. »Wir alle krepieren einmal an diesen grünen Steinen. Pepe hatte einmal seinen großen Fund gemacht! Vor sechs Jahren. Ein Rohsmaragdblock, der – ausgeschlachtet – vielleicht 15 000 Dollar eingebracht hätte. Man stelle sich das vor: 15 000 Dollar! Bar auf die Hand! Pepe zog mit seinem Glücksfund los, kam sogar glücklich bis nach Bogotá und zur Emerald-Street. Zwei Tage später fand man ihn im Spital wieder, mit einem Loch im Kopf und einem im Rücken. Er hat's überlebt, ist zurückgekehrt zu seinem Stollen und gräbt seitdem weiter. Gefunden hat er so viel, daß er nicht zu verhungern braucht. Aber er hat seinen Berg nie mehr verlassen. Was er braucht, bringen wir ihm mit. Er wird oben in seinem Stollen sterben.«

Dr. Mohr bekam als Gast den besten Platz im Haus: eine Ecke in der Höhle, die mit Hundefellen ausgelegt war. Maria Dolores kochte eine Suppe aus Dosenfleisch und Maiskörnern; Margarita sammelte die Eier ein, die Pebas Hühner gelegt hatten.

Am Abend bekamen sie Besuch. Ein riesenhafter Mann, schwarzhaarig, mit einem scharfkantigen Gesicht, das seine indianischen Vorfahren verriet, tauchte aus der Dunkelheit auf. Niemand hatte ihn kommen gehört. Das Prasseln des offenen Feuers vor der Veranda verschluckte alle anderen Laute. Der Mann blieb im Schein des Feuers stehen und starrte Dr. Mohr stumm an. Dann sagte er zu Pebas: »Ist das der doctor?«

»Er ist es.« Pebas rauchte eine selbstgedrehte dicke Zigarre. Seinem Gast zu Ehren hatte er sogar eine Korbflasche mit Wein geholt, aber um nicht zu üppig zu sein, streckte er den Wein mit Wasser. Maria Dolores und Margarita arbeiteten im hinteren Teil der Höhle, der »Küche«.

Dr. Mohr hatte noch keine Gelegenheit gehabt, mit Margarita ein einziges Wort allein zu sprechen.

»Hat es sich schon herumgesprochen?« fragte Pebas.

»Das läuft wie ein Grasbrand.« Der große, dunkle Mann schob seine schwarzen Haare aus der Stirn.

»Das ist Juan Zapiga«, sagte Pebas.

»Ich kann mich allein vorstellen!« knurrte Zapiga.

»Dann tu's und glotz den doctor nicht so dumm an.«

»Ich bin also Juan Zapiga«, sagte er. »Ich habe eine Frau und zehn Kinder. Und alle sind krank. Die Frau hat's im Leib, drei Kinder husten nur noch, vier haben Geschwüre am ganzen Körper, der älteste Junge kann den rechten Arm kaum bewegen und schreit vor Schmerzen, wenn man ihn nur anfaßt, zwei werden immer weniger und sehen aus, als hätten sie statt Blut nur noch Milch in den Adern. Kann man da etwas tun?«

»Ich müßte deine Familie sehen und untersuchen, Juan. Aus der Ferne geht das nicht.«

»Sie ist hier.«

Er pfiff durch die Zähne und winkte. Aus der Dunkelheit lösten sich kleine und größere Schatten. Es sah aus, als würden Gestalten aus den Felsritzen quellen. Dann standen sie im Schein des offenen Feuers: eine zarte, kleine Frau mit langen, bis zu den Kniekehlen reichenden Haaren und indianischen Augen, zehn Kinder von 14 bis zwei Jahren, in zusammengenähte Lumpen gehüllt. 22 Augen, im flackernden Feuer übergroß und glänzend, sahen Dr. Mohr an. Das kleinste Kind hielt sich am Rock der Mutter fest und steckte den Daumen in den Mund. Ein Skelett, mit blasser, fast olivfarben schimmernder Haut überzogen.

»Sie sind alle sauber und gewaschen!« sagte Zapiga. »Ich weiß, was sich gehört, wenn man zu einem médico geht.« Er pfiff wieder. Der älteste Junge trat an seine Seite. »Das ist der, der den Arm nicht hochheben kann. Aber ich brauche ihn. Er ist kräftig genug, um im Berg mit mir zu graben. Was kostet es?«

»Was?« fragte Dr. Mohr etwas verwirrt. Er blickte die Familie der Reihe nach an. Da haben wir alles, dachte er. Tuberkulose, Anämie, Skorbut, Furunkulose, Eiweißmangel, Eisenmangel, Kalziummangel, sämtliche Formen der Hungerdystrophie, wahrscheinlich auch schon Veränderungen der Knochen.

»Die Untersuchung.«

»Nichts.«

Juan Zapiga schien nicht zu begreifen. Daß man etwas tat, ohne Lohn dafür zu verlangen, war jenseits seines Begriffsvermögens. Er griff in seinen Gürtel, holte das berühmte verknotete Taschentuch der guaqueros hervor und knüpfte es auf. Der Junge neben ihm zog mit der linken Hand einen Revolver aus dem Gürtel und trat zur Seite. Auch der zweite Sohn, vielleicht zehn Jahre alt, hatte plötzlich eine Waffe in der Hand. Die kleine, zarte Frau, vom Kindbett ausgelaugt, drückte ihr Jüngstes an sich und umklammerte mit der Rechten eine Pistole. Sie hatte sie unter dem weiten Rock hervorgezogen.

Dr. Mohr sah sich betroffen um. Im Eingang der Höhle standen Margarita und Maria Dolores. Auch sie hielten Waffen in den Händen, langläufige Gewehre, und es war, das sah er, nicht das erstemal, daß sie so, zu allem bereit, vor ihrem Haus standen. Pebas selbst hatte sich nach vorn gebeugt. Zwischen seinen Beinen lag, griffbereit, sein schwerer Revolver.

»Nur eine Vorsichtsmaßnahme«, sagte er. »Juan packt seine Smaragde aus. Weiß man, ob man beobachtet wird? Überall sind Augen. Kein guaquero knüpft sein Taschentuch auf, ohne sich dabei nach allen Seiten zu sichern. Aus den besten Freunden wurden schon Mörder – der Anblick der grünen Steine läßt Ehrgefühl und Freundschaft vergessen.«

Zapiga wartete. Er hockte sich, vorsichtig wie ein Tier, das sich an einer Tränke niederläßt und ständig die Gefahr ahnt, näher ans Feuer und breitete sein Taschentuch aus. Ein kleines Häufchen Smaragde glitzerte im Feuerschein, bizarre Formen grünen Kristalls, rund, mehreckig, lanzettenhaft, zwei wie winzige Säulchen.

»Das ist alles, was ich habe«, sagte Zapiga. »Dafür habe ich drei Jahre gearbeitet. Nicht genug, um aufzuhören und mit Frau und zehn Kindern in die Stadt zu ziehen. Nicht genug, um ein Stück Land zu kaufen und eine finca aufzumachen. Aber ich weiß, wir alle hier wissen es: In unserem Berg liegt der ganz große Stein! Ich träume von ihm, jeden zweiten Tag träume ich von ihm. In einem dieser Träume stand sogar einmal ein Engel vor mir. Begreifen Sie das, doctor? Ein richtiger Engel mit Flügeln. Er sagte zu mir: Juan! Habe Geduld! Ich kann nicht für dich die Felsen sprengen, aber du kannst dich hineinwühlen. Glaube an dein Glück! – Verdammt ja, doctor, ich glaube daran. Aber bis ich es habe, das Glück, sterben sie mir alle weg. Die Frau, die Kinder … Nehmen Sie sich, was Sie wollen. Vielleicht den da? Den länglichen? Der bringt geschliffen einen Karat. Beste, reinste Qualität. Nicht einmal eine Wolke darin.«

»Ich nehme nichts«, sagte Dr. Mohr heiser. »Juan, pack die Dinger wieder weg.«

»Sie wollen uns wegschicken? Krank und elend?«

»Ich behandele euch umsonst.«

»Umsonst? Und wovon leben Sie?«

»Ich habe Geld genug.«

Zapiga schlug das Taschentuch um seine Smaragde und verknotete es wieder. »Er ist ja gar kein médico –«, sagte er dabei zu Pebas. »Er ist ein Verrückter!«

»Das sage ich auch. Aber was will ich machen? Besser, er wohnt bei mir als bei den anderen.«

»Fangen wir also an.« Dr. Mohr kniete sich auf den felsigen Boden. Meine erste Ordination unter 30 000 Gesetzlosen, dachte er. Die Erde ist der Untersuchungstisch, das flackernde Holzfeuer ersetzt den Deckenstrahler, statt die Hände zu waschen, reibt man sie an der Hose ab. Nächste Woche wird das schon anders aussehen. Da wird hier neben den Pebas eine große Arzthütte gebaut, und die Kranken werden wenigstens auf einem Holztisch liegen und in eine Lampe blicken. Morgen, mein lieber Adolfo, beginnen wir mit dem Aufbau.

»Ich brauche meinen Koffer, den aus Metall«, sagte er.

»Ich hole ihn!« sagte Margarita.

»Er ist viel zu schwer.«

»Hol ihn!« rief Pebas befehlend. »Doctor, gewöhnen Sie sich ab, die Frauen der Pebas als zerbrechliche Luxusweibchen zu betrachten. Hier wird angepackt! Wenn ein großer Felsstein im Weg liegt, wird er weggeräumt! Unsere Bagger sind unsere Hände! Margarita wird doch wohl noch einen Koffer tragen können.«

Sie kam aus der Höhle, schleppte den schweren Metallkasten heran, und keiner half ihr. Als Dr. Mohr aufspringen wollte, hielt Pebas ihn fest.

»Sie hebt sich einen Bruch!« schnaufte Mohr.

»Es sieht nur so aus.«

»Ich will nicht, daß sie so schwere Sachen hebt! Pebas, wenn ich Ihnen die möglichen Spätschäden aufzähle ...«

»Wer denkt hier an später? Was ist später? Ein krummer Rücken? Ein kaputter Unterleib? Morsche Knochen? Was soll's? Margarita hat nicht vor, Miß Kolumbien zu werden.«

Sie hatte den Feuerkreis erreicht und stellte die schwere Metallkiste ab. Ihre Arme zitterten, Schweiß rann über ihr madonnenhaftes Gesicht. Sie lächelte etwas verzerrt und wischte sich mit dem Unterarm über die Augen.

»Da ist er. Alles Medizin?«

»Auch viele Geräte. Margarita, du faßt den vollen Koffer nicht mehr an.«

»Sie wird ihn zurücktragen«, sagte Pebas ruhig, im Bewußtsein seiner väterlichen Autorität.

»Ich bringe ihn zurück!«

»Warum streiten wir, doctor?« Pebas beugte sich vor und steckte den auf seinen Knien schaukelnden Revolver wieder hinter den Gürtel. »Sie sind mein Gast. Zu Gästen soll man höflich sein, das hat man mir gesagt. Aber ein Gast hat nicht in das Familienleben seiner Gastgeber einzugreifen. Oder ist das bei den feineren Leuten neuerdings üblich? Hier bestimme ich! Und wenn ich sage, Margarita trägt den Koffer zurück, dann tut sie das! Ist das klar?«

»Klar ist, daß der Koffer hier bleibt und ich ihn wegtrage.«

»Wir wollen sehen. Es geht um Grundsätzliches, doctor. Warum begreifen Sie das nicht?«

»Die Frau ist keine Sklavin mehr wie vor ein paar hundert Jahren. «

»Ein paar hundert Jahre!« Pebas lachte rauh. »Doctor, hier leben wir wie am Anfang der Schöpfung. Das ändern Sie allein auch nicht!«

Dr. Mohr klappte die Metallschließen auf und öffnete den Deckel.

Aus einem Sterilkasten – er mußte dabei sarkastisch lächeln – nahm er das Membranstethoskop und den Blutdruckmesser. Er entrollte die Manschette und legte sie über seine Knie.

»Wie heißt Ihre Frau, Zapiga?« fragte er dabei.

»Nuria. «

»Ein sehr schöner Name. Nuria, kommen Sie bitte zu mir.«

»Erst der Junge, doctor.« Zapiga schob den 14jährigen vor. »Sein Arm…«

»Ich habe Nuria gesagt.«

»Ich brauche seinen Arm!«

»Und Nuria hat Ihnen 10 Kinder geboren.«

»Es hat ihr Spaß gemacht. Vor allem vorher.« Zapiga grinste schief und schielte zu Pebas. Was soll man tun, camarada? Kann man den médico verärgern? Du bist gesund, du kannst die Schnauze aufreißen, aber ich habe elf Kranke in der Hütte.

»Zehn Kinder sind genug. Ihre Schmerzen im Bauch sind der beste Schutz«, sagte Zapiga.

»So kann man es auch sehen.« Dr. Mohr klemmte den Bügel des Stethoskops um seinen Hals. »Seid ihr überhaupt noch Menschen?«

»Das fragen wir uns selbst.« Pebas warf seine halbgerauchte dicke Zigarre ins Feuer. »Streiten Sie mit uns nicht weiter, doctor. Was bringt es ein?«

Der große Junge stand vor Dr. Mohr und hatte mit schmerzverzerrtem Gesicht sein Hemd ausgezogen. Er konnte den rechten Arm kaum heben.

»Er sagt, die Schmerzen seien ein Gefühl, als wenn ihn hunderttausend Nadeln innerlich stechen«, erklärte Zapiga. »Das geht schon seit Monaten so. Plötzlich war es da. Über Nacht.«

»Fieber?«

»Ich weiß nicht«, knurrte Zapiga. »Wir haben anderes zu tun, als Hände auf die Stirnen zu legen.«

»Er hat Fieber.« Nurias Stimme war scheu und voller Duldsamkeit. »Er hat immer Fieber, mal hoch, mal niedrig.«

»Die Mutter weiß es!« sagte Dr. Mohr. »Mein Gott, das tröstet mich. Wenigstens die Mütter sind hier noch Menschen. Komm her. Wie heißt du?«

»Pablo«, sagte der Junge. Er kniete sich vor Dr. Mohr auf den Boden. Schon der erste Blick bestätigte Mohrs gedankliche Diagnose: Das Schultergelenk war geschwollen, glasig die Haut, die Armkugel kaum beweglich. Als er den Arm packte und ganz vorsichtig drehte, knirschte der Junge tapfer mit den Zähnen. Zapiga stieß ihn mit der Faust in die Seite. Beherrsch dich, Pablo!

»Da haben wir eine schöne Scheiße beisammen!« sagte Dr. Mohr grob. »Das ist ein Gelenkempyem, und zwar eine ausgewachsene Kapsel-Phlegmone. Das brauchte nicht zu sein. Das ist verschleppt worden! Bei den ersten Anzeichen hättet ihr zum Arzt gemußt.«

»Aufstehen!« sagte Zapiga hart. »Pablo, steh auf. Das ist kein médico, das ist ein Idiot!« Zögernd erhob sich der Junge. Seine Augen glänzten noch mehr. Tränen. Lautlos weinte Pablo, aber sein Gesicht blieb dabei starr.

»Zum Arzt! Wo ist hier ein Arzt?! Wer von uns kann sich einen Arzt leisten. Jetzt soll ich schuld sein! Adolfo, wen hast du da mitgebracht? Tritt ihn in den Hintern! Jag ihn weg!« Zapiga trat einen Schritt an Dr. Mohr heran, massig und doch nur ein Skelett mit pergamentener Haut. »Was hat Pablo?«

»In seinem Gelenk ist eine eitrige Ansammlung von Flüssigkeit, ganz grob gesagt. Entstanden durch eine Entzündung. Die Gelenkhöhle ist damit gefüllt. Die Sache ist so weit fortgeschritten, daß auch die ganze Gelenkkapsel an der Entzündung beteiligt ist.«

»Kann man daran sterben?«

»Man kann an jeder Krankheit sterben, auch an einem Schnupfen. Pablo wird an einer Sepsis – einer Blutvergiftung – sterben, aber die Schmerzen vorher werden unerträglich sein. So unerträglich, daß Sie ihn lieber vorher totschlagen. Ist das deutlich genug?«

»Ja!« knirschte Zapiga.

»Aha! Dann habe ich endlich eure Sprache getroffen. Sie wollen Pablo also in ein paar Wochen totschlagen?«

»Nein!« keuchte Zapiga.

»Ich soll ihn behandeln?«

»Ja …«

»Dann haltet endlich die Schnauze und tut, was ich sage! Ich muß Pablo punktieren.«

»Was ist das?«

»Ruhe!« Dr. Mohr hieb mit der Faust und mit voller Wucht auf Zapigas Stiefel, die vor ihm standen. Verblüfft trat Zapiga einen Schritt zurück und kratzte sich den Kopf. Das war ein neuer Ton und eine ungewohnte Behandlung. Man konnte zurückschlagen, diesen médico mit einem Hieb ins Feuer schleudern, aber dann würden Pablo und die neun anderen Kinder sowie Nuria nie mehr gesund werden.

»Ich bin ganz still, doctor«, sagte Zapiga schwer atmend.

»Nach der Punktion will ich versuchen, mit Antibiotika an die Entzündung heranzugehen. In einer Klinik würde ich das Gelenk ausspülen, aber das kann ich hier nicht.«

»Warum?«

»Mir fehlen die Geräte, ein antiseptischer OP, ein keimfreies Krankenzimmer zur Nachbehandlung. Wollen Sie noch mehr wissen?«

»Ich denke, ein guter Arzt kann alles?« sagte Zapiga einfach.

Dr. Mohr senkte den Kopf. Die Ohrfeige saß, dachte er. Juan Zapiga, du hast ja so recht! Wir sind durch unsere technische Perfektion schon gelähmt, wenn wir außerhalb unserer klinischen Wunderwerke, nur mit einem Messer in der Hand, vor einem aufgetriebenen Bauch stehen. Die Blinddarmoperation mit einem Taschenmesser, die Schädeltrepanation mit Hammer und Meißel, die Nähte mit Schusterzwirn und Fäden aus einem Seidenschal ... darüber hat man Bücher geschrieben. Das Hohelied der Ärzte in Ausnahmesituationen. Aber, liebe Kollegen, wer kann eine Kapsel-Phlegmone ausräumen, wenn er nichts zur Verfügung hat als eine Berghöhle in den kolumbianischen Kordilleren, ein chirurgisches Notbesteck und zwei Kästen mit Antibiotika-Ampullen?

»Ich werde es versuchen!« sagte er.

»Das habe ich gewußt, doctor.«

Zapiga lächelte schwach. »Sie geben nicht auf. So sehen Sie nicht aus!«

»Ich verspreche gar nichts. Es kann danebengehen, Juan.« Er wollte ehrlich bleiben.

»Und ohne Ihre Behandlung, doctor?«

»Bestimmt.«

»Dann tun Sie, was Sie für richtig halten!« Zapiga steckte die Hände in seinen Hosenbund, sie waren ihm im Wege. »Ich habe in meinem Bergloch keine so große Chance.«

»Ich überlege es mir.«

Dr. Mohr untersuchte alle zehn Kinder. Seine Vermutungen erwiesen sich als richtig. Furunkulose, Tbc, Unterernährung, einseitige Ernährung, Vitaminmangel, Dystrophie.

»Eine Katastrophe!« sagte Dr. Mohr. »Es gibt auf die Dauer nur ein Mittel.«

»Ich weiß: Weg von hier.«

»Ja.«

»Unmöglich.«

»Warum?«

»Mein Traum. Der Engel, doctor. Ich muß meinen großen Stein finden. Und er ist da unten im Berg. Ich fühle es! Wie kann ich da wegziehen? Was soll ich in der Stadt? Die Straßen fegen? Mit zwölf Personen in zwei stinkigen Zimmern wohnen? Jeden Abend die Mülltonnen der Reichen plündern? In der Stadt bleibt mir nur eins: ein Verbrecher zu werden! Doctor, ich kann hier nicht weg, ohne reich zu sein.«

Dr. Mohr nickte. Er sah hinüber zu Nuria, die still wartete. Als sie seinen Blick bemerkte, lächelte sie verhalten.

»Deine Kinder – bis auf Pablo – mache ich gesund«, sagte Mohr. »Ich habe genug Medikamente bei mir. Was mir fehlt, wird aus Bogotá kommen.«

»Hierhin? Nie!«

»Ich garantiere dafür. Aber Pablo? Ich will jedenfalls alles versuchen.«

»Bitte, doctor.«

»Jetzt Nuria.«

Die Frau trat in den Feuerkreis und legte sich unaufgefordert vor Dr. Mohr auf die Erde. Sie öffnete die Bluse und streifte den Rock über die Hüften. Ihr Körper mußte einmal sehr schön gewesen sein. Glatt, trotz aller Zierlichkeit wohlgeformt. Jetzt waren die Brüste erschlafft, die Hüften knochig, die Schenkel dürr, das Brustbein stach spitz durch die Haut. Nur der Leib war glatt und rund, von alarmierender Glatt- und Weichheit dem übrigen ausgelaugten Körper gegenüber.

Dr. Mohr blickte hoch. Sein Zögern stieß bei Zapiga auf Unverstand. Mit seinen Kindern stand er um Nuria herum.

»Ich möchte allein sein!« sagte Dr. Mohr laut.

»Warum?«

»Ich will Nuria untersuchen!«

»Bitte.«

»Verdammt noch mal! Ich muß sie gründlich untersuchen. An den Intimstellen.«

»Fangen Sie an.«

»Die Kinder, Juan.«

»Was ist mit den Kindern? Sie hat sie geboren, sie sind aus ihr gekommen. Wo gibt es da Geheimnisse?«

»Es gibt ein Schamgefühl, Zapiga!«

»Bei uns nicht, doctor. Bei uns ist alles natürlich. Vom Lebensanfang bis zum Lebensende. Wir werden nicht umfallen, wenn Sie in Nuria hineingreifen.«

Dr. Mohr beugte sich über die nackt vor ihm liegende Frau. Vorsichtig tastete er den Unterbauch ab, drückte an bestimmten Stellen und fragte, ob es weh täte. Nuria schüttelte den Kopf, nickte dann ein paarmal und sagte: »Es tut nicht immer weh. Aber manchmal ist es ein Gefühl, als ob ich ein Kind bekomme. Etwas da drinnen ist rund und schwer, es drängt nach draußen, aber es kommt nicht. Es ist kein Kind.«

Dr. Mohr nickte. Das fehlte mir noch, dachte er. Hier in dieser Wildnis. Zapiga, du hast vielleicht ein Pech mit deiner großen Familie.

Er holte aus dem Metallkoffer ein gynäkologisches Spekulum und sah sich um. »Jemand muß Nuria hochhalten!« sagte er heiser.

»Sie brauchen es nur zu sagen, doctor.« Zapiga kniete wieder und hob mit beiden Händen Nurias Unterleib hoch. Von der anderen Seite kam Margarita und stützte mit ihren Unterarmen das freischwebende Gesäß.

»Es kann weh tun. Schreien Sie ruhig, Nuria.« Dr. Mohr führte vorsichtig das Spekulum ein.

Zapiga schüttelte den Kopf.

»Sie wird nicht schreien, doctor. Sie ist eine tapfere Frau.«

Der Blick durch das Spekulum war undeutlich. Aber trotzdem sah Dr. Mohr, was er vermutet hatte. Interessiert beobachtete Zapiga ihn. Daß es so etwas gibt, dachte er. Da kann ein Arzt in den Leib meiner Frau hineinblicken! Sind schon tolle Kerle, diese médicos.

Dr. Mohr zog das Spekulum zurück und nickte. Zapiga und Margarita ließen Nurias Unterleib wieder auf die Erde hinunter. Nurias Haut überzog ein leichter Schweißfilm, nicht aus Schmerzen oder Angst, sondern als Ausdruck einer zurückgedrängten Scham.

»Ein Myom!« sagte Mohr. »Ein gestieltes submuköses Myom. Da hilft nur eins: Operation. In Bogotá.«

»Hier nicht?«

»Unmöglich!«

»Wir kommen nie nach Bogotá.«

»Ich bringe Nuria hin.«

»Und wer bezahlt das alles?«

»Ich.«

»Sie sind ein guter Mensch, doctor, aber in unsere Welt passen Sie nicht. Überlegen Sie doch einmal. Wenn ich Nuria in Bogotá operieren lasse, werden alle glauben, ich hätte genug gefunden und verstecke die Smaragde nur. Sie werden Nuria auflauern, entführen und mich erpressen. Wie die Jaguare sind sie. Grausam und gnadenlos. Sie und Nuria würden Bogotá nie erreichen.«

»Dann hole ich Militärschutz.«

»Militär?« Zapiga lachte laut. »Einer Frau wegen? Versuchen Sie es! Und wenn die Soldaten wirklich kommen, dann nicht wegen Nuria, sondern um unsere Smaragde zu beschlagnahmen. Die Soldaten ziehen wieder ab, aber Sie bleiben. Wissen Sie, was man dann mit Ihnen macht? Das, was man schon einmal mit einem gemacht hat, der uns die Soldaten auf den Hals hetzte. Man kann das nicht erzählen ...«

»Gibt es hier irgendwo ein Telefon?« fragte Dr. Mohr.

»Ein Telefon? Sie sind wohl verrückt!«

»Wer hat ein Funkgerät?«

»Einige, am großen Stollen.«

»Kennen Sie jemand von diesen Leuten?«

»Ich kenne sie alle.«

»Dann gehen Sie hin, Juan, und sagen Sie ihnen, sie sollen Verbindung mit Christus Revaila aufnehmen.«

Zapiga senkte den Kopf und zog das Kinn an. »Was wollen Sie von Revaila? Was haben Sie mit Revaila zu tun?«

»Er ist mein Verbindungsmann nach draußen.«

»Ausgerechnet Revaila?« Es klang drohend.

»Ich konnte ihn mir nicht aussuchen. Sie mögen Revaila nicht? Ich auch nicht.«

»Revaila ist der Kerl, der mir auflauert. Seit zwei Jahren. In die Berge wagt er sich nicht. Aber wenn ich herauskomme, gibt es nur einen Überlebenden.«

»Trotzdem brauchen wir ihn jetzt. Nur mit seiner Hilfe kann ich Pablo und Nuria operieren. Don Alfonso muß mir die gesamte Ausrüstung schicken.«

»Don Alfonso?« Zapiga trat zwei Schritte zurück, als ströme Dr. Mohr ein giftiges Gas aus. »Sie kommen von Don Alfonso?«

»Nein. Ich habe mit ihm einen Vertrag.«

»Steh auf!« sagte Juan hart. Nuria erhob sich, streifte schnell Bluse und Rock über und ging zu ihren Kindern. »Wir danken Ihnen, doctor. Adios.«

Dr. Mohr kniete vor seiner Metallkiste und suchte nach Medikamenten. »Wo wollen Sie hin, Juan?«

»In mein Haus! Ich habe mir doch gleich gedacht, daß hier etwas nicht stimmt. Plötzlich ist ein Arzt da! Freiwillig! Aber das stimmt ja gar nicht, er ist nicht freiwillig da. Don Alfonso schickt ihn. Über unsere Krankheiten will Camargo an unsere Smaragde. Welch ein hinterlistiger Hund. Und Sie sind sein Lockvogel.«

Zapiga spuckte vor Dr. Mohr aus und faßte seinen Sohn Pablo am Arm. Seine Verachtung war grenzenlos, aber auch seine Enttäuschung. Nur eines wußte er jetzt ganz sicher: Seine Familie würde wegsterben wie Fliegen unter einer Giftwolke.

»Ich bin hierhergekommen, um zu helfen«, sagte Dr. Mohr. »Von wem das Geld kommt, ist mir gleichgültig. Hauptsache, daß ich alles bekomme, was ich brauche. Einer Herzspritze sieht man nicht an, wer sie gekauft hat – aber sie hilft! Und ein OP-Tisch, auf dem ich Nuria operieren kann, ist mir wichtiger als alle Don Alfonsos der Welt.«

»Sie haben ja keine Ahnung, doctor.« Zapiga blieb stehen. Die Familie umkreiste ihn. Sechs Söhne und vier Töchter, alle von diesem gnadenlosen Land gezeichnet.

»Heute liefert er Medikamente, morgen einen ganzen Operationssaal, übermorgen kommt er mit einer eigenen Armee und raubt uns aus. Das hat er schon einmal gemacht: vor zwei Jahren bei Muzo. Es gab neunundfünfzig Tote. Das zumindest ist die Zahl derjenigen, die man gefunden hat. Niemand sprach darüber, nicht einmal das Militär bei Muzo. Einen guaquero darf man töten, das ist sogar eine gute Tat. Es entlastet die Soldaten. Doctor, Sie sind nur der Spähtrupp! Die Vernichtung kommt hinter Ihnen her.«

»Nicht bei mir. Da hat sich Don Alfonso aber geirrt.«

Dr. Mohr setzte sich auf die Metallkiste. Die ausgesuchten Medikamente lagen verstreut auf dem Felsboden um ihn herum. »Komm her, Pablo.«

Zapiga hielt ihn fest. »Was soll er?«

»Er bekommt eine Schmerzspritze und Antibiotika.«

»Hilft das etwas?«

»Für den Anfang ja. Auch die anderen Kinder werden wieder gesund. Juan, warum glaubt ihr mir nicht, daß ich jetzt zu euch gehöre?«

»Wie kann ein Mensch, der ›Sie‹ zu uns sagt, zu uns gehören? Das ist eine andere Welt, doctor.«

»Deswegen bin ich hier. Damit ihr wieder an Menschlichkeit glaubt. Vielleicht kommt auch noch ein Priester zu euch.«

»Den schlagen wir tot.«

»Mit ihm werdet ihr es schwerer haben als mit mir. Der läßt sich nicht totschlagen. Eher schlägt er zurück. Wenn's sein muß, erhebt er sogar als erster die Hand. Vielleicht sollte ich das auch? Dich erst zu Boden schlagen und dann sagen: ›So, jetzt steh auf und bring mir deine Kinder her!‹«

»Versuch es, doctor.«

»Danke.«

Zapiga glotzte Dr. Mohr an. »Wofür?«

»Du hast ›du‹ zu mir gesagt.«

»Du auch! Geh zu ihm, Pablo!« sagte Zapiga rauh. »Laß dich behandeln. Der doctor ist ein verdammtes Aas ...«

Dr. Mohr injizierte Vitamine und Antibiotika, bestrich die Furunkel der Kleinen mit Salben und desinfizierte die offenen Geschwüre. Er verteilte Tabletten und Dragees gegen Mangelerscheinungen und ließ die ganze Familie vor seinen Augen in Wasser gelöstes Kalzium trinken. Zapiga stand abseits und schaute dem Treiben finster zu. Als jeder seine Medikamente bekommen hatte, pfiff er wieder. Die Familie rannte wie eine Herde, die der Leitbulle rief, zu ihm.

»Morgen wiederkommen!« sagte Dr. Mohr in ungewohntem Befehlston.

»Das weiß ich noch nicht.«

»Juan, ein letztes Wort: Wenn morgen vormittag um 11 Uhr deine Familie nicht hier vor mir steht, komme ich.«

»Ich würde auf ihn hören, Juan«, sagte Pebas. Zum erstenmal mischte er sich ein. »Er zerschlägt mit der Hand eine dicke Bohle. Ich habe es gesehen. Er kann dir jeden Knochen brechen, ehe du zweimal geatmet hast. Deinen Körper dann wieder zusammenzuflicken dauert länger.«

Zapiga knurrte etwas Unverständliches und verschwand mit seiner Familie lautlos in der Dunkelheit. Das ganze Geschehen mutete an wie ein Spuk. Die zerbrochenen Ampullen auf der Erde bewiesen allerdings, daß alles Wirklichkeit gewesen war. Adolfo Pebas warf neue Scheite in das aufflackernde Feuer.

»Mach deine Liste fertig, doctor«, sagte er. »Ich gehe noch heute zu dem nächsten Mann, der ein Funkgerät hat. Ich kenne sie alle. Aber ich glaube nicht, daß die Sachen jemals hier ankommen werden.«

»Warten wir es ab, Adolfo.« Dr. Mohr setzte sich auf seine Metallkiste und nahm sein Notizbuch aus der Tasche. »Aber wenn sie ankommen, beginnt hier eine neue Zeit.«

»Man wird es dir nie danken, doctor. Dein Weg zurück führt immer über Christus Revaila.«

»Wer sagt, daß ich zurück will, Adolfo?«

»Du lieber Himmel, du willst für immer bei uns bleiben?«

»Wenn ihr mich haben wollt. Ein Arzt hat überall eine Heimat, wo es Kranke gibt, die nach ihm rufen.«

»Warum lügst du, doctor?«

»Adolfo, ich lüge nicht.«

»Du bleibst doch nur wegen Margarita.«

»Nicht nur...«

»Aber auch.«

Dr. Mohr spürte ein Prickeln unter der Kopfhaut. Er

machte sich an der Kiste zu schaffen, aber er spürte Pebas' Blick in seinem Nacken.

»Margarita ist ein sauberes Mädchen«, sagte Pebas stumpf. »Unschuldig und voll der Hoffnung auf ein bißchen Glück. Ich hatte noch eine Tochter. Perdita. Auch sie war hübsch, sauber und unberührt. Dann kam ein Mann; er konnte sprechen wie ein Lexikon, sang zur Gitarre schöne Lieder und redete von Liebe. Er nahm sie mit nach Penasblancas. 2 000 Pesos gab er mir, damit ich die Hochzeit vorbereite. Er hat Perdita nie geheiratet. Erst später erkannte ich, daß er sie mir abgekauft hatte. Für 2 000 Pesos. Wo hat er sie hingebracht? In ein Hurenhaus. Er wird für sie 30 000 Pesos bekommen haben. ›Mamá‹ zahlt nicht schlecht für jungen Nachwuchs. So habe ich eine Tochter verloren.« Pebas beugte sich weit zu Dr. Mohr vor. Seine Wange streifte Mohrs Nacken. »Ich bringe dich um, doctor«, sagte er leise, »wenn du Margarita verführst. Bei Gott und allen Engeln. Ich bringe dich um! Und jetzt schreib die Liste.«

Dr. Mohr notierte sich, was er brauchte: einen klappbaren OP-Tisch. Einen starken Batteriescheinwerfer. Einen Stromerzeuger, mit Benzin getrieben. Chirurgische Bestecke für die wichtigsten Operationen. Infusionsflaschen und Blutersatz. Verband- und Nahtmaterial in großen Mengen. Narkosemittel. Sterilisationskästen. OP-Handschuhe. Antiseptische Lösungen. Desinfektions-Sprays. Und eine lange Liste mit Medikamenten.

»Das wäre es vorerst«, sagte er und gab den Zettel an Pebas. Er hatte über eine Stunde für die Zusammenstellung gebraucht. »Damit kann ich arbeiten.«

Pebas überflog die Liste und steckte sie ein. »Du bist *doch* verrückt, doctor. Aber wie du willst. Ich lasse alles an Christus Revaila durchgeben. Du wirst jedoch nie wieder etwas davon hören. Ich gehe jetzt.«

»Viel Glück, Adolfo.«

Nach ein paar Schritten blieb Pebas stehen, überlegte etwas und kam zurück.

Sein Gesicht war sehr ernst.

»Ich weiß es«, sagte er. »Wenn ich weg bin, wird Margarita herauskommen. Sie wird mit dir sprechen. Was wirst du ihr sagen?«

»Wie soll ich das im voraus wissen?«

»Willst du ihr sagen, daß du sie liebst? Doctor, ich sehe es dir an: Du bist verrückt nach meiner Tochter! Das wird ein Unglück geben! Ich spüre es genau: Du wirst wie ein Engel für die Kranken sein, aber für uns, die Pebas', das große Unglück bedeuten. Es war ein Fehler, daß ich dich mitgenommen habe.«

»Ich wäre auch so gekommen.«

»Aber nicht zu uns!«

»Zu euch! Ich hätte euch überall gesucht und auch gefunden!«

»Margarita!«

»Ich habe in Penasblancas immer an sie gedacht.«

»Warum hast du das nicht vorher gesagt?« preßte Pebas leise durch die Lippen. »Doctor, ich hätte dich schon auf dem Marktplatz erschlagen sollen...«

Nachdenklich blieb Dr. Mohr draußen am Feuer sitzen, nachdem Pebas in der Dunkelheit untergetaucht war. Er wagte nicht, jetzt ins Haus zu gehen, da er wußte, daß Margarita auf ihn wartete. Es war die erste Gelegenheit, mit ihr allein zu reden. Maria Dolores war kein Hindernis. Sie hatte gelernt, zu dulden. Adolfo und Perdita hatten immer getan, was sie wollten, sie hatten nie gefragt. Nun war Margarita herangewachsen. Warum sollte sie anders als Vater und Schwester sein?

Dr. Mohr drehte sich nicht um, als er hinter sich das Rascheln eines Kleides hörte. Angespannt wartete er. Sie steht hinter mir, dachte er. Sie blickt auf mich herunter. Ich spüre ihren Blick auf meiner Haut. Als ob ein warmer Wind über mich hinwegstreicht. Verrückt ist dieses Gefühl! Wer mir gesagt hätte, daß die Nähe einer schönen Frau einem gestandenen Mann wie mir noch Atemschwierigkeiten bereitet, den hätte ich für verrückt erklärt. Und jedem Patienten, der zu mir gesagt hätte: »Herr Doktor, mir ist, als ob meine Haut brennt, wenn sie mich ansieht!«, hätte ich als Therapie verordnet: »Stecken Sie jedesmal bei solchen Anfällen den Kopf in einen Eimer eiskalten Wassers!«

Wo ist hier ein Eimer mit kaltem Wasser...

»Ich habe gehört, was er gesagt hat.« Margaritas Stimme klang traurig. Er rührte sich nicht, starrte in die Flammen und schob mit dem Fuß einen Holzscheit tiefer in die Glut. »Er meint es ernst, doctor.«

»Ich nehme es auch ernst, Margarita.«

»Warum gehst du dann nicht nach Bogotá zurück?«

»Auch wenn ich es wollte, jetzt kann ich es nicht mehr. Nicht, nachdem ich die Familie Zapiga gesehen habe.«

»Es gibt noch Hunderte solcher Familien. Tausende...«

»Genau daran habe ich gedacht. Warum kümmert sich keiner darum?«

»Weil es uns nicht gibt. Alle Gruben sind stillgelegt, heißt es. Das Gebiet ist vom Militär abgeriegelt. Es ist totes Land. Wenn in diesem toten Land heimlich Menschen leben, wen geht das etwas an? Keiner schert sich darum. Und wenn einmal jemand kommt, der sich um dieses Elend kümmern will, dann wird er verhaftet und weggeschafft. Vor einem Jahr war ein Mann hier, ein Deutscher...«

»Ach!« Dr. Mohr faltete die Hände über den angezogenen Knien.

»Er sprach spanisch wie wir, sagte aber, er käme aus Deutschland. Kennst du Deutschland, doctor?«

Mohr zögerte. Dies war eine entscheidende Minute, in der man die Wahrheit sagen konnte oder sich das »zweite

Ich« für lange Zeit, vielleicht für immer, überstreifen mußte. Er entschloß sich, auszuweichen.

»Ein kleines Land, weit weg.«

»Aber ein reiches Land, nicht wahr?«

»Wie man's nimmt. Die Menschen sollen dort von Arbeit und Geld verdienen sogar träumen.«

»Der Mann hat viel über Deutschland erzählt. Er wollte uns guaqueros nach deutschem Muster leiten.«

»Du lieber Himmel! Es war wirklich ein echter Deutscher!«

»Er wollte – ich habe es mir gemerkt – eine Gewerkschaft mit uns gründen.«

»Prost! Und wo ist der Reformer?«

»Wir wissen es nicht. Zuerst bekam er Streit mit dem Militär. Sie haben ihn verhaftet und nach Muzo mitgenommen. Dort hat man ihn nach zwei Monaten wieder laufenlassen. Zuletzt hat man ihn in Penasblancas gesehen, bei Mercedes Ordaz. Dann war er plötzlich weg. Aber er ist nie nach Bogotá gekommen, das wissen wir.«

»Warum erzählst du mir das, Margarita?«

»Es ist gefährlich, sich um uns zu kümmern, doctor.«

»Ich bin kein Gründer einer guaquero-Gewerkschaft. Ich bin Arzt.«

»Du willst etwas verändern, das genügt.«

»Ich will helfen!«

»Aber ich habe Angst um dich.« Dr. Mohr fühlte, wie sich ihre Hand ganz leicht auf seine Schulter legte. Sein Atem wurde schwer. Er preßte die Lippen aufeinander und unterdrückte das Verlangen, nach ihrer Hand zu greifen.

»Bis jetzt sieht alles friedlicher aus, als ich geglaubt hatte.«

»Du bist noch keinen ganzen Tag bei uns. Noch hast du nichts gesehen. Hier gibt es keinen Tag ohne Schlägerei, ohne Messerstecherei, ohne einen Toten. Man spricht nicht einmal mehr darüber. Das gehört hier zu unserem täglichen Leben.«

Sie schwieg abrupt. Durch die Dunkelheit drang der Klang eines harten Schrittes zu ihnen. Jemand in schweren Stiefeln näherte sich der Höhle über den Felsboden. Margaritas Hand zuckte zurück, der Druck ihrer Finger, der einzige zage Ausdruck ihrer Zärtlichkeit, verschwand. Dr. Mohr drehte sich herum. Margarita lief ins Haus. Aus einer Felsspalte, die eine enge Gasse sein mußte, erschien ein Mann mit einem gewaltigen Schlapphut. Er stützte sich auf sein langläufiges Gewehr wie auf einen Spazierstock und ließ den Kolben bei jedem Schritt auf die Erde donnern. Erst im Umkreis des Feuers schien er sich wohler zu fühlen. Sein Gang, vorher etwas unsicher, wurde forscher und schneller. Vor Dr. Mohr blieb er stehen, musterte ihn aus zusammengekniffenen Augen und setzte sich dann neben ihn an das Feuer. Das Gewehr klemmte er zwischen seine Beine.

»Ich bin Pepe Garcia«, sagte er.

»Der Nachbar aus dem Stollen oben. So etwas Ähnliches habe ich mir gedacht.«

»Du bist also der doctor.«

»Ja, das bin ich.«

»Morgen wird es noch still sein.« Pepe holte aus seiner Tasche ein Kästchen mit Tabak und drehte sich aus altem Zeitungspapier eine Zigarette. »Du auch?« fragte er.

»Natürlich.«

Pepe drehte die zweite Zigarette und blickte Dr. Mohr über das Röllchen hinweg an. »Soll ich sie auch belecken?«

»Warum nicht?«

»Sie sagen alle, ich hätte Spucke wie Leim. Bei mir geht keine Zigarette auf.« Er beleckte die Papierenden, drückte die Naht zusammen und reichte Dr. Mohr die fertige Zigarette.

»Aus bestem Papier. Abgelagerte Zeitung. Die frischen schmecken zu sehr nach Druckerschwärze.« Garcia nahm einen glühenden Ast aus dem Feuer, hielt ihn Dr. Mohr hin, und sie steckten sich ihre Zigaretten an. Es war ein höllisches Kraut. Der erste Zug verätzte fast die Luftröhre. Dr. Mohr holte tief Luft und empfand die warme Nachtluft wie einen eisigen Hauch.

»Adolfo hat dir gesagt, daß ich bald blind bin?« fragte Pepe Garcia.

»Das wundert mich nicht. Wer solch einen Tabak raucht... Das schlägt sich selbst auf die Sehnerven nieder.«

»Kleiner Witz, was?« Pepe lächelte säuerlich. Wie alle, die Mohr bisher gesehen hatte in dieser Gegend, war auch Garcia das Opfer der grünen Steine. Der Berg, der Stollen, die Knochenarbeit unter Tage, der Luftmangel in der Grube hatten ihn zu einem ledernen Menschen gemacht. Wer jung hierherkam, hatte noch Chancen, nach einigen glücklichen Funden wieder in die Stadt zurückzukehren. Die alten guaqueros dagegen mumifizierten bei lebendigem Leibe.

»Ich darf nicht blind werden.«

»Das sagt sich so leicht, Pepe.«

»Ich muß noch ein Jahr sehen können, doctor. In einem Jahr bin ich am Ziel. Smaragde, so groß wie eine Kinderfaust.« Er zeigte mit dem Gewehr auf den hohen, dunklen Felsen, der sich vor ihnen erhob. Eine Steilwand, an vielen Stellen angebohrt und aufgeschlitzt. »Da sind sie drin, doctor. Glauben will es keiner, aber ich finde sie!«

»Das gleiche sagen Zapiga und Pebas.«

»Auch die beiden haben das komische Gefühl. Wir sind Freunde und bringen uns nicht gleich um. Das ist unser Berg! Wir werden ihn verteidigen. Dafür brauche ich meine Augen.«

»Bis jetzt wollte euch den Berg doch keiner wegnehmen.«

»Das ändert sich schnell, doctor. Der erste größere Fund, und wir werden belagert und sturmreif geschossen. Da gibt es kein Halten mehr. Von allen Seiten werden sie kommen. Hat dir Adolfo nichts von Juanito erzählt? Nein? Das war ein junger Bursche, zart wie ein Mädchen. Keiner nahm ihn ernst. Wenn er eine Stunde im Stollen war, kroch er wieder heraus, legte sich wie ein geplatzter Frosch in den Schatten und mußte zwei Stunden Luft tanken. So kann man keinen Reichtum aus dem Berg holen. Aber sie haben ihn gelassen, weil er so jung und dämlich war. Er grub in einem alten Seitenstollen der staatlichen Mine. Ein zusammenfallendes Loch, das selbst die Geologen aufgegeben hatten. Hier wächst kein Grüner, das wußten alle. Aber Juanito bohrte weiter. Eines Nachts war er weg. Hatte alles liegengelassen. Sein Werkzeug, seinen Kleidersack, seine Holzbude. Sogar seinen geliebten Hund hatte er nicht mitgenommen. Er lag jaulend und angebunden vor der Hütte. Ha, das hättest du sehen sollen! Da wurde Alarm gegeben. Wenn einer so abhaut, konnte das nur eins bedeuten: Er hat seine Grüne Sonne gefunden. Ausgerechnet Juanito! Was dann begann, war eine Jagd, gegen die eine Hetze von einem Jaguar fast ein Vergnügen ist. Juanito lief nur nachts. Tagsüber versteckte er sich oben in den riesigen Bäumen oder in flachen Höhlen, benutzte keinen öffentlichen Weg, sondern wanderte quer durchs Land, durch Felsschluchten und an Berghängen entlang, schlug Haken von Kilometerlänge und wartete einen Monat lang in einem einsamen Tal mit einer Quelle. Sie werden mich vergessen, dachte er. Aber vergißt man einen Jungen, der einen großen Grünen aus dem Berg geholt hat? Nach über zwei Monaten tauchte Juanito, unkenntlich durch einen Bart, in Penasblancas auf, um weiter nach Bogotá zu ziehen. Eine Nacht wohnte er bei ›Mamá‹, leistete sich eines von ›Mamas‹ Mädchen und bezahlte mit einem kleinen Smaragd. Wie immer Vorkasse. Da ist ›Mamá‹ vorsichtig. Aber dieser Smaragd! Solch eine Farbe, so etwas von Reinheit. ›Mamá‹ geriet ganz aus dem Häuschen. Und sie dachte richtig: Wo einer von dieser Sorte ist, liegen auch noch andere. Juanito bekam das schönste Mädchen, und das größte Aas dazu! Das Unglück der meisten von uns ist: Wir zerbrechen an zwei Dingen, dem Berg und den Weibern! Gegen Morgen kapitulierte Juanito vor so viel unersättlichem Temperament und schlief erschöpft ein. ›Mamá‹ untersuchte ihn. Sie entdeckte ein Beutelchen mit weiteren herrlichen Steinchen, aber nicht die großen Grünen. Dafür fand sie eine Notiz: ›Ca. 22 k.‹ Nur diese drei Worte, aber sie ließen alle Glocken läuten. Juanito mußte irgendwo einen Stein haben, der geschliffen 22 Karat brachte. Je nachdem, wer ihn aufkauft, bedeutete das einige Millionen Pesos! Juanito brauchte nie mehr zu arbeiten! ›Mamá‹ ließ ihn beobachten, aber sie war nicht schnell genug.«

Pepe warf seinen Zigarettenstummel in das Feuer und spuckte in hohem Bogen hinterher.

»Juanito wurde umgebracht«, sagte Dr. Mohr langsam.

»Hätte man das nur getan! Nein, er wurde geschlachtet. Verstehst du, was ich meine, doctor? Menschen, schlimmer als Raubtiere, erwischten Juanito auf dem Weg nach Muzo, wo er anscheinend unter militärischem Schutz nach Bogotá wollte. Sie spannten ihn, wie eine Tierhaut zum Trocknen, zwischen zwei Bäumen auf und ›fragten‹ ihn. Er muß lange und tapfer geschwiegen haben. Der Bataillonsarzt in Muzo zählte 32 Messerstiche, über den ganzen Körper verteilt, die letzten mit einer glühend gemachten Klinge. Außerdem aufgeschlitzte Arm- und Brustmuskeln, Kastration … Willst du noch mehr hören, doctor?«

»Nein!« sagte Mohr leise. Seine Stimme war heiser.

»Er starb durch einen Stich in die Kehle. Als sei er ein Schwein. Aber vorher muß er gesprochen haben. Vier Tage später reisten zehn Burschen und Christus Revaila nach Bogotá. Die Jungs mauerten ihn förmlich ein! Warum wohl?« Pepe wedelte mit der Hand. »Ich will nichts angedeutet haben! Beweisen kann man überhaupt nichts. Und von Juanito spricht auch keiner mehr.«

»Dann müßte jetzt Don Alfonso Carmargo Besitzer des großen Steines sein.«

»Sprich es nie laut aus, doctor.« Pepe Garcia lehnte sich

zurück, hielt sein Gesicht hoch, stützte sich auf die Arme und riß die Augen auf. »Sieh dir das an, doctor. Muß ich blind werden?«

»Ich bin kein Augenarzt, Pepe. Aber wenn der Sehnerv beschädigt ist …«

»Kann man das operieren?«

»Kaum.«

»Wenn ich den großen Fund mache, will ich noch etwas von der Welt sehen. Doctor, ich möchte, bevor ich für immer unter der Erde liege, noch einmal eine Frau im Arm halten. Ich habe mein halbes Leben im Berg gelebt. Dieser Berg war meine einzige Geliebte. Ihr Ärzte seid doch so klug! Ihr könnt sogar Herzen verpflanzen! Was ist da schon ein Auge?!«

»Ein Nerv, Pepe! Es ist noch keinem gelungen, einen kranken Sehnerv auszuwechseln. Man wird auch Gehirne nie austauschen können. Ein Herz ist dagegen kein Problem, technisch gesehen. Es ist ein pumpender Muskel, weiter nichts.«

»Weiter nichts! Aber mein Sehnerv.«

»Das ist das Feinste und Faszinierendste, was der Mensch in sich trägt.«

»Ha! Macht mich das stolz!« sagte Pepe sarkastisch. »Wenn ich blind bin, kann ich allen sagen: Mein Sehnerv war so zart und fein, der machte die Hölle von Penasblancas nicht mehr mit!« Pepe kehrte in seine normale Sitzhaltung zurück und spuckte wieder in das Feuer. Dann griff er in die Tasche und drehte sich erneut eine seiner menschenzerfressenden Zigaretten. »Du willst hier bleiben, doctor?«

»Ja, Pepe.«

»Und auch blind werden?«

»Ich werde nicht im Stollen schürfen.«

»Du wirst! Jeder, der hier lebt, wird von der Sucht nach grünen Steinen gepackt. Soll ich dir sagen, wie es mit dir weitergehen wird? Am Tage wirst du Arzt sein und allen, die zu dir kommen, helfen. In der Nacht liegst du mit deinem Scheinwerfer im Berg und kratzt dich durch die Steinschichten. Und dann findest du deinen ersten Stein! Diese Freude! Du wirst ihn im Licht drehen und mehr empfinden als in den Armen der schönsten Frau. Von diesem Augenblick an bist du verloren! Du kannst nicht mehr zurück. Der Stein hat dich verzaubert, verwandelt, du bist nicht mehr der vom vergangenen Tag! Von dem Arzt in dir wird man immer weniger sehen, von dem guaquero um so mehr hören. Solange du noch eine Hacke halten kannst, wirst du sie niedersausen lassen. Irgendwo da drinnen im Berg liegt das Paradies.«

»Ich brauche kein Geld, Pepe. Das ist der Unterschied zwischen mir und euch.«

»Geld!« Garcia lachte rauh. »Natürlich spielt bei dir das Geld keine Rolle, aber um so schlimmer wird es sein. Du wirst geil werden auf die grünen Steine. Es ist eine furchtbare Geilheit, doctor. Und du wirst jeden hassen, der mehr grüne Steine aus dem Berg holt als du! So ist das. Geh lieber zurück nach Bogotá. «

»Aha! Endlich haben wir es.« Dr. Mohr stand vom Feuer auf. »Warum wollt ihr mich alle weghaben? Jeder redet nur davon, daß ich gehen soll! Dabei bin ich noch gar nicht richtig da! Wovor habt ihr Angst?!«

Pepe Garcia räusperte sich. Er stützte sich auf sein Gewehr und stand auf. »Wir wollen nicht, daß sich Christus Revaila mehr um uns kümmert als bisher.«

»Revaila also!«

»Adolfo hat dir einiges verschwiegen, doctor. Wir wissen hier bereits, was du mit Revaila getan hast. Der Nachrichtendienst funktioniert so gut wie unsere Revolver. Für Revaila bist du jetzt der Mann, der zuviel auf der Welt ist, und keiner hier wird dir helfen, wenn Revaila kommt, um dieses Konto auszugleichen. Auch diejenigen, denen du vorher als Arzt geholfen hast, werden dir nicht beistehen.«

»Vor einem einzigen Mann liegt ihr alle ängstlich zitternd auf der Erde? Pepe, ich schäme mich jetzt schon für euch.«

»Das sind große Reden, doctor. Du merkst es noch nicht, aber du wirst es bald spüren: Du sitzt in einem Käfig und bist ein Tier, das man anstaunt, weil es so zahm ist...«

## 4

Adolfo Pebas hatte keine guten Nachrichten, als er zurückkam. Dr. Mohr war noch auf dem Vorplatz des Höhlenhauses und maß mit langen Schritten ein Stück ebenen Bodens aus, der wie ein Plateau bis zu dem Wald reichte, welcher einen leichten Abwärtshang bedeckte. Dort unten irgendwo wohnten die zwölf Zapigas.

Pebas wartete wortlos, bis Mohr ihn sah und seine Meßschritte unterbrach.

»Das ist ein guter Platz, Adolfo«, sagte er. »Geschützt, eben, man könnte den Weg bis dahin verlängern.«

»Wozu?«

»Ich werde dort die erste ›guaqueros-Klinik‹ einrichten. Zuerst aus Zelten, später werdet ihr mir alle helfen, aus Steinen und Holz richtige Häuser zu bauen. Baumaterial gibt es hier genug.«

»War Margarita bei dir?« fragte Pebas dunkel.

»Ja.«

Pebas nickte. Er lügt nicht, dachte er. Ich hätte es ihm nie beweisen können, ich ahnte es nur, aber er sagt die Wahrheit.

»Was wollte sie?«

»Mich überreden, zurück nach Bogotá zu fahren.«

»Und weiter?«

»Pepe Garcia war auch hier.«

»Und was wollte der?«

»Zwei neue Sehnerven, und daß ich sofort nach Bogotá

zurückfahre. Darin sind sich anscheinend alle einig: Ich bringe mehr Ärger als Nutzen.«

»Das stimmt. Ich habe es eben gehört. Als ich mit Christus Revaila gesprochen habe.«

»Ist er wieder wohlauf?«

»Ich habe ihm deine Liste durchgegeben. Daraufhin hat er gelacht und gebrüllt: Ich schreibe sie auf einen Plastiksack, damit ich sie jeden Tag vollscheißen kann! Von dir habe ich ihm bestellt: Wenn er die Liste nicht weitergibt nach Bogotá, würdest du selbst einen Weg finden, Don Alfonso anzurufen. Da brüllte er noch mehr und schrie ins Mikrofon: Sag deinem médico, die Liste geht nach Bogotá! Aber sag ihm auch, daß er nichts von dem mehr braucht! Ich liefere die Sendung selbst bei ihm ab! Tropenfest in Blei verpackt!«

»Ein Schwätzer!« Dr. Mohr schlug die Hände zusammen. »Wenn Don Alfonso hält, was er mir versprochen hat, könnten alle Gegenstände in 10 bis 14 Tagen hier sein. Bis dahin sollten wir vier Hütten gebaut haben, Adolfo: ein Behandlungshaus, ein Bettenhaus – wie vornehm das klingt, was? – und ein Haus für ansteckende Krankheiten: die Isolierstation.«

»Mit fließend kalt und warm Wasser, Radio, Fernsehen, Telefon, Zimmerbar und für die 1.-Klasse-Patienten eine indianische, immer bereite Krankenschwester, die Nachtdienst mit Anfassen macht ...«

»Es genügt, wenn jedes Haus einige Kübel mit einem Brett und einem Deckel bekommt. Außerdem mauern wir einen Verbrennungsplatz.«

»Mit wieviel Toten rechnen Sie täglich, señor?« Pebas' Stimme war mit Spott beladen. »Don Pedro, wollen Sie auch einen Begräbnischor gründen?«

»Das wird Pater Cristobal übernehmen, wenn er wirklich eintrifft. Ein Kirchenchor ist seine größte Wonne. Er ist ein sehr musikalischer Mensch.« Dr. Mohr legte den Arm um Pebas' Schulter. »Adolfo, ihr habt alle verlernt, euch zu freuen.«

»Du hast noch nicht gelernt, dich zu fürchten und zu hassen.«

»Fürchten muß ein schreckliches Gefühl sein.«

»Du hast noch nie Angst gehabt, doctor?«

»Was ist Angst?« Dr. Mohr lehnte sich an die dicken Holzpfosten der Veranda. Das Feuer brannte herunter. An einem Balken über dem Höhleneingang hing eine schwache Petroleumlampe und blakte. »Ein Gefühl ungeheurer Anspannung hatte ich zum erstenmal, als ich noch Assistenzarzt war und während eines Nachtdienstes in Hamburg eine junge Frau mit Lungenembolie auf den Tisch bekam. Kein Oberarzt war zu erreichen, kein Chef. Die Entscheidung lag ganz allein bei mir. Ich traf einen blitzschnellen Entschluß, machte auf – und verlor den Wettlauf. Mein Gegner im Blut war schneller. Aber war das damals Angst? Angst vor dem Embolus? Angst vor der selten glückenden Embolektomie? Nein! – Ein anderes Beispiel. Auf der Autobahn bei Frankfurt. Weißt du, was eine Autobahn ist?«

»Nein, doctor.«

»Eine für den Autofahrer segensreiche Einrichtung, mittels vier- oder sechsspuriger breiter Betonstraßen den Massenverkehr zu regulieren. Aber auch ein Schlachtfeld verhinderter Massenmörder, Austobeplatz für unterdrückte Aggressionen, Laufsteg maßloser Eitelkeiten und Standesdünkel, vor allem aber eine probate Einrichtung, einen Bevölkerungsüberschuß abzubauen und zu bremsen. Auf den deutschen Autobahnen gibt es an guten Wochenenden mehr Tote als bei euch in einem Monat, obwohl ihr alle potentielle Mörder seid.«

»Wieso Deutschland?« fragte Pebas lauernd. Dr. Mohr begriff erst jetzt, welchen Fehler er gemacht hatte.

»Ich habe in Deutschland studiert«, sagte er leichthin. Es klang glaubhaft. »Später war ich noch ein halbes Jahr als

Assistent in Hamburg. Dann rief mich das Gesundheitsministerium nach Bogotá zurück. Es hatte mein Studium ja bezahlt und brauchte die Ärzte im eigenen Land.«

»Auf der Autobahn hast du Angst bekommen?«

»Ich weiß nicht, ob es Angst war. Vor mir schleuderte ein Wagen, raste gegen die Leitplanke und zerbarst zu einem Haufen von Eisen und buntem Blech. Hinter mir bremste ein anderes Auto, das dieses Unglück sah, schleuderte ebenfalls und krachte auf der anderen Seite gegen einen Felsen. Inmitten dieses Chaos' stand ich, ohne einen Kratzer, und wartete, daß jede Sekunde ein dritter Wagen von hinten in mich hineinbrauste. Es war ein Augenblick wie in einem luftleeren Raum. Du bist schon nicht mehr am Leben, dachte ich damals. Du bist tot! Es hat dich erwischt, und du hast es überhaupt nicht gemerkt. Dann hörte ich das Schreien der Verletzten und wußte: Du lebst ja!« Dr. Mohr blickte hinüber in das niedergebrannte Feuer. Die Asche glühte blaßrot.

»Angst habe ich nie gehabt«, sagte er nachdenklich. »Immer eigentlich nur das Gefühl des Unausweichbaren. Und das erzeugt bei mir einen Impuls, den man etwa so bezeichnen kann: Da mußt du durch! Kopf einziehen und los.«

»Wir aber haben Angst vor Christus Revaila, doctor.«

»Die nehme ich euch! Ich sehe jetzt schon, daß bei euch Skalpell und Pillen nicht genügen.«

»Was ist Skalpell?«

»Ein Messer.«

»Das ist gut!« Pebas grinste breit. »Wenn du mit einem Messer umgehen kannst, hast du schon eine gute Ausgangsposition.«

Der nächste Tag verlief ungewöhnlich still.

In der kurzen Nacht hatte Mohr nicht geschlafen. Tausend fremde Geräusche hielten ihn wach, ein Knarren, Schaben, Brummen, Kratzen, Ächzen. Man gewann den Eindruck, als sei der Berg ein riesiges Lebewesen, dessen aufgerissener und durchwühlter Leib in der Nacht alle Klagen eines Gequälten wiedergab. Einmal glaubte Mohr, draußen Schritte zu hören. Er setzte sich auf, umklammerte seinen Revolver und starrte auf den Eingang. Aus einer Seitenkammer ertönte ab und zu das Schnarchen von Adolfo Pebas. Er röhrte laut, schien dann von Maria Dolores angestoßen zu werden und verfiel wieder in ein pfeifendes Atmen.

Irgendwo da hinten schlief auch Margarita. Oder sie war ebenfalls wach und blickte in die Richtung, in der der doctor schlief. Zwischen ihr und ihm lagen bestimmt wie eine unüberwindbare Mauer die Eltern.

Als es dämmerte, verließ Dr. Mohr die Höhle. Die frische Bergluft in dieser Höhe war köstlich, aber dann blickte er den Berg hinauf und sah die Eingänge der Stollen, die Hügel der herausgewühlten Steine, die vergebliche Arbeit von Monaten und Jahren. Das mußte eine Hölle sein, aber alle Teufeleien wurden für ein paar grüne Steine auf sich genommen.

Dr. Mohr wusch sich an einem Wassertrog, zu dem eine offene hölzerne Wasserleitung führte, die sich nach einigen Windungen in den Felsen verlor. Sie leitete klares, kaltes, wundervoll reines Wasser heran, das den Trog füllte und dann in verschiedenen Leitungen zu den Gärten lief, die Pebas angelegt hatte. Wenn sie auch sonst fast nichts hatten, verdursten mußten sie hier nicht.

Dr. Mohr hängte das Hemd über seine nackte Schulter und ging weiter in die Felsen hinein. Jetzt, am Tage, sah alles ganz anders aus. Urwald, in Jahrhunderten verfilzt, machte die Schluchten als Wege fast unpassierbar. Hier kam nur weiter, wer sich mit einem Buschmesser den Weg selbst bahnte oder den Wald so genau kannte, daß er wie eine Maus durch die kleinsten Pfade und Lücken schlüpfte.

Diese Unübersichtlichkeit der Landschaft war die Rettung der guaqueros in all den Jahren gewesen: Wenn Militär- oder Polizeipatrouillen auftauchten, verschwanden die Gejagten in den grünen Schluchten. Kein Soldat wagte es, in die unbekannten Wälder hineinzutauchen, seitdem vor einem halben Jahr eine halbe Kompanie, die ausgeschwärmt ein Tal durchkämmen wollte, nie mehr wieder zum Vorschein kam. Nicht einen einzigen Mann sah man jemals wieder! Ein Bataillon, das die Verschwundenen suchen sollte, kam nie zum Einsatz. Lediglich drei Hubschrauber überflogen die Schlucht und warfen Bomben in das grüne Gewoge. Nicht einmal das zeigte große Wirkung. Der Wald schlug über den Wunden sofort zusammen, verband sich selbst, behielt sein blutiges Geheimnis. Seitdem nannten die guaqueros die Urwaldschluchten »Unseren Mutterschoß«.

Dr. Mohr setzte seinen Erkundungsgang fort.

Nach etwa fünfzig Metern Weg verbreiterte sich der Felseinschnitt. Vier große Hütten, an einen Hang gelehnt, von einem Steinwall wie eine Festung umgeben, lagen in der messingfarbenen Morgensonne. Dr. Mohr zögerte, dann ging er weiter, stand vor dem Wall und suchte einen Eingang. Eine Stimme, irgendwoher aus den vielen aufgeschichteten Steinen kommend, sagte laut: »Du kannst nur der verrückte médico sein! Ein anderer läuft nicht als lebende Zielscheibe herum.«

»Das beweist, daß ich als Freund zu euch komme.« Dr. Mohr blickte sich um. Woher die Stimme kam, konnte er nicht feststellen.

»Hier gibt es keine Freunde.«

»Dann fange ich an. Ich bin der erste.«

»Hier gibt es keine Kranken.«

»Das bezweifle ich. Was ich allein schon bei der Familie Zapiga gesehen habe ...«

»Hier leben keine Weiber und keine Kinder. Hier ist ein Männer-Camp! Wir helfen uns selbst.«

»Gegen Tb bedeutet Selbsthilfe, als wollten Sie einen Jaguar rasieren. Und Skorbut? Bei wie vielen von euch wackeln die Zähne? Ihr alle leidet an Eiweißmangel.«

»Wo keine Weiber sind, brauchen wir auch kein Eiweiß! Wandern Sie weiter, Prediger! Wir brauchen Sie hier nicht.«

»Aber ich brauche euch!« Dr. Mohr lehnte sich gegen den Steinwall. Der unsichtbare Sprecher schien ihn zu mustern und zu überlegen, was man mit einem solch hartnäckigen Burschen machen sollte. »Ich will ein Krankenhaus bauen.«

»Idiot!«

»Für euch! Ein Krankenhaus für die guaqueros!«

»Dann halten Sie mal ein paar hundert Betten frei für Schuß- und Stichverletzungen.«

»Nur die schwersten Fälle werden stationär aufgenommen.«

»Selbstverständlich, Herr Chefarzt.« Der unsichtbare Mann gluckste. Er lachte in sich hinein. Wer lacht, kann nicht schießen, dachte Mohr zufrieden. »Nehmen Sie auch einen Dauerfurzer auf?«

»Auch chronische Flatulenz kann behandelt werden«, sagte Dr. Mohr ernst. »Es gibt da drei Arten: den nervösen Wind, den organisch bedingten Wind und den nahrungsbedingten Wind.«

»Ich werd' verrückt!«

»Von Flatulenz nicht.« Dr. Mohr hob resignierend die Schultern. »Da Sie sich nicht zeigen, Nachbar – wir sind nämlich jetzt Nachbarn –, muß ich meine Bitte in den Wind sprechen. Das scheint ja ihr Revier zu sein. Ich brauche ab sofort eine Gruppe kräftiger Männer zum Holzfällen, Bretersägen, Steineschleppen, Mauern und Zimmern. In etwa zwölf Tagen kommt die Einrichtung des Krankenhauses aus Bogotá. Bis dahin müssen wir wenigstens ein Dach über dem Kopf haben. Sagen Sie es auch den anderen, die Sie kennen: Ich brauche jeden! Es ist ja nicht für mich – es ist nur für euch alle! Und versucht nicht, darüber nachzudenken. Das führt zu nichts. Ihr sollt nicht denken, sondern freiwillig arbeiten. Dann kann z.B. auch ihr Dauerfurzer geheilt werden.«

»War doch nur ein Scherz, señor médico.«

»Es gibt ernsthaftere Miseren, bei denen man einen Arzt braucht. Besprecht es unter euch. Ich warte ab morgen. Und jeder, der hilft, bekommt sofort eine Spritze mit Vitaminen.«

»Gehen Sie weiter, Sie Spinner!« schrie der unsichtbare Mann. »Jagen Sie sich Ihre Ampullen allein in den Hintern. Ich helfe Ihnen dabei, wenn nötig, und schieße Ihnen ein paar Dauerlöcher hinein. Mit einem Arschloch sind Sie ja nicht zufrieden!«

Dr. Mohr stieß sich von dem Steinwall ab, hob bedauernd beide Arme und ging den Weg zurück zu Pebas' Berg.

Margarita hatte die Gelegenheit seiner Abwesenheit wahrgenommen und sich gewaschen. Sie kämmte gerade ihre langen schwarzen Haare, als Dr. Mohr um die Ecke bog. Ihre Bluse war noch weit aufgeknöpft. Die vollen Brüste, von keinem Halter eingeengt, glänzten in der Morgensonne. Sofort riß sie die Bluse zusammen und drehte ihm den Rücken zu.

»Warum schleichen Sie herum?« fragte sie hart.

»Ich schleiche nicht, ich gehe ganz normal. Aber wenn ich weiß, daß du um diese Zeit allein nur dem Wasser deine Schönheit zeigst, pfeife ich vorher, wenn ich in deine Nähe komme.«

»Warum sprichst du so komisch?«

»Wieso komisch?«

»So ... so altmodisch ...«

»Muß ich nicht?« Dr. Mohr kam langsam näher. »Ich habe bei den Pebas' bisher ein Leben kennengelernt, wie man es vor dreihundert Jahren lebte. Ich nehme an, vor dreihundert Jahren hat ein junger Mann so wie ich zu einem Mädchen gesprochen, das immer vor ihm wegläuft. Vielleicht hat er auch zur Mandoline gesungen oder Gedichte vorgesagt. Ich werde alles versuchen.«

Margarita knöpfte hastig die Bluse zu, drehte sich aber noch immer nicht herum. »Sie sind ein Lügner!« sagte sie schroff.

»Schon wieder?«

»Sie waren in Deutschland und haben mir gesagt, Sie kennen Deutschland nicht.«

»Das stimmt.«

»Was stimmt?«

»Ich habe die Unwahrheit gesagt. Es hatte seine Gründe. Aber du lauschst wohl immer?«

»Ja. Wir müssen das!«

»Ihr *müßt* das?«

»Frauen haben bei Gesprächen mit Männern nichts zu suchen, sagt Vater. Aber alles, was unser Leben bestimmt, wird unter Männern beschlossen. Da müssen wir lauschen. Wissen wir sonst, was auf uns zukommt? Ihr Männer macht alles allein! Darum ist Perdita auch weggelaufen.«

»Das hat deinen Vater die Hälfte seines Lebens gekostet.«

»Aber er holt sie nicht zurück. Er hat einmal gesagt: Perdita ist tot für uns. Und dabei bleibt er. Ich möchte ihm auch davonlaufen ...«

»Zu einem Mann?« Die Frage schmerzte. Erstaunt stellte Dr. Mohr fest, daß er gar keine Antwort erhalten wollte.

»Nicht zu einem Mann! Nur weg. Weg von den Felsen, weg von den Stollen, weg von dem Elend. Sie wissen nicht, wie das ist, in den Stollen zu wühlen ...«

»Ich werde es kennenlernen.«

»Nein!« Sie wirbelte herum. Entsetzen schrie aus ihren Augen.

»Du ... du fährst nicht in den Stollen ein, doctor ... Der Berg erschlägt dich! Bitte, nicht ...«

»Hast du Angst, Margarita?«

»Ich will nicht, daß der Berg auch dich noch frißt! Dich nicht!«

»Danke«, sagte er leise. »Das war ein wundervoller Morgen.«

Sie sahen sich einen Augenblick stumm an, und was sie nicht sagen durften, begegnete sich in ihrem Blick. Dann drehte sich Margarita herum und ging zum Haus zurück. Ihr Vater kam ihr entgegen, gähnend, mit bloßem Oberkörper, aber im Gürtel den Revolver. Er nickte seiner Tochter zu, was »Guten Morgen« hieß, wollte zum Waschtrog und bemerkte erst dann Dr. Mohr. Im Schritt noch schwenkte er ab und stapfte auf ihn zu.

»Die frühesten Hähne sind die fleißigsten!« sagte er dunkel und baute sich vor Dr. Mohr auf. »Margarita weint...«

»Sie hat die Angst, die ich nicht habe. Außerdem sollte man darüber nachdenken, warum ein Mädchen in ihrem Alter weint. Sie hat von Perdita gesprochen.«

»Ich kenne keine Perdita!« sagte Pebas grob.

»Eben darum weint sie. Es gibt so vieles in ihrem Leben, was traurig ist.«

»Aber ein médico kann ihr Besseres bieten, was?!«

»Normalerweise bestimmt. Bei mir ist es anders, ich bleibe ja hier! Darüber weint sie am meisten.« Er zeigte mit dem Daumen über seine Schulter. »Wir werden morgen einen Bautrupp bekommen. Ich bin um den Berg herumgegangen und zu einer Siedlung gekommen, die nur aus Männern besteht.«

»Bei der ›Burg‹?« Pebas starrte Dr. Mohr ungläubig an. »Du lebst noch?«

»Wir haben uns sehr gut unterhalten. Sie haben medizinische Probleme.«

»Das Gebiet um die ›Burg‹ ist wie mit Teufelsdreck bespritzt. Keiner weiß genau, wie viele dort wohnen. Bestimmt über dreißig Männer! Jeder von ihnen müßte schon reich sein. Ihre Gruben sind gut. Nur einer hat ihre Steine gesehen und das weitererzählt. Er lebt längst nicht mehr. Aufkäufer haben keine Chance; sie kommen gar nicht an die ›Burg‹ heran! Madre de Dio! Und du hast mit ihnen gesprochen.«

»Ich habe sie eingeladen, mein Krankenhaus mitzubauen.«

»Eher kriechen die Smaragde von selbst aus den Felsen«, sagte Pebas fast feierlich. »Die Kerle aus der ›Burg‹ haben noch nie ihr Gesicht gezeigt.«

Die Smaragde krochen nicht von selbst aus den Felsen, aber am nächsten frühen Morgen standen 27 bärtige, verwildert aussehende Männer vor Pebas' Haus. Sie trugen Hacken und Schaufeln, dicke Vorschlaghämmer und eiserne Brechstangen über der Schulter.

Maria Dolores und Margarita wagten sich nicht vor die Tür. Adolfo Pebas entsicherte sein Gewehr und blieb im Schatten des Höhleneingangs. Dr. Mohr, von Maria Dolores geweckt, kam nach vorn und betrachtete verblüfft den wilden Haufen.

»Das Gewehr weg, Adolfo«, sagte er leise. »Hätte ich gestern abend um deine Mine gewettet, wärst du jetzt ein ganz armes Schwein. Die Männer sind gekommen, um mein Krankenhaus zu bauen.«

»Das ist nicht sicher. Diesen Kerlen kann man kein Wort glauben. Sie lächeln dich an und stoßen dir im gleichen Augenblick ein Messer in den Leib. Verdammt, keiner hat sie bisher auf einem Haufen gesehen! Nur immer einzeln, und dann immer die gleichen Visagen. Das wird Ärger geben!«

»Wir wollen sehen.«

Dr. Mohr trat ins Freie. Die 27 finsteren Gestalten starrten ihn an, als tauche er aus einer fremden Welt auf. Ihr Anführer, der seinen Namen nicht nannte und den Dr. Mohr zunächst nur als den »Mann mit dem Vollbart« bezeichnete, stampfte mit seinem gewaltigen Vorschlaghammer auf den Felsboden.

»Da sind wir, doctor! Was nun?«

»Ich freue mich, daß ihr alle gekommen seid.« Dr. Mohr zog sein Hemd aus, ging zu dem Waschtrog, tauchte Kopf und Oberkörper in das kalte Wasser und kam triefend zurück. »Es gibt doch noch Freunde.«

»Irren Sie sich nicht, doctor.« Der Mann mit dem Vollbart blickte ihn mit bösem Gesicht an. »Die meisten sind nicht freiwillig hier! Wir halten Sie für einen ausgemachten Idioten. Ich habe zu meinen Männern gesagt: Jungs, geht erst einmal mit, hört euch an, was er zu sagen hat, und wenn es Blödsinn ist, dann legt ihm eine Rechnung vor für einen verlorenen Vormittag!«

Dr. Mohr ging zu dem Plateau, welches er für den Standplatz seines Hospitals ausgewählt hatte, und vollführte eine weit ausladende Armbewegung. »Hier soll ein Krankenhaus stehen«, sagte er. »Für jeden von euch bedeutet das Hilfe. Keiner ist ewig gesund und stark. Und in diesem Krankenhaus wird auch nicht gefragt werden, woher die Kugel stammt, die man herausoperiert. Jeder, der kommt, ist Patient, weiter nichts. Jedem wird geholfen werden. Für viele von euch wird es lebensentscheidend sein. Denkt nur an euren Blinddarm. Wenn der vereitert und durchbricht, verreckt ihr hier im Busch jämmerlicher als eine Ratte! Darum baue ich das Krankenhaus. Nicht für mich, ich habe Geld genug, nur für euch! Ist das klar?«

»Sie wollen keinen Peso für die Behandlung nehmen?«

»Ich werde keinen verlangen. Wer mir etwas gibt, damit ich das Krankenhaus weiter ausbauen kann, gibt es für sich selbst, denn er wird den Nutzen davon haben! Das Krankenhaus gehört euch allen.«

»Das klingt gut.« Der Mann mit dem Vollbart räusperte sich. »Und wie soll das weitergehen?«

»Wir setzen uns jetzt zusammen und überlegen gemeinsam, wie die Gebäude aussehen sollen. Ihr habt Erfahrung im Bauen. Eure ›Burg‹ ist der Beweis dafür.« Dr. Mohr breitete seine Arme aus. »Ich bin auf eure Hilfe angewiesen, Männer! Ohne euch kann ich das Krankenhaus nicht bauen.«

»Wir sind noch mehr.« Der Mann mit dem Vollbart stampfte wieder mit dem Vorschlaghammer auf den Boden. »Wir wollten nur sehen, wie Sie sich das denken, doctor. Könnte ja auch eine Falle sein, nicht wahr? Hier wird mit jedem Trick gearbeitet. Warum soll nicht auch ein médico als Lockvogel fungieren?«

Er stieß einen hellen Pfiff aus und lächelte plötzlich. Von zwei Seiten, aus den Felsenspalten, aus dem Wald in der Schlucht, quollen weitere zerlumpte, finstere Gestalten und drängten sich vor Pebas' Höhle. Dr. Mohr schätzte, daß jetzt über fünfzig Männer versammelt waren. Es stimmte, was Pebas gesagt hatte: Die »Burg« war uneinnehmbar, das Nachbartal für alle Fremden gesperrt. Wer sich dennoch hineinverirrte, hatte keine Chancen mehr, herauszukommen.

»Ich danke euch«, sagte Dr. Mohr. Der Mann mit dem Vollbart winkte ab.

»Noch haben wir nicht angefangen. Sie haben Christus Revaila aufs Kreuz gelegt, doctor?«

»Ach! Hat sich das bis hierher herumgesprochen?«

»Wären wir sonst gekommen? Ihr Krankenhaus – gut! Das ist ein tolles Ding, total verrückt! Aber einem Mann, der Revaila in die Schnauze geschlagen hat, dem müssen wir helfen! Der ist unser Kamerad! Der steht genau wie wir auf der Todesliste. Wissen Sie, daß es eine solche Liste gibt?«

»Nein.«

»Auf der steht jeder, der früher oder später unter einem Holzkreuz liegt. Es gibt Jagdkommandos, die nichts anderes zu tun haben, als Namen auf dieser Liste abzuhaken.

Hier funktioniert ein fabelhaftes Spionagesystem. In Penasblancas weiß man genau, wer einen guten Fund gemacht hat. Wer dann noch Bogotá erreicht, ist ein Glückspilz. Uns aber bekommen sie nicht. Wenn wir genug gefunden haben, marschieren wir los wie eine kleine Armee. Ich möchte sehen, wer uns da aufhalten will! Das wird eine Schlacht werden...« Der Mann mit dem Vollbart stellte den riesigen Hammer ab und kam auf Dr. Mohr zu. »Haben Sie einen Plan, doctor?«

»Nur im Kopf. Ich möchte ihn mit euch zusammen entwickeln.«

Zwei Stunden saßen sie auf der Erde, zeichneten mit einem dicken Bleistift Grundrisse auf ein großes Stück Packpapier und einigten sich darauf, daß insgesamt vier Häuser entstehen sollten: ein Ambulatorium, das Dr. Mohr vornehm Poliklinik nannte, ein Bettenhaus mit angrenzendem OP, ein Wohnhaus für Dr. Mohr und eventuell Personal sowie ein Magazin mit Apotheke. Dazu kam ein Wasserreservoir, höher in den Felsen gelegen, damit genügend Druck vorhanden war, und ein Maschinenhaus für einen Lichtgenerator.

»Sehr schön!« sagte der Mann mit dem Bart, als die Pläne in groben Zügen fertiggestellt waren. »Wunderschön! Nur völlig illusorisch! Wo bekommen wir außer Steinen und Holz alles andere her?«

»Aus Penasblancas oder Bogotá.«

»Glauben Sie?«

»Ich bin fest davon überzeugt.«

»Das werden wir sehen. Wofür wir sorgen können, ist der Rohbau. Wir werden in zwei Gruppen arbeiten. Die eine am Krankenhaus, die andere in der Mine. Immer im Wechsel, damit sich die anderen ausruhen können. Denn Ihr Krankenhaus, doctor, ist eine reine Erholung gegen das Smaragdschürfen.«

Gegen zehn Uhr kam Juan Zapiga zu Pebas' Hütte. Er

brachte seine kleine Tochter Neila mit. In einem Rucksack trug er sie auf dem Rücken.

»Ich weiß mir keinen Rat, doctor«, sagte er dumpf. »Sie weint und bricht und hat starke Krämpfe. Was hat sie?«

Er hüllte Neila aus den Decken und legte sie auf die Erde. Dann schielte er zu den das Plateau säubernden Männern und der Kolonne, die bereits Bäume am Rande der Schlucht fällte.

»Von der ›Burg‹?« fragte er leise.

»Ja. Sie bauen das neue Krankenhaus…«

»Sind Sie ein Zauberer, doctor?«

»Nein, nur ein Mensch, der zu anderen Menschen menschlich sprechen kann.«

»Das ist ja das Seltene! Schade, daß alles umsonst ist.«

»Was ist umsonst?«

»Alles, was Sie hier tun! Danken wird Ihnen das niemand. Hier weiß man nicht mehr, was Dank ist. Hier kämpft jeder gegen jeden, um einen kleinen grünen Stein zu bekommen.«

Dr. Mohr beugte sich über die kleine Neila. Ihre Pupillen waren erschreckend geweitet.

»Sie ist vergiftet!« sagte Dr. Mohr ehrlich. »Juan, fang an zu beten! Aber vielleicht ist das bereits zu spät…«

## 5

Perdita Pebas wäre eines der schönsten Mädchen nicht nur Kolumbiens, sondern der Welt gewesen – ohne Übertreibung –, wenn sie sich nicht das wundervolle schwarze Haar in ein ordinäres Rot gefärbt hätte; ein Rot, das wie Blut über ihren Kopf floß und gar nicht zu ihr paßte. Auch die grelle Schminke zerstörte das feine Gesicht, machte es maskenhaft, clownähnlich, erbärmlich gemein. Meistens trug sie einen engen Rock, der ihre Hüften und die langen Beine umpreßte, und eine Bluse, aus der die obere Rundung ihrer Brüste hervorquoll. Wenn sie zum »Dienst« ging, puderte sie die Brüste sogar mit Goldstaub ein. Bei »Mamás« Beleuchtung glitzerte dann ihr Oberkörper lockend und geil und konnte nie übersehen werden.

Pater Cristobal gab sich gar keine Mühe, Perdita zu übersehen. Im Gegenteil, er sprach sie auf der Treppe zum Lokal an. Sie wohnte zwei Zimmer neben ihm und hatte natürlich längst gehört, wer da als Nachbar das beste Zimmer besetzt hielt.

»Für die Kirche habe ich einen Sondertarif«, sagte sie gemein und blieb vor Cristobal Montero stehen. Sie zog sogar die Bluse tiefer in den Rockbund und entblößte dadurch ihre Brüste noch mehr. »Aber umsonst ist nichts! Ich weiß ja, die Kirche will immer alles geschenkt haben. Bei mir nicht!«

»Auch die Kirche gibt manchmal etwas umsonst«, sagte Pater Cristobal freundlich. »So kannst du zum Beispiel von mir gratis eine Ohrfeige bekommen! Zieh deine Bluse hoch! Deine Kugeln sind doch nur Attrappe.«

»Sie sind echt!« Sie riß den Ausschnitt der Bluse ganz herunter und streckte Cristobal ihre nackten vollen Brüste entgegen. »Ich habe die schönsten weit und breit!« Ihre Augen sprühten Feuer. »Auch die kommen von Gott!«

»Sicherlich! Aber was tust du mit Gottes Geschenk? Weißt du, wie sie bei deinem Leben nach zehn Jahren aussehen?«

»Weiß ich, ob ich zehn Jahre überlebe?«

»Ich weiß es.«

»Natürlich! Ein Pfaffe weiß alles.« Perdita lachte hell und zog die Bluse wieder höher. »Ahnen Sie, in welchem Bett Sie schlafen?«

»Ja! Señora Ordaz hat es deutlich gesagt. Aber mich stört es nicht. Du bist ein gutes Mädchen.«

»Sagen Sie das noch mal, Pater.«

»Du bist ein gutes Mädchen. Du bist nicht das, was du jetzt darstellst. Du bist allein, verzweifelt, hilflos, ausgebeutet. Und du vergehst vor Heimweh.«

»Sie sind verrückt, Pater!« sagte sie leise. Plötzlich verzerrte sich ihr ordinär geschminktes Gesicht, sie begann zu weinen, warf sich herum und rannte die Treppe hinunter zur Bar.

Cristobal ging ihr langsam nach. Bei »Mamá« war schon großer Betrieb. Im Lokal plärrte wieder überlaut die Musik, die Tische und die Hocker an der Bar waren fast schon besetzt, auf dem Tanzparkett schoben sich die Pärchen hin und her, als kämpften sie um jeden Quadratmeter Boden. An der Tür stand Miguel, der Portier und die lebende Kirchenorgel, und begutachtete jeden, der noch hineinwollte. Wer schon betrunken war, bekam einen Fausthieb zwischen die Augen und taumelte zurück auf die Straße. Niemand nahm das hier übel. Es gehörte zu den Sitten dieser Stadt, daß weniger geredet als sofort gehandelt wurde. Man begriff das auch besser.

Nach Miguels Schlag gab es jeder auf, einen zweiten Anlauf zu wagen.

Pater Cristobal fand einen Hocker am äußersten Ende der Bartheke, hob sich auf den Sitz und bestellte bei Loulou, der Bardame mit dem Riesenbusen und der geschnürten Taille, einen großen Bourbon-Whiskey. Neben ihm saß ein Mann auf dem Hocker, der ihn aus den Augenwinkeln musterte. Cristobal kam er bekannt vor. Er mußte einer der Männer sein, die bei dem Erschossenen eine Art Ehrenwache gehalten hatten. Einer von »Mamás« Smaragdaufkäufern.

»Hier stinkt es gewaltig!« sagte der Mann plötzlich laut. »O verdammt, es stinkt nach Weihrauch. Meine Nase brennt direkt. Wer kann das aushalten? Ich muß gleich kotzen.«

»Loulou, bring einen Eimer!« rief Pater Cristobal besorgt. Er übersah das entsetzte Gesicht von Loulou, die sich nicht rührte, sondern langsam nach hinten wich. »Welch eine Unvernunft! Kranke, alte und schwächliche Männer sollten nicht in Bars sitzen! Wie kann jemand Whiskey vertragen, wenn ihn schon Weihrauch in die Hose machen läßt?«

»Wer ist hier krank?« fragte der Mann und zog das Kinn an. Er war ein bulliger Kerl, mit einem Gesicht voller Narben und Flecken und einer dicken, roten Nase, die wie eine Kaktee aussah. »Mein Geruchssinn ist nur beleidigt.«

»Dann stink nicht so!« sagte Cristobal ruhig.

»Aha!« Der Mann griff nach dem Glas des Paters und schüttete den Whiskey über dessen Hose. Dann warf er das Glas an die Wand und lachte rauh. »Das duftet endlich nach Männern!« Um ihn herum gluckster die anderen Gäste vor Freude und Erwartung.

»Es ist schade, daß der doctor in die Berge gezogen ist«, sagte Pater Cristobal sanft. »Wer wird jetzt dem guten Mann den Kopf flicken?« Blitzschnell griff er zu, riß eine Flasche an sich und schlug sie dem Mann über den Schädel. Das Glas splitterte, der Mann schwankte vom Hocker, stierte mit glasigen Augen um sich und spürte, wie aus einer Rißwunde Blut über sein Gesicht lief. Ein paar Frauen kreischten. Es sah ärger aus, als es war, aber Kopfwunden bluten nun einmal besonders stark.

Der Mann stieß einen dumpfen Laut aus, riß ein langes Messer aus dem Hosenbund und duckte sich. Mit flimmernden Augen starrte er den Priester an. Pater Cristobal saß auf seinem Hocker und winkte mit dem leeren Glas zu Loulou.

»Noch einen! Auf Rechnung dieses caballeros.«

Loulou rührte sich nicht. Sie hatte längst unter der Theke den Alarmknopf gedrückt: »Mamá«, bitte kommen. Hilfe! Verzweifelt und verwundert zugleich blickte sie zu Miguel, der sonst wortlos eingriff und mit seinen riesigen Händen Ordnung schaffte. Aber Miguel blieb an der Tür stehen und kratzte sich nur den Nasenrücken. Es war offensichtlich: Er dachte nach.

Der Mann mit dem blutenden Kopf stürzte plötzlich vor und stieß das Messer gegen Pater Cristobal. Aber er kam nicht nahe genug an ihn heran. Der Priester hob sein rechtes Bein, zog es etwas an und schnellte dann vor. Ein gewaltiger Tritt traf den Anstürmenden, stoppte ihn und warf ihn dann weit zurück. Er krachte gegen einen Tisch, krümmte sich und begann zu spucken. Drei Männer hielten ihn fest, entwanden ihm das Messer und schleiften ihn durch einen Hinterausgang hinaus.

»Wo bleibt mein Whiskey?« sagte Cristobal in die gefährliche Stille hinein. »Bezahle ich nicht mit ehrlichen Pesos?! Wer will, kann sogar ein Heiligenbildchen extra haben.«

Durch die Tür, die in ihr Büro führte, kam Mercedes Ordaz, als sei jetzt ihr Stichwort gefallen. Sie wirkte sehr elegant und gepflegt in einem altspanischen Kleid, das ihre üppige Figur eng umschloß. Um die Schultern trug sie einen mit Goldfäden durchwirkten Schal aus schwarzer Spitze.

»Mußte das sein?« fragte sie und setzte sich neben Pater Cristobal auf einen Barhocker. »Warum muß die Kirche immer aktiv eingreifen, wo sie nichts zu suchen hat?«

»Ihn störte mein Weihrauch, Töchterchen des Herrn.«

»Wer redet von dem Idioten? Sie haben vorhin mit Perdita gesprochen. Die Kleine ist völlig durcheinander. Sie weint und weigert sich, ihren Dienst anzutreten.«

»Das ist gut!«

»Solange Sie im Lokal sind, sagt sie.«

»Ich habe einen unbändigen Durst. Ich bleibe. Außerdem wohne ich hier. Die Idee, mich hier einzuquartieren, kam von Ihnen, señora. Werfen Sie mir nichts vor. Ich hatte Sie gewarnt! Wer einen Priester ins Haus nimmt, muß mit heiligen Gesängen rechnen.«

»Perdita ist mein bestes Pferdchen.«

»Das glaube ich Ihnen sofort. Aber sie hat eine bessere Zukunft, wenn sie von Ihnen weggeht.«

»Was will sie denn? Sie hat keine Schule besucht, sie kann nichts, sie weiß nichts, sie ist nur schön.«

»Sie wird schreiben und lesen lernen …«

»Ha! Wo denn? In Penasblancas? Hier gibt es eine Schule, gewiß, aber keinen Lehrer. Die beiden, die hier einmal unterrichteten, sind längst in den Bergen und schürfen nach Smaragden.«

»Perdita wird die Schule der ›Barmherzigen Mutter von Muzo‹ besuchen.«

»Welche Schule?« Mercedes Ordaz winkte. Loulou brachte eine Karaffe Rotwein und ein großes geschliffenes Glas. »In Muzo?«

»Das ist nur der Name. Die Schule befindet sich in den Bergen.«

»Ich staune.«

»Neben dem Krankenhaus der guaqueros.«

»Verrückt! Pater, Sie und Ihr Freund sind die erbarmungswürdigsten Idioten unserer Breiten. Sie wollen hier eine Schule gründen?«

»Und eine Kirche mit einem Gemeindezentrum. Außerdem einen richtigen Friedhof.«

»Letzteres wird das einzige sein, das sich lohnt und rentabel ist!« sagte »Mamá« sarkastisch. »Alles andere können Sie sich sparen, Pater.«

Sie goß sich ein Glas Wein ein und nahm einen kräftigen Schluck.

»Wann gehen Sie weg?«

»Nie! Ich bleibe hier.«

»In die Berge.«

»Wenn ich Perdita mitnehmen kann.«

»Also nie!« ›Mamá‹ beugte sich zu Pater Cristobal hinüber. Ihre Augen waren hart. Das einstmals schöne Gesicht wurde zur Maske. Das ist sie wirklich, dachte Cristobal ruhig. Jetzt spielt sie keine billige Rolle mehr. »Ich werde um Perdita kämpfen. Sie gehört mir!«

»Wir wollen uns nicht über Eigentumsverhältnisse streiten. Señora Mercedes Ordaz, und wenn Sie noch so laut und falsch in der Kirche singen, niederknien und die Hostie schlucken, ich gebe keine Ruhe, bis Ihr Sauladen entweder geschlossen ist oder ein anständiges Lokal wird!«

»Sie wollen Krieg, Pater?«

»Ich will Ordnung in der Welt.«

»Und da fangen Sie ausgerechnet bei mir an?«

»Sie sind ein Sumpfloch, ›Mamá‹, aus dem die Pest quillt. Es muß zuallererst trockengelegt werden.«

»Sie haben keine Angst?«

»Nein.«

»Natürlich nicht. Sie wissen, daß Sie in den Himmel kommen.«

»So ist es, Töchterchen.«

»Feinde nehmen auch keine Rücksicht auf Ihre Soutane.«

»Warum reden wir herum, ›Mamá‹? Sie werden den Auftrag erteilen, mich umzubringen. Aber das wird schwer sein. Ich habe bereits viele Freunde in Penasblancas.«

Er schwieg. Die Tür flog auf. Polizeileutnant Felipe Salto und seine drei Polizisten stürmten in die Bar und besetzten den Ausgang. »Alles an die Wand!« brüllte er. »Die Rükken zu mir! Hände hoch über den Kopf! Wer bis ›drei‹ nicht an der Wand steht, braucht sich morgen nicht mehr die Augen zu waschen!«

Die Gäste der Bar rannten an die Wände und stellten sich wie gewünscht auf. Nur Cristobal blieb sitzen und »Mamá« natürlich auch.

»Noch so einer der neuen Spinner!« sagte sie und holte aus ihrer Kleidtasche eine dicke schwarze Zigarre heraus. Sie biß die Spitze ab und spuckte sie ins Lokal. »Haben Sie Feuer, Pater?«

»Aber ja.« Cristobal riß ein Streichholz ab und zündete

die Zigarre an. Mercedes Ordaz stieß ein zufriedenes, sattes Grunzen aus.

»Ich weiß nicht, warum die jungen Männer so dämlich sind«, sagte sie nach dem ersten Zug. »Kommen hierher, um alles umzuändern, und liegen dann unter der Erde. Was haben sie davon? Auch der Leutnant wird auf diese Art nicht alt werden.«

»Hier soll eine Schlägerei sein!« schrie Felipe Salto. »Pater, wo ist der Kerl? Sind Sie verletzt?«

»Der nicht!« sagte Mercedes Ordaz fett. »Wenn der tritt und schlägt, stehen hundert Englein dahinter.«

Leutnant Salto kam näher und wischte sich den Schweiß von der Stirn. Er setzte sich neben »Mamá« an die Theke. Loulou tauchte auf und sah den Polizisten fragend an.

»Rum und Cola!« sagte Salto. »Aber mehr Rum, du Fesselballon!«

Loulou mit dem Riesenbusen machte »Puh!« und mixte das gewünschte Getränk. Die Gäste standen noch immer geduldig mit dem Gesicht zur Wand, die Hände über den Köpfen.

»War das ein Tag«, seufzte Salto. Er kippte den Rum mit Cola herunter und rülpste verhalten. »Pardon! Es hat wieder eine Schießerei gegeben. Zwischen Muzo und Chivor. Gedungene Smaragdräuber lauerten einer Kolonne auf, die nach Bogotá zog. Mit Mauleseln und auf drei Motorrädern. Aber die guaqueros hatten etwas gemerkt. Sie verhielten sich fast militärisch, wie im Krieg. Eine Spähtrupp-Spitze, die sich nach Feindberührung zurückzog, dann ein Sturmkeil, der durchbrach, und am Ende die Nachhut, die, am besten bewaffnet, mit einem letzten Donnerschlag alles um sich herum niedermähte. Es hat vier Tote gegeben. Aus dieser Räuberbande!« Salto beugte sich vor. »Woher wußten Sie von dem Smaragdtransport, señora Ordaz?«

»Sie fragen die Falsche, Leutnant.« Sie rauchte die dicke schwarze Zigarre und paffte dicke Wolken in die Luft.

»Drei waren von Ihren Leuten.« Es mußte doch möglich sein, diese Frau aus der Reserve zu locken!

»Das muß ein Irrtum sein.«

»Einer war unbekannt.«

»Unbekannt?« Ihr Interesse erwachte. »Neu aus Bogotá gekommen?«

»Nein! Aus Cosquez. Das wundert uns! Man ist dabei, aus den anderen Orten die ›Spezialisten‹ abzuziehen und heimlich nach Penasblancas zu dirigieren. Das hat doch etwas zu bedeuten.«

»Revaila«, sagte »Mamá« dunkel. »Er hat etwas vor.«

»Sie wissen das?«

»Ich ahne es! Seit heute geht es bei ihm zu wie in einem Kaufhaus mit Sonderangeboten. Christus Revaila baut sein Expeditionsheer auf.«

»Expedition wohin?« fragte Salto.

»In die Berge.« Sie lachte dunkel. »Mein lieber Leutnant, das ist alles eine Nummer zu groß für Sie! Wenn Revaila in den Krieg zieht – ich habe das nur einmal erlebt –, wagt sich keiner mehr in die Kordilleren.«

»Ich rufe sofort Major Gomez in Muzo an. Er wird mit seinem Bataillon ...«

»Er wird gar nichts, Leutnant! Die Hälfte seiner Truppe wird bereits wissen, was sich da zusammenbraut, denn diese Hälfte – vor allem die Herren Offiziere – leben wie dicke Maden durch Gelder, die unsichtbar in ihre Tasche fließen. Ein Mysterium! Abends sind die Taschen leer, greifen sie morgens hinein, knistern die Pesoscheine. Major Gomez wird mit vielen Krankmeldungen rechnen müssen.«

»Zustände sind das!« brüllte Salto. »Wissen Sie etwa auch, wohin Revaila ziehen will?«

»Natürlich.«

»Und wohin?«

»Zur Pebas-Mine. Dort lebt jetzt ein Mensch, der nach Ansicht von Revaila nicht mehr leben darf: Pedro Morero.«

»Ha!« Leutnant Salto zuckte hoch. »Unser médico! Ich verhafte Revaila sofort!«

»Das ist jetzt nicht mehr möglich. Revaila hat bereits eine kleine Truppe um sich, deren Sicherheitsring Sie nicht durchbrechen können. An den kommen Sie nicht mehr heran, Leutnant. Sie können nur noch in Ihrem Polizeihaus sitzen und sich besaufen. Das ist das beste.«

»Alles wieder rumdrehen!« schrie Salto. Die Gäste lösten sich von den Wänden und gingen zu ihren Sitzplätzen zurück. Sie taten es so gleichmütig, als sei nichts geschehen. Soll man sich durch einen Polizisten den schönen Abend versauen lassen? Nicht bei uns, Leutnant. Das Leben ist hier so kurz, und die Weiber bei »Mamá« sind so schön. Gönne uns das kleine Vergnügen, camarada, wer weiß, ob wir Bogotá, das wirkliche Leben, jemals wiedersehen.

»Ich packe!« Pater Cristobal rutschte vom Barhocker. »Bedanken Sie sich bei Revaila, señora, wenn ich früher weggehe als geplant. Aber ich komme wieder und hole Perdita ab.«

»Wo wollen Sie hin?« fragte Salto ahnungsvoll.

»Zu Pete Morero.«

»Dachte ich mir's doch! Loulou, noch einen Rum mit Cola! Pater, Christus Revaila ist kein Kerl, der nicht auch auf ein Kreuz schießen würde.«

»Dem Namen nach könnte er es nicht. Aber ich weiß, daß er nur töten will.«

»Und was wollen Sie dann in den Bergen?«

»Das Wort erheben!« sagte »Mamá« spöttisch.

»Genau das!« Pater Cristobal warf ein paar Pesos für den Whiskey auf die Theke. »Wir werden die Angst besiegen ... dann haben wir auch Revaila besiegt ...«

Die kleine Neila Zapiga konnte gerettet werden.

Dr. Mohr pumpte den Magen aus, gab ihr viel Milch zu trinken und injizierte ein Kreislaufmittel. Noch während er die Nadel wieder herauszog, schlief Neila ein und atmete tief und regelmäßig. Ab und zu zuckte die Bauchdecke noch, aber die Krämpfe kamen nicht wieder. Zapiga kniete neben seiner kleinen Tochter, streichelte ihr Köpfchen und sprach leise auf die Schlafende ein. Der Mann mit dem Vollbart beugte sich ebenfalls über das Kind und ging dann zu Dr. Mohr, der seine Arztkiste wieder einpackte.

»Was können Sie alles?« fragte er.

»Wie soll ich das verstehen?« fragte Mohr zurück.

»Ein Arzt kann doch nicht alles. Der eine kann Knochen heilen, der andere die Lunge. Es gibt Fachärzte für die Augen oder die Zähne, und solche, die einen Menschen aufschneiden und aus dem Körper herausholen, was krank macht.«

»So einer bin ich, ein Chirurg.«

»Aha: Und wie ist es mit Krebs...«

»Hat einer in der ›Burg‹ Krebs?« fragte Dr. Mohr besorgt.

»Ich sage das nur so!« brüllte der Mann mit dem Vollbart. »Angenommen, einer von uns hat Krebs. Wie steht es dann mit ihm?«

»Miserabel.«

»Aha! Da macht ihr Ärzte euch in die Hose.«

»Das nicht direkt. Man müßte feststellen, um welchen Krebs es sich handelt. Und in welchem Stadium er sich befindet. Ob er noch operabel ist.«

»Sie können so etwas operieren?«

»Das habe ich jahrelang gemacht.«

»Und da kommen Sie zu uns Verfluchten? Da stimmt doch etwas nicht.« Der Mann mit dem Vollbart fixierte Dr. Mohr.

»Haben Sie jemanden umgebracht?«

»Nein.«

»Mit der Kasse durchgebrannt?«

»Aber nein...«

»Wegen der Politik? Sind Sie Revolutionär?«

»Auch nicht. Ich habe in Bogotá ein gutes Leben geführt. Dann hörte ich von euch hier draußen und sagte mir: Diese Menschen brauchen dich wirklich. Und jetzt bin ich eben da … und baue mit eurer Hilfe mein Krankenhaus.«

Juan Zapiga saß neben seinem schlafenden Kind und schaute den wilden Burschen aus der berüchtigten »Burg« zu, wie sie die gefällten Stämme entlaubten oder mit zwei Stahlschubkarren Steine herankarrten und auf einen Haufen warfen. Oben, in seinem Stolleneingang, hockte der halbblinde Pepe Garcia und konnte nur hören, was unter ihm vorging. Adolfo Pebas war in seine Mine gegangen. Außer einer starken Taschenlampe hatte er einen dicken Gartenschlauch mitgenommen. Meter um Meter rollte er ihn ab, je tiefer er in den Berg tappte. Die letzte Strecke konnte er nur noch kriechen. Hier war der Stollen gerade so hoch, daß man sich auf Händen und Knien fortbewegen konnte. Ein Kriechgang, in das Gestein gehauen, nicht abgestützt, eine scharfkantige Röhre, die man auch nur rückwärts kriechend wieder verlassen kann. Sich drehen oder umwenden ist unmöglich. Man muß den Gummischlauch hinter sich herziehen, immer in Mundnähe, denn je tiefer man in den Berg kriecht, um so mehr wird der Schlauch die einzige Verbindung zum Leben: Luft! Luft! Luft!

Am Ende des Ganges, vor der Wand, die er weiter aufreißen wollte, in atemberaubender Hitze und ohne Sauerstoff, blieb Pebas erst einmal ein paar Minuten liegen und atmete durch den Gummischlauch. Er saugte das bißchen Luft in sich hinein, das man durch den Schlauch bekam, und griff dann zu Meißel, Hammer und der kleinen Schaufel, mit der er die losgelösten Steine und die Erde hinter sich warf.

Welche Qual. Und welche Hoffnung in diesem täglichen Todesgraben: Einmal kommst du an die große grüne Ader. Einmal liegst du da im Berg, die Taschenlampe um die Stirn geschnallt, und blickst verzückt auf das grüne Schimmern. Die Millionen gehören dir, du brauchst sie nur noch herauszubrechen und nach Bogotá zu bringen. Über die Todesstraße. Vorbei an den Augen von »Mamá« und Christus Revaila. Ist das alles geschafft, hast du ein Recht darauf, den Rest deines Lebens nichts mehr zu tun, sondern deinen Reichtum zu genießen.

Margarita brachte das Essen. Maria Dolores hatte einen großen Kessel mit Bohnensuppe gekocht und sogar ein Huhn geopfert. Mit allen möglichen Gefäßen zogen die wilden Burschen aus der »Burg« an dem Kessel vorbei und bekamen eine große Kelle voll Suppe und Fleischstückchen Dann hockten sie sich auf den »Bauplatz«, schlürften das Essen und bissen in das mitgebrachte Brot. Der Mann mit dem Vollbart kam wieder zu Dr. Mohr, ein Brot in der Hand.

»Wollen Sie eins haben?« fragte er. »Selbstgebacken. Wir haben einen guten Bäcker in der ›Burg‹. Überhaupt haben wir aus fast allen Berufen einen unter uns. Sogar einen Rechtsanwalt. Und der bin ich.«

»Sie sind Anwalt«, Dr. Mohr nahm das Brot und roch daran. Es war frisch und duftete köstlich. »Ich gebe den Pebas' auch etwas davon.«

»Wenn sie es annehmen. Für sie sind wir die Ausgeburt des Satans.«

»Warum sind Sie hier?« fragte Dr. Mohr.

»Wegen der Smaragde. Dumme Frage!« Der Mann mit dem Vollbart löffelte seine Suppe aus einer verbeulten Aluminiumschüssel. »Vor fünf Jahren fing alles an. Ich hatte eine ziemlich mies gehende Praxis in Vallavicencio. Was passiert schon in Vallavicencio: ein paar Betrügereien, Auseinandersetzungen, bei denen Ehemänner ihre Frauen grün und blau schlagen, Diebstähle, ein paar Gutachten oder Firmenberatungen, einmal sogar ein Mord, bei dem die Tatumstände so klar lagen, daß ich kaum zu plädieren brauchte. Wahrlich keine besonders einträgliche Sache! Bis dann eines Tages ein Mann zu mir in die Kanzlei kam und ein Taschentuch auswickelte. Smaragde. Einer schöner als der andere. Wert schätzungsweise 400 000 Dollar. ›Das habe ich in sechs Wochen gefunden‹, sagte der Mann. ›Ich hatte Glück! Kennen Sie Penasblancas?‹ – Ich kannte es natürlich nicht. Wer kennt diese Hölle schon. Aber ich wurde neugierig. Ich beriet den Mann, wie er sein Geld gut anlegen könnte, machte meinen Laden zu und fuhr in die Kordilleren. Seitdem bin ich hier und schürfe. Es hat bis heute neun Tote gegeben, die mich stören wollten.«

»Und lohnte es sich?«

Der Mann mit dem Vollbart blickte Dr. Mohr forschend an. »Ja –«, sagte er langsam. »Heute bin ich ein reicher Mann – wenn ich die Steine heil durchbringe. Ich habe sie noch vollzählig beisammen. Nächstes Jahr wollen wir alle gemeinsam bis Bogotá durchbrechen. Dann ist das größte Vermögen auf der Straße, das Kolumbien je gesehen hat. Ungefähr 10 Millionen Dollar! Der größte Smaragdtransport aller Zeiten. Wird das eine Schlacht geben!« Er kratzte seine Schüssel aus und drohte Dr. Mohr mit dem Löffel. »Wenn Sie was sagen, doctor, hänge ich Sie zwischen zwei gebogenen jungen Bäumchen auf! Das reißt Sie langsam mittendurch!«

»Sie besitzen nicht gerade die allgemein übliche Rechtsanwaltsmentalität«, sagte Dr. Mohr säuerlich.

»Diese Art von Liquidation haben wir von Revaila gelernt.« Der Mann mit dem Vollbart erhob sich. Die Arbeit ging weiter. »Sie müssen wissen, daß ich nicht allein hierherkam. Ich hatte einen Sohn. 17 Jahre jung. Meine Frau, seine Mutter, ist mit einem anderen Mann durchgebrannt, einem Ingenieur, der nach Europa zog. Wir waren etwa ein halbes Jahr hier und hatten die ersten Steinchen gefunden, da hing mein Junge zwischen den wieder zurückgeschnellten jungen Bäumchen. Eine Seite links, eine Seite rechts. Mittendurch gerissen! Er war nach Penasblancas gegangen, um Konserven zu kaufen. Bezahlt hatte er mit kleinen Smaragden. So dämlich waren wir damals noch! Revaila hörte davon und versuchte, meinen Jungen auszufragen. Der gab keine Auskunft, wenig später hing er zwischen den Bäumen! Ja, so ist das ...«

Er nickte, wandte sich ab und ging zu seinen Leuten zurück.

Dr. Mohr zog die Schultern zusammen. Er fror plötzlich. Zapiga, der bei seiner Tochter wachte, nickte ihm zu.

»Haben Sie keine Angst, doctor«, sagte er leise, damit Neila nicht erwachte. »Wir alle stehen um Sie herum. Wir beschützen Sie! Revaila kommt nicht an Sie heran! Und in die Berge traut er sich sowieso nicht.«

Fast zur gleichen Zeit zählte Revaila die Namen der Männer zusammen, die sich in seine Liste eingetragen hatten. Es waren jetzt 134 Mann.

134 Mann, die bereit waren, mit ihm in die Berge zu ziehen und allen zu zeigen, wer der Herr der Minen zwischen Muzo und Cosques war. Aber Revaila brauchte mehr. Sein Ziel war, soviel Männer, wie ein Militärbataillon hatte, zusammenzubekommen. Es mußte wieder Ordnung in »seinen« Bergen herrschen. Ein Arzt und ein Priester hatten genügt, um alles durcheinanderzubringen. So beeinflußbar war die Masse.

Revaila nickte dem Mann zu, der gerade in sein Büro trat.

»Unterschreib hier, mein Freund!« sagte er hart. »Wir kämpfen für eine sichere Zeit.«

Am nächsten Morgen ritt Pater Cristobal mit zehn Mulis in die Berge. Sie waren voll beladen mit Lebensmitteln, Waffen und Munition.

Aber er ritt nicht allein. Der Portier, Boxer und Vorsänger Miguel begleitete ihn. Er hatte bei »Mamá« gekündigt und zu ihr gesagt: »Ich gehe mit dem Pfaffen! Nicht, weil ich an Gott glaube, aber er hat so schöne Lieder. Und ich singe so gern ...«

Erst gegen Mittag erfuhr Revaila von Cristobals Auszug. Er jagte sofort zehn Männer hinterher, aber sie kamen zu spät. Schon bei der ersten Sperre der guaqueros wurden sie beschossen und kamen nicht weiter.

Die Straße war geschlossen. Große Felssteine lagen auf dem Weg, zu Hindernissen aufgetürmt.

In den Bergen begann eine neue Zeit.

## 6

Der Tag war heiß geworden. Nicht im Hinblick auf die Temperatur, die selbst in den höher gelegenen Bergtälern die Feuchtigkeit, die von den Bäumen über Nacht gesammelt wurde, verdunsten ließ und eine feuchtwarme, drükkende, von hundert Düften durchzogene Dunstglocke über die Felsen legte, sondern die Männer aus der »Burg« hatten dermaßen schwer gearbeitet, als gälte es, an einem Tag so viel zu schaffen, wie Dr. Mohr sich für eine Woche vorgenommen hatte.

Sie planierten den steinigen Boden, fällten Bäume, entasteten sie, schälten sie ab und hieben mit Äxten aus den dünnen Stämmen eckige Balken als Eckpfeiler für die Hausbauten. Eine andere Kolonne schleppte Steine heran und begann, diese mit Stahlhämmern zu bearbeiten, um glatte Steine zu bekommen, so daß man sie als Mauer aufeinanderschichten konnte. Der Mann mit dem Vollbart, der Dr. Mohrs kritisches Nachdenken bemerkte, setzte sich schwer atmend neben ihn auf einen dicken Baumstumpf am Rande des Abhangs.

»Wie bei den alten Ägyptern, denken Sie jetzt, was?«

sagte er und holte aus seiner Tasche Tabak und eine uralte, abgebissene Pfeife. Er stopfte sie umständlich, setzte sie mit einem verbeulten Feuerzeug in Brand und stieß giftgrüne Rauchwolken aus. Es stank bestialisch. »So haben wir unsere ›Burg‹ auch gebaut. Und sie ist uneinnehmbar. Da kann das Militär mit Kanonen oder Granatwerfern draufhalten. Die Steine würden nur lachen!«

»Auch Mücken dürfte es bei Ihnen keine geben!« sagte Mohr und hustete.

»Beleidigen Sie meinen Tabak nicht!« brummte er. »Sie Klugscheißer von einem Arzt! Besorgen Sie mir einen anderen! Dieser hier ist selbstgezogen! Wissen Sie, was guter Tabak in Penasblancas kostet? Oder gar amerikanische Zigaretten? Man muß eine Stunde lang bis zur Verzweiflung schürfen, um eine Stange Zigaretten zu kaufen. In der Stadt nehmen sie weder Pesos noch Dollars. Man kann nur mit kleinen grünen Steinen bezahlen. Hier gilt ausschließlich die Smaragdwährung. Unser Leben ist der Berg, im wahrsten Sinne des Wortes.«

Gegen Abend kam Nuria Zapiga auf die Baustelle. Juan Zapiga saß noch immer auf der Erde, den Kopf seiner kleinen Tochter im Schoß, und beobachtete ihre langsame Rückkehr ins Leben. Dr. Mohr hatte das geschwächte Kind noch einmal untersucht und eine neue Injektion gemacht. Es begann darauf erneut zu würgen, spie den letzten Mageninhalt aus und trank gierig die fette Ziegenmilch, die Margarita in einer Blechschüssel brachte. Dann schlief das Kind wieder ein. Zapiga starrte Dr. Mohr aus tiefliegenden Augen an.

»Stirbt sie?« stammelte er.

»Im Gegenteil, sie überlebt.« Dr. Mohr fühlte den Puls und kontrollierte den Herzschlag. »Was habt ihr gegessen?«

»Was wir immer essen, Don Pedro. Was uns das Land schenkt.«

»Das Land?«

»Sie wissen, wie groß meine Familie ist. Wir haben ein Schweinchen, aber das muß noch wachsen. Wir haben ein paar Hühner... auf die Eier können wir unmöglich verzichten. Die Ziege muß Milch geben. Außerdem haben wir etwas Mais und Salat angebaut. Neben dem Haus steht ein Papayabaum. Aber das Fleisch fangen wir uns. Unten, in der Niederung, wo es feucht ist, gibt es schöne, dicke Schlangen. Ein Geschenk der Natur.«

»Schlangen?«

»Eine Delikatesse, doctor!« warf der Bärtige ein. »Für ein Schlangensteak, vorzüglich gewürzt, lassen Sie jedes Entrecôte stehen! Glotzen Sie mich nicht so entsetzt an! Was betrachten Sie als Delikatesse! Langusten, nicht wahr? Froschschenkel! Schnecken! Tintenfische! Fischeier, die man vornehm Kaviar nennt!« Er schlug mit der Faust gegen die andere, flache Hand. »Das ist auch ein Grund, weswegen ich hier lebe: Ich wollte raus aus der Heuchelei, die uns andauernd umgibt! Ihr eßt Frösche und Schnecken und verdreht dabei in kulinarischer Barbarei vor Wonne die Augen. Warum soll man da nicht Schlangen essen? Eine Schlange ist etwas Sauberes, Festes im Vergleich zu einer glitschigen Schnecke oder Auster. Man paniert die Fangarme von Tintenfischen oder lutscht die Zangen der Langusten aus und genießt es mit breitem Vergnügen. Wissen Sie, daß Rattenfleisch wie Kalbfleisch schmeckt?«

»Das Kind muß ein Stück giftiges Schlangenfleisch gegessen haben.«

»Blödsinn! Wenn das Fleisch gut gebraten oder gekocht ist, gibt es kein Gift mehr! Überhaupt ist von einer Schlange nur der Zahn mit seiner Giftdrüse giftig; alles andere ist genießbar! Don Pedro, ich lade Sie mal ein zu einem Schlangenessen! Sie werden süchtig werden!« Der Bärtige lachte rauh. »Denken Sie an Zentralafrika! Da fängt man Heuschrecken, trocknet und mahlt sie, macht Mehl aus ihnen und backt köstliche Brote damit. In China essen sie mit Genuß in der Friteuse knackig gesottene Raupen! Wird Ihnen schlecht, doctor?«

»So schnell nicht!« Dr. Mohr lächelte schief. Er beugte sich zurück und sah Zapiga fragend an. »Was kann das Kind gegessen haben?«

»Einen rohen Pilz...«

»Ach. Die habt ihr auch hier?«

»Wir haben alles hier, was feindlich ist.«

»Mich wundert, daß ihr alle noch lebt!« Dr. Mohr wusch sich seine Hände in einer Tonschüssel mit frischem Wasser, die Margarita gebracht hatte.

»Die Natur ist zu beherrschen«, sagte der Bärtige ernst. »Unser größter Feind ist der Mensch.«

Jetzt war auch Nuria gekommen, nahm das kleine Mädchen aus Zapigas Schoß, preßte es an sich und wiegte es leicht hin und her. »Danke, doctor«, sagte sie dabei. »Danke! Danke...«

»Was macht Pablo?« fragte Dr. Mohr.

»Er arbeitet.«

»In der Mine?« rief Dr. Mohr entsetzt. »Mit dieser Kapsel-Phlegmone?! Ich habe gesagt, der Arm muß...«

»Wir müssen leben, Don Pedro«, sagte Zapiga einfach. »Zehn Kinder, Nuria und ich... Wir dürfen keinen Tag verschenken. Heute konnte ich nicht in die Mine, also müssen Pablo und die anderen Jungs arbeiten.«

»Die anderen? Wie alt sind die denn?«

»Elf und neun Jahre, Don Pedro.«

»Und arbeiten im Berg?!«

»Natürlich!«

»Mit Luft aus dem Gartenschlauch?! In Stollen, die nicht höher als fünfzig Zentimeter sind, die Steinschichten weg hauend?«

»Es muß sein.«

»Willst du sie alle umbringen, Juan?!«

»Sollen wir verhungern?« Zapiga streichelte über den

Kopf seiner kleinen, tief schlafenden Tochter. Eine unendliche traurige Zärtlichkeit war in dieser Bewegung. »Einmal wird alles vorbei sein, doctor. Da stoßen wir im Berg auf den großen Smaragd und sind Millionäre!«

Da war sie wieder: die immer gegenwärtige Hoffnung. Der große Traum aller 30 000 guaqueros: die grüne Ader finden, an der jeder Hammerschlag Tausende von Dollar wert ist. Für diese Illusion lebten sie, schufteten sie bis zur völligen Erschöpfung, verspielten sie ihre Gesundheit, schossen sie sich den Weg nach Bogotá frei, durch die Barriere der Aufkäufer von Christus Revaila und »Mamá« Mercedes. Und dann galt es noch, in der Emerald-Street nicht betrogen oder im schlimmsten Fall gar getötet zu werden.

»Pablo darf ab sofort nichts mehr tun!« sagte Dr. Mohr hart. »Er muß ja vor Schmerzen schreien, da unten im Stollen.«

»Pablo ist ein tapferer Junge. Er weiß, daß wir keinen Tag verschenken können.«

»Sobald die Außenwände des Hospitals stehen und ein Dach darüber ist, kommt er zu mir!«

»Wir werden sehen, doctor.« Zapiga drehte sich um und ging den Pfad hinunter, der in das Tal führte. Nuria, mit dem schlafenden Kind auf den Armen, folgte ihm stumm. »Was nützt Ihnen das Hospital, wenn Sie das Material nicht bekommen ...«

In der Abenddämmerung zogen die wilden Burschen von der »Burg« wieder in ihre Steinfestung. Die Familie Pebas, verstärkt durch Nachbar Pepe Garcia, versammelte sich unter dem Vordach der Wohnhöhle und genoß das Abendessen. Maria Dolores hatte eine Gemüsesuppe gekocht, gedickt mit aufgequollenen Maiskörnern. Fleisch gab es nicht. Nach dem Begrüßungsessen für Pedro Morero, das ein Huhn gekostet hatte, stand der nächste Fleischgang erst für den kommenden Sonntag auf dem Programm.

Adolfo Pebas sah erschreckend aus. Er hatte heute sieben Stunden in seiner Mine gearbeitet. Viermal war er herausgekrochen, hatte sich, nach Luft ringend, in den Schatten einer überhängenden Felsplatte geworfen und dort eine Viertelstunde gelegen, als sei er nur ein Häufchen Haut und Knochen, in Lumpen eingewickelt. Dann, nach einigen wilden pumpenden Luftzügen, hatte er wie tot dagelegen, Arme und Beine weit von sich gestreckt; aber schon nach wenigen Minuten riß ihn der Gedanke wieder auf die Beine: Du mußt weitergraben! Du mußt wieder in den Berg hinein! Irgendwo, dort unten im Felsen, warten die grünen Steine auf dich...

Beim Abendessen lag er auf einer Decke aus Hundefellen und löffelte langsam und schwerfällig die dicke Suppe. Maria Dolores blickte ein paarmal zu ihm hinüber und schwieg. Aber wenn sich ihr Blick mit dem von Dr. Mohr kreuzte, war ein stummer Aufschrei in ihren Augen: Er zerstört sich, doctor. Er ist wie alle anderen hier: Die Steine machen ihn wahnsinnig. Hilf uns, doctor.

»Hat Pepe dir schon erzählt, was man in den Bergen munkelt?« fragte Pebas und kratzte in seiner Suppenschüssel herum. »Natürlich nicht. Er will dich nicht beunruhigen.« Adolfo wartete, bis Margarita ihm eine große Kelle voll Suppe in die Schüssel gegeben hatte. Die dritte Portion. Der Berg hatte ihn völlig ausgezehrt. »Man erzählt sich in den Bergen, du seist ein Spitzel von Don Alfonso Camargo. Was sagst du nun?«

»Blödsinn!« Dr. Mohr spürte ein Jucken unter der Kopfhaut. Ein Spitzel Don Alfonsos zu sein, war so ziemlich das Schlimmste, was einem guaquero passieren konnte. Es war gleichbedeutend mit einem Todesurteil. Man brauchte nur darauf zu warten, wann es vollstreckt würde. »Jeder weiß...«

»Keiner weiß etwas! Das ist es ja!« Pebas rülpste laut. Die Suppe schmeckte ihm. »Pepe hat versucht zu erklären, daß du ein médico bist. Das glauben sie ohne Bedenken, aber – sagen sie – auch ein Arzt kann ja hierhergeschickt worden sein, um uns auszuhorchen! Wer kann das einfacher, gründlicher und vor allem hinterhältiger als ein médico?! Ihm vertraut man. Ihm sagt man alles, was man auf der Seele hat. Ein Kranker, der nicht an Gott glaubt, sieht in seinem Arzt etwas Gottähnliches! Und so kann Don Alfonso bequem erfahren, was man in monatelanger höllischer Arbeit aus dem Berg geholt hat, wieviel Steine, welche Größe, welche Farbe, welche Reinheit. Man zeigt sie dem lieben Onkel médico, und wenig später weiß Bogotá, daß der José Latinque, der morgen in die Hauptstadt wandern will, für 10 000 Dollar Smaragde in seinem Taschentuchknoten trägt. – José wird nie in Bogotá ankommen. Wenn man Glück hat, findet man seinen Körper und kann ihn unter einem Kreuz begraben.«

»Das traust du mir zu?« fragte Dr. Mohr mit belegter Stimme.

»Was fragst du mich?« Pebas löffelte seine Suppe weiter. »Es ist die Meinung der anderen. Sie wissen, daß du Don Alfonso kennst. Er hat dir deine Ausrüstung bezahlt. Außerdem liefert er alles für das neue Hospital und gibt Geld, damit du jeden von uns umsonst behandeln kannst.« Pebas winkte mit seinem Löffel. »Das macht doch nachdenklich, nicht wahr? Warum bezahlt Don Alfonso das alles? Aus purer Menschenliebe? Für einen Platz im Himmel, zu Füßen der Maria? Da muß man laut lachen! Nein, er will unsere Steine! Er will, daß wir doppelt soviel arbeiten, um doppelt soviel zu schürfen! Du kümmerst dich um unsere Gesundheit, er hofft, daß wir viele Steine ans Tageslicht bringen.«

»Das stimmt!«

»Aha!« Pebas starrte Dr. Mohr mit eingezogenem Kopf an. »Du gibst es zu?!«

»Ich weiß, welche Gedanken Don Alfonso mit dieser medizinischen Betreuung aller Gesetzlosen hier in den Minen verfolgt. Aber er irrt sich. Ich nehme seine Hilfe an, aber ich baue ein Hospital nach *meinen* Ideen! Ich werde für *euch* ein Arzt sein, aber nicht für Don Alfonso eine Mastanstalt, die aus euch kraftstrotzende Wühltiere macht.«

»Das wird Schwierigkeiten geben, doctor. «

»Darüber bin ich mir im klaren.«

»Schwierigkeiten mit uns allen!« Pebas leckte umständlich seinen Löffel ab. »Niemand glaubt dir nämlich.«

»Ich werde mit allen sprechen. Übermorgen beginne ich, mit einem Muli zunächst die nähere Umgebung abzureiten und allen zu erklären, was hier entsteht.«

»Unmöglich!« Pebas zuckte zusammen. Die Schüssel war aus Margaritas Händen gefallen und zersprang auf dem felsigen Boden. »Mein Töchterchen sagt es dir mit Krach: Sie hängen dich einfach auf, doctor! Sie fragen dich: ›Kennst du Don Alfonso?‹ Du sagst: ›Ja!‹ Vorbei... zu weiterem kommst du nicht! Sie ergreifen dich, schlagen dir auf den Mund und knüpfen dich auf. Hier hat man eine andere Auffassung von Recht. Erklärungen sind immer verdächtig. Du kannst ein vielfacher Mörder sein, aber du bist immer noch ein Kamerad. Wehe jedoch, wenn der Name Don Alfonso fällt.« Pebas gähnte, reckte und stemmte sich empor. »Ich bin müde! Morgen früh muß ich wieder in den Berg. Heute war ein schlechter Tag. Nicht ein grünes Staubkorn! Doctor, bleib hier bei mir. Hier bist du sicher.« Er tappte zum Eingang, drehte sich noch einmal um und schüttelte den Kopf. »Unbegreiflich, daß die von der ›Burg‹ zu dir halten!« sagte er rauh. »Einfach unbegreiflich!«

Als letzter ging Pepe Garcia. Er stützte sich wieder auf sein Gewehr, als habe er seine Augen an es abgegeben. »Tut mir leid«, sagte er wehmütig. »Aber so denkt man eben von dir, doctor. Ich mußte das erzählen. Verlaß unsere Gegend nicht. Du kommst nicht weit.«

Es war eine klare, warme Nacht mit einem ergreifenden Sternenhimmel. Das Feuer war erloschen, nur noch der Geruch verbrannten Holzes lag in der Luft und zog zu dem Kahlschlag hinüber, den die Männer von der »Burg« in den Bergwald getrieben hatten. Dort sollte das »Bettenhaus« stehen.

Dr. Mohr lächelte verzerrt. »Bettenhaus«, wie das klang. Er blieb stehen und sah sich um. Hier wird einmal das »Behandlungshaus« stehen, zwei Untersuchungszimmer, ein OP, ein Röntgenraum, ein winziges Labor. Wie überheblich sich das anhörte! Ein OP! Ein Arzt allein unter 30 000 guaqueros. Allein mit seinen zwei Händen, seinen zehn Fingern. Keine Schwester, die bei der Operation assistierte, die Instrumente pflegte, die Kranken betreute. Kein Krankenpfleger, der Verbände anlegte, Infusionen auswechselte, Spritzen gab, die Kranken wusch, Nachtwache hielt.

War das nicht ein ungeheurer Wahnsinn? War es nicht einfacher, die ersehnte, riesige grüne Sonne zu finden, als dieses Hospital funktionsfähig zu machen? Allein unter 30 000, das war medizinischer Irrsinn.

Dr. Mohr ging zu dem Kahlschlag, setzte sich auf den Baumstumpf, auf dem er mit dem Bärtigen gesessen hatte. Der Wald, in die Schlucht abfallend, verlor sich in schwarzer Dunkelheit. Dort unten, dachte er, irgendwo auf halber Höhe, müssen die Zapigas wohnen. 12 Menschen, an den Hang geklebt, den sie Meter für Meter durchwühlen. Und wie viele andere mit dem gleichen Schicksal? Menschen ohne Zukunft, aber voller Hoffnung. Menschen, die von den grünen Steinen getötet werden und die das für so selbstverständlich halten wie das Risiko eines Zweikampfes: Einer muß Sieger bleiben. Die wenigen, die es geschafft hatten, bewiesen, daß es möglich war, den Berg zu besiegen. Zum Beispiel der sagenhafte Miguel Totosa, der zwei Steine von zusammen 9 Karat fand, sie heil nach Bogotá brachte, heute in Florida in einer weißen Villa lebt und schon morgens ein Glas Champagner trinkt. Vor einem Jahr hatte er einen Brief mit Fotos geschickt, der durch alle Minen herumgereicht worden war. Ein Traum war wahr geworden. Warum soll sich solches nicht wiederholen? In den Bergen – das wußte man – lagen unschätzbare Millionen.

»Sie schlafen alle«, sagte eine leise Stimme hinter Dr. Mohr. Er blickte sich nicht um, sondern rutschte auf dem dicken Baumstumpf etwas zur Seite.

»Setz dich zu mir, Margarita.« Er sah sie von der Seite an, als sie neben ihn glitt. Sie hatte das lange schwarze Haar nach hinten gebunden. Ihr schmales Gesicht trat dadurch optisch hervor, ein Gesicht wie aus einer altspanischen Miniatur. Sie trug einen langen, am Bund leicht angekräuselten Baumwollrock und eine hellblaue Bluse mit einem runden Ausschnitt. Um den Hals schimmerte eine Kette aus bunten Glasperlen und bedeckte den Ansatz ihrer Brüste.

»Du sollst nicht mit mir allein sein«, sagte Dr. Mohr.

»Alle schlafen ganz fest. Warum schläfst du nicht?«

»Ich denke.«

»Woran denkst du?«

»Daß ich allein bin.«

»Wir sind doch da...« Sie blickte über den Kahlschlag vor sich und verstand ihn plötzlich. »Du meinst, wenn das Hospital fertig ist.«

»Ja. Ich kann nicht alles allein machen.«

»Ich werde dir helfen... und Mamá wird dir helfen... und Nuria. Und es werden bald genug andere kommen, die ihre Hilfe anbieten. Es gibt eine Menge Sanitäter unter den guaqueros, die sogar Kugeln herausschneiden oder Messerstiche nähen.«

»Das ist mir klar. Aber sie werden nicht zu mir kommen.«

»Sie kommen bestimmt, wenn sie sehen, daß du kein Spion von Don Alfonso bist.«

»Wie kann ich das beweisen! Das ist es ja, Margarita!

Ich stehe hier mit leeren Händen und einem kleinen Sanitätskasten. Und selbst der ist ein Geschenk von Camargo. Alles, was einmal hier im Hospital sein wird, ist von Don Alfonso. Auch wenn ich jetzt versuchen würde, wieder nach Bogotá zurückzukehren, was nützt es? Niemand wird mir eine Unterstützung zusagen. Keine staatliche Stelle, kein Privatmann, keine Firma, keine Kirche! Für den Staat sind die 30 000 guaqueros nicht mehr wert als 30 000 Mosquitos! Je eher sie ausgerottet werden, desto besser. Ein Hospital für sie bauen, reiner Wahnsinn! Wozu denn? Um sie zu erhalten?! Man will sie ja vernichtet sehen! Ein Konzern? Sind es Arbeitskräfte, die Nutzen bringen? Na also! Die Kirchen? Ja, es sind Gläubige, aber darüber hinaus auch Gesetzlose. Wozu ihnen in den Bergen ein Hospital bauen? Es gibt genug Krankenhäuser in den Städten. Sie sollen ihr wildes Leben aufgeben und unter dem Kreuz seßhaft werden. Jede Hilfe unterstützt ja nur das Chaos in den Bergen! So ist das, Margarita. Ein Mensch wird nach dem bewertet, was er noch heranschaffen kann, wie nützlich er sein kann, wieviel Geld er einbringt, was man mit ihm tun kann. Ich war eigentlich auch ganz glücklich, daß ein Mann mir all das versprach, was ich brauchte, um hier ein Hospital zu bauen. Ob er Don Alfonso heißt, war mir egal. Erst soll das Hospital stehen und funktionieren. Was dann folgt, daran denke ich noch nicht. Ich denke nur an die Kranken, die gesund werden können. Ein Typhus fragt nicht danach, ob die Medikamente, die ihn besiegen, vom Bischof oder von einem Smaragdhändler kommen.«

»Wir werden es schaffen, Pedro.« Margaritas Hand tastete scheu nach ihm. Er ergriff sie, zog sie an seine Lippen und küßte die Innenfläche.

Margarita zuckte heftig zusammen. Sie begann zu zittern und preßte die Lippen aufeinander.

»Als ich dich zum erstenmal sah«, sagte er, »hinter Gittern in der Polizeistation von Penasblancas, wußte ich, daß alles anders werden wird...«

»Was anders?« Ihre Stimme klang verschlossen. Sie versuchte, ihre Hand aus Mohrs Fingern zu ziehen, aber er hielt sie fest und zog sie wieder an sich.

»Zuerst wollte ich als einfacher guaquero in die Berge ziehen und euer Leben kennenlernen. Ich wollte unter euch leben, schürfen und mich umschauen, um herauszufinden, wie man euch am besten helfen kann. Ich wollte, wie man so schön sagt, kontinuierlich vorgehen, mit System, mit Augen, die nichts übersehen sollten, was man für spätere Planungen braucht.«

»Und das alles ist nicht mehr so?«

»Nein! Ich habe dich gesehen, und plötzlich warst du weg. Tagelang habe ich dich gesucht, habe herumgefragt, aber ich kannte ja keinen Namen. Ich wußte lediglich, daß du deine Schwester besuchen wolltest, aber das wollen viele Mädchen. Dann habe ich dich beschrieben: Das schönste Mädchen auf Erden, habe ich allen gesagt. Sie haben mich ausgelacht. ›Hier gibt es zwei Sorten von Weibern‹, sagten sie zu mir. ›Die jungen, unberührten Täubchen... aber die sehen wir nicht, die werden von den Eltern versteckt. Oder die anderen Weiber, die frei herumlaufen... da ist die Schönheit weg, mein Lieber, oder aufgemalt. Engel gibt es hier nicht!‹ Aber ich suchte einen Engel. Dich...«

»Ich muß ins Haus«, sagte Margarita schnell. Sie zerrte an seiner Hand. »Laß mich los! Ich muß zurück.«

»Ich liebe dich«, sagte er langsam.

»Du bist wie alle Männer! Laß mich endlich los!«

»Ich bin dabei, mein ganzes früheres Leben aufzugeben. Nicht nur, weil man mich als Arzt hier braucht, nein, nicht allein deshalb. Ich bleibe auch deinetwegen.«

»Du bist verrückt, Pedro –«, sagte sie wie gehetzt. »Du bist total verrückt. Ein médico und ein so armes Mädchen wie ich.«

»Wenn du wüßtest, wie reich du bist.« Er zog sie an sich. Wie eine schlaffe große Puppe fiel sie gegen ihn, er umarmte sie, bog ihren Nacken zurück und küßte sie auf die zusammengepreßten Lippen. Einen Augenblick erstarrte sie, er spürte, wie sich ihre Muskeln spannten, dann öffneten sich ihre Lippen, ihre Arme umschlangen seinen Nacken, und ihr Körper drängte sich an ihn. Ebenso plötzlich rutschten ihre Arme ab, drückten ihn von sich, hieben gegen seine Brust, und eine Faust traf voll seine Nase. Er ließ sie los, sie sprang auf, hieb noch einmal mit den kleinen Fäusten nach ihm, traf seine Schulter und seine Stirn, dann starrte sie ihn an, als habe sie ihn umgebracht, schlug die Hände vor das Gesicht und rannte wie um ihr Leben zurück in die Hütte. Dr. Mohr spürte ein warmes Rinnsal über sein Kinn laufen. Er tastete danach und sah, als er die Hand zurückzog, daß er blutete. Er zog sein Taschentuch heraus, preßte es gegen die Nase und warf den Kopf weit in den Nacken. Als er nach einiger Zeit den Kopf wieder senkte, blickte er auf einen Mann, der ihm gegenübersaß. Er hatte ihn nicht kommen gehört. Der Fremde trug einen zerschlissenen Anzug, ein offenes, rotes Hemd und auf dem Kopf eine uralte Schirmmütze. Sein mit Bartstoppeln übersätes Gesicht verzog sich in die Breite, als es zu grinsen begann. Der Mann nahm seine Mütze ab, schwenkte sie über seine grauen Haare und setzte sie dann wieder auf.

»Die hat einen Schlag, was?« sagte er auf englisch. »Traut man ihr gar nicht zu. Aber dieses Mistland lehrt nun einmal die Maxime: Wer zuerst schlägt, hat meistens gewonnen.«

»Sie haben alles gesehen?« fragte Dr. Mohr. Er betrachtete das Gewehr, das zwischen den Beinen des Fremden stand. Eine gut gepflegte Waffe, das war hier wichtiger als Essen und Trinken.

»Mit Vergnügen sogar.«

»Wie lange sind Sie schon hier?«

»Ich habe keine Uhr. Das heißt, ich hatte eine. Vor vier Monaten noch. Aber dann machte ich einen Ausflug nach Penasblancas. Das macht Durst! Meine Steinchen reichten gerade für die Mittelware von ›Mamá‹ Mercedes. Ich konnte mir die mollige Juanita leisten, eine Stufe höher war nicht mehr drin. Und ein doppelter Whisky schon gar nicht. Da habe ich meine Uhr versetzt. Verflüssigt! Sie müssen zugeben, daß ein Mann ab und zu einen Batzen weißes Fleisch und einen guten Schluck braucht! Wofür lebt und schuftet man denn? Also, ich stand am Waldrand und habe mich gefreut, wie das Mädchen Ihnen eine gefeuert hat!«

»Danke.« Dr. Mohr steckte sein blutbeflecktes Taschentuch wieder ein. Die Nase brannte, ebenso die Stirn, wohin Margaritas Faust geschlagen hatte. »Und warum wandern Sie jetzt durch die Nacht? Der guten Luft wegen? Ozonhungrig?«

»Diese verdammten Plattitüden! Ich hätte Ihnen mehr zugetraut, Dr. Morero!« Der Fremde legte sein Gewehr zur Seite. »Sie sollten wissen, daß Ozon ein dreiatomiges Sauerstoffmolekül von stark oxydierender Wirkung ist. Ein Bestandteil der Atmosphäre in Höhen von 25 bis 40 Kilometern! Sind wir hier 40 000 Meter hoch, na?«

»Hoppla!« Dr. Mohr beugte sich interessiert vor. »Wer sind Sie? Ein verkrachter Physiker?«

»Warum soll man verkracht sein, wenn man Smaragde sucht? Auch so ein Vorurteil! Nicht jeder guaquero ist ein Halunke! Das weiß ich nun besser als Sie! Auf meinem Tisch haben schon Tausende gelegen, innerhalb von drei Jahren!«

»Tisch? Mann, wer sind Sie?«

»Ich heiße Aldous Simpson. Na, wissen Sie jetzt mehr? 53 Jahre alt, aber dem Aussehen nach müßte ich 70 sein! Ich habe in Birmingham und Paris studiert und meine Examina mit Auszeichnung gemacht. Vier Jahre war ich in Sheffield Facharzt für Gynäkologie.«

»Mein Gott, ein Kollege! Ich denke, hier gibt es keine Ärzte?!«

»Offiziell nicht! Ich bin ja auch nur als guaquero hier und gelte als besonders geschickt in der Behandlung von Wunden. Das ist alles. Keiner weiß, daß ich Dr. med. Simpson bin, und das ist gut so. Den Gynäkologen gibt es nicht mehr. ›M‹ – verstehen Sie? Das große ›M‹! Ich habe Morphium in mich hineingeknallt, als ich keinen Ausweg mehr sah. Natürlich alles einer Frau wegen! Sie war die Gattin eines Kollegen! Himmel, haben wir uns geliebt! Das ging drunter und drüber in den Betten! Naturblond war sie, und einen Corpus hatte sie! Nicht zu beschreiben! Ihr Mann, mein Kollege, war Chirurg wie Sie, Dr. Morero. Immer am OP-Tisch, immer bereit, mit der Klinik verheiratet, bei seiner tollen Frau permanent müde. Oft ist es vorgekommen, daß mittendrin im Ehespiel das Telefon klingelte. Unfall! Raus aus den Armen der üppigen Blonden, rein in den OP-Kittel. Welche Frau hält das aus? Sie spürt ihn noch in sich, und er schneidet schon wieder Gliedmaßen ab! War ein großer Amputeur, mein Kollege. Hat eine herrliche, stumpfdeckende Amputation erfunden. Aber was nützte ihm das? Während er die Beine absägte, lag ich in seinem Bett. Hallihallo! Dann kam der Knaller! Susan – so hieß die unruhige Blonde – war schwanger! Aber sie kommt nicht zu mir, nein, sie geht zu einem Arzt in einen Vorort, der knabbert an ihr herum und sagt: Alles okay, gnädige Frau. Okay war auch alles, aber sieben Stunden später war Susan verblutet! Von da ab habe ich ›M‹ gespritzt. Bis ich nach Kolumbien kam und guaquero wurde. Ich habe bisher für 9 000 Dollar Steinchen gefunden und alles versoffen oder bei ›Mamá‹ auf der ersten Etage gelassen. Aber ich habe immer eine große Sparbüchse: die Burschen, die sich täglich hier zusammenschlagen, mit Messern aufschlitzen oder Blei in den Leib feuern. Und plötzlich sind Sie da, doctor, ganz offiziell. Bauen ein Hospital! Herr Kollege, Sie machen mich arbeitslos!«

»Ich glaube, das Gegenteil ist der Fall, Dr. Simpson.« Dr. Mohr beugte sich vor. »Sie schickt mir der Himmel!«

»Nein! Ich wollte Ihnen nur meine Meinung sagen.«

»Sie bleiben bei mir.«

»Moment mal, wiederholen Sie das, Dr. Morero.«

»Ich stelle Sie als Assistenten an! Mein Gott, ich könnte singen vor Freude! Jetzt sind wir schon zwei Ärzte! Sogar ein Gynäkologe –«

»Ich habe alles vergessen, Kollege.«

»Das kann man nicht vergessen! Alle Examina mit Auszeichnung ...«

»Das glauben Sie ohne Beweise?«

»Ihre Erzählung genügt mir, Dr. Simpson.«

»Sagen Sie Aldi zu mir. Wie zu einem Hund. Wenn Sie rufen, wenn Sie pfeifen: Aldi, komm her, bei Fuß, Aldi ... ich bin sofort da!«

Er nahm seine alte Mütze ab und warf sie auf den Boden. »Mir ist plötzlich heiß geworden, Dr. Morero.«

»Ich heiße Pedro oder Pete ...«

»Seit sieben Jahren habe ich nicht mehr als Arzt gearbeitet. Bin in der Welt herumgereist, habe für ›M‹ geschuftet; als Scheuermann, als Markthallenträger, als Fischaufschlitzer auf einem Fangschiff. Alles nur, um an das verdammte ›M‹ heranzukommen. So betrachtet, bin ich diesem Sauland hier dankbar! Es hat mich entwöhnt! Wer sich in den Berg wühlt, kann sich kein ›M‹ spritzen. Da braucht man die Kraft junger Muskelfasern. Zuerst war's schlimm. Ich habe geheult wie ein junger Coyote. Aber dann gab es innerlich einen Knacks – und vorbei war alles.« Simpson sah Dr. Mohr aus gläsernen Augen an. »Ich bin gespannt, wie ich reagiere, wenn ich wieder eine ›M‹-Ampulle sehe. Und wenn ich Äther oder Chloroform rieche.«

»Ich schlage Ihnen den Schädel ein, Aldi!«

»Das dürfen Sie dann auch!«

»Wo haben Sie Ihre Wohnung?«

»Eine Holzhütte, gut zehn Kilometer von hier entfernt.«

»Du meine Güte, selbst da weiß man schon von meiner Anwesenheit?«

»Ihr Erscheinen in Penasblancas war bei uns allen so schnell bekannt, als sei es durch die Radionachrichten gekommen. Ihr Name ist in den Bergen genauso populär wie die Spezialitäten von ›Mamas‹ Paradepferdchen. Aber man traut Ihnen nicht.«

»Ich weiß es. Das werde ich ausräumen.«

»Ausräumen! Typisch Chirurg!« Dr. Simpson räusperte sich. »Haben Sie Whiskey hier?«

»Drüben in der Höhle!«

»Scheiße! Ein Mann muß immer eine gefüllte Flasche in der Tasche haben! Sehen Sie, das kann ich Sie lehren: wie man hier elegant überlebt! Das ist eine Kunst besonderer Art. Whiskey gehört dazu. Ein strammer Bourbon!« Er stand auf, ging auf dem Kahlschlag hin und her und machte eine weite Armbewegung.

»Bauplatz?«

»Ja. Wo Sie gerade stehen, kommt das Bettenhaus hin.«

»Und wo ist das Schwesternhaus? Die Miezenburg?« Dr. Simpson schüttelte den Kopf. »Tun Sie mir das nicht an. Keine Schwestern? Was ist eine Klinik ohne ein anständig-unanständiges Schwesternhaus? In Paris zum Beispiel habe ich erlebt...«

»Aldi, Ihr Spott trifft nicht.« Dr. Mohr betastete seine Nase. Sie war nur leicht angeschwollen. »Wir werden ein Bettenhaus, ein Behandlungshaus und ein Wohnhaus haben!«

»Bravo! Wohne ich bei Ihnen im Chefpalast?«

»Natürlich! Tag und Nacht bereit...«

»So schlägt das Schicksal hart zurück! Aber ich habe keine naturblonde Frau mit BH-Größe fünf! – Wer baut das denn alles eigentlich? Kommen die Hauswände per Hubschrauber vom Himmel?«

»Ich habe eine vorzügliche Baukolonne zusammen. Die Männer aus der ›Burg‹!«

Dr. Simpson, der gerade vor einem Stapel Baumstämmen stehenblieb, wirbelte herum.

»*Wen?*« rief er entgeistert.

»Die von der ›Burg‹!«

»Sie lügen infam, Chef!«

»Morgen früh können Sie sie bewundern.«

»Das gibt es einfach nicht! Die Kerle aus der ›Burg‹ sind die einzigen, an die sich keiner herantraut. Da gibt es keine Diskussionen, da knallt es sofort! Kennen Sie den Oberburgler?«

»Natürlich. Ein Mann mit Vollbart. Von Beruf Rechtsanwalt. Er ist mein Bauleiter und beratender Architekt.«

»Ich staune! Ich staune unentwegt! Wie bekommen Sie das bloß fertig? Sie sehen so harmlos aus, so wie ein richtiger Frauentyp, der nach Acapulco oder St. Tropez gehört, um dort Brustkraulen zu üben, aber der nach der Mama schreit, wenn ihm einer auf den großen Zeh tritt. Dr. Morero, wo kommen Sie her?«

»Ehrlichkeit gegen Ehrlichkeit! Kein Wort von dem, was ich sage, Aldi …«

»Ehrenwort!«

»Ich bin Deutscher.«

»Sie enttäuschen mich.« Dr. Simpson kehrte zum Sitzplatz zurück. »Ich mag die Deutschen nicht.«

»Und warum?«

»Sie sind zu perfekt! Ich kann mir denken, daß in Ihrer neuen Klinik keiner auf den Boden spucken darf.«

»Auf keinen Fall!«

»Da haben wir's! Dr. Morero – oder wie Sie wirklich heißen – das Hospital wird im wildesten Gebiet der Erde stehen, und Ihre Patienten werden die wildesten Kerle und die durchtriebensten Weiber sein! Wir werden vor leeren Betten sitzen und Mücken fangen, wenn sich herumspricht, daß man sich nach jedem Pinkeln die Hände waschen muß! Was war das große Geheimnis von Albert Schweitzer in Lambarene? Wenn ein Kranker im Bett lag, kampierte um ihn herum die ganze Familie! Der weiße Mann war ein Heiliger! Als er tot war und die neuen Ärzte ein modernes, steriles Klinikgebäude bauten, blieben die Kranken weg und verreckten lieber im Urwald, im Kreise ihrer Verwandten. Hier bringt jeder, der krank ist, seine Freunde als eine Art Leibwache mit. Wehe, wenn Sie diese Sitte unterbinden wollen! Die hier kennen nämlich die Gefahr, Sie nicht.« Dr. Simpson setzte sich wieder und schlug sich auf die ausgemergelten Schenkel. »Es war vielleicht doch gut, daß ich gekommen bin.«

»Es war sogar sehr gut, Aldi.« Dr. Mohr reichte Simpson die Hand. »Bleiben Sie gleich hier?«

»Ja.« Dr. Simpson schlug ein. »Wollen Sie mir helfen?«

»Helfen? Wobei?«

»Abladen! Dort hinten steht mein Handkarren. Ich habe alles, was ich noch habe, mitgebracht.«

»Oh, Sie Gauner!« sagte Dr. Mohr und lachte laut. »Sie verfluchter Gauner! Wenn ich Sie nun weggejagt hätte?«

»Unwahrscheinlich!« Dr. Simpson grinste. »Und wenn doch, so wäre ich als Patient zu Ihnen gekommen. Ha, ich hätte Ihnen eine Krankheit vorgespielt, an der Sie sich die Zähne ausgebissen hätten. Was glauben Sie, wieviel hysterische Weiber ich behandelt habe, die subjektiv todkrank, aber objektiv mopsfidel waren? Dadurch habe ich eine Menge gelernt. Übrigens, ich nehme Ihnen keinen Platz weg. Ich habe mein Zelt mitgebracht.« Er tappte zum Waldrand und blieb stehen, bis Dr. Mohr bei ihm war. »Und noch was, die kleine Süße, die Ihnen eins auf die Nase gedonnert hat, was ist mit ihr?«

»Ich liebe sie. Sie ist mein Schicksal!«

»Genauso ein Hornochse wie ich! Laden wir ab, Dr. Morero. Ich bin anscheinend zur rechten Zeit gekommen, um Sie noch zu retten. «

Dr. Simpson blieb nicht der einzige Besuch in dieser Nacht. Gemeinsam mit Dr. Mohr hatte er sein kleines Plastikzelt aufgebaut. Nicht auf dem Plateau am Waldrand, sondern an der steilen Felswand, direkt unter dem Höhlenloch auf halber Höhe, in dem Pepe Garcia hauste.

»Das müssen Sie sich merken, Pete«, erklärte Simpson und zurrte die Leinen fest. »Immer den Rücken freihalten! Immer mit dem Arsch gegen die Wand, dann können Sie gut nach vorne treten! Eine Rundumverteidigung ist unmöglich, wenn Sie allein sind. Aber was Sie vor sich haben, ist überblickbar.«

»Hier greift Sie keiner an!«

»Haben Sie eine Ahnung!« Sie gingen zu dem alten Muli zurück, das bis zum Zusammenbrechen beladen war, und hoben die Kartons aus den Lederschlaufen. Sie waren so schwer, als habe Simpson Steine darin herumgeschleppt. »Sie wissen wohl gar nicht, was in Penasblancas vor sich geht?«

»Keine Ahnung.«

»Christus Revaila stellt eine Privatarmee zusammen. Etwa hundert Mann hat er sicherlich schon unter Vertrag. Alles Ihretwegen, Pete! Das ganze Theater muß ihn ein kleines Vermögen kosten, aber er opfert es! Gerade Revaila, der so auf seinen Steinchen saß, als könne er sie wie eine Henne bebrüten und noch mehr daraus machen. Kollege, Sie müssen ihm gewaltig auf den Schlips getreten haben!«

»Wir waren nur geteilter Meinung über mein weiteres Leben, und da legte er sich etwas schlafen.«

»Sie haben Humor! Revaila und umhauen! Sind Sie des Teufels?«

»Ich habe einen unbändigen Freiheitsdrang, Aldi. Wer den antastet, wird vorher von mir eindringlich gewarnt. Christus Revaila überhörte meine Warnung einfach...«

»Und jetzt zieht er mit einer Streitmacht in die Berge! Ich weiß nicht, wieviel Smaragde er auf Ihren Kopf ausgesetzt hat, aber es muß sich lohnen! Die ausgekochtesten Burschen haben sich für den Job gemeldet! Ein Glück, daß Sie die Leute aus der ›Burg‹ hinter sich haben! Oha, wird das eine Schlacht werden! Ich glaube, ich baue um mein Zelt einen dicken Steinwall.«

Sie schleppten die Kartons zum Zelt und luden sie ächzend ab. »Haben Sie Ihren Berg zerlegt und mitgenommen?« fragte Dr. Mohr und wischte sich den Schweiß von der Stirn. »Das kann ja keiner tragen.«

»Passen Sie mal auf. Was ist das?«

Dr. Mohr betrachtete erstaunt das stählerne Gestell. Es war graubraun gestrichen und sah wie ein massiver Dreifuß aus. Wo die drei Füße zusammenkamen, wölbte sich eine stählerne Mulde mit Klemmvorrichtungen. »Keine Ahnung«, sagte er.

»Das ist eine Lafette.« Dr. Simpson holte das Gestell aus dem Karton und baute es auf dem Felsboden auf. Er nickte zu den anderen schweren Kartons hin und rieb sich die Hände. »Da drinnen liegen die anderen Teile: der Verschluß, das Rohr, 40 Granaten.«

»Soll das heißen …«, sagte Dr. Mohr entgeistert.

»Nein! Ich schleppe keine Kanone herum. Aber ein schwerer Minenwerfer ist es. Das reicht auch! Eine tolle Wirkung, sage ich Ihnen. Ich habe schon neun Granatwerferminen als Sprengladungen im Berg benutzt. Das rumst, und die Brocken fliegen weg. Man braucht nur noch zu schaufeln und die grünen Steine aufzusammeln. Leider hatte ich die falsche Mine erwischt, nur Steine und keine Smaragde. Wenn ich eine Ader vor mir gehabt hätte, Kollege, ich wäre heute mehrfacher Millionär!«

»Aldi, wo haben Sie den Minenwerfer her?«

»Geklaut!« Dr. Simpson setzte sich auf einen der schweren Kartons und tastete durch die Pappe. »Das sind die Granaten! Dr. Morero, ich sage Ihnen, das war ein Ding. Der Werfer stammt aus den Beständen der kolumbianischen Armee, die bei Muzo ihr Lager hat.«

»Ein Bataillon.«

»Ach, das wissen Sie?«

»Ich kenne den neuen Kommandeur. Major Luis Gomez.«

»Den alten haben sie ablösen müssen. Er bekam Depressionen. Immer wenn er eine Razzia unternahm, wußten wir alles schon Stunden im voraus. Da war keiner von uns mehr in den Höhlenlöchern. Die Weiber jedoch standen oder lagen nackt wie im Paradies herum und sangen wie die Sirenen. Ich kann Ihnen sagen: Die Jungs in Uniform haben vielleicht Glotzaugen bekommen! Wo sie hinkamen, nur nackte Weiber! Von vierzehn bis achtzig! Da ließ der Kommandeur zum Rückzug blasen, ehe die ganze Disziplin vollends zum Teufel ging! Unterdessen haben wir das fast leere Lager gestürmt, die paar Posten gestreichelt und uns bedient. Ich habe mir einen Minenwerfer ausgesucht.« Er zeigte auf den Dreifuß und die Kartons. »Da ist er!«

»Er kann uns gegen Christus Revaila helfen.«

»Das habe ich mir auch gedacht.« Dr. Simpson musterte Dr. Mohr nachdenklich. »Sie kennen den neuen Major Gomez gut?«

»Wir haben uns angefreundet. Warum?«

»Dreißig Granaten sind schnell aufgebraucht, Pete.«

»Aldi, Sie sind verrückt!«

»Wenn Ihr Gomez – nur theoretisch – drei Munitionskisten nicht vermissen würde, dann wäre uns allen sehr geholfen.«

»Das ist unmöglich! Das tut Gomez nie!«

»Experten würden das nur eine Frage der Pflasterzahl auf Gomez' Augen nennen.«

»Der Major ist unbestechlich. Er will hier endlich aufräumen!«

»Das sind die Schlimmsten! Die drücken die Preise hoch!« Dr. Simpson hob den Kopf. »Halt! Still! Hören Sie etwas?«

Er legte den Finger auf die Lippen und beugte sich lauschend vor.

Dr. Mohr strengte sein Gehör an, vernahm aber nichts als das dünne Rauschen der Bäume im Nachtwind.

»Nichts«, sagte er leise.

»Ich bewundere Ihren Mut, mit so laienhaften Vorstellungen zu den guaqueros zu pilgern! Hier muß man den Instinkt eines Raubtieres haben, um zu bestehen! Die Hölle muß man riechen oder hören, ehe man sie sieht! Da – hören Sie denn immer noch nichts? Das sind Maultiere! Viele Maultiere. Sie tasten sich den Weg herauf.«

Dr. Simpson schnürte einen Sack auf und entnahm ihm ein Gewehr mit abgesägtem Lauf. »Wecken Sie die Familie Pebas.«

»Sie hören Gespenster, Aldi! Hier kann kein heimlicher Überfall erfolgen!«

»Ha?! Und warum nicht?«

»Die Männer von der ›Burg‹ haben Wachen aufgestellt. Wenn Sie ihnen verdächtig vorgekommen wären, glauben Sie, Sie hätten mich jemals erreicht?!«

»Ich bin durch einen Sicherungsring gekommen?«

»Bestimmt.«

»Du meine Güte, und ich habe nichts davon bemerkt.«

»Hier muß man den Instinkt eines Raubtieres haben«, wiederholte Dr. Mohr lächelnd. »Sie scheinen eine ziemlich zahme Sorte zu sein, Aldi.«

»Und es sind doch Maultiere!« rief Dr. Simpson und sprang auf. Er lud das Gewehr durch und stellte sich mit dem Rücken gegen die Felswand. »Verdammt, jetzt müssen Sie's selbst hören! Da, das Getrappel! Wo sind Ihre Bewacher, Pete? Rennen Sie, und holen Sie sich Ihre Waffe.«

Tatsächlich, jetzt hörte es Dr. Mohr auch: ein Klappern

von Hufen, ein unregelmäßiges Klopfen, ab und zu ein noch weiter entferntes Schnauben. Da war sogar eine menschliche Stimme, die etwas schrie und sofort wieder erstarb. Dr. Mohr starrte Dr. Simpson entgeistert an.

»Mein Gott, das ist ja Miguel«, sagte er, als ein bulliger Mann auf einem Muli sitzend um die Biegung kam. »Aldi, den müssen Sie doch kennen: den Portier Miguel von ›Mamá‹!«

»Unmöglich!« Dr. Simpson hob sein Gewehr. »Halt!« brüllte er. »Stehenbleiben! Sofort!«

Der bullige Mann schien diesen Ton zu kennen. Er hielt ruckartig an und winkte nach hinten. Die Mulis schlossen auf, bildeten einen Klumpen prustender und scharrender Körper und glotzten Dr. Simpson an.

»Wo wollt ihr hin?« schrie Simpson.

»Geh aus dem Weg!« schrie der Fleischberg zurück. »Oder ich schiffe dich um!«

»Miguel!« sagte Dr. Simpson entgeistert. »Tatsächlich! Er ist es!«

Mit dem letzten Muli kam der zweite Mann um die Biegung und rutschte von dem Rücken des Tieres. Dr. Mohr schlug das Herz bis zum Hals. Er ist gekommen, dachte er und spürte, wie die Freude ihm fast Tränen in die Augen drückte. Cristobal Montero ist gekommen. Er hat es wahrgemacht. »Wenn du dein Krankenhaus errichtest, baue ich meine Kirche direkt daneben!« Das hatte er gesagt. »Das Leid braucht den Himmel…«

»Gott segne dich, mein Sohn!« sagte Pater Cristobal feierlich.

Dr. Simpson wackelte mit dem Kopf.

»He?!« sagte er unsicher. »Was ist los?!«

»Du kennst dich hier aus, mein Sohn?«

»Leck mich am Arsch!« schrie Dr. Simpson.

»Aber erst badest du, nicht wahr?« Pater Cristobal kam näher.

Dr. Mohr, der im Schatten des Zeltes stand, sah er noch nicht.

»Ich bin ein Feinschmecker.«

»Halt!« sagte Simpson kalt. Er zitterte vor Wut. »Bleib stehen, Freundchen. Wenn du glaubst, mit solchen Mätzchen Eindruck zu schinden, hast du gegen den Wind gepinkelt! Weißt du, was das gibt? Eine Urethritis anterior.« Dr. Simpson legte das Gewehr an und zielte auf Pater Cristobal. »Bleib stehen, Bürschchen!« sagte er gefährlich langsam.

Auch Montero spürte die Gefahr. Er verhielt seinen Schritt und blickte furchtlos in den Gewehrlauf. »Wir sollten vernünftig miteinander sprechen«, sagte er ruhig. »Ein Mann, der hier lebt und Latein kann.«

»Es ist ein medizinischer Ausdruck«, knurrte Dr. Simpson.

»Damit kommen wir meiner Sache schon näher! Ich suche Dr. Morero. «

»Hier ist er!« rief Dr. Mohr. Er stürzte aus dem Zeltschatten heraus und breitete die Arme aus. »Cris, ich freue mich, als sei es Weihnachten! Ich habe nicht erwartet, daß du so bald kommst.«

Sie umarmten sich, drückten sich an sich und klopften sich auf die Rücken.

Dr. Simpson beobachtete die beiden mit zusammengezogenen Brauen.

»Was soll das?« röhrte er. Aus den Augenwinkeln musterte er Miguel, der unruhig auf seinen baumähnlichen Beinen hin und her stampfte. »Sie kennen den windigen Burschen, Pete?«

»Und wie!« Lachend machte sich Dr. Mohr von Pater Cristobal los. »Der windige Bursche ist ein Priester.«

»O Gott!« entfuhr es Simpson. »Auch das noch!«

»Und wer ist das?« fragte Cristobal. »Medizinisches Latein...«

»Mein Assistent.« Dr. Mohr lachte noch immer. »Darf ich vorstellen: Dr. Aldous Simpson, Gynäkologe.«

»Hervorragend!« Jetzt lachte auch Pater Cristobal, sehr zum Mißfallen von Simpson. »Ein Frauenarzt! Das ist wirklich das Wichtigste, was wir hier brauchen!«

Dr. Simpson brüllte etwas, aber es ging bei dem dröhnenden Lachen von Miguel, das so gewaltig war wie sein Körper, unter.

Die Familie Pebas lag in der Dunkelheit ihres Höhleneinganges. Das heißt, sie hatte sich zur Verteidigung eingerichtet und sich hinter Steinen und Kisten verbarrikadiert. Als Dr. Mohr durch den Vorraum kam, blendete ihn plötzlich ein starker Scheinwerfer. Er riß die Arme hoch und schützte seine Augen vor dem grellen Licht.

»Ich bin's!« sagte er, völlig überrascht.

»Das sehe ich!« Pebas' Stimme war kalt und hart. »Bleib stehen! Beweg dich nicht!«

»Bist du verrückt geworden, Adolfo?« rief Dr. Mohr.

»Es treibt sich zuviel Gesindel herum, seit du hier bist!« sagte Pebas abweisend. »Wie lebten wir ruhig vorher! Aber jetzt, dauernd neue Leute! Wer ist das da draußen?«

»Pater Cristobal und Miguel, der Portier von ›Mamá‹!«

»Ich bringe ihn um!« schrie Pebas dumpf. Mohr hörte, wie der Lauf eines Gewehres gegen einen Stein schlug. Er nahm die Arme herunter, aber er sah nichts. Der grelle Scheinwerfer blendete ihn dermaßen, daß er die Augen wieder schloß. »Miguel! Er hat auch Perdita bewacht! Dieses Misttier darf man ohne Reue abschießen.«

»Darüber solltest du mit dem Pater reden!«

»Ich brauche keinen Priester, um zu fragen, was notwendig ist.« Pebas schien hinter seiner Deckung zu stehen. »Und wer ist der andere?«

»Ein Kollege.«

»Ein was?«

»Ein Arzt.« Die Reaktion kam prompt und luftig. »Der versoffene und verhurte Simpson?!«

»Genau der.«

»Was will er hier? Wo er auftritt, bringt er das Unglück hin! Jeder weiß das. Das Unglück klebt förmlich an ihm...«

»Blödsinn! Euer Aberglaube ist geradezu idiotisch! Dr. Simpson wird mein Assistent werden. Er hilft mir im Krankenhaus und bleibt hier!«

»Nicht in meiner Nähe!« Dr. Mohr hörte, wie draußen laute Hammerschläge ertönten. Pater Cristobal und Miguel verloren keine Zeit, sie bauten bereits ihre erste Unterkunft auf. Ein Haus aus Brettern und Zeltleinwand.

»Simpson zieht das menschliche Ungeziefer an wie ein Licht«, beharrte Pebas.

»Glaubst du, in mein Krankenhaus kommen nur blankgescheuerte Seelen? Es ist für jeden Kranken da, und ich werde keinen fragen, was er heimlich mit sich herumschleppt. Mich interessiert nur seine Krankheit.«

»Bis einer kommt, der seine Medikamente mit dem Revolver bezahlt.«

»Kein Beruf ist ohne Risiko, Adolfo. Auch sichere Beamte sind schon von wütenden Bürgern erschossen worden!« Dr. Mohr blinzelte. »Verdammt! Stell den Scheinwerfer aus! Ein blinder Arzt nützt euch gar nichts!«

Das grelle Licht erlosch. Pebas kam hinter seiner Steindeckung hervor und ging an Mohr vorbei zu dem blättergedeckten Vorbau. Dort blieb er im Dunkeln stehen und beobachtete Pater Cristobal und Miguel, die ihre Packmulis abluden. Dr. Simpson war noch mit seinem Zelt beschäftigt. Er trug dicke Steine heran und schichtete sie wie eine kleine Mauer vor den Eingang. Eine Schutzwehr, die im Ernstfall erst überwunden werden mußte!

Dr. Mohr öffnete wieder seine Augen. Wie einen verschwimmenden Umriß sah er Margarita jenseits der kleinen Barrikade stehen. Auch sie trug ein Gewehr in der Hand.

»Ihr seid doch verrückt geworden!« sagte Dr. Mohr heiser.

»Wir hörten Hufegetrappel und Stimmen! Das ist in der Nacht immer gefährlich! Es gibt keine harmlosen Menschen, die nachts hier durch die Felsen kommen! Wir kennen das, du nicht!« Margarita stellte das Gewehr neben sich ab und kam um die Barriere herum. Maria Dolores verschwand im Inneren der Wohnhöhle; den Scheinwerfer nahm sie mit. »Miguel ist tatsächlich mitgekommen?« frage Margarita leise.

»Ja.«

»Papa wird ihn töten!«

»Das glaube ich nicht.«

»Willst du das verhindern?«

»Mit allen Mitteln! Miguel hat mit Perdita nichts zu tun.«

»Das sagst du! Für Papa ...«

»Glaubst du, Pater Cristobal hätte Miguel mitgenommen, wenn er an Perditas heutigem Leben mitschuldig wäre?«

»Aha!« hörten sie plötzlich Pebas' Stimme am Eingang. »Da ist Miguel ja! Bleib da stehen, wo du bist, Saukerl! Rühr dich nicht! Dein Rücken ist breit genug, man kann gar nicht daneben treffen! Und Sie, Pater, treten Sie bitte drei Schritte zurück. Das hier ist eine ganz familiäre Aussprache.«

»Es ist passiert«, stammelte Margarita. »Du kannst nichts mehr retten, Pete. Bleib! Bitte bleib!«

Sie krallte sich in seiner Jacke fest, aber Dr. Mohr machte sich mit einem Ruck los. Mit weit ausgreifenden Schritten war er neben Pebas und hieb mit der Faust den Gewehrlauf herunter. Gleichzeitig sauste seine Handkante auf Adolfos Unterarm. Pebas stieß einen dumpfen Schrei aus, das Gewehr klirrte zu Boden, und er umklammerte mit der anderen Hand seinen höllisch schmerzenden Arm. Miguel witterte die Situation wie ein eingekreistes Tier. Er warf sich herum, hechtete zur Seite, rollte sich ab und ging in Dekkung. Verblüfft starrten Pater Cristobal und Dr. Simpson auf Pebas' Hauseingang. Dort krümmte sich Adolfo, stöhnte und stieß gleichzeitig mit dem Kopf nach Dr. Mohr.

Mit einem harten Griff packte Mohr den mit den Händen hilflosen Pebas und stieß ihn ins Freie. Taumelnd stand er vor dem Priester und drückte den rechten Arm gegen seine Brust. »Nicht aus dem Hinterhalt!« sagte Dr. Mohr kalt. »Hier kannst du sprechen. Hier hast du die gleiche Chance.« Er blickte zur Seite und sah Miguel auf dem Boden liegen, eine Pistole in der Hand. »Miguel, ich warne auch dich! Hinter dir steht jemand, der schneller abdrückt als du. Und dein Kopf ist groß genug.« Dr. Simpson nickte. Wie hingezaubert hielt er seinen Revolver in der Rechten. Miguel drehte sich nicht um. Er glaubte auch ohne Beweis, was Dr. Mohr sagte.

Pebas atmete schwer. »Er hat mir den Arm gebrochen!« sagte er dumpf. »Helfen will er und bricht anderen Leuten, seinen besten Freunden, die Arme! Pater, ich möchte beichten! Hier und jetzt, auf der Stelle!«

»Gott ist überall und immer da«, sagte Cristobal vorsichtig.

»Ich möchte beichten, Pater«, sagte Pebas laut, »daß ich zwei Menschen töten werde: Miguel und Pete Morero. Ich bitte Gott im voraus um Verzeihung.«

»Abgelehnt!« Pater Cristobal öffnete seinen Koffer, holte daraus seine Soutane, zog sie über seinen dreckigen normalen Anzug und knöpfte sie zu. Jetzt, ganz ein Priester, ging er auf Pebas zu und baute sich breit vor ihm auf. Pebas schielte zu ihm hinauf. Er war einen halben Kopf kleiner als Montero, dafür aber doppelt so stämmig und kräftig. Von der Wohnhöhle tönte ein Doppelschrei:

»Papa, knie nieder!«

»Du glaubst an Gott?« fragte Cristobal ruhig. Pebas ließ die Arme hängen. Der Schmerz hatte nachgelassen, er konnte die Hand wieder bewegen, nichts war also gebrochen. Mit dieser Erkenntnis kam aber auch seine vulkanische Wut wieder hoch. »Ja!« sagte er grob. »Wenn ich tief im Berg am Ende meines Stollens liege und mich in den Fels vorwühle, dann bete ich oft: Gott, jetzt müßtest du bei mir sein! Dann würdest du begreifen, wie beschissen das Leben ist, das wir nach deinem Ebenbild leben sollen. *Das* sage ich zu ihm! So rede ich mit ihm! Man hat immer gesagt: Mit Gott kann man mit tausend Zungen reden. Ich rede mit der 1001. Zunge!«

»Gott hört dich!«

»Das ist gut!« Pebas lachte rauh. »Er soll zwei Namen in seinem Register streichen.«

»Wen man anspricht, der antwortet auch!« sagte Pater Cristobal sanft. »Auch Gott gibt Antworten, direkt oder über seine Stellvertreter. Sieh mich an, Pebas, was trage ich?«

»Einen Pfaffenrock.«

»Also spricht Gott jetzt über mich zu dir! Hör zu...« Blitzschnell fuhr seine Faust empor und traf Pebas voll am Kinn. Der breite Mann schwankte, trat unsicher einen Schritt zurück, aber er stürzte nicht. Nur sein Blick wurde hohl und glasig. Vom Höhleneingang her erklang rhythmisches Gemurmel. Dort lagen Margarita und Maria Dolores auf den Knien und beteten ein Vaterunser.

Pater Cristobal rieb sich die Faust und schüttelte sich dann. »Er hat ein Eisenkinn!« sagte er anerkennend. »Pebas, fahr fort mit deiner Beichte. Du mußt noch einen Mord hinzufügen. Du mußt jetzt deinen Beichtvater umbringen.«

Pebas antwortete nicht mehr. Er drehte sich um, schwankte zu seiner Wohnung zurück und machte um die betenden Frauen einen Bogen, um an den Eingang zu kommen. Erst als er im Dunkeln untergetaucht war, ließ Dr. Simpson seinen Revolver sinken. »Er muß behandelt werden!« sagte er in die Stille hinein.

»Sein Arm ist nicht gebrochen!« Dr. Mohr hob Pebas'

Gewehr auf. »Nur einen schönen blauen Fleck wird er zwei Wochen lang mit sich herumtragen!«

»Psychisch, meine ich! Man muß ihm Beruhigungstabletten geben! Du lieber Himmel, der Mann platzt ja vor Jähzorn! Außerdem hat er einen zu hohen Blutdruck!«

»Miguel, komm einmal her!« sagte Dr. Mohr hart.

Miguel, der Boxer und Türsteher, erhob sich aus seiner Deckung und kam langsam näher. Die Augen in seinem zerschlagenen Bulldoggengesicht waren ratlos und kindlich hilflos.

»Ich weiß nicht, was Pebas will. Ich weiß nicht ...«, stotterte er.

»Was hattest du mit Perdita Pebas zu tun?«

»Nichts! Ich schwöre ... nichts! Nur einmal, da wollte sie weglaufen ...«

»Aha! Und dann?«

»Sie kam zu mir. Sie wollte Geld. Señora Ordaz behielt ja alles Geld zurück, nur ein paar Pesos bekamen die Mädchen. ›Geh zurück in die Berge‹, habe ich Perdita gesagt. Aber sie wollte nicht. ›Dort bin ich tot!‹ sagte sie. ›Mein Vater schlägt mich tot!‹ Und das stimmt! Das traue ich dem alten Pebas zu! Nach Bogotá wollte sie fliehen, wenn möglich, noch weiter, an die Küste, aber dazu brauchte sie Geld. Ich habe ihr keins gegeben. Ich hatte selbst nichts. Dann kam ›Mamá‹, und alles war aus! So war es. Man kann mich doch nicht erschießen, weil ich keine Pesos hatte! Ich habe Perdita nie gezwungen, bei Señora Ordaz zu bleiben!«

»Ich glaube ihm«, sagte Pater Cristobal, als Dr. Mohr, durchaus nicht überzeugt, schwieg. »Bevor er mit in die Berge kam, habe ich ihn durch die Mangel gedreht. Auf dem Weg hierher habe ich angehalten und ihn auf der Straße niederknien lassen. Er hat alles erzählt! Gott muß es den Atem verschlagen haben! Miguel hat sich von allem befreit, dafür bürge ich als Priester.«

»Wir müssen Pebas beruhigen«, fiel Dr. Simpson ein. »Der Kerl macht Dummheiten. Ich kenne diese Typen.«

»Das übernehme ich!« Dr. Mohr sicherte Pebas' Gewehr. »Es tut mir leid, Cris, daß du so unfreundlich empfangen worden bist. Aber das wird sich ändern.«

»Wir wußten vorher, wohin wir kommen würden. Um nur die Hand geküßt zu bekommen, hätte ich im Kloster bleiben können. Diese Menschen hier kann man nicht überreden, man muß sie erobern!«

Dr. Mohr ging in die Höhle zurück. Draußen bauten Dr. Simpson, Pater Cristobal und Miguel weiter an dem merkwürdigen Gebilde aus Brettern und Zelten, in dem der Priester vorerst wohnen wollte.

In der großen Wohnhöhle hatte Maria Dolores die Petroleumlichter angezündet und starrte Dr. Mohr entsetzt an, als dieser den Wohnteil der Pebas betrat. Adolfo saß an dem Holztisch, hatte den rechten Arm in eine um den Hals gelegte Schlinge gehängt und trank mit der Linken gerade einen Becher Wasser, gemischt mit Rotwein. Mohr setzte sich ihm gegenüber, warf ihm das Gewehr vor die Füße und schob ihm eine Packung Zigaretten über die Tischplatte zu.

»Wann willst du mich töten?« fragte er. »Es wäre gut, wenn ich das vorher weiß. Es ist noch allerhand zu erledigen.«

»Vergiß es!« sagte Pebas kleinlaut. »Mein Gott, du könntest mit deiner Handkante ganze Gliedmaßen abhauen! Hast du so in den Krankenhäusern amputiert?«

»Noch nicht. Aber vielleicht werde ich diese Methode hier einführen. Ihr scheint eine Sorte von Menschen zu sein, die man zu ihrem Wohlergehen hinprügeln muß! Von mir aus, ich halte das durch!«

»Ich habe mich dämlich benommen, was? Aber als ich den Namen Miguel hörte, da zerriß etwas in mir.«

»Das ist gut«, sagte Dr. Mohr gefaßt. »Da wir gerade

beim Zerreißen sind, macht es nichts aus, wenn wir weitere Fetzen fliegen lassen.« Er machte eine kurze Pause und sagte dann ganz klar: »Ich liebe Margarita.«

Im Hintergrund hörte man einen leisen Aufschrei. Margarita stürzte nach vorn an den Tisch und fiel vor ihrem Vater auf die Knie. Pebas zog das Kinn an.

»Also doch«, sagte er tonlos.

»Ja.«

»Ich liebe ihn auch, Vater!« rief Margarita und umklammerte Pebas' Knie. »Wenn du ihn umbringst, dann töte mich gleich mit.«

»Ich habe zwei Töchter«, sagte Pebas langsam. »Zwei herrliche Töchter. Das Schönste, das einem Vater beschert werden kann. Gottes Segen nennt man so etwas. Aber was ist daraus geworden? Die eine ist eine verdammte Hure, die ihre Schönheit für Pesos und Smaragde verkauft, und die andere ...«

»Ehe du weitersprichst«, fiel ihm Dr. Mohr ins Wort. Er hielt seine Faust über den Tisch. »Wenn der eigene Vater nicht an die Ehre seiner Tochter glaubt, bringe ich ihm das bei! Jetzt weiter, Adolfo.«

Pebas atmete schnaufend durch die Nase. »Du bist ein Studierter, sie ist die Tochter eines guaquero! Das geht nicht gut!«

»Ich liebe einen Menschen, nicht seine Herkunft!«

»Rederei! Du gehst zurück in die Stadt, in das reiche Leben, zu Tausenden von eleganten, gebildeten Frauen, was soll Margarita da? Sie ist eine Orchidee, die in dieser Luft verkümmert. Sie braucht keine andere Frau zu scheuen, aber man wird sie überall in deiner Welt auslachen, über sie spotten. Das schöne Sumpfgewächs aus den Bergen – keiner wird sie anerkennen, überall wird sie eine Fremde sein, nur geduldet, weil sie an deiner Seite ist. Unter Tausenden wird sie die Einsamste sein. Im Licht wird sie umherirren wie eine Blinde, und alle Blicke, die auf sie fallen, werden sie niederstechen, bis sie daran gestorben ist! Das soll ich mit meiner Tochter machen lassen?«

»Ich werde nicht weggehen! Ich baue hier mein Krankenhaus und bleibe bei den guaqueros.«

»Und wenn ich meine grüne Ader finde? Du weißt, sie ist dort im Berg. Ich spüre sie wie ein Jucken auf der Haut, ich rieche sie fast. Was ist dann? Endlich kann ich mir dann ein Leben als Millionär leisten. Du aber willst mit Margarita in dieser Hölle zurückbleiben? Nie, Pete, nie lasse ich das zu!«

»Was willst du eigentlich, Adolfo?« Dr. Mohr beugte sich über den Tisch. Das war gefährlich, denn damit kam er in die Griffnähe von Pebas. Aber Adolfo dachte nicht daran, blitzschnell seine Hände um Dr. Mohrs Hals zu werfen. Er streichelte den Kopf seiner Tochter, die sich an seine Knie preßte. »Einmal bist du der Vogelfreie, das andere Mal träumst du von Millionen! Aber was man auch sagt, es ist immer falsch!«

»Wir reden noch darüber, Pete!«

»Es wird sich nichts ändern: Ich liebe Margarita.«

»Du willst sie heiraten?«

»Natürlich. Sobald das Krankenhaus fertig ist und Pater Cristobals Kirche steht. Er wird uns trauen.«

»Ich fürchte«, sagte Pebas dunkel, »das Krankenhaus wird nie fertig werden!«

## 7

Am nächsten Morgen erschienen wieder, in drei Kolonnen anrückend, fast mit militärischer Ordnung, die Männer aus der »Burg«. Sie bauten sich am Rande des Plateaus auf und blickten finster auf das Zelt von Dr. Simpson. Der Steinwall war in der Nacht hoch genug geworden, und hinter dem Wall saß Dr. Simpson neben seinem Minenwerfer und hatte das Rohr geladen. Auf der anderen Seite, halb fertig, stand das

Wohngebilde des Priesters. Pater Cristobal kroch aus seinem Schlafsack. Miguel war bei Sichtung der wild aussehenden Männer sofort hinter dem Haus in Deckung gegangen. Dr. Mohr, der auf die Männer gewartet hatte, kam dem Anführer, dem Bärtigen, mit ausgestreckten Armen entgegen.

»Neue Freunde sind gekommen«, sagte er.

»Das sehe ich!« Der Bärtige übersah Dr. Mohrs Hände. »Ob es Freunde sind, wird sich erst noch herausstellen. Die Wachen haben gemeldet, daß hier in der Nacht einiges los war. Stimmt es? Simpson soll hier sein?«

»Dort drüben am Zelt steht er.«

»*Das* ist Simpson? Der Kerl mit dem Minenwerfer? Wissen Sie, doctor, wen Sie da hierbehalten haben?«

»Einen Arzt. Ich kann ihn gut gebrauchen, ein einzelner für 30 000 Menschen, das ist ein bißchen wenig! Meine Kollegen, die Krankenscheinsammler, würden zwar über eine solche Praxis jubeln, aber ich habe, ganz ehrlich, Angst davor.«

»Jeder Dritte von uns ist irgendwie krank.«

»Das wären also 10 000! Für einen allein! Unmöglich!«

»Sie haben sich ja diesen Blödsinn in den Kopf gesetzt, nicht ich! Und nun glauben Sie, dieser Simpson, dieses Loch, das man nur mit Schnaps auffüllen kann, könnte Ihnen helfen? Der säuft Ihnen Ihren Desinfektionsalkohol weg!«

Der Bärtige hatte laut genug gesprochen. Dr. Simpson zuckte neben seinem Minenwerfer hoch und kam an die Steinmauer. »Moment mal!« rief er. »Ich kenne Sie nicht! Sie waren noch nie bei mir in Behandlung! Aber gehört habe ich genug von Ihnen, Herr Rechtsanwalt! Wo bleibt Ihr juristisches Gewissen? Wer predigt denn in den Gerichtssälen immer von der Gewährung einer Chance? Ich habe jetzt eine, und Sie machen sie mir streitig? Mein Lieber, ich ziehe vor Ihre ›Burg‹ und äschere sie ein mit meinem Werfer!«

»Ich sage es ja: ein Idiot, der sein Gehirn weggesoffen

hat! Simpson, bepinkeln Sie Ihren Minenwerfer, wir haben in der ›Burg‹ drei 7,5-Geschütze!«

»Du lieber Himmel! Die Artillerieabteilung, die auf dem Weg von Muzo nach Cosques spurlos verschwunden ist…«

»Sie sagen es!«

»Alles niedergemacht?«

»Die Kanoniere sind bei uns. Ein Teil steht da!« Er zeigte mit dem Daumen nach rückwärts auf die drei Kanonen. »Sie hatten die Wahl, und sie wählten das Leben. In ein paar Jahren sind sie reich. Simpson, wir sprechen uns noch. Sie sind momentan nicht interessant genug.«

»Oho! Dieser Strohkopf!« schrie Simpson und wurde rot im Gesicht. »Ein verkrachter Advokat, der sich beim Gerichtsdiener die Rechtsauskünfte holte!«

Der Bärtige stutzte, starrte wild auf die Steinmauer vor dem Zelt und wandte sich dann ab. Er ging auf Pater Cristobal zu, der ihm entgegenkam.

»Haben Sie das gehört, Pater?« fragte der Bärtige.

»Sie haben ihn auch gereizt! Auge um Auge, Zahn um Zahn.«

»Können Sie mehr als Ihre Sprüche?«

»Es kommt darauf an, was Sie erwarten!«

Der Bärtige kratzte sich am Kopf. »Von der ersten Sperre an wußte ich, daß Sie der Priester sind, der in Penasblancas eine Notkirche errichtet hat und es fertigbrachte, ›Mamá‹ und Christus Revaila zu einem Gottesdienst unter einem Dach zu versammeln. Und das ohne einen einzigen Toten! Sie werden in die Geschichte von Penasblancas eingehen. Als ich erfuhr, daß Sie in die Berge kommen, habe ich befohlen: Durchlassen.«

»Zu gütig«, sagte Pater Cristobal ruhig und lächelte dabei milde.

Der Bärtige wischte sich ungelenk über die Augen. »Ich habe einen Mann, der nicht sterben kann, ohne gebeichtet zu haben.«

»So etwas gibt es.« Cristobals Augen blitzten ironisch auf. »Wollen Sie mitkommen, Pater?«

»In Ihre berühmte ›Burg‹? Die noch kein Fremder betreten hat?«

»Ein Priester und ein Arzt sind keine Fremden. Sie gehören immer zu uns, sind mit uns verwachsen, auch wenn wir es noch so zu leugnen versuchen.« Er wandte sich an Dr. Mohr und kaute an der Unterlippe. »Doctor, auch Sie kommen mit. Ich mache mir Sorgen... um meine Frau.«

»Ihre Frau? Sie haben eine Frau? Ich denke, in der ›Burg‹ lebt eine reine Männergesellschaft?!«

»Sie lebt in einem Camp in der Nebenschlucht. Wir sind nicht verheiratet, aber ich nenne sie meine Frau. Sie bekommt ein Kind, doch es scheint Komplikationen zu geben. Ich verstehe davon wenig, aber ich glaube, das Becken ist zu eng. Das Kind *kann* gar nicht heraus.«

Dr. Mohr schluckte. »Wissen Sie, was das bedeutet?« fragte er heiser. »Was das *hier* bedeutet?«

«Ich vertraue Ihnen, doctor.«

»Da hilft kein Vertrauen! Mein Gott, wie soll ich denn hier einen Kaiserschnitt machen?«

»Sie haben Instrumente bei sich...«

»Aber nicht die richtigen! Keine gynäkologischen.«

»Was ist mit Gynäkologie?« rief Dr. Simpson, der das Wort aufgeschnappt hatte.

»Halten Sie das Maul, Simpson!« brüllte der Bärtige.

»Sie sollten froh sein, daß auch er jetzt hier ist. Er kommt mit.«

»Soll meine Frau durch seinen Anblick sterben?«

»Wo ist Ihr nüchterner Verstand geblieben?«

Der Bärtige nickte schwer. »Also gut. Gehen wir. Zwei Ärzte und ein Priester, Skalpell und Gottes Wort, das müßte gutgehen. Wo fangen wir an? Bei dem Sterbenden oder bei der Gebärenden?«

»Beim Leben!« sagte Dr. Mohr. »Was meinst du, Cris?« Pater Cristobal faltete die Hände. »Ich werde nach zwei Seiten beten«, sagte er. »Da Gott ja doch alles sieht, wird er auch beide Ohren offen haben.«

»Dr. Simpson!« rief Dr. Mohr zum Zelt hinüber. »Kommen Sie von Ihrem Minenwerfer weg. Wir müssen zu einem Kaiserschnitt!«

»Du meine Güte!« Simpson tauchte hinter seinem Steinwall auf. »Meine letzte sectio caesarea habe ich vor neun Jahren gemacht!«

Er ging auf den Bärtigen zu, der ihn mißtrauisch musterte, und hob beide Hände. »Aber keine Angst, Rechtsverdreher, zur Assistenz reicht es noch!«

»Ich hole meinen Koffer«, sagte Dr. Mohr.

»Und ich mein Abendmahl.« Pater Cristobal wandte sich ab.

Allein standen sich nun der Bärtige und Dr. Simpson gegenüber. Sie sahen sich an, eine ganze Weile, wortlos, sich mit Blicken bekämpfend. Dann lächelten sie und steckten die Hände in die Hosentaschen.

»Pißpottschwenker!« sagte der Bärtige gefühlvoll.

»Paragraphenscheißer!«

»Kann man ... ich meine ... könnte man im Notfall hier eine Kaiserschnittoperation machen ...?«

»Man kann ... mit allen Risiken«, sagte Dr. Simpson. »Wie ich Pete kenne, würde er es wagen.«

»Sie nicht?«

»Nein!«

»Sie würden meine Frau krepieren lassen.«

»Ich würde eher das Kind opfern ...« Dr. Simpson hob hilflos beide Arme. »Die Entscheidung liegt bei Ihnen.«

»Bei mir?« Der Bärtige wischte sich wieder über das Gesicht. »Wieso denn?«

»Sie müssen entscheiden, was Ihnen lieber ist: die Frau oder das Kind! Nur einer kommt durch.« Dr. Simpson hob wie frierend die Schultern. Aus der Pebas-Wohnung trat Dr. Mohr heraus, in der Hand seinen schweren, metallenen Arztkoffer. »Hier ist alles verflucht! Belügen wir uns doch nicht selbst«, sagte er seufzend.

Nach längerem Fußmarsch durch eine steinige Schlucht, in der man mühsam einen engen Trampelpfad durch das Pflanzendickicht errichtet hatte, erreichten der Bärtige, Dr. Mohr, Dr. Simpson und als Schlußlicht Pater Cristobal ein Seitental, das sich, eng wie ein Schlauch, durch die Felswände preßte. Man hatte in den dichten Bergwald eine große Rodung geschlagen und aus dem so gewonnenen Holz, den Ästen und den Blättern Behausungen gebaut. Sieben Hütten standen im Kreis, wie eine Wagenburg, und waren gegen Angriffe zusätzlich noch mit einer Steinmauer und zugespitzten Palisaden gesichert. Die meisten Bewohner waren Frauen und Kinder. Die Männer wühlten sich die ganze Woche über durch die Minen, trieben Stollen in den Berg, siebten, wuschen, zerkleinerten die Steine und sortierten die Funde, meist armselige, trübe, in der Farbe nur schlechte Smaragde, die auf dem Markt keinen hohen Preis erzielten. Nur die Edelsteinschleifer verdienten später daran. Sie spalteten die Steine in hauchdünne Plättchen und klebten diese dann auf herrlich grüne und saubere Synthetiks, nannten das wirklich attraktive Werk »Smaragd-Doubletten« und verkauften die Steine, in kunstvollen Fassungen, zu einem sehr gewinnträchtigen Preis.

Aber davon hatten die guaqueros in den Bergen von Muzo keine Ahnung. Sie krochen in die niedrigen Stollen, zogen ihre Atemschläuche hinter sich her, hämmerten sich zentimeterweise weiter und lagen nach vier oder fünf Stunden unter Tage wie tot vor den Minengängen, pumpten die Luft in sich hinein, zitterten am ganzen Körper und waren sogar zu schwach, über ihr Leben zu fluchen. Die Beute des Tages: Nichts. Höchstens ein paar winzige grüne Körner, die wie Schimmel im Gestein geklebt hatten. Aber das genügte. Die Hoffnung wuchs mit jedem Fund. Wo es in dem Strahl der vor den Kopf gebundenen Batterielampen grün aufleuchtete, da mußte es, irgendwo tief drinnen in dem verfluchten Felsen, noch mehr von diesen grünen Steinen geben. Größere Steine, wasserklares Kristall... und damit Geld, Geld, Geld!

Das Camp wurde von vier Greisen bewacht, die nicht mehr in die Minengänge kriechen konnten und die man miternährte, weil sie Holz hackten, Ausbesserungsarbeiten an den Häusern ausführten, Schweine und Ziegen schlachteten, Wurst herstellten, auf die Jagd gingen oder einmal im Monat mit ein paar Mulis nach Penasblancas zogen, um dort im Magazin einzukaufen: Dynamit zum Sprengen, Munition, Salz und andere Gewürze, Kleidung, Werkzeuge, Batterien, Mehl, Mais, Zucker, Trockenfrüchte, Bohnen, Erbsen, Seife und Schnaps. Auch die aktuellsten Nachrichten brachten sie mit. Die seit langem sensationellste Meldung war, daß ein Arzt und ein Priester in die Berge gezogen waren. Man lachte darüber ausgiebig, mehr über den Pfaffen als über den médico. Einen Medizinmann konnte man noch gebrauchen, aber was wollte jemand bei den Smaragdminen, der nur heilige Sprüche klopfte, von Gottes Liebe erzählte und vom Paradies sprach, wo man doch schon längst in der Hölle wohnte.

Wie überall bei den guaqueros klappte auch hier im Camp das Informationssystem. Der kleine Trupp der vier Männer war längst avisiert worden. Am Eingang der Mauer und Palisaden standen vier Greise mit Gewehren. Im Camp selbst war es so still, als sei es verlassen. Alle Frauen und Kinder waren in den Häusern, lediglich ein paar Hühner und Enten liefen herum, Schweine grunzten, und eine Hundemeute tobte in einem Zwinger. Es waren große, stämmige, fast weißfellige Hunde mit starken Gebissen. Sie heulten und bellten wütend, sprangen an dem Drahtgitter empor und benahmen sich so mordlustig, als witterten sie frisches Blut. Ein Junge in zerlumpten Kleidern, vielleicht sieben Jahre alt, stand neben dem Zwingertor und hatte die Hand auf das Schloß gelegt. Ein Zuruf nur, und er schob den Riegel zurück. Dann würde die Meute herausstürzen und über alles herfallen, was sich ihr in den Weg stellte. Vor diesen fletschenden Zähnen gab es keine Rettung mehr.

Pater Cristobal blieb stehen und blickte über das Camp. »Ein freundlicher Empfang«, sagte er sarkastisch.

»Vorsicht und Mißtrauen sind hier das halbe Überleben, Pater.« Der Bärtige zeigte auf die Hütten. »Dort, die vierte vom Eingang, das ist sie. Dort wohnt meine Frau. Erschrecken Sie nicht.«

»Warum?« Dr. Mohr stellte seinen schweren Metallkoffer ab. »Noch eine Überraschung?«

»Meine Frau ist ein Kind.«

»*Was?*«

»Nach zivilisierten Begriffen.« Der Bärtige zerrte wütend an seinem offenen Hemd. »Jetzt glotzen Sie mich nicht wie einen Lustmörder an, doctor! Meine Frau ist 15 Jahre alt. Sie kommt aus dem Stamm der Chibcha-Indianer. Da gelten andere Gesetze. Dort ist ein Mädchen mit 12 Jahren schon heiratsfähig! Fragen Sie mich jetzt nur noch, warum ich so eine Junge genommen habe! Was hier an Weibern herumwieselt, ist entweder schon verheiratet oder Großmutter. Die anderen sind verdammte Huren, die in den Bergen herumziehen und mit gespreizten Beinen Smaragde sammeln. Ein gutes Geschäft, sage ich Ihnen! Diese fliegenden Puffs werden, wo sie auch hinkommen, gefeiert, als brächten sie die kostbarsten Geschenke mit! Ich weiß, das tut weh, Pater, aber es ist die Wahrheit. Sollte ich mir so eine nehmen? So ein Pflanzbecken? Da lernte ich Chica kennen. Ihre Familie war auf der Flucht. Ihren Vater hatten sie gerade erschlagen, weil er nicht wußte, wo es Smaragdadern gibt. Denn seit der Zeit der Konquistadoren gelten die Chibcha-Indianer als die besten Kenner der Smaragdvorkommen. Damals wurden Tausende zu Tode gefoltert, übrigens, Pater, das ist interessant, mit Billigung der Kirche und zum Wohle Spaniens. So kamen die Eroberer in die Kenntnis der Minen. Und das spukt auch heute noch in den Gehirnen herum: Wenn man einen Chibcha erwischt, heißt es immer: Wo liegen die Adern? Die grünen Adern? Mistkerl, du weißt es ganz genau! Oft endet es wie bei Chicas Vater… man erschlägt ihn, obwohl er wirklich nichts weiß. Also, Chicas Mutter und eine noch jüngere Schwester waren auf der Flucht. Sie lebten, als ich sie bei einer Jagd aufstöberte, wie Tiere in Erdhöhlen. Sie schrien nicht, sondern neigten ihre Köpfe vor, stumm und ergeben: Komm, weißer Mann, schlag uns endlich tot! Ich habe sie in dieses Camp mitgenommen und ihnen die Hütte gebaut. Als sie fertig war, kroch Chica in der Nacht zu mir. Sie wollte mir danken. Und das einzige, was sie mir als Dank geben konnte, war ihr herrlicher Körper. Hätten Sie nein gesagt? Wenn Sie das jetzt bejahen, sind Sie ein erbärmlicher Heuchler! Und noch eins: Ich bin glücklich!«

»Gehen wir!« sagte Dr. Mohr stockend. »Sonst lassen die da drüben wirklich noch die Hunde los, weil sie nicht wissen, wer da zwischen den Bäumen steht…«

»Das haben wir gleich!« Der Bärtige legte die Hände vor den Mund und stieß einen röhrenden Schrei aus. Einer der Greise am Eingang des Camps antwortete ihm und winkte mit dem Arm. Alles klar! Der Junge ließ den Zwingerriegel los und rannte zur nächsten Hütte, wo er hinter einem Holzstapel verschwand. Die Hunde gebärdeten sich noch wie toll, aber einige Türen öffneten sich, Frauen und Kinder liefen ins Freie und nahmen ihre Arbeiten dort wieder auf, wo sie unterbrochen wurden. Die meisten verschwanden in den Ställen, die an die Hütten angebaut worden waren, um die Schweine zu versorgen.

Im Camp wurden sie von den vier Greisen begrüßt. Man gab sich die Hand, musterte sich und blieb kritisch.

»Wie geht es Chica?« fragte der Bärtige hastig.

»Unverändert.« Einer der Greise hob die Schultern. »Die Wehen werden schwächer, aber das hat nichts zu sagen, meint meine Alte. Plötzlich können sie wiederkommen, und dann zerreißt es sie.«

»Sehen wir uns das sofort an!« Dr. Mohr ging auf die Hütte zu, in der Chica wohnte. Der Bärtige hielt ihn am Ärmel zurück.

»Wenn es nicht geht, seien Sie ehrlich zu mir, doctor! Bitte!«

»Wir finden immer eine Möglichkeit!«

»So, wie es Simpson sagte: Mutter oder Kind. Einer von beiden muß geopfert werden ...«

»Im äußersten Notfall! – Simpson, was haben Sie da gequatscht?«

»Die Wahrheit, großer Meister.« Simpson hob beide Hände. »Hier darf man alles sagen, *muß* man alles sagen. Jeder von uns ist abgebrüht genug, auch das Mistigste zu ertragen!«

»Wen würden Sie retten, doctor: Mutter oder Kind?« fragte der Bärtige leise. Alles Klobige war von ihm abgefallen. Wie alle werdenden Väter war er nur noch voll Sorge.

»Immer die Mutter ...«

Der Bärtige seufzte tief. »Das beruhigt mich. Doctor, wenn Sie Chica retten, sind Sie bis zu meinem Lebensende mein Freund! Das ist wie eine Lebensversicherung für Sie.«

In der Hütte auf einem Eisenbett lag ein junges Mädchen. Der Kopf eines Kindes, große, braune Augen, schwarze Haare, zu dicken Zöpfen geflochten, ein zarter Körper, aus dem sich jetzt wie ein überdehnter Ballon der Bauch wölbte.

Sie sah nicht aus wie eine Indianerin, ihr Gesicht war ebenmäßig und wirkte wie eine Miniaturmalerei aus vergangenen Jahrhunderten. Die Haut glänzte schweißnaß... eine hellbraune, ganz glatte Haut. Die Brüste waren klein und spitz, gegen den hohen Leib wirkten sie erschütternd kindlich.

Die Mutter hockte neben dem Bett auf einem Schemel. Demütig grüßte sie mit vor der Brust gekreuzten Armen. Sie war eine alte, von gegerbter Haut überzogene Gestalt mit schütterem Haar und den breiten Backenknochen der Indianer. Sie ist kaum älter als ich, dachte Dr. Mohr erschüttert, und ist schon eine Greisin. Das Elend ihres Daseins hat sie völlig zerstört.

Der Bärtige rannte sofort zu dem Bett, beugte sich über Chica und küßte sie auf die zusammengepreßten Lippen. Sie wollte ihn umarmen, hob schwach die Arme, aber sie fielen kraftlos auf ihren schweren Leib zurück.

»Gleich wird es besser«, sagte der Bärtige. Es war erstaunlich, wie zärtlich und weich er sprechen konnte. Mit seiner großen Hand wischte er Chica den Schweiß vom Gesicht und drehte sich dann zu Dr. Mohr herum. »Sie ist tapfer«, sagte er gepreßt. »So tapfer! Es... es wäre mein erstes Kind. Können Sie es nicht auch retten?«

»Wie kann ich das wissen, wenn Sie dauernd im Weg stehen? Ich komme ja gar nicht an die junge Mutter heran.«

»Sie sind ein grober Klotz, doctor! Bitte, ich gehe ja schon.« Er beugte sich wieder über Chica und streichelte ihr Gesicht. »Das ist ein großer Arzt, mein Liebling. Er wird dir helfen. Du mußt keine Angst mehr haben...«

Sie nickte, preßte die Lippen fest zusammen und bäumte sich auf. Die Wehen setzten wieder ein. Ihre Mutter legte beide Hände auf den hohen Leib und drückte ihn.

Dr. Mohr setzte sich auf die Bettkante und lächelte Chica ermutigend an. Sie versuchte zurückzulächeln, aber es mißlang kläglich. Ihr schönes Gesicht wurde zu einer verzerrten Fratze. Ihr Körper schüttelte sich in den Wehen.

»Schrei, Mädchen«, sagte Dr. Mohr. »Schrei, was die Lunge hergibt! Das befreit. Nicht unterdrücken, dann wird's unerträglich. – Simpson?«

»Chef?«

»Lassen Sie den Blödsinn! Ist heißes Wasser da?«

»Dahinten blubbert etwas im Kessel …«

»Dann wollen wir mal.« Dr. Mohr klappte seinen Koffer auf, holte eine Sprühflasche mit einem Desinfektionsmittel heraus und winkte Dr. Simpson zu. »Geben Sie Ihre Flossen her. Ich mache sie jetzt steril!«

»Steril! Aber bitte nur die Hände. Nicht tiefer sprühen …« Simpson grinste. Dr. Mohr sprühte Simpsons und seine Hände bis zu den Unterarmen ein und holte dann aus der runden Sterildose die dünnen Gummihandschuhe. Simpson ließ sie sich überstreifen und stand dann mit gespreizten Händen da. Sein Gesicht glänzte hektisch.

»Mein Gott«, stammelte er. »Gummihandschuhe. Richtige Gummihandschuhe! Wissen Sie, wann ich die zum letzten Mal getragen habe? Vor zehn Jahren! Und ausgerechnet hier bekomme ich sie wieder. Am Arsch der Welt!«

Dr. Mohr hatte sich über Chicas Unterkörper gebeugt und untersuchte manuell die Lage des Kindes. Ein Blick auf das Becken Chicas ließ ihn nachdenklich werden. Er hatte schon zarter gebaute Mütter gesehen, die ihre Kinder problemlos bekamen. Daß sich Chicas Becken nicht dehnen konnte, wie der Bärtige vermutete, glaubte er nicht mehr.

Die neue Wehe preßte Mohrs Hand in Chicas Leib fest. Er wartete ab, bis die Verkrampfung nachließ, und zog dann die Hand zurück.

»Eine schöne Scheiße!« sagte er laut. »Nicht das Becken ist zu eng, das Kind liegt falsch! Wir müssen es drehen.«

»O Himmel! Eine Hickssche Wendung?!« Dr. Simpson starrte den Bärtigen an.

»Was glotzen Sie mich an?« brüllte der Koloß. »Bin ich daran schuld?! Können Sie diesen Kicks?«

»Hicks!«

»Das frage ich Sie auch!« sagte Dr. Mohr.

»Ich will's versuchen.« Dr. Simpson blickte unsicher auf Chicas gewölbten Leib. »Verdammt, ich war mal ein guter Gynäkologe. Aber wie lange ist das her.«

»Er faßt meine Frau nicht an!« keuchte der Bärtige. Schweiß, Angstschweiß, tropfte in seinen zerzausten Bart. »Er nicht. Dieses Saufloch.«

»Ich helfe Ihnen, Simpson«, sagte Dr. Mohr.

»Wie denn? Das muß ich allein tun. Ich allein kann fühlen, wie ich auf der Bauchdecke nachdrücken muß. Oder haben Sie Röntgenaugen? Na also! Aber wenn ich nicht darf...«

»Los! Fangen Sie an!« brüllte der Bärtige. »Aber wenn es mißlingt, du Schnapsflasche...« Er stellte sich neben das Bett, zog seine Pistole und blickte Dr. Simpson finster an.

Simpson kniete sich vor das Bett und nickte. »Beine anwinkeln«, sagte er. »Chef, halten Sie die Beine fest...«

»Sie sollen das dämliche Chef weglassen!«

Dr. Simpson untersuchte und blickte dann hoch. Die Pistole war genau vor seinem Kopf in der Hand des Bärtigen.

»Total falsche Lage«, sagte er gepreßt. »Und durch die Preßwehen wird das Kind noch mehr festgeklemmt. Verdammt, ich kann nicht arbeiten, wenn immer jemand auf meinen Kopf zielt!«

»Gehen Sie hinaus!« sagte Dr. Mohr laut.

»Nein!« Der Bärtige lehnte sich gegen die Hüttenwand. »Ich will sehen, was ihr mit meiner Frau anstellt.«

»Wie Sie wollen! Simpson, brechen Sie ab! Die Handschuhe aus...« Verwirrt blieb Dr. Simpson hocken und rührte sich nicht. Der Bärtige fuhr wie nach einem Stich zu Dr. Mohr herum.

»Auch Sie sind nicht unsterblich!« schrie er wild und fuchtelte mit der Waffe.

»Bitte.« Dr. Mohr zeigte auf Chica. »Vielleicht können Sie mehr! Schießen Sie das Baby aus dem Leib. Aber wenn Sie das nicht können, dann verschwinden Sie sofort aus dem Haus und warten draußen, bis alles vorbei ist. Weder ich noch Dr. Simpson rühren eine Hand, solange Sie hier mit der dämlichen Pistole herumfuchteln. Also ...«

Der Bärtige steckte die Waffe in die Hosentasche zurück. »Ich bin ganz friedlich, doctor«, sagte er leise.

»Raus!«

»Bitte ...«

»Raus! Simpson, stehen Sie auf!«

»Ich gehe ja schon.« Der schwere Mann tappte zur Tür, blickte noch einmal zurück auf Chica. »Ich liebe dich«, sagte er heiser. »Draußen steht ein Priester, mein Kleines. Ich werde mit ihm für dich beten.«

Die Tür schlug zu. Chica bäumte sich auf, und jetzt schrie sie, hell, kindhaft, durchdringend. Sofort flog die Tür wieder auf. Der Bärtige stürzte in die Hütte.

»Raus!« brüllte Dr. Mohr. »Das nächste Mal trete ich Sie in den Unterleib. Vielleicht verstehen Sie das dann endlich!«

Der Bärtige zögerte, starrte auf seine junge Frau, sah ihr verzerrtes Gesicht und wankte wieder hinaus. Im gleichen Augenblick erhob sich die Mutter, schob ihren Schemel vor die Tür und setzte sich darauf wie ein Erzengel.

»Er kommt nicht mehr herein«, sagte sie in einem gutturalen Spanisch. »Ich spucke ihn an.«

»Das ist die schlimmste, die tödlichste Beleidigung der Indianer«, flüsterte Dr. Simpson. Er kniete zwischen Chicas Beinen und wartete auf den kleinen Handscheinwerfer, den Dr. Mohr gerade aus dem Koffer holte und auf ein Stativ schraubte. »Ich glaube, jetzt haben wir Ruhe. Im Vertrauen, ich habe Bammel vor der Hicksschen Wendung.«

»Schneiden können wir immer noch, Simpson.«

»Du lieber Himmel, Sie wollen es tatsächlich wagen... einen Kaiserschnitt... hier... in dieser Drecksbude? Hier schwirren Milliarden Bazillen und Viren durch die Luft! Wenn das keine Sepsis gibt, bin ich bereit, mich entmannen zu lassen! Das ist das feudalste Angebot, was ich machen kann!«

»Man hat Kaiserschnitte unter ganz anderen Umständen gemacht, Simpson!«

»Wer hat überlebt? Na also, Sie schweigen! Wenn Chica das Atmen vergißt, sind Sie und ich in den Augen des Vollbarts da draußen nur noch Mörder. Dann gnade uns Gott! Wie heißt der Kerl eigentlich?«

»Keine Ahnung. Er hat es bisher immer vermieden, seinen Namen zu nennen.«

»Es hält sich seit langem ein Gerücht in den Bergen, daß er nicht nur Rechtsanwalt gewesen ist, sondern auch der Führer einer Partei. Eine der niedergeschlagenen Revolutionen geht auf sein Konto. Er ist in Abwesenheit zum Tode verurteilt worden. Ein Mann, der nichts mehr zu verlieren hat. Deshalb seine ›Burg‹ und seine kleine Privatarmee. Keiner weiß aber, ob das nicht doch nur Gerüchte sind.«

»Ich werde ihn fragen.«

»Das sieht Ihnen ähnlich.« Simpson wedelte mit seinen gummibehandschuhten Händen. »Aber von mir wissen Sie nichts, verstanden? Ich habe nichts gesagt. Licht bitte tiefer! So ist gut! Haha, jetzt sehe ich voll ins Auge. Machen wir jetzt also den berühmten Salto! Und aufpassen, Kollege, nach solch einer Wendung kommt es oft zu einer Spontanausstoßung. Sie muß sogar kommen, wenn die Wendung gelingt. Achtung! Hallihallo! Der kleine Turner geht in Stellung...«

»Simpson, ich möchte Ihnen in den Hintern treten!« knirschte Dr. Mohr. »Sie haben vorhin heimlich gesoffen! Stimmt's?«

»Nur geschnuppert, Kollege!« Er versuchte nicht einmal, zerknirscht auszusehen.

»Das gewöhne ich Ihnen auch noch ab!«

Die Hickssche Wendung gelang. Aber die Spontangeburt blieb aus. Chica verkrampfte sich, der Kopf des Kindes trat nicht aus. Dr. Simpson richtete sich stöhnend auf und streifte die Gummihandschuhe ab.

»Meine Bandscheibe! Mein Rückgrat muß nur noch eine Ruine sein! Pete, wir müssen Chica eins auf die Nase geben. So klemmt sie mit jeder Wehe das Kind nur noch fester ein. Da sagt man immer, die jungen Weiber bekommen ihre Kinder beim Dauerlauf.«

Dr. Mohr bereitete eine Injektion vor und suchte in seinem Koffer nach einer geeigneten Ampulle. »Alles habe ich aus Bogotá mitgebracht«, sagte er. »Alles, was man so braucht in der Wildnis. Aber wer denkt an Geburten? Wenn ich jetzt etwas Krampflösendes und Treibendes hätte.«

Nach einer Stunde endlich kam das Kind. Es war gesund, kräftig und hatte dichte schwarze Haare. Gleich nach dem Abnabeln krähte es, der winzige Brustkorb spannte sich, die Lungen entfalteten sich. Das Leben wurde begrüßt.

Dr. Mohr ging an der alten Indianerin vorbei und stieß die Tür auf. Draußen stand der Bärtige neben Pater Cristobal und raufte sich die Haare. Er wirbelte herum, als mit dem Öffnen der Tür auch der Kinderschrei nach draußen kam.

»Es ... es schreit ...«, stammelte er. Mit vorgestrecktem Kopf starrte er Dr. Mohr an, der ihm zuwinkte. »Es schreit ...«

»Alles vorbei!« rief ihm Dr. Mohr zu. »Guten Tag, Papa! Es ist ein Junge.«

»Ein Junge ...« Die Schultern des Bärtigen fielen zusammen. »Hören Sie, Pater ... ein Junge. Ich ... ich habe einen Sohn ...« Er wandte sich ab, legte Pater Cristobal die Hände auf die Schulter und drückte sein Gesicht an die Brust des

Priesters. Ein leichtes Schütteln durchzog seinen Körper. Der bullige, sonst durch nichts zu erschütternde Mann weinte.

Nach zwei Stunden, während denen der Bärtige seinen neugeborenen Sohn auf den Armen herumtrug, die Glückwünsche der Frauen und Greise des Camps entgegennahm und sich überhaupt so tapsig benahm wie alle jungen Väter, die erschöpfte Chica dauernd mit der Frage belästigte, ob es ihr gut gehe, und sie immer wieder streichelte, sprach Dr. Mohr ein Machtwort.

»Raus mit allen!«

»Schon wieder?« Der Bärtige saß auf der Bettkante und spreizte kampfeslustig die Beine. »Das Kind ist da und gesund, Chica hat alles gut überstanden, was ist denn nun schon wieder?«

»Die junge Mutter muß Ruhe haben und schlafen.«

»Wer hindert sie daran?«

»Sie mit Ihren dämlichen Fragen: Geht's dir gut? Hast du Schmerzen? Ach, mein Vögelchen, ich bin ja so glücklich. Das hält keiner aus!«

»Sie tragen ihr Herz wohl unter der Schuhsohle, was? Können Sie sich nicht vorstellen, wie glücklich ich bin?«

»Das können Sie jetzt den Bäumen und den Felsen da draußen erzählen. Chica aber braucht absolute Ruhe! Fast 20 Stunden hat sie in den Wehen gelegen, das überlegen Sie sich nicht, was? Sie verdammter Egoist!«

Der Bärtige erhob sich, ging zur Tür und blieb vor Simpson stehen, der auf dem Metallkoffer saß und mit saurer Miene ein Glas Milch trank. Ziegenmilch, gelblich und fett.

»Habe ich schon danke gesagt?« fragte er.

»Nee.« Dr. Simpson winkte ab. »Nicht nötig. Erwartet man von Ihnen gar nicht.«

»Ersticken Sie an Ihrer Ziegenmilch!«

»Ich bin kurz davor!«

»Dieser Arzt macht uns alle fertig, wissen Sie das?« Der Bärtige nickte nach hinten. »Ein raffinierter Hund! Erst die sanfte Tour, dann tritt er um sich. Wer hat eigentlich meinen Sohn geholt?«

»Das war Team-Arbeit. Allein jedenfalls hätte ich das nicht mehr geschafft. Ich bin doch verdammt aus der Übung gekommen. Aber das hole ich wieder auf! Baut nur schnell das Hospital auf.«

Dr. Mohr kam an die Tür und stieß sie auf. Der Bärtige nickte mehrmals. »Ich gehe ja schon!« brummte er. »Bäuche aufschneiden und Gliedmaßen amputieren, das können Sie. Aber von Psychologie haben Sie keine Ahnung! Wissen Sie, wie alt ich bin?«

»Das erzählen Sie mir später.«

»Nein. Jetzt und hier! 56 Jahre ... Und das ist mein erstes Kind.«

»Da haben Sie bisher sicherlich unverschämtes Glück gehabt.«

»Man könnten ihn ohrfeigen!« sagte der Bärtige dumpf. »Man könnte ihn dauernd ohrfeigen! Rechts und links und von oben und von unten! Halten Sie den Mund, doctor. Ich verschwinde ja schon.«

Das war vor zwei Stunden gewesen. Jetzt standen sie vor dem ersten Steinwall der »Burg«, genau in der Mitte des Schußfeldes, das jeder durchlaufen mußte. Ein Todesstreifen, den niemand ungesehen passieren konnte. Zum ersten Mal betraten nun Fremde die »Burg«.

»Ich glaube, es wird Zeit, daß ich mich vorstelle«, sagte der Bärtige. »Ich bin Dr. Ramon Novarra.«

»Also doch!« entfuhr es Simpson.

»Jawohl, ich bin's!« Novarra wartete auf eine Reaktion, aber bis auf Simpson hinterließ sein Name keine Zeichen von Erstaunen oder Betroffenheit. »Stört Sie das?«

»Ich wüßte nicht, warum.« Dr. Mohr war der Name kein Begriff. »Sie hätten auch Bambilla sagen können.«

»Ramon Novarra war der meistgesuchte Mann in Kolumbien«, sagte Pater Cristobal. »Mit seinem Kopf könnte man reich werden, wenn man ihn abliefert.«

»Ich war jahrelang im Ausland. Dort habe ich mich um die Kranken gekümmert – ausschließlich – und nie um Politik. Einem Nieren-Ca ist es gleichgültig, ob in Kolumbien eine Revolution stattfindet, und ein Ventrikel-septum-Defekt schließt sich nicht von allein, wenn man ihm den Namen Novarra zuruft. Ich bitte also um Verzeihung, wenn ich die hohe Politik hier nicht kenne.«

»Ich bin zum Tode verurteilt«, sagte Novarra.

»Soll ich jetzt vor Ehrfurcht strammstehen?«

»Sie sind der größte Ignorant von Tatsachen, doctor! Sie kommen hier in die Hölle von Penasblancas und Muzo, ohne eine Ahnung zu haben, was Sie erwartet. Sie hauen Christus Revaila um und wissen nicht, daß Sie damit eigentlich schon gestorben sind. Sie ziehen in die Berge, zeigen auf einen Fleck und bestimmen: Hier baue ich ein Hospital! Als ob das selbstverständlich wäre! Ich weiß nicht, was ich von Ihnen halten soll.« Novarra hob den Arm. Aus einer Steinbastion löste sich ein Mann und kam langsam näher. Vor der Brust trug er ein Schnellfeuergewehr, über dem Arm ein paar Stoffstreifen. »Ich muß Ihnen die Augen verbinden, señores. Nicht, weil ich mißtrauisch bin, sondern weil ich Sie nicht in Gefahr bringen möchte. Kein Außenstehender kennt den Eingang. Er findet ihn auch nicht, weil er gar nicht erst bis an den ersten Wall kommt. Und will man tatsächlich einmal mit überlegenen Kräften das Vorfeld stürmen, so hat man nur *eine* Mauer erobert. Dahinter geht's erst richtig los! Es besteht nun die Möglichkeit, daß das Militär mich doch einmal entdeckt. Dann werden alle Personen in der Umgebung verhört. Soll ich Ihnen erklären, wie hier ›verhört‹ wird?!«

»Wir wissen es«, sagte Pater Cristobal bedrückt.

»Hier wird auch vor einem Priesterrock nicht haltgemacht. Meine Männer lassen sich die Haut abziehen und schweigen, aber ob Sie die Stärke haben, señores? Geben Sie mir recht, wenn ich Sie einen Risikofaktor nenne? Um das auszuschalten und damit Sie später sagen können, Sie hätten wirklich nichts gesehen, muß ich Ihnen die Augen verbinden.«

Der Wachtposten trat hinter die beiden Ärzte und den Pater und legte jedem eine stramme Binde um. Novarra kontrollierte, ob sie auch wirklich nichts mehr sahen, indem er ein Messer zog und hintereinander nach Dr. Mohr, Pater Cristobal und Dr. Simpson stieß. Kurz vor ihrem Gesicht bremste er den Stoß ab.

Keiner reagierte.

»Gehen wir«, sagte Novarra zufrieden. »Fassen Sie sich an den Händen, als wollten Sie Ringelreihen spielen. Ich führe Sie.«

Sie gingen los, überquerten das Schußfeld und fühlten unter ihren Sohlen, wie der Boden steiniger wurde. Erst ging es etwas hinauf, dann ziemlich steil hinab. Dr. Mohr tastete mit der linken Hand zur Seite und strich über eine bucklige Felswand.

Aha, dachte er, ein unterirdischer Gang. Ein Stollen. Wenn das der einzige Zugang war, konnte man die »Burg« wirklich als uneinnehmbar bezeichnen. Novarra brauchte bloß diesen Stollen zu verschütten, zu sprengen oder unter Wasser zu setzen, dann blieb nur der Sturm die Felsen hinauf, und das war ein aussichtsloses Unternehmen. Der Gang schien sich zu verbreitern. Die Schritte der Männer hallten jetzt, als beträten sie einen weiten Raum. Dr. Mohr, der an der Hand Novarras ging, prallte gegen den massigen Körper, als Novarra stehenblieb.

»Ich glaube, hier können wir Sie wieder sehend machen!« sagte er. »Willkommen bei mir.«

Sie rissen sich die Binden von den Augen und schwiegen dann. Eine riesige Felsenhalle wölbte sich über ihnen, nicht von Menschenhand herausgeschlagen, sondern von der Natur gestaltet. Ein unterirdischer Fluß mußte hier in Jahrmillionen diesen Saal aus dem Stein gefressen haben, bis er einen anderen Ausgang fand und verschwand. Zurück blieb ein Felsendom mit bizarren Steinformen. Aus verschiedenen Winkeln fiel Licht in den weiten Raum. Elektrisches Licht. Glühbirnen mit Reflektoren.

»Das ist toll!« sagte Dr. Simpson als erster. »Wo haben Sie den Strom her?«

»Ich habe ein eigenes Aggregat.« Novarra machte eine weite Handbewegung. »Wir stehen hier im Festsaal. Auch das gibt es bei uns: Geselligkeit. Hier haben wir schon Theater gespielt. Da drüben, da ist die Bühne.« Er weidete sich an der Sprachlosigkeit seiner Besucher und klopfte Dr. Mohr auf den Rücken. »Zweifeln Sie nun noch daran, daß es uns auch gelingen wird, Ihr Hospital zu bauen?«

»Ich habe nie daran gezweifelt«, sagte Dr. Mohr. Seine Stimme hallte in der domähnlichen Höhle. »Ich ahnte, daß Überraschungen Ihre Spezialität sind.«

Dr. Ramon Novarra lächelte geschmeichelt. Auch er besaß eine Eigenschaft, die man oft bei politischen Führern und extravaganten Geistern findet: Er war eitel. Das machte ihn menschlicher, aber gleichzeitig gefährlicher. Verletzte Eitelkeit hat Völker schon Millionen Tote gekostet. Durch die ganze Weltgeschichte hindurch zieht sich wie ein roter, nämlich blutiger Faden die Elendsspur gekränkten Stolzes. Novarra bildete da keine Ausnahme. Das kleine Reich, das er regierte und das er noch immer als Basis einer Revolution in Kolumbien betrachtete, wollte respektiert und gelobt werden. So verrückt es war, Dr. Mohr verstand plötzlich, warum Novarra mit seinen Männern hier in den Smaragdminen schuftete und jeder Stein, den man fand, abgeliefert werden mußte, weil er Gemeinschaftseigentum war. Der Erlös aus den Smaragden, die Millionen, die Novarra aus den Felsen grub, sollten über kurz oder lang die neue Revolution, das neue Kolumbien finanzieren. Hier in der »Burg« gab es kein anderes Privateigentum als das eigene Leben. Ein vollkommener Sozialismus, um einen politischen Fanatismus zu nähren.

»Ich hätte Sie nicht hierhergeführt«, sagte Novarra, nachdem er den anderen genug Zeit gelassen hatte, sich bewundernd umzublicken, »wenn es sich nur um einen normalen Sterblichen handelte, der plötzlich nach einem Priester verlangt. An einen Arzt denkt er schon gar nicht mehr. Er weiß, daß er unheilbar erkrankt ist. Aber dieser Mann – sein Name ist nicht wichtig – stand früher einmal als Schlagzeile in allen Zeitungen. Plötzlich verschwand er. Es war eine Entführung, die das ganze Land erregte. Tausende Polizisten und Soldaten durchkämmten Kolumbien, die Nachbarstaaten sicherten Amtshilfe zu, eine Treibjagd nach den unbekannten Entführern begann – aber umsonst. Der Mann tauchte nie mehr auf, gab kein Lebenszeichen von sich, ging im Unbekannten unter. Mit den Jahren erlosch das Interesse, sein Name wurde Historie, man war sicher, daß er getötet und irgendwo verscharrt worden war.«

»Der Entführer waren Sie«, sagte Pater Cristobal.

»Das war kein schweres Rätsel, was?« Novarra lachte kurz und hart. »Natürlich hätte ich ihn töten können, wer hinderte mich daran, aber ich ließ ihn leben. Ich kann, außer in absoluter Notwehr, keinen Menschen von Angesicht zu Angesicht töten.«

»Aber Sie konnten Bomben legen, die unschuldige Menschen zerfetzten!« Pater Cristobal schüttelte den Kopf. »Dr. Novarra, stellen Sie sich nicht als den großen Humanisten hin, der eine saubere Revolution haben will! Genau das Gegenteil ist der Fall! Der Anschlag auf das Parlament in Bogotá, die Zugsprengung von Medellin, bei der neun harmlose Arbeiter ums Leben kamen und Hunderte verletzt und für ewig verkrüppelt wurden, der Kinobrand von

Buena Ventura und das Massaker von Manizales, bei dem eine ganze Kompanie Soldaten ausgelöscht wurde. Das alles wollten Sie nicht?«

»So ist es«, antwortete Novarra ruhig. »Pater, Sie klagen den Falschen an! Ich bin ein Administrator der Macht, das blutige Handwerk üben andere aus.«

»Für Ihre Idee! In Ihrem Namen! Auf Ihren Befehl! Natürlich legen Sie nicht eigenhändig die Bomben! Nero hat die Christen auch nicht mit seinem eigenen Schwert erstochen, er trieb sie in die Arena den Löwen und Panthern zu.«

»Mir war klar, daß ich auf Mißtrauen und Unverständnis stoße.« Dr. Novarra wies in den Hintergrund der riesigen Felshalle, wo verschiedene Bohlentüren den Zugang zu weiteren Höhlenüberraschungen verschlossen. »Darum führe ich Sie jetzt zu dem Kranken. Wie lange er noch zu leben hat, können Sie am besten überblicken, doctor. Sie werden sich jetzt fragen: Warum tut er das? Will er sich rechtfertigen? Vor wem? Vor uns, die wir in einiger Zeit genauso elend sein werden wie die anderen guaqueros? Plagt ihn das Gewissen? Will er sich reinwaschen? Will er einem armen Sterbenden die historische Schuld zuschieben? Ist er ein so feiges Schwein? – Nichts von alledem ist der Fall. Der Kranke selbst möchte über sich reden. Als er erfahren hat, daß wir Rechtlosen von Muzo plötzlich einen vor lauter Idealen geradezu dämlichen und besoffenen Arzt haben und einen ebenso illusionsschwangeren Priester, da hat er gesagt: Ramon, laß sie zu mir kommen. Ich bin am Ende angelangt. Was man dir nie glauben wird, sollen sie später bezeugen.« Ramon Novarra drehte sich um und ging durch die Halle voraus. »Folgen Sie mir, meine Herren.«

Sie kamen in einen langen Gang, von dem, wie in einem Kloster, rechts und links kleine Zimmer abgingen, winzige Zellen, Schlafplätze, nur mit holzgezimmerten Betten und sorgfältig zusammengelegten Decken ausgestattet. Ein

Waschraum in der Mitte des Ganges war groß genug, um dreißig Mann aufzunehmen. Über einem langen, gemauerten Trog hing ein Wasserrohr mit vielen Zapfhähnen.

»Fließend Wasser!« sagte Dr. Simpson geradezu ergriffen. »Welch ein Traum!«

»Durch das eigene Aggregat möglich. Von einem Wasserreservoir kann ich es in alle Ecken der ›Burg‹ pumpen. Wir haben sogar Duschen und Bäder … mit Warmwasser.«

»Phantastisch! Novarra, ich melde mich bei Ihnen an. Wöchentlich zweimal ein heißes Bad!« Dr. Simpson blieb an der Tür zum Waschraum stehen. »Was muß man tun, um in Ihren Club aufgenommen zu werden?«

»Schuften. Acht Stunden mindestens täglich in der Mine. Was man findet, bei mir abliefern – und an die Revolution glauben!«

»Da ist ein Armenhospital komfortabler!« Dr. Simpson ging weiter. »Und uns nennt er idiotische Idealisten!«

Vor einer verschlossenen Tür blieben sie stehen. Dr. Novarra räusperte sich. »Noch etwas«, sagte er gedämpft. »Das geht Sie an, Dr. Morero. Der Mann *will* sterben. Machen Sie ihm keine Hoffnungen aus ärztlicher Sicht.«

»Wenn es Hoffnungen gibt …« Dr. Mohr schüttelte energisch den Kopf. »Ich habe die Pflicht übernommen zu helfen. *Jedem* zu helfen!«

»Er hat Krebs.«

»Das haben Sie schon angedeutet. Aber das Wort allein ist noch kein Todesurteil.«

»Hier wohl doch! Sie sind kein Westentaschengott, doctor, der kraft seines Blickes die Tumoren zerstören kann. Und wenn Sie an das Hospital denken, das wir bauen, der Mann ist inoperabel. Außerdem wird er längst tot sein, bevor Sie ihm unter dem eigenen Dach die erste Injektion geben können. Der Mann ist nur noch Haut und Knochen.«

»Gehen wir hinein?« fragte Pater Cristobal.

»Ja.« Dr. Novarra klinkte die Tür auf und trat zurück. Trotz der an den Decken entlanggezogenen Entlüftungskanäle aus Zinkblech wehte ihnen ein süßlicher Duft entgegen. Fäulnis, sich zersetzendes Fleisch, Verwesung, der Geruch des Todes.

Der Mann in dem klobigem Holzbett hob den Kopf, als die Tür aufsprang. Ein Kopf ohne Fleisch, ein Totenschädel, mit Lederhaut überzogen. Darin groß und brennend die Augen und darüber ein wilder, schwarzer Haarschopf.

»Wer ist der Pater?« fragte er. Eine harte Stimme, kein Wohlklang, kein schwingender Ton, wie sie jede menschliche Stimme besitzt. Nur kalte Worte, wie aus dem Lautsprecher eines Automaten kommend.

»Das bin ich.« Pater Cristobal trat an das Bett. Er erkannte das lebende Gerippe sofort, aber niemand sah ihm an, daß ihn diese Erkenntnis erschütterte.

»Und der Arzt?«

Dr. Mohr trat an die Seite Cristobals. »Ich. Dr. Morero.«

»Der andere?«

»Auch ein Arzt. Er hilft mir. Für Sie dürfte er kaum zuständig sein, er ist Gynäkologe.«

Der Mann mit dem Geruch des Todes sank auf die zusammengefaltete Decke zurück, die sein Kopfkissen bildete, und schloß die Augen. Um die schmalen, eingefallenen Lippen huschte ein Lächeln.

»Darüber hätte ich früher gelacht«, sagte er mit seiner kalten Automatenstimme. »Wissen Sie, was ein Überläufer ist?«

»Natürlich!« Pater Cristobal setzte sich auf die Bettkante. »Der allgemeine Begriff hat heute sogar einen Namen bekommen: José Bandilla.«

»Das bin ich. Pater, wie weit kann man die Güte Gottes strapazieren?«

»Wenn man das Weltall mit Sünden füllen könnte, Gott schöpfte es aus.«

»Das ist ein guter Vergleich.« José Bandilla öffnete die fiebrig glänzenden Augen. »Pater, ich habe etwa vierhundert Menschen umgebracht... man kann es nur schätzen...«

## 8

Man konnte nicht sagen, daß Ewald Fachtmann, Repräsentant der Pharmazeutischen Werke H. Strothfeld in Bogotá, mit der Entwicklung seiner anfangs nur als Abenteuer gedachten Idee zufrieden war. Seit »Othello« Mohr in Penasblancas eingetroffen war, hatte dieser nur einmal – von der Polizeistation aus – angerufen und berichtet, daß alle Gerüchte, die über diese Smaragdgräberstadt bis nach Bogotá drangen, weit untertrieben seien. Die Wahrheit überträfe alles, was Phantasie hervorbringen könnte.

Für Fachtmann war das kein beruhigendes Gespräch. Er begann, sich Vorwürfe zu machen, trank mehr als bisher, versuchte, sich mit besonders formenreichen Mädchen abzulenken, hockte dann doch ziemlich deprimiert in den Bars herum und rief ein paarmal in Penasblancas an.

Polizeichef Felipe Salto hatte andere Sorgen, als Auskünfte zu erteilen. Nachdem man ihm kurze Zeit gelassen hatte, sich einzugewöhnen, und drei charmante Bestechungsversuche von »Mamá« Mercedes Ordaz fehlgeschlagen waren – selbst das hübscheste Mädchen aus der Bar, das Salto eines Nachts bei sich im Bett vorfand und das er ziemlich unhöflich wieder vor die Tür setzte, vermochte nicht, seinen Reformeifer zu bremsen –, ging Penasblancas wieder zur gewohnten Tagesordnung über. Das bedeutete: Mord ohne Täter in den Talschluchten und an den Bach- und Flußläufen, Raub und Überfälle auf einsame guaquero-Hütten, Vergewaltigungen, Schlägereien in den Kneipen, Messerstechereien, vor allem aber wieder die furchtbaren Morde auf der Straße nach Bogotá, der Todesstraße, die jeder entlanggehen mußte, wenn er seine Smaragde zu den Edelsteinhändlern bringen wollte. In der Stadt, das war bekannt, zahlte man mehr für die Funde, weil der gefährliche Transport schon vorbei war. Lagen die grünen Steine erst einmal im Tresor, waren sie ziemlich sicher, wenngleich es auch in Bogotá vorkam, daß auf dem Weg zum Flughafen die Steinpaketchen ausgetauscht und wertlose Kiesel nach Tokio oder Zürich geflogen wurden. Wie das möglich war, bei aller Vorsicht, blieb immer ein Rätsel. Selbst die größten Smaragdhändler gingen in Bogotá nie allein auf die Straße. Mindestens drei Leibwächter sorgten dafür, daß niemand nahe an sie herankommen konnte. Auf die Straße nach Penasblancas aber wagte sich keiner der reichen Bosse. Hier pendelten schwerbewaffnete Spezialisten, zum Teil in gepanzerten Wagen, hin und her. Ein Toter pro Tag, das war die Norm. Und die Regierung, das Militär, die unterbesetzte Polizei waren machtlos. Man gab sich auch keine große Mühe. Wer wollte schon seinen Kopf hinhalten für die paar Pesos Monatslohn? Wer wollte ein Held sein und Leute schützen, die ihrerseits keine Gnade kannten?

Wenn also Ewald Fachtmann in Penasblancas bei Leutnant Salto anrief, hörte er immer nur: »Nichts von Dr. Morero! Unterlassen Sie in Zukunft diese Anfragen. Wir haben andere Sorgen …«

Als an diesem Abend das Telefon klingelte, spürte Fachtmann mit einem untrüglichen Instinkt, daß dies kein normaler Anruf war. Er wartete ein paar Sekunden ab, ließ die Klingel schrillen und hob dann ab.

»Endlich!« sagte er.

»Was heißt endlich?« fragte eine fremde Stimme zurück. »Wen erwarten Sie?«

»Wer sind Sie?« Fachtmann lehnte sich an die Wand.

»Hier spricht Camargo.«

»Oh, der große Boß persönlich!« Fachtmann spürte ein ungutes Gefühl im Leib. Es war nicht die Art des bekannten unbekannten Camargo, Privatgespräche zu führen. Es sei denn, es handelte sich um etwas Außergewöhnliches. Geschäftliche Unterredungen führten grundsätzlich seine Direktoren.

»Endlich erfahre ich etwas über meinen Freund ›Othello‹. In Penasblancas stellt man sich dumm.« Fachtmann bemühte sich, möglichst gelassen zu klingen.

»Mit Recht! Señor, Ihre Empfehlung, Dr. Mohr zu den guaqueros zu schicken, mag von Ihnen vielleicht eine Laune gewesen sein, aber ich habe sie aufgegriffen, weil ich mir einiges davon versprach. Ich bin enttäuscht!«

»Don Alfonso, ich bin entsetzt!«

Fachtmann war es wirklich. Mein Gott, dachte er und fühlte, wie ihm heiß wurde. Was ist da in den Bergen vorgefallen? Was hat Peter da angestellt? »Ich weiß nicht, was ich sagen soll. Ich habe von meinem Freund keine Nachrichten mehr.«

»Die kann ich Ihnen geben! Er baut in den Bergen, da, wo die Menschen am wildesten sind, ein Krankenhaus!«

»Das sieht ihm ähnlich! Don Alfonso, ich habe das fast befürchtet.«

»Ein Hospital für die guaqueros ist eine gute Sache. Er findet dabei meine ganze Unterstützung. Nur die Begleitumstände machen es fast unmöglich, ihn weiter zu schützen.«

»Zu schützen?« Fachtmann fühlte, wie sich Heiserkeit über seine Stimmbänder legte. »Don Alfonso, was ist passiert?«

»Dr. Mohr tut mit Akribie alles, um sein Leben zu verkürzen. Er schlägt meinen Statthalter in Penasblancas zusammen und macht ihn dadurch fast unmöglich.«

»Du lieber Himmel!«

»Er kümmert sich um Privatangelegenheiten, die alle

mehr Sprengstoff enthalten, als man in den Minen gebraucht.«

»Ich bin sprachlos ...«

»Er ist dabei, sich eine eigene Truppe zusammenzustellen, eine kleine Privatarmee. Was er damit beabsichtigt, weiß ich nicht, aber ich kann das unmöglich dulden! Er sollte Ruhe in die Berge bringen, eben mit seinem Hospital, aber es scheint, als wolle er dort alles anders machen!«

»Er muß den Verstand verloren haben, Don Alfonso. Rufen Sie ihn zurück nach Bogotá!«

»Glauben Sie, er kommt?« Camargo schien mitleidig zu lächeln. Fachtmann spürte, wie er leicht zu schwitzen begann. »Und wenn er kommt, wie soll er jemals, unter diesen Umständen, die Straße lebend bewältigen?«

»Mit Ihrem Schutz, Don Alfonso.«

»Der hört in Penasblancas auf. Spielen Sie doch nicht den Naiven, señor. Selbst wenn ich Christus Revaila befehle, ihn sicher nach Bogotá zu bringen, bin ich sicher, daß gerade Revaila ihn auf dem Weg liquidiert. Und keiner wird einen Ton sagen. Niemand kann es Revaila beweisen. Plötzlich wurde er aus einem Hinterhalt erschossen, wird es heißen. Könnten Sie das Gegenteil behaupten?«

»Das heißt ...« Fachtmann begann nun stark zu schwitzen und fühlte sich hundeelend. »Das heißt ... Dr. Mohr hat keine Chancen, jemals wieder in die Zivilisation zurückzukehren? Er ... ist ein Gefangener der Berge?«

»Ich befürchte es, señor. Was ich tun kann, tue ich. Er bekommt seine komplette Hospitalausrüstung, so, wie es auf seiner Liste steht. In zwei Wochen schicke ich eine Lastwagenkolonne nach Penasblancas, unter Militärschutz. Aber wie die Ausrüstung in die Berge kommen soll, ist mir noch unklar.«

»Auch mit Militärschutz.«

»Das müßte das Kriegsministerium bestimmen. Ich habe schon mit dem Minister gesprochen. Die eindeutige Ansicht: Die Errichtung eines Hospitals von privater Hand, und das ist es ja, rechtfertigt nicht den möglichen Tod einer Reihe Soldaten. Anders wäre es, wenn das Hospital staatlich wäre. Man kann das verstehen. Es ist sicher, daß sofort eine heftige Schießerei losgeht, wenn sich Militär in den Bergen blicken läßt. Ob es nun das Material für das Hospital begleitet, ist völlig gleichgültig. Die Uniformen allein genügen. Jeder guaquero ist allergisch gegen Militärtuch! Mit anderen Worten: Das Hospital lagert in Penasblancas. Ab übernächster Woche. Kommt Dr. Mohr es dort abholen, läuft er in einen Kugelhagel!« Camargo räusperte sich. »Wissen Sie, daß auch ein ausgesprochen penetranter Priester bei ihm ist?«

»Ich weiß gar nichts mehr von ihm«, stotterte Fachtmann. Ein Priester, dachte er, das ist etwas völlig Neues. »Othello« und ein Pfaffe? Lieber Himmel, wie hat er sich in so kurzer Zeit gewandelt! Wenn ich an die Universitätszeit denke, an die Studentengottesdienste. Vor allem an diesen legendären Festgottesdienst in der Heiliggeistkirche. Da stand Peter mit zehn anderen Kommilitonen hinten am Eingang, unter der Orgelempore, und während die Gläubigen ihr Kirchenlied sangen, gröhlten sie das Goldene Alphabet, die berüchtigt-schönen schweinischen Studentenverse. Das brachte allen zwei Monate Haft mit Bewährung ein und 5 000 DM fürs Rote Kreuz, aber nur, weil die Alten Herren der Verbindungen ihre Beziehungen spielen ließen und überall intervenierten.

Und jetzt hatte Peter einen Priester als Freund bei sich! Es war fast unglaublich.

»Was will denn der Priester bei den Minen?« fragte Fachtmann mit erschöpfter Stimme. Er setzte sich neben das Telefon auf einen Bambushocker. Sehnsüchtig schielte er zu der Hausbar, aber sie war zu weit von ihm entfernt. Jetzt einen kalten Doppelten, dachte er. Der würde zischend schon in der Mundhöhle verdampfen.

»Unruhe stiften, was sonst!« Camargos Stimme, bisher noch im Plauderton, wurde kalt und scharf. Aha, jetzt haben wir ihn in voller Pracht, dachte Fachtmann. Don Alfonso, vor dem selbst den Ministern die Hose flattert.

»Neben dem Hospital will er eine Kirche bauen! Nach einem Jahr hat er die guaqueros so weit, daß sie fromme Lieder singen und statt in die Minen einzufahren eine Prozession nach der anderen veranstalten. Aber was noch viel schlimmer ist: Sie werden ihre Smaragde fürs ewige Seelenheil der Kirche stiften. Ich kenne diese Pfaffen! Sie bezahlen mit einem Kuß aufs Kruzifix, und die Idioten sind glücklich dabei! Señor, ich bin enttäuscht.«

»Moment, Don Alfonso.« Fachtmann trommelte mit der freien Hand auf seinen Oberschenkel. »Ich habe Ihnen einen vorzüglichen Arzt empfohlen, aber keinen Pater! Das möchte ich hier feststellen. Und für Sinneswandlungen meines Freundes bin ich auch nicht zuständig. Das diskutieren Sie bitte mit ihm selbst. Was mich beunruhigt – ich gebe es zu – ist diese plötzliche Freundschaft zur Kirche. Das widerspricht seiner Natur.«

»Außerdem ist er verliebt! Die Tochter eines Schürfers hat es ihm angetan.«

Fachtmann atmete hörbar auf. »Warum haben Sie Ihre Beschwerde nicht sofort mit diesem Fakt begonnen? Das erklärt alles! Wenn ›Othello‹ verliebt ist, läßt er die Flüsse die Berge hinauffließen. Dann ist nichts mehr unmöglich bei ihm! Ein hübsches Mädchen macht aus seinen Hirnwindungen Achterbahnen. Ich kann Ihnen nur sagen, Don Alfonso: Keine Sorgen! Er wird wieder normal! Liebschaften haben bei ihm einen Schnittblumen-Effekt: Frisch sehen sie wundervoll aus, aber nach ein paar Tagen, wenn sie welken, erlischt alle Faszination. Das Ende ist der Mülleimer.«

»Ich teile Ihren Optimismus nicht, señor.« Don Camargo kam zum Ende. Immerhin hatte Ewald Fachtmann die ungeheure Auszeichnung genossen, daß sich der unbekannte Herrscher von Bogotá so lange mit ihm unterhielt. »Dr. Morero – bleiben wir bei diesem Namen – baut kein Hospital, um dann wieder nach Europa zurückzukehren. Er will sich zwischen Muzo und Penasblancas etablieren. Sie sind lange genug im Lande, um zu wissen, daß auch ein guaquero, wenn er Vater einer Tochter ist, ein ungeheures Ehrgefühl entwickelt. Die Hälfte aller Toten in diesem Gebiet entfallen auf Weibergeschichten! Mir bleibt keine Wahl...«

Fachtmann wurde es plötzlich eisig kalt. »Was... was heißt das, Don Alfonso?«

»Dreierlei.« Die Stimme Camargos war jetzt abgehackt, aller Persönlichkeit entzogen. »Erstens: Wenn das Hospital funktionsfähig ist und der Blödsinn mit den sozialen Reformen weitergeht, wechsele ich Dr. Morero aus. Sie verstehen?«

»Ich verstehe«, sagte Fachtmann tonlos. Auswechseln, das hieß bei Don Alfonso kalte Liquidation. Was er jetzt am Telefon hörte, war nichts anderes als Dr. Mohrs Todesurteil. Fachtmann schluckte krampfhaft. Die eingeatmete Luft verdichtete sich in seiner Kehle zu einem dicken Kloß.

»Zweitens: Sollten Sie irgendeiner amtlichen Stelle einen Tip geben, wäre Ihre Abberufung unerläßlich. Verstehen Sie?«

»Ich verstehe.« Abberufung, auch ein anderes Wort für etwas Unentrinnbares.

»Drittens: Selbst wenn es nicht zum Äußersten kommt, wird man Präparate der Strothfeld-Werke in Kolumbien nicht mehr bestellen. Eine Ausreise Ihrerseits werde ich verhindern. Ihnen bliebe nur die Flucht, aber Sie sind ein Feigling. Sie würden nie ein solches Risiko eingehen.«

»Nie!« stammelte Fachtmann. »Don Alfonso, ich weiß nicht, warum Sie sich an mich halten? Das ist doch unlogisch! Ich habe doch nur...«

»Sie haben mir Dr. Morero empfohlen. Ob Sie es wollen oder nicht, Sie haben sich mitschuldig gemacht! Man bringt einen Camargo nicht in Verlegenheit. Und genau das haben Sie getan.«

Ein Knacken. Camargo hatte das Gespräch beendet. Starr hockte Fachtmann neben dem Telefon und stierte an die Wand. Dann erhob er sich, ging mit staksigen Schritten zu seiner Hausbar, schüttete sich ein hohes Glas halbvoll mit Whisky und trank es in einem Zug aus. Heute besauf' ich mich, dachte er. Heute falle ich stockbesoffen auf den Teppich. Ich habe mit meinem Tod gesprochen. Wer kann das schon von sich behaupten: Wenn das kein Grund ist, die ganze Bar leer zu saufen.

Pater Cristobal hatte die Beichte abgenommen. José Bandilla hatte darum gebeten, und die anderen waren solange aus dem Zimmer gegangen. Jetzt öffnete Cristobal wieder die Tür und nickte. Er sah sehr ernst und angegriffen aus.

»Kommt rein«, sagte er rauh. »Jetzt ist der médico dran! Vor Gott ist José jetzt leicht wie eine Feder.«

Dr. Mohr trat an das Bett des Todkranken und setzte sich auf die Kante. Bandillas geweitete, fieberglänzende Augen fragten stumm.

»Ein Pater hat es einfacher als wir«, sagte Dr. Mohr mit brutaler Offenheit. »Er hört sich alles an, leidet im Inneren mit und vergibt im Namen Gottes, der angeblich alles verzeiht.«

»Er verzeiht wirklich, Pete«, unterbrach ihn Pater Cristobal sanft.

»Das ist deine Sache, Cris, so etwas zu behaupten. Ich habe von über hundert Toten gehört.«

»Vierhundert...«, sagte Bandilla schwach. »Opfer der Revolution und des Guerillakrieges. Für eine große Sache. Was man Novarra anlastet, das geht auf mein Konto! Ich habe die Sabotagen geleitet. Nachdem er mich entführt hatte, weil ich sein politischer Gegner war, hat er mich von seinen Zielen überzeugt. Ich wurde sein Anhänger. Ich wurde seine blutige Hand. Er wehrte sich immer dagegen, aber ich sagte: Revolutionen mit Samtpfötchen und Glacéhandschuhen sind eine Illusion. Die Herrschenden müssen um ihr Leben bangen, das Volk muß sehen, daß jemand handelt. Es muß wissen: Hier kommt eine neue Zeit, die mit dem faulen Alten aufräumt. Radikal! Das war zum Beispiel der Erfolg von Fidel Castro. Das Volk sah zwar Blut, aber es war das Blut der Ausbeuter! Und dieses Blut begann dann zu leuchten als Wahrzeichen eines neuen Lebens: Zerschlagt die morsche Ordnung und schafft eine neue, bessere! Sind dafür vierhundert Tote zu viel?«

»Schon einer, Bandilla!«

»Ich bin also ein Mörder?«

»In meinen Augen schon.«

»Und alle Generale, die Krieg führen und dafür höchste Orden bekommen? Die Millionen Menschen in die Schlachten treiben und Millionen Menschen zerfetzen lassen! Nennt man sie nicht Feldherren? Kriegshelden? Feiert man sie nicht ... je lauter, um so mehr Soldaten sie geopfert haben?!«

»Das ist ein böses Thema, Bandilla. Vor allem bei mir. Es ist schlecht, mit mir darüber zu diskutieren. Ich verabscheue jede Gewalt, und Kriege sind für mich Menschheitsverbrechen. Es gibt keine Entschuldigung für einen Krieg, und sinnigerweise versucht auch kein Politiker, eine Entschuldigung dafür zu finden. Ebenso ungeheuerlich finde ich es, vor einem Völkermorden Gott um Hilfe anzuflehen oder Priester die Granaten und Bomben segnen zu lassen, bevor man sie zum Massentöten einsetzt. Was geht in diesen Priestern vor, die von der Nächstenliebe predigen und gleichzeitig das Kreuz über Vernichtungswaffen schlagen? Cris, ich will von dir keine Erklärung ...«

»Ich kann auch keine geben«, sagte Pater Cristobal ruhig. »Ich würde so etwas nie tun.«

»Wann sterbe ich?« fragte Bandilla. Er war sehr erschöpft und von einer motorischen Unruhe befallen. Seine knochigen Hände fuhren über der Decke hin und her.

»Wer sagt, daß Sie sterben?« fragte Dr. Mohr zurück.

»Doctor«, mahnte aus dem Hintergrund Dr. Novarra.

»Ich muß Sie erst untersuchen, dann sprechen wir weiter.«

»Ich habe Krebs.«

»Wer hat das diagnostiziert?«

»Das sieht man doch.«

»Ach so! Wie einfach das doch ist, Arzt zu spielen. Man hat irgendwo Schmerzen, verliert radikal an Gewicht, wird dadurch natürlich immer schwächer, sieht wie ein tapeziertes Gerippe aus, die natürlichsten Körperfunktionen versagen oder geraten außer Kontrolle... und schon hat man Krebs! Eigen-Diagnose, was?« Dr. Mohr schlug die Decke zurück. Bandilla war wirklich nur noch ein Gerippe. Er wog, so schätzte Dr. Mohr, keine 80 Pfund mehr. »Schmerzen?«

»Überall!«

»Das kommt vom Liegen. Wo besonders?«

»Im Magen. Ich kann nichts essen. Ich breche alles wieder aus. Wie Galle ist es dann...«

Dr. Mohr nickte und deckte Bandilla wieder zu. Der Kranke zuckte zusammen. Das Zudecken sagte ihm genug. Es ist sinnlos. »Wie lange noch?« fragte er müde.

»Ich könnte Sie jetzt untersuchen, Bandilla. Abtasten, palpieren, mit dem Stethoskop abhören, Puls und Blutdruck messen, an Ihnen herumschnuppern – mein alter Lehrer sagte einmal: Krebs kann man hören und riechen – aber was soll das? Ich brauche ein Röntgengerät. Ich bin Chirurg und muß die Krankheit sehen!«

»Sehen Sie mich an.«

»Kein Anblick zum Jubeln, bestimmt nicht. Aber das Röntgengerät kommt bald.«

»Was soll ich damit?! Ich will ja nur wissen, wie lange es noch dauert, bis ich sterbe.«

»Warum wollen Sie das wissen? Sie haben gebeichtet, der Weg der Seele ist frei. Die Einbahnstraße zu Gott. Ob heute, in einer Woche, in einem Monat... spielt das eine Rolle?«

»Ich will nicht länger leiden, doctor. « Bandilla tastete nach Dr. Mohrs Hand. »Geben Sie mir eine gute Spritze... bitte...«

»Sie wollen von mir umgebracht werden? Bandilla, was bilden Sie sich ein?! Ich gebe Ihnen eine Injektion, aber ich haue Ihnen zunächst Glukose ins Blut und dann lege ich einen Tropf an. Einen Nährtropf! Eine Spritze und für immer einschlafen!« Dr. Mohr blickte sich nach Novarra um. »Ist das der Grund, warum ich in die ›Burg‹ durfte? Dann war das eine Fehlinvestition, Novarra. Ich kapituliere nicht so schnell. Ich kämpfe! Auch hier! Bevor ich den Krebs nicht gesehen habe, glaube ich nicht an ihn. Bandilla, ich halte Sie über Wasser, bis die Hospitaleinrichtung ankommt! Röntgengerät und Labor. Und dann erst sage ich Ihnen, wann Sie sterben werden! Solange bitte ich mir aus, daß Sie an das Leben glauben!«

»Da haben wir es!« sagte im Hintergrund Novarra laut. »Ich habe es geahnt! Dieser Kerl ist der sturste Bursche, den ich bisher kennengelernt habe.«

Dr. Mohr winkte ab und öffnete die Riegel seines Metallkoffers. »Sie mögen mich jetzt für völlig verrückt halten, Novarra«, sagte er, »aber ich glaube nicht an Ihren Krebs! Ich rieche ihn nicht! Simpson, die Infusionssachen! Morgen, Bandilla, werden Sie mir bestätigen, daß Sie sich merkwürdig satt fühlen! Natürlich kann ich Ihnen kein Steak durch die Venen drücken, aber was Sie bekommen, tut Ihnen gut.«

Er beugte sich über Bandilla, suchte in der linken Armbeuge unter der ledernen Haut nach der Vene und fixierte sie mit einem Daumendruck.

»Überlegen Sie, großer Revolutionär«, sagte er dabei, »ob Sie nicht zu früh gebeichtet haben.«

Nach zehn Minuten schlief José Bandilla ein. Er schnarchte laut, mit offenem Mund, und sah wie eine einbalsamierte Leiche aus.

Dr. Mohr maß noch einmal den Blutdruck, hob wortlos die Schultern und winkte. Sie verließen das Felsenzimmer und schlossen die Tür hinter sich. Auf dem Flur war es mit Novarras Beherrschung vorbei.

»Sie sind mir in den Rücken gefallen, doctor!« schimpfte er. Mit gespreizten Fingern kämmte er seinen Bart. »Wie können Sie Bandilla noch Hoffnung machen? Und wenn es auch nur ein Schimmer von Hoffnung ist... jetzt klammert er sich daran!«

»Ärzte sind merkwürdige Wesen, Dr. Novarra. Oder sagen wir es so: *Ich* bin ein merkwürdiges Wesen. Bandilla ist zwar in einem desolaten Zustand, aber den Krebsverdacht teile ich nicht.«

»Er ist am Ende. Das sieht doch jeder.«

»Sie sehen das so. Ich will Ihnen einmal etwas erklären: Die Leber ist nicht höckrig. Keine Milzschmerzen. Kein Blut im Kot. Auch im Sputum keine Blutspuren, das hätte Bandilla mir gesagt. Kein fauliges Aufstoßen oder Fäulnisgeschmack im Mund. Als ich zu ihm von Steaks sprach, keine Abwehrreaktion, kein Ekelgefühl, kein Protest. Am Magen nichts tastbar, keine Verhärtung, keine Schwellung...«

»Aber er ist ja nur noch ein Gerippe!« rief Novarra. »Pater, was sagen Sie dazu?«

»Ich bin für den Himmel zuständig.« Cristobal hob bedauernd beide Hände. »Für den Körper muß Dr. Morero geradestehen.«

»Hätte ich das vorher gewußt, wären Sie nicht in die ›Burg‹ gekommen!« sagte Novarra voll innerer Abwehr.

»Er *soll* also sterben?«

»Uns allen wäre wohler dabei. Es wäre eine natürliche Lösung vieler Probleme. Bandilla als Revolutionär kannte keinerlei Skrupel! Nachdem ich ihn umgedreht hatte, wie man so schön sagt, und ihn für unsere Ziele gewinnen konnte, entglitt er meiner Kontrolle. Im Namen meiner Idee, die Gewaltlosigkeit hieß und Umsturz durch Aufklärung, zog er mit Sprengstoff und Maschinenpistolen durchs Land und predigte die Moral des Chaos, aus dem man dann ein neues Weltbild backen kann. Natürlich hätte ich ihn töten können. Es wäre so etwas wie Selbstschutz gewesen, aber er war vorsichtig wie ein Berglöwe. Kennen Sie den Puma, doctor? Er ist eines der intelligentesten Tiere. Ähnlich verhielt sich Novarra. Immer war er auf der Hut. Dann überfiel ihn die geheimnisvolle Krankheit und schaltete ihn ziemlich schnell aus. Wir atmeten alle auf. Und wir freuten uns, ja, wir *freuten* uns über seinen baldigen Tod. Und da kommen nun Sie! Was tun Sie? Sie behaupten keck: Diesen Verfall halten wir auf. Überblicken Sie überhaupt, was Sie damit anrichten?«

»Ich sehe Bandilla in erster Linie als Patienten.« Dr. Mohr ging in den großen Waschraum, drehte einen der Wasserhähne auf und wusch sich die Hände. Novarra stand hinter ihm und wartete, bis Dr. Mohr sich wieder aufrichtete.

»Und ein Patient ist nach ärztlichem Ethos tabu...«, bellte er.

»So ähnlich. Nur hat die ganze Sache ein Nachspiel. Nehmen wir an, mir gelingt es wirklich, Bandilla wieder auf die Beine zu bekommen, dann ist er für mich als Patient nicht mehr existent. Aber der blutige Revolutionär Bandilla, der hundertfache grausame, mitleidlose Mörder Bandilla ... der lebt! Und es wird meine andere Pflicht sein, ihn für immer unschädlich zu machen.«

»Sie Idiot!« schrie Novarra grob. »Wozu dieser Umweg?! Das können Sie jetzt doch einfacher haben. Lassen Sie ihn sterben.«

»Jetzt ist er krank. Und ein Arzt soll helfen und heilen, aber nicht bestrafen und töten! Begreifen Sie das nicht? Sie als Jurist?«

»Eben weil ich Jurist bin. Ich habe es immer für saublöd gehalten, einen schwerverletzten Mörder wieder gesund zu pflegen, ihm dann auf Kosten des Volkes den Prozeß zu machen und hinterher doch aufzuhängen! Das ist doch Schwachsinn!« Novarra kämmte sich wieder den Bart mit den gespreizten Fingern. »Außerdem: Wenn Bandilla wieder gesund wird, haben Sie keine Möglichkeit, ihn der – wie man so geschwollen sagt – Gerechtigkeit zu übergeben. Gerade Bandilla wird Sie, seinen Lebensretter, ohne ein Fünkchen Reue zuerst umbringen, wenn er merkt, daß Sie solche Gedanken hegen! Dankbarkeit ist eine ihm unbekannte Vokabel. – Verdammt, ich sollte meine Leute zurückziehen und den Bau Ihres Hospitals mit allen Mitteln verhindern! Das ist überhaupt die Idee.« Novarra lächelte böse. »Ich schlage Ihnen einen Tausch vor, doctor: Sie behandeln Bandilla nicht, sondern lassen ihn endlich sterben... und Sie bekommen Ihr Hospital. Wenn Sie ihn behandeln, werden meine Männer jedem aufs Hirn klopfen, der für Sie auch nur einen Stein oder ein Stück Bauholz anpackt.«

»Auch mich?« wollte Pater Cristobal wissen.

»Sie sind keine Ausnahme, Pater!«

»Ich baue eine Kirche.«

»Deren Innenraum man gut zum OP umfunktionieren kann! Oh, ich kenne die faulen Tricks der Kirche!«

»Sie verabscheuen Gewalt?« fragte Dr. Mohr ruhig.

»Das sagte ich schon mehrmals!«

»Und wollen trotzdem Bandilla ermorden? Denn was Sie da planen, ist ein glatter Mord.«

»Himmel noch mal! Waren Sie bei den Jesuiten in der Lehre?!« schrie Novarra. »Ich nehme nur vorweg, was man später mit Bandilla doch nur tun wird! Ja, ich tue sogar

Gutes. Ich verhindere weiteres Blutvergießen! Bis man Bandilla am Galgen hängen sieht, werden noch viele Unschuldige sterben. Da kennt Bandilla keine Bremse. Ich *verhüte* etwas, doctor, indem ich ihn sterben lasse!«

»Der spitzfindige Jurist!« Dr. Mohr winkte ab. »Was streiten wir uns? Ich bin als Arzt hier und nicht als Scharfrichter. Morgen bekommt Bandilla seinen Tropf angelegt.«

»Ich lasse Sie nicht wieder in die ›Burg‹!«

»Das wird sich morgen zeigen. Ich komme gegen neun Uhr morgens.« Dr. Mohr streckte seinen Kopf etwas vor. »Wenn Sie uns wieder die Augen verbinden wollen ...«

»Warum habe ich bloß diese Hemmungen, Sie wie einen Pfahl in den Boden zu schlagen?!«

»Weil Sie Chica lieben und Ihren neugeborenen Sohn. Und weil beide mich noch brauchen. Und weil Sie im Grunde, da ganz tief drinnen, ein anständiger Mensch sind. Als Politiker *mußten* Sie scheitern. Da ist Anstand fast eine Beleidigung.«

»Ich werde mich bessern!« sagte Novarra grimmig. »Ganz in Ihrem Sinne. Männer wie Sie können mit ihrem Maulwerk Steine pulverisieren.«

## 9

Drei Wochen sind auch in den Bergen von Penasblancas kurz, wenn sie vom Morgengrauen bis zur Abenddämmerung mit harter Arbeit angefüllt sind.

Die Kolonnen aus der »Burg« schufteten wirklich. Das Hospital wuchs von Tag zu Tag mehr aus dem Boden. Erst die Grundmauern, dann das Dach, dann die Zwischenwände. Es wurde ein größerer Komplex, als Dr. Mohr vorher geplant hatte. Novarra war stolz und zeigte es auch.

»Natürlich ist es kein Luxusbau«, sagte er, wenn er die Wände aus Felssteinen und rohen Brettern betrachtete. »Aber es ist ein festes Haus. Und es zieht nicht. Wir haben alle Ritzen mit Lehm und einem Erde-Pflanzen-Brei ausgeschmiert. Der wird hart wie Beton, sage ich Ihnen. Auch das Dach hält 100 Jahre. Massive Stämme mit Steinen! Wenn Ihre modernen Kliniken in der Stadt längst verwittert sind und der Putz abbröckelt, können Sie hier noch immer im Trockenen sitzen!«

Wer in den Minen entbehrlich war, arbeitete jetzt am Bau. Aber nicht nur am Hospital. Nebendran wuchs auch Pater Cristobals Kirche in die Höhe. Er hatte sie als Rundbau angelegt und sogar einen Glockenturm konstruiert, ein Gerüst aus langen, dicken Stämmen, das oben spitz zusammenlief und an dem an einem Querbalken die Glocke schwingen sollte. Hier turnte zuletzt Miguel herum, der Kräfte wie ein Bulle entwickelte, brüllte Kommandos, zog an Tauen das Material herauf und ließ an besonders schönen Tagen, wenn er gut gelaunt war, seine mächtige Stimme über den Bauplatz schallen. Nur sang er keine Kirchenlieder, auch wenn er auf dem Dach einer Kirche hockte, er gröhlte die frivolen Lieder aus »Mamás« Bar, bis Adolfo Pebas mit Rücksicht auf Margarita drohte, ihn vom Dachfirst zu schießen, wenn er mit den Schweinereien nicht aufhörte.

Unterdessen ging der Alltag weiter. Dr. Mohrs »Praxis« begann zu blühen. Es hatte sich schnell herumgesprochen, daß der verrückte médico wirklich umsonst behandelte, einerseits ein lieber Mensch sei, oft jedoch sehr grob zu seinen Patienten war, vor allem dann, wenn sie ungewaschen zu ihm kamen. Dann kannte er keine Gnade.

»Du stinkst!« hatte er zum Beispiel den gefürchteten Piero Tomasso angebrüllt, als dieser, vom Husten geschüttelt, zu Dr. Morero gekommen war. »Ein Bock ist ein Parfümladen gegen dich! Los, wasch dich, und dann komm wieder!«

Tomasso wollte protestieren, aber da war noch dieser Dr. Simpson. Den kannte man lange genug – und dieses trockengelegte Saufloch klopfte auf zwei Revolver im Gürtel. Also badete sich Tomasso, wurde behandelt und verlor nach drei Tagen seinen Husten. Das war eine Reklame! Schon in der zweiten Woche standen die Patienten an, bildeten eine lange Schlange und warteten geduldig.

Dr. Mohr hatte den Vorbau der Pebas' zu seinem notdürftigen Ordinationszimmer umgestaltet. Hier arbeitete er an einem neuen Tisch, assistiert von Simpson, der außerdem mit Mohrs Kleinbildkamera von jedem Patienten eine Porträtaufnahme machte. Margarita hatte sich in wenigen Tagen zu einer guten Hilfe eingearbeitet, reichte an, rieb die Körperstellen, wo Injektionen gesetzt werden sollten, mit Alkohol ein, tröstete Mütter, die Angst um ihre Kleinen hatten, beruhigte die Kinder, die weinten, nahm die Namen der Patienten auf und führte die Kartei. Dr. Mohr war verblüfft, wie schnell sie das alles lernte, wie mühelos ihr alles von der Hand ging und wie wenig sie ermüdete. Oft waren es zehn Stunden, die er unter dem Pebas-Vorbau stand und die wartenden Kranken versorgte, bis der Abend wie mit einem Messer den Strom der Patienten abschnitt. Das war merkwürdig, aber Pebas hatte eine Erklärung dafür: »Bei Dunkelheit geht niemand mehr hinaus«, sagte er. »Es sei denn, es wäre wirklich dringend. Alle, die zu dir kommen, Pete, haben Smaragde bei sich, in die Taschentücher geknotet, am Körper versteckt. Jeder nimmt seinen Reichtum mit. Man traut nicht der eigenen Mutter in der Hütte. Jeder weiß das von jedem. Da kann man doch nicht mehr in der Nacht weggehen. Man käme nie da an, wo man hinwollte!«

Die schwerste Aufgabe hatte Maria Dolores Pebas übernommen: Sie wartete neben einem dampfenden Kessel voller Tee mit Rum auf die Überweisung *ihrer* Patienten. Das waren grundsätzlich die starken Männer, die Riesenbrocken mit Stahlmuskeln, die Kerle, die vor Kraft nur schaukelnd gehen konnten. Wenn sie nämlich beim médico an die Reihe kamen, die Spritzen erblickten, die langen dünnen Nadeln, die der doctor gleich irgendwo in sie hineinstechen würde, wenn sie den leichten Äthergeruch einatmeten und die blinkenden Instrumente auf dem sauberen Handtuch ausgebreitet liegen sahen, überflutete sie ein heftiges Zucken, ihre Augen wurden weit und rund, die Haut bleichte plötzlich aus... und dann, gleich nach dem Einstich der Injektionsnadel, geschah es: Sie verdrehten die Augen und knickten in den Knien ein. Simpson fing die Muskelberge auf, kippte sie zu Maria Dolores' Seite auf eine Pritsche und sagte: »Noch ein Held!«

Dann griff Mutter Pebas ein, ließ ihre schnelle Hand ein paarmal klatschend über die bleichen Gesichter sausen, wartete die ersten Reaktionen ab und flößte den gefällten Riesen dann den belebenden Tee mit Rum ein.

»Ein guter médico«, erzählte man überall in den Bergen von Muzo. »Gott hat uns doch nicht vergessen...«

Auch das war wahr. Der Gang zum Arzt führte nach der Behandlung notgedrungen bei Pater Cristobal vorbei. Notgedrungen deshalb, weil der Pater mit provozierender Miene vor seinem Bretterverschlag stand, den er »Kirche« nannte, und jeden musterte, der vom médico herauskam. Es war unmöglich, sich zu verdrücken. Entweder rief der Pater selbst: »Ha! Nicht nur der Leib, auch die Seele ist krank!« Oder: »Auch dich sieht Gott!« Da blieb keine andere Wahl, als zu ihm abzuschwenken. Oder Miguel faßte ganz Unangenehme beim Kragen, hielt sie wie eine nasse Katze hoch und schrie: »Gesund werden und Gott nicht danken, das haben wir gern! Bekreuzige dich, du Ferkel!«

So hatte jeder vollauf zu tun. Streit gab es nur, wenn Simpson fotografierte. Dann rissen einige die Hände vors Gesicht oder drehten sich weg. Mit gutem Grund, das wußte Dr. Mohr. Noch existierte kein Foto dieser Galgengesichter, und sie wollten auch keine gemacht haben. Dr. Mohr jedoch blieb stur.

»Ohne Foto keine Behandlung.«

»Ist das hier ein Arzt oder ein Staatsanwalt?« brüllte einmal ein Mann. Ausgerechnet er kam mit einer entzündeten Wunde zu Dr. Mohr. Die Kugel saß noch im Muskel. »Legt man hier eine Kartei an?!«

»Genau das!« Dr. Mohr winkte. »Der nächste! Diskutieren kostet Zeit.«

»Der nächste bin ich!« brüllte der Mann.

Er zog plötzlich eine Pistole und drückte sie Dr. Mohr gegen den Leib. Die Umstehenden schrien auf. Margarita ließ ein Glas fallen. »Von mir wird kein Foto gemacht! Ein Arztbauch ist wie jeder Bauch, das garantiere ich. Der verdaut auch keine Kugel! Also, was ist? Fangen wir an, Quacksalber!«

Niemand rührte sich. Alle starrten auf die Pistole. Nur Maria Dolores, im Rücken des wildgewordenen Mannes stehend, tauchte einen Krug in den kochenden Tee, erhob sich und goß ihn über den Kopf des Mannes aus.

Mit einem tierischen Gebrüll taumelte er zurück, direkt in die Faust von Dr. Simpson hinein. Fast gleichzeitig stürmten Dr. Novarra und Pater Cristobal herein. Die Menge der Wartenden wich zurück.

»Sieh an!« sagte Novarra laut. »›Harald der Wikinger‹! Läßt verkünden, er könne aus Steinen Wasser quetschen! Ich nehme ihn mit, doctor.«

»Halt! Wohin?« Dr. Mohr kam um den Behandlungstisch herum. Harald hockte auf Maria Dolores' Pritsche, war sehr kleinlaut geworden und starrte Dr. Novarra abwartend an. Seine Haut brannte höllisch. Schulter und Rücken glänzten rot. »Der Mann hat einen Schuß im Oberarm und jetzt auch noch Brandwunden dritten Grades.«

»Er wird in Kürze schmerzfrei sein.«

»Novarra!«

»Wollte er Sie umbringen oder nicht, doctor?«

»Er spielte den eisernen Wikinger. Ihm tut's schon leid.«

»Tut's dir leid?« brüllte Novarra den Mann an.

»Harald der Wikinger« sah sich um. Er hatte einen Namen zu verlieren und antwortete deshalb gepreßt: »Nein!«

»Na bitte!« Novarra ging auf ihn zu, Harald duckte sich im Sitzen. Seine Augen glitzerten gefährlich. Der Bärtige schüttelte den Kopf. »Keine Vorfreude. Ich komme dir nicht in Griffnähe. Aber überleg mal, was du machen willst! Da draußen stehen jetzt 30 von meinen Männern. Gut, du kannst schießen... aber höchstens ein Magazin leer. Dann bleiben nur noch Fetzen von dir übrig. Oder du kannst hinausgehen und sagen: Ja, ich habe mich wie Rotz benommen. Dann üben wir mit dir einen bestimmten Satz, bis du ihn fließend sprechen kannst, nämlich: Lieber médico, ich bitte vielmals um Verzeihung. Schwer, was? Aber man kann ihn aussprechen. Reine Übungssache.« Novarra zeigte zur Tür. »Also, was ist? Pistole oder Sprechübung?!«

»Harald der Wikinger« erhob sich langsam. Er blickte Dr. Mohr nicht an, tappte zum Ausgang und wurde dort von Pater Cristobal und Novarras Männern in Empfang genommen. Dr. Mohr nickte Maria Dolores zu.

»Danke.«

Sie lächelte verhalten, setzte sich wieder neben ihren Teekessel und wartete. Dr. Simpson bebte noch immer am ganzen Körper. Margarita packte mit zitternden Fingern Tupfer aus und stapelte sie auf einem Nebentisch. Ihre Mundwinkel zuckten, als weine sie nach innen.

»Harald der Wikinger« kam nach zehn Minuten wieder. Man ließ ihn ohne Murren vor. Anscheinend hatte man ihm nicht zugesetzt, denn er wirkte keineswegs zerschlagen oder gezwungen. Dr. Mohr legte eine Pinzette, mit der er gerade einen dicken Kakteendorn aus einer stark entzündeten Wunde gezogen hatte, zur Seite.

»Ich bitte um Verzeihung!« sagte Harald mürrisch. Dr. Mohr lächelte breit.

»Hieß der Satz nicht anders?«

»So ähnlich!« Der bullige Mann atmete schnaufend durch die Nase. »Genügt das nicht?«

»Mir schon. Jetzt ein Foto?«

»Wenn's sein muß...«

Dr. Simpson fotografierte. Und weil es »Harald der Wikinger« war, sogar noch einmal im Profil. »Das hätten wir«, grinste er. »Ich hatte schon Angst, das Objektiv springt bei dieser Visage auseinander.«

»Muß ich mir das gefallen lassen?« fragte Harald dumpf. »Ehrlich, doctor.«

»Ehrlich – nein! Aber wer ist hier ehrlich?«

Auch Harald bekam seine Spritzen, und er hielt stand. »In zwei Tagen zum Nachsehen!« sagte Dr. Mohr. Er hatte die Kugel herausgeholt, in Lokalanästhesie, und reichte sie Harald hin. »Kannst du dir als Amulett fassen lassen.«

»Da müßte ich bleierne Perlenketten tragen! Ich komme nicht wieder!«

»Wie du willst! Es ist dein Körper! Der nächste...«

So ging es drei Wochen lang, bis zu zehn Stunden täglich. In den Pausen fuhren sie zu Chica und ihrem kleinen Sohn, die sich beide kräftig entwickelten und Novarra vor Stolz glänzen ließen. In regelmäßigen Abständen erschien Juan Zupiga mit Frau und seinen zehn Kindern und sah zu, wie Dr. Mohr den Ältesten, den stämmigen Pablo, behandelte. Es war leider wenig zu machen, man mußte auf das bestellte Material warten.

»Ich operiere sofort, wenn alles da ist, Pablo«, sagte er zu dem tapferen Jungen. Er konnte nur noch unter stärksten Schmerzen den Arm bewegen und schlief mit starken Dämpfungsmitteln. »Bis dahin können wir nur Tabletten schlucken...«

Abends, mit Blei in den Gliedern vor Müdigkeit, saßen dann die Pebas und Dr. Mohr um das Feuer und aßen. Alfonso lag nach langen Stunden im Kriechstollen wie geplatzt auf dem Rücken, ausgelaugt, eingefallen, mit vibrierenden Nerven. Die Ausbeute mancher Tage: ein paar winzige Steinchen. Oder gar nichts. Oder der Hoffnungsschimmer: Ich habe eine Verfärbung im Gestein gesehen. Ich muß vor einem Fund stehen! Noch einige Tage ... dann bin ich dran ...

Oft saß auch der obere Nachbar, der alte, halbblinde Pepe Garcia, mit ihnen am Feuer und erzählte, wie es vor dreißig Jahren in Penasblancas gewesen war. »Was ist mit meinen Augen?« Das war immer der Abschluß seiner Gespräche. »Bekommst du sie wieder hin, doctor?«

»Ich weiß es nicht, Pepe«, antwortete Dr. Mohr immer. »Du solltest jedenfalls nicht mehr in die Mine. Das Graben mit der Stirnlampe, das frißt deine Augen auf.«

»Wie kann ich aufhören? Wovon soll ich leben? Der verfluchte Berg ist meine ganze Welt.«

Seit Dr. Simpson bei ihnen war, hatten sie auch immer frisches Fleisch. Simpson war darin ein Genie. Er witterte Wild wie ein alter Indianer. Wenn es dämmerte, kündigte er seinen Assistentendienst, nahm sein Gewehr und verschwand in den Schluchten. Dann hörte man sein Schießen, und Maria Dolores setzte heißes Wasser auf, wetzte die Messer und wußte, daß es einen guten Braten geben würde.

Zu einem Problem wurde José Bandilla, der Revolutionär. Jeden Tag ließ sich Dr. Mohr die Augen verbinden, tappte hinter Dr. Novarra in die »Burg« und behandelte den lebenden Leichnam mit Kräftigungsspritzen und Vitaminen. Einen Tropf hatte Dr. Mohr nur dreimal gegeben. »Mehr geht nicht«, sagte er ehrlich. »Sie sind nicht der einzige Kranke, Bandilla. Ich brauche die paar Flaschen, die ich mitgebracht habe, auch für andere Fälle. Aber wenn aus Bogotá mein Transport kommt, dann jubeln wir wieder vor Kraft! Wie fühlen Sie sich?«

»Besser.« Bandilla mußte es wissen, ansehen konnte man ihm noch nichts. »Nur ein Brennen im Magen fühle ich noch. Und dieser Durst! Ich könnte ein Meer aussaufen!«

»Appetit?«

»Nein. Ich kotze alles aus. Habe es versucht, gestern... umsonst.«

»*Was* haben Sie versucht?«

»Eine winzige Scheibe Schinken... gekochten Schinken zwar, aber...«

»Schinken? Und kein Ekel?«

»Ekel? Ich habe mich darauf gefreut. Aber er blieb nicht drin.«

»Na also!« sagte im Hintergrund Dr. Novarra.

»Bandilla, Sie haben keinen Krebs!« Dr. Mohr klopfte dem Revolutionär auf den Bauch, leicht und vorsichtig. »Da drinnen sieht's anders aus. Sie haben nach meiner Ansicht eine chronische Gastroenteritis mit weit fortgeschrittener Polyposis ventriculi. «

»Das klingt noch toller als Krebs!« brummte Novarra.

»Ist es aber nicht. Man hat Sie nur nicht behandelt, und der Körper macht nun nicht mehr mit. Wann waren Sie beim Arzt?«

»Nie!«

»Und darauf sind Sie stolz, was? Bandilla, wenn mein Material aus Bogotá kommt, exerzieren wir, daß Ihnen die Schwarte kracht! In zwei Monaten laufen Sie wieder herum und sehnen sich nach einem Weib. So kräftig werden Sie sein...«

»Und dann übergeben Sie ihn dem Militär«, sagte draußen Dr. Novarra, nachdem er Dr. Mohr die Binde wieder von den Augen genommen hatte. »Das ist doch Ihr Plan.«

»Ja. Wer bewußt über 400 Menschen getötet hat, kann keine Gnade erwarten.«

»Eine schizophrene Welt ist das!« Dr. Novarra schüttelte den Kopf. »Pete, Sie päppeln sich da Ihren Mörder hoch.«

Nach drei Wochen war das Haupthaus des »Hospitals« soweit fertig, daß Dr. Mohr in ihm hätte arbeiten können, wenn aus Bogotá das bestellte Material angekommen wäre. Ein paar guaqueros, die nach Penasblancas ritten und dann zurückkamen, berichteten, daß Christus Revaila jeden, der den Namen Dr. Morero nannte, mit Morddrohungen bedachte. Er hätte jetzt eine Privatarmee von 178 Mann zusammen und sammele noch immer Anhänger. Es wäre unmöglich, ohne den Willen Revailas auch nur einen Schritt durch Penasblancas zu tun. Überall lauerten seine Kreaturen. Nur Mercedes Ordaz, die »Mamá«, bildete eine Ausnahme: Sie hatte sich aus Bogotá einen gepanzerten Chevrolet kommen lassen und fuhr mit dem Luxusding durch eine fast tote, in Angst erstarrte Stadt. Ihre und Revailas Smaragdaufkäufer lieferten sich an der Straße nach Muzo jeden Abend eine Schlacht. Aber das brachte gar nichts ein. Im Gegenteil: Jetzt kam kaum noch jemand nach Penasblancas. Die Smaragdsucher blieben in den Bergen und warteten ab. Der Zufluß der grünen Steine versiegte bis auf ein Minimum. In Bogotá tobte Don Camargo und drohte mit einer Strafexpedition. Christus Revaila wußte, was das bedeutete.

»Was ist mit dem Hospital?« schrie Camargo ins Telefon. »Sind die Lastwagen angekommen?«

»Sie stehen hier, Don Alfonso«, sagte Revaila zögernd.

»Und?!«

»Sie warten.«

»Worauf, du Idiot?«

»Daß dieser Arzt kommt und die Sachen abholt. Mit den Wagen kann man nicht in die Berge. Das wissen Sie, Don Alfonso.«

»Soll Dr. Morero die Kisten auf der Schulter wegschleppen?«

»Ich weiß es nicht…«

»Revaila, du bringst alles zu ihm. Mit Mulis. Noch diese Woche!«

»Da brauche ich 200 Mulis, Don Alfonso.« Ein letzter Versuch, die Sache abzuwehren.

»Und wenn es 300 sind. Ich verlange, daß alles unbeschadet abgegeben wird. Dr. Morero ist jetzt der König der Minen. Er weiß es bloß noch nicht. Das ist das Gute daran. Wir müssen ihn mit dem Material zudecken, daß er an nichts anderes mehr denkt als an sein Hospital. Revaila, miete alle Transportmittel, die es in Penasblancas gibt, und bring die Ausrüstung sofort in die Berge!«

Revaila sagte ja, spuckte in die Ecke, was Don Camargo nicht sehen konnte, und legte auf. Ihm gegenüber am Tisch saß ein kleiner, dicker Mann mit einer Glatze und einer Knollennase. Er sah aus wie ein lieber, guter Onkel, den man fragen durfte: »Kaufst du mir ein Eis?«

Aber der runde Glatzkopf kaufte kein Eis. Er war bekannt unter dem Namen Henry Duk, und wenn jemand rief: »Da ist Duk!« ging sofort alles in Deckung. Von seiner Tätigkeit konnte ein Grabkreuz-Fabrikant leben.

»Übermorgen!« sagte Christus Revaila. »Mit 170 Mulis, drei Jeeps und zehn Mann.«

Henry Duk lächelte mokant und trank einen tiefen Schluck Bier aus der Dose. »Er wird gar nichts merken«, meinte er ruhig. »Da stirbt einer und weiß gar nicht, daß er nicht mehr da ist. Das geht lautlos wie ein Gedanke.«

Am frühen Morgen des übernächsten Tages, während noch alles im Hochnebel lag, der aus den Urwaldtälern nach Penasblancas herunterstieg, brach die riesige Kolonne auf. Ein ganzes Krankenhaus wurde auf den Rücken von Mulis transportiert. Bettgestelle, ein Operationssaal, ein Labor, ein Röntgengerät, Medikamentenkisten, Instrumente, Matratzen, zusammenklappbare Nachttische, Rollbetten ... alles auf Maultierrücken geschnallt.

Und ein kleiner, dicker, glatzköpfiger Mann ritt mit, der eine besondere Begabung besaß: Er konnte lautlos töten.

Die riesige Karawane, die sich von Penasblancas aus in die Berge wälzte, wurde zu einer Sensation erster Klasse. Beobachter, die von Aussichtsfelsen aus die Zugänge zu den Schluchten überwachten und die einzige Straße in das Innere der smaragdträchtigen Kordilleren kontrollierten, meldeten sofort, daß der Muli-Transport von keinem Polizisten begleitet wurde. Das war verständlich, denn welcher Polizist war so hirnverbrannt, für die wenigen Pesos Gehalt sein Leben sinnlos aufs Spiel zu setzen? Leutnant Salto, der zuerst die Wahnsinnsidee gehabt hatte, das wandernde Krankenhaus mit seiner gesamten Truppe – also mit vier Mann – zu begleiten, mußte den Plan aufgeben, als sich drei seiner braven Leute sofort krank meldeten und mit Magenkrämpfen im Bett blieben.

»Feiglinge!« brüllte Salto herum. »Hosenscheißer! Bepissen sich vor Angst!«

Die Polizisten ertrugen diese Beleidigungen, nickten stumm und ergeben und blieben im Bett. Lieber ein lebender Feigling als ein toter Held, dachten sie. Da oben in den Bergen haben wir keinerlei Chancen mehr. Wir vier gegen Tausende, das ist doch Irrsinn! Und ein Polizistenrock ist für die guaqueros immer schon eine beliebte Zielscheibe gewesen.

Auch Major Luis Gomez in Muzo war nicht bereit, den Transport zu unterstützen. Nicht, weil auch er im Laufe der Wochen das Fürchten gelernt hatte, im Gegenteil: Seine Soldaten durchkämmten systematisch die nähere Umgebung, griffen Smaragdsucher auf, warfen sie in die Gefängnisse, nahmen ihnen den wertvollen Fund ab und verurteilten sie im Schnellverfahren. Oberster Richter war Major Gomez selbst, der dann Seltsames erlebte: In seinem Nachttisch fand er wunderschöne Steine mit einem Absender, der den Namen eines Inhaftierten enthielt. Oder bei der morgendlichen Toilette erschien plötzlich wie durch Zauberei ein nacktes, bildhübsches Mädchen im Badezimmer und stellte sich mit ihm liebevoll unter die Dusche. Dabei plauderte sie von ihrem armen Bruder im Gefängnis.

Major Gomez tobte. Er verhörte sein Hauspersonal: Niemand hatte die ungebetenen Gäste hereinkommen sehen. Natürlich nicht, denn kleine grüne Steinchen machten alle blind. Gomez' Offiziere dagegen verstanden ihren Kommandeur nicht mehr. Er versaute mit seinem Benehmen alle bisherigen Spielregeln. Wenn es die Offiziere nach hübschen Mädchen gelüstete, fingen sie ein paar guaqueros ein, und siehe da, schon füllten sich die Betten! In Muzo kannte man das. Man nannte diese Aktionen die Offiziers-Steuer. Jeder guaquero kalkulierte diese Steuer ein. Hatte er selbst keine Tochter, Schwester oder ein hübsches Frauchen, dann halfen verständnisvoll die Nachbarn. Jeder konnte ja mal in die Fänge des Militärs kommen. Da war Nachbarschaftshilfe das halbe Überleben.

Major Gomez griff hart durch. Er verurteilte streng, die Betten seiner Offiziere verwaisten, Morddrohungen flatterten ins Haus. Die Disziplin des Bataillons wurde mit Exerzieren bis zum Umfallen aufpoliert. In Muzo und Umgebung ging man in Deckung. Dieser Gomez! Hat keine Angst! Man muß ihn doch eines Tages unter die Erde schikken...

Nun bat Leutnant Salto in Penasblancas um Amtshilfe. Er wollte einen Zug Militär zum Schutz des Krankenhaustransportes haben.

»Mein lieber Salto«, sagte Gomez am Telefon und kaute an einer langen Zigarre, die ihm beim Bericht des Leutnants ausgegangen war. »So gern ich Dr. Morero und Pater Cristobal wiedersehen möchte und so sicher ich mir bin, daß der Transport ohne Schutz voller Gefahren ist, ich kann beim besten Willen nicht. Drei Kompanien sind im Säuberungseinsatz in den Bergen, eine Kompanie brauche ich hier in der Garnison, sonst klauen sie uns sogar die Häuser und Garagen! Sie kennen das ja! Hier leben ja keine Menschen mehr, sondern nur Langfinger mit Beinen! Ich kann keinen Mann abstellen. In drei Tagen vielleicht...«

»Zu spät!« seufzte Salto. »Der Transport ist unterwegs. Drei Jeeps und zehn Mann Begleitung hat Revaila mitgegeben. Das ist lächerlich!«

»Ich habe eine große Hoffnung, Salto. Was da unterwegs ist, kann nur für Dr. Morero interessant sein. Was wollen die Burschen in den Minen mit einer Krankenhausausstattung? Ein Röntgengerät können sie nicht fressen! Und einen OP-Tisch auch nicht.«

»Aber die Betten, Major! Die Stühle und Tische! Die Verbände und Medikamente. Da wackelt ein Vermögen durch die Felsschluchten. Damit kann man sich fabelhaft wohnlich einrichten. Außerdem hat die Karawane im Gepäck: Sprengstoff, Lebensmittel, Konserven, Munition und Waffen. Und jede Menge Narkosemittel. Für *eine* Ampulle würden manche einen Menschen umbringen. Da kommen nun Hunderte heran...«

»Ach du Scheiße!« sagte Major Gomez aus tiefer Brust. »Warum hat man mich nicht schon gestern davon unterrichtet?«

»Ich habe es auch erst heute von Revaila erfahren. Der Bursche hat das bewußt getan. Wenn der Transport nicht ankommt, seine Schuld ist es nicht! Um Dr. Morero schaden zu können, läuft er, wenn es hilft, auf den Händen bis nach Bogotá! Sein Haß ist abgrundtief.«

»Ich könnte einen Hubschrauber schicken«, sagte Gomez nachdenklich. »Aber was kann der ausrichten? Nur beobachten.«

»Außerdem wird er abgeschossen. Die Kerle dort oben haben Maschinengewehre aus Armeebeständen. Eingetauscht gegen Smaragde. Was ich hier alles gehört habe, was vor meiner Zeit passiert ist... unbeschreiblich!«

»Mir geht's genauso, Salto. Meine eigenen Offiziere tauschen guaqueros gegen Liebesnächte! Aber das verspreche ich Ihnen: Wenn der Transport nicht ankommt, rücke ich mit drei Kompanien in Ihr Gebiet und kämme es durch! Und wo ich nur ein Hustenbonbon aus den Hospitalbeständen entdecke, da lasse ich hinrichten! Jawohl, standrechtlich erschießen! Ich habe aus Bogotá alle Vollmachten. Noch eins, Salto: Bis heute habe ich die dreiundvierzigste Morddrohung erhalten. Und Sie?«

»Noch keine, Major.«

»Wie das? Sind Sie schon schlapp geworden?«

»Nein, aber in Penasblancas bewachen sich zwei Gruppen gegenseitig, und seitdem ist Ruhe.« Salto seufzte. »Ich hatte auf Sie gehofft, Herr Major.«

»Leider, leider ...« Gomez seufzte zurück. »Ich sitze für drei Tage auf dem trockenen.«

Von dieser Unterhaltung wußte keiner in den Bergen. Man hätte sich auch kaum darum gekümmert. Wichtig allein war, daß da auf 170 Mulis unschätzbare Werte durch die Gegend geschaukelt wurden. Ob man alles, was auf die Mulirücken geschnallt war, gebrauchen konnte, spielte keine Rolle. Allein die Tatsache, daß alles wertvoll war, reizte ungemein.

Es bildeten sich vier Trupps, die beschlossen, an passenden Stellen die Karawane zu besichtigen und mitzunehmen, was sich lohnte. Aber drei Trupps fielen aus, weil die Erfahrungen der ersten Gruppe sie veranlaßten, sich aufzulösen.

Diese erste Gruppe von zehn zu allem entschlossenen Männern lauerte den Mulis in einer Felsensenke auf. Um ganz sicherzugehen, nahmen sie die zehn Mann Begleitung unter Feuer, die auch sofort in Deckung sprangen und sich nicht mehr rührten. Das hätte jedem zu denken geben müssen, aber die zehn jubelten in ihrem Übereifer und stürmten auf die 170 Mulis zu.

Es war ihr letzter Gang. Wie Hasen wurden sie abgeschossen, aber nicht mit gezielten Einzelschüssen, sondern sie liefen in ein konzentriertes Maschinenpistolenfeuer hinein, aus dem es kein Entkommen mehr gab. In einem der Jeeps klappte auch noch ein schweres MG heraus und hämmerte in die Gegend, den Fluchtweg versperrend.

Dieses Ereignis sprach sich schnell herum. Hinzu kam, daß es einen Überlebenden des ersten Trupps gab. Henry Duk, der kleine, dicke, glatzköpfige Teufel, präparierte – so nannte er es – den nur leicht Verletzten: Er schnitt ihm die Ohren ab, kappte ihm die Nasenspitze und ließ ihn dann mit einer Botschaft laufen: Wer den Transport angreift und lebend in unsere Hände fällt, wird nicht am Ohr amputiert, sondern entmannt! Es gab keinen in den Bergen, der das nicht vorbehaltlos glaubte. Henry Duks Ruf flog durch die guaquero-Niederlassungen: Da ist ein Glatzkopf, so klein wie ein unten Abgeschnittener, der mit einem fröhlichen Lächeln Körperteile abschneidet. Den muß man zuerst erledigen. Erst dann kann man an die Mulis heran.

Kritisch wurde die erste Nacht. Es war vorauszusehen gewesen, daß der Transport nicht innerhalb eines Tages bei Dr. Morero eintreffen würde; man rechnete vielmehr mit drei Tagen. Also trieb man bei Einbruch der Dunkelheit die Mulis zusammen, entlud sie nicht, was für zehn Mann ja auch unmöglich gewesen wäre, sondern ließ sie beladen stehen, was natürlich auf die Leistung der Tiere am nächsten Tag großen Einfluß hatte. Auch ein Muli ist nur eine Kreatur, deren Kräfte nachlassen. Henry Duk veranschlagte eine Ausfallquote von 10 Prozent, das wären also 17 Tiere, deren Lasten man dann verteilen mußte.

In dieser ersten Nacht geschah wider Erwarten nichts. Die Mulis standen eng beisammen, die zehn Mann lagerten um sie herum wie Schäferhunde, in den Jeeps rührte sich nichts. Hunderte Augen beobachteten das Lager von allen Seiten. Man studierte die Taktik des Glatzkopfes. Aber dieser hatte keine Taktik. Er ließ fünf Mann schlafen und fünf Mann wachen, davon einen in der Nähe des ersten Jeeps mit dem schweren MG. Es war schußbereit, der Patronengurt eingespannt.

»Es müßte nächste Nacht klappen«, sagte John Berner und drehte sich zur Seite. Berner war ein Mann, der seit sieben Jahren in den Bergen lebte, noch nie geschürft hatte, eine Mannschaft von 40 Mann besaß und »Schutzgelder« von den guaqueros nahm; Rackett in den Smaragdminen nach amerikanischem Muster. »Vier Mann greifen zum Schein von hinten an, und wenn sie das MG umschwenken, kommen wir von der Seite und decken sie zu. Den Glatzkopf hebe ich für mich persönlich auf...«

Die Nachricht von dem Riesentransport gelangte natürlich auch zu Dr. Mohr. Ein guaquero, der mit einer Handquetschung auf dem Pebas-Plateau erschien und der erste Patient war, der in dem neuen »Operationssaal« des Hospitals behandelt wurde – einem großen, lichtdurchfluteten Raum, in dem jetzt nur der selbstgezimmerte Tisch aus Pebas' Vorraum stand –, dieser Mann, der vier Stunden durch die Felsen gewandert war und nun mit schmerzverzerrtem Gesicht auf der Tischkante hockte, sagte: »Da ist was für Sie unterwegs, doctor. Ich kann's nicht glauben, aber die quatschen von fast 200 Mulis. Schwer beladen. Sollen ein ganzes Krankenhaus herumschleppen!«

»Endlich!« rief Dr. Mohr. Er übergab den Verletzten zunächst Dr. Simpson und rannte hinaus zu Dr. Novarra, der mit zwei Kolonnen die letzten Handgriffe an das Bettenhaus legte und Pater Cristobal half, seine Kirche zu vollenden. Zwei finster blickende, narbengesichtige Männer aus der »Burg« zimmerten an einem großen Holzkreuz. Im Altarraum sollte es von der Decke hängen, als einziger Schmuck, als einziger Gegenstand, auf den sich die Gläubigen konzentrieren sollten.

»Sie sind da!« rief Dr. Mohr schon von weitem. »Von Penasblancas sollen rund 200 Mulis mit der Einrichtung heraufkommen! Camargo hat sein Wort gehalten!«

»Nennen Sie in meiner Gegenwart nicht diesen Namen!« bellte Dr. Novarra zurück. »Wenn dieser Blutsauger Ihnen ein Krankenhaus schenkt, dann spielen da andere Überlegungen eine Rolle als Humanität!« Er kam näher, schob sich an Dr. Mohr vorbei und betrat den Operationsraum. Dr. Simpson war gerade dabei, die gequetschte Hand aus einem schmutzstarrenden Verband zu wickeln. Der guaquero verzog vor Schmerzen sein Gesicht zu einer Fratze.

»Wo ist der Transport?« brüllte Dr. Novarra.

Der Verletzte zuckte zusammen und starrte den Bärtigen entsetzt an.

»Ich habe das auch nur gehört...«, stotterte er.

»Wo?«

»Auf dem geraden Weg hierher...«

»Durch das Gebiet von John Berner also?«

»Natürlich. Kennen Sie einen anderen Weg?«

Dr. Novarra wandte sich ab und prallte an der Tür mit Dr. Mohr zusammen.

»Das geht schief!« sagte er düster. »John Berner ist der größte Halunke im ganzen Kordillerengebiet. Amerikanische Schule! Wir müssen da unbedingt den Verkehr regeln. Simpson?«

»Ja?« Dr. Simpson hatte die Hand ausgewickelt. Sie sah böse aus. Eine offene Quetschung mit beginnender Blutvergiftung.

»Ist Ihr dämlicher Minenwerfer einsatzbereit?«

»Mein dämlicher Minenwerfer kann jederzeit Ihre große Fresse einstampfen«, antwortete Simpson beleidigt.

»Man kann ihn doch montiert und schußbereit transportieren?«

»Mit drei Mann schon.«

»Dann los! Wir ziehen dem Transport entgegen. Und wenn Berner wild wird, blasen wir ihm eine Mine unter den Hut! Simpson, ich glaube, wir haben keine Zeit mehr zu verlieren.«

Dr. Novarra sah die Aktion als so wichtig an, daß er sogar die beiden Schürftrupps aus den Stollen holen ließ und sie gegen die frischen Bautrupps austauschte. Dann zogen 52 Mann, die gefürchtete Einsatztruppe der »Burg«, dem Transport entgegen; unter ihnen Dr. Simpson mit seinem Minenwerfer, zwei Kisten Werferminen und einem Verbandkasten für etwaige Verwundete.

Margarita hatte den Mann mit der Handquetschung übernommen, reinigte die Wunde und hielt den Arm fest, als Dr. Mohr die Verletzung behandelte und eine Penicillinspritze gab. Wie fast alle der besonders wild und stark aussehenden Burschen verdrehte auch dieser guaquero beim Einstich die Augen und sank gegen Margaritas Busen. Sie hielt den Mann fest und lächelte dabei Dr. Mohr an.

»Jetzt hast du es geschafft, Pete«, sagte sie.

Die Zärtlichkeit ihrer Stimme berührte ihn immer wieder. Er beugte sich vor und gab ihr über den Kopf des Ohnmächtigen hinweg einen Kuß.

Es war ein dummer Zufall, daß gerade in diesem Augenblick Adolfo Pebas in der Tür stand. Sie hatten ihn nicht kommen hören. Durch die offenen Fenster schallte der Baulärm vom Bettenhaus und der Kirche herein. Das Hämmern und Sägen übertönte alles.

Um so mehr schraken sie zusammen, als Pebas' laute Stimme durch den Raum dröhnte.

»Aha!« brüllte er. »Am hellichten Tag! Vor aller Augen!« Margarita stieß einen spitzen Schrei aus und umklammerte den ohnmächtigen guaquero, als könne dieser ihr helfen. Unsagbare Angst lag in ihren Augen. Mit wiegendem Gang kam Pebas näher und baute sich vor Dr. Mohr auf.

»Was habe ich dir gesagt, Pete? Einmal eine Tochter verlieren, das ist genug. Meine zweite wird keine Hure, eher schlage ich sie und dich zusammen tot!«

»Spiel nicht den wilden Mann, Adolfo!« sagte Dr. Mohr ruhig. »Du weißt seit langem, daß ich Margarita liebe!«

»Du hast versprochen, sie nicht anzurühren!« raste der wütende Vater weiter.

»Dieses Versprechen habe ich gehalten.«

»Und was habe ich gesehen?! Küßt man sich in aller Öffentlichkeit, wenn man nicht mehr voneinander weiß?«

»Warum fragst du nach Dingen, die dir längst klar sind? Ich bin mit dir in die Berge gezogen, um euer Leben kennenzulernen. Ich bin hiergeblieben und baue jetzt ein Hospital. Alles nur, weil ich mir als Arzt sage: Hier wirst du gebraucht? Diese Menschen am Rande der Welt und der Menschlichkeit brauchen einen Hauch von Liebe, wenngleich ich diese Liebe nur mit Skalpell und Spritze bringen kann? Nein, nicht allein deshalb bin ich mitgekommen. Hätte ich Margarita nicht gesehen, vielleicht wäre ich in Penasblancas geblieben.«

»Wir haben darüber schon gesprochen«, knurrte Pebas. »Und ich habe dir gesagt, daß meine Tochter kein Spielzeug ist! Ob du jetzt hier lebst oder in Bogotá, du bist ein studierter Herr, du bist reich – und was ist Margarita?!«

»Das schönste Mädchen, das ich je gesehen habe!«

»Und damit ist auch alles erschöpft.« Er blickte seine Tochter an und streckte herrisch die Hand aus. »Laß den Kerl los und komm ins Haus!«

Margarita ließ den Kopf des guaquero los und legte den noch immer Ohnmächtigen vorsichtig auf den Tisch. Dann warf sie mit einem Ruck die langen Haare aus dem Gesicht und stemmte die Arme in die Seiten. Verblüfft starrte Pebas seine Tochter an. Das war eine Haltung, die er bisher nur von Maria Dolores kannte, wenn sie unbeschreiblich wütend war.

»Nein!« sagte Margarita laut.

»Was heißt nein?« schrie Pebas sofort. »Du widersetzt dich deinem leibhaftigen Vater?!«

»Ja!«

»Ins Haus!«

»Ich bleibe hier! Im Hospital! Bei Pete. Ab heute schlafe ich hier...«

»Margarita«, sagte Dr. Mohr. Seine Kehle wurde trokken. »Ich habe deinem Vater versprochen...«

»Aber ich habe nichts versprochen!« Sie atmete heftig, und trotz aller inneren Angst hielt sie den flammenden Blicken des Vaters stand. »Ich bin alt genug. Ich will kein Kind mehr sein. Das ewige Kind! Ich liebe Pete! Ich werde ab heute bei ihm schlafen.«

»Sag das noch einmal!« Pebas streckte wie ein Raubvogel den Kopf vor. »Sag mir das ins Gesicht. Dieses Hurenwort.«

»Ich will und werde bei Pete schlafen!«

»Du hast es gehört!« Pebas drehte sich zu Dr. Mohr. »Das hast du aus ihr gemacht! Ein schamloses Luder, das sich zu dir ins Bett legen will! Wie kann ich das ertragen?! Soll ich das alles noch einmal mitmachen, was ich mit Perdita hinter mir habe?! Diese ganze Qual? Nein! Nein!«

Pebas hatte plötzlich ein Messer in der Hand, duckte sich und wollte zustoßen.

Gleichzeitig mit Margaritas Aufschrei stieß vom Tisch her ein Bein in einem derben Stiefel vor und trat Pebas mit aller Wucht in die Seite. Mit einem dumpfen Laut flog Pebas quer durch das Zimmer, fand keinen Halt und krachte ungebremst gegen die linke Bohlenwand. Dort krallte er sich in das Holz und blieb verkrümmt stehen.

Der guaquero rutschte vom Tisch und blinzelte Dr. Mohr an. »Was war denn das?« fragte er und schüttelte den Kopf. »Steht da einer mit 'nem Messer vor Ihnen, doctor. War das erste, was ich sah, als ich aufwachte. Haben Sie mehrere solcher Patienten?« Pebas an der Wand rührte sich. Der guaquero hob drohend die unverletzte Hand. »Halt! Bleib stehen, Halunke! Wir sind noch nicht fertig.«

Margarita war zurückgewichen und biß sich verzweifelt in die geballte Faust. Dr. Mohr hielt den guaquero an der

Schulter fest. Wie Margarita wußte auch er, daß diese Stunde den großen Bruch zwischen der Familie Pebas und ihm bedeutete. Adolfo würde diese Niederlage nie vergessen können. Mit einem Tritt gegen die Wand geworfen zu werden und sich nicht wehren zu können, diese Schmach brannte sich in ihm ein. Was würde nun folgen? Man müßte nebeneinanderher leben. Auf der einen Seite stand das Hospital, und da schlief ab heute Margarita, und gegenüber, keine zehn Meter entfernt, war die Höhlenwohnung der Pebas'. Wenn sie herauskamen, fiel ihr erster Blick auf das Hospital. Konnte Pebas das auf die Dauer ertragen? Was würde er unternehmen?

»Laß ihn gehen«, sagte Dr. Mohr zu dem guaquero.

»Sie kennen den Kerl? Ha, ich möchte ihm noch irgendeinen Knochen brechen zur Erinnerung.«

»Er ist ihr Vater.«

»Der Vater? Von dieser schönen señorita?« Der guaquero hob noch einmal drohend die Faust gegen Adolfo Pebas. »Die Natur macht die besten Witze! Ein so wundervolles Mädchen ist von diesem Bock gemacht worden?! Nicht zu glauben.«

Pebas verließ das Hospital. Mit hängenden Schultern ging er hinüber zu seiner Wohnung, setzte sich neben den Herd und starrte vor sich hin. Maria Dolores, die für den beginnenden Arbeitstag im Hospital, an dem sie wieder eine Patientenschlange erwartete, einen großen Kessel Tee kochte, schielte zu ihm hinunter.

»Ärger?«

Pebas atmete seufzend. »Wir haben keine Kinder mehr.«

Erschrocken ließ Maria Dolores den Schöpflöffel fallen. »Bist du verrückt geworden?« sagte sie laut.

»Margarita ist nicht anders als Perdita.«

»Nein!« Maria Dolores hielt sich schwankend an der Wand fest. »Sie ist weggelaufen nach Penasblancas? Wann denn? Wann? Vor einer Stunde wollte sie zu Pete.«

»Da ist sie auch! Und dort bleibt sie auch. Will sie bleiben! Sagt mir ins Gesicht, so einfach ins Gesicht: Ab heute schlafe ich bei ihm! Begreifst du das?«

»Ach so! « Maria Dolores kümmerte sich wieder um ihren Kessel. »Ja ...« Ihre Stimme klang beruhigt.

Pebas fuhr wie gestochen hoch. »Was heißt ›ja‹?« schrie er.

»Ich begreife es!«

»Daß sie mit einem fremden Mann schlafen will?!«

»Pete ist kein Fremder. Sie lieben sich.«

»Ha! Ist das eine Verschwörung gegen mich?! Du weißt das schon lange, was?!«

»Ich habe es erwartet. Es ist ganz natürlich.«

»Habt ihr denn alle keine Ehre mehr?« brüllte Pebas.

»Hast du mit mir nicht auch vor dem kirchlichen Segen geschlafen? Erinnere dich, Adolfo.«

»Soll das ein Maßstab sein?«

»Verurteile nie, was man selbst nicht bereut. Sind wir glücklich geworden?«

»Das ist es!« Pebas sah Maria Dolores mit unruhigen Augen an. Sein Mund zuckte. »Bist du glücklich?«

»Ich habe zwei Kinder, und ich habe dich. Das ist mein Leben. Habe ich mich je beklagt?«

»Aber bist du glücklich?«

»Wenn nicht, wäre ich dir längst davongelaufen. Komm, pack den Kessel an. Ich muß hinüber ins Hospital.«

»Ich betrete dieses Haus nie mehr!« keuchte Pebas. »Ich sehe es gar nicht ...«

»Soll ich den Kessel allein schleppen?! Wie kann ich glücklich sein, wenn mein Mann so ein Dickschädel ist?«

Gemeinsam trugen sie den Teekessel ins Hospital und trafen dort auf Pater Cristobal, der gerade aus dem Operationsraum kam.

»Zu dir wollte ich, Adolfo!« sagte er.

Sie stellten den Kessel auf einem Hocker ab und rieben die heißen Hände aneinander.

»Sie wissen es also, Pater?« fragte Pebas dunkel. »So eine Schande.« Er lehnte sich gegen die Wand und riß sein Hemd auf, als ersticke er. »Ja, sie lieben sich. Sie werden auch heiraten …«

»Das wollte ich dir sagen«, unterbrach ihn Pater Cristobal.

»… aber ist das nicht nur die Laune eines reichen Herrn!?! Ich weiß, wie schön meine Tochter ist. Ich weiß, wie alle Männer die Augen verdrehen, wenn sie in ihre Nähe kommt. Ich weiß, daß jeder sie im Bett haben möchte. Wie Raubtiere sind die Männer! War ich anders?! Nein! Ich war genauso, und deshalb weiß ich es! Und ist der médico anders?! Wer will das behaupten? Was geschieht, wenn er Margarita wegwirft wie Abfall, nachdem er sie besessen hat?! Wer schützt meine Tochter davor?! Ich! Ich, ihr Vater! Weil ich die Kerle kenne, weil ich selbst so war! Was bleibt mir denn anderes übrig, als den Doktor zu töten? Das muß auch Gott einsehen, denn er hat uns das Herz gegeben!«

»Bist du fertig?« fragte Pater Cristobal ruhig.

»Ja …«

»Dann sage ich dir etwas: Ich werde Margarita und Pete trauen, und wenn diese Ehe an Pete zerbricht, schließe ich mich dir an und jage ihn um den Erdball. Zufrieden?«

»Nein!« Pebas schüttelte den Kopf. »Das ist alles nicht nötig. Es könnte alles ganz anders sein.«

»Wie willst du es jetzt noch ändern?« Pater Cristobal faltete die Hände. »Du hast recht, Adolfo: Gott hat uns das Herz gegeben. Aber in das Herz hat er auch die Liebe versenkt. Sie ist ein Geschenk Gottes. Verdammt, meckere nicht über Gott, weil er so gütig ist!«

# 10

Die Karawane mit den 170 Mulis und den zehn Mann Begleitung kam unversehrt am Zielort an. Man hatte kaum Verluste. Die kräftigen und vor allem geduldigen Tiere schleppten die schweren Lasten über Felsstege und durch Schluchten, kletterten schmale Wege hinauf und balancierten an Abgründen vorbei. Die Jeeps hatte man längst zurücklassen müssen. Nachdem man das schwere MG abmontiert hatte, fuhr man es in ein Tal und versteckte es unter Dornenbüschen.

John Berner, der mit seiner Truppe seitlich den Transport begleitete und auf eine gute Gelegenheit wartete, fluchte fürchterlich, als Dr. Novarra mit seinen Männern in einem Hohlweg die Karawane erwartete.

»Oh, das war nötig!« sagte Henry Duk, der dicke Glatzkopf, und schüttelte Novarra die Hände. »Einen Überfall haben wir schon hinter uns. Und ich habe so ein komisches Gefühl im Nacken, als ob uns viele Augen beobachteten. Vor der zweiten Nacht hatte ich ein Jucken in der Hose…«

Dr. Novarra wußte genau wie Duk, daß um sie herum die Gefahr lauerte. Um zu demonstrieren, was den Gegner erwartete, sagte er zu Dr. Simpson: »Zeigen Sie mal Ihren Minenwerfer her. Oder besser noch, bringen Sie ihn in Stellung.«

Simpson nickte, ließ den schußbereit montierten Werfer von drei Mann zwischen zwei Bäume tragen und öffnete einen der Munitionskästen. Er schob eine der länglichen, grau glänzenden Minen in das dicke Rohr und richtete den Werfer dann auf den gegenüberliegenden Felsen.

Hier lag Berner in Deckung und begann plötzlich unruhig zu werden. »Auch das noch!« stieß er hervor. »Zurück in Deckung! Sucht euch Überhänge oder Höhlen. Schnell!«

»Was soll'n das?« fragte der Mann neben ihm. »Bauen die 'n Ofenrohr auf? Wollen wohl in aller Gemütlichkeit kochen?«

»Das ist ein Minenwerfer, du Rindvieh!« keuchte Berner. »Wenn der hinhaut, bist du Gulasch! In Deckung, Männer ...«

Berner und seine Kumpane krochen eilig fort, suchten sich kleine Bergaushöhlungen und preßten sich an den Stein. Da krachte es schon, der Donner hallte als Echo mehrfach wider, dann explodierte in den Felsen die Mine und schleuderte eine Wolke von Steinen und Stahlsplittern durch die Luft.

»Hervorragend, Simpson!« sagte Dr. Novarra. »Sie haben da wirklich ein Höllending geklaut! Wer jetzt noch angreifen will, muß kein Hirn mehr haben. Das Krankenhaus ist uns sicher!«

John Berner befahl den Rückzug. Sein altes Geschäft, die Erpressung, war sicherer und risikoloser. Auch da gab es Aufsässige, aber sie wehrten sich nur mit Revolvern, nicht mit Minenwerfern.

In der zweiten Nacht zog sich ein Postenring um die 170 Mulis, aber es blieb alles still. Der Weg zu Dr. Morero war frei.

»Wenn Sie zu nichts nütze wären, Simpson«, sagte am frühen Morgen Dr. Novarra, »gestern hatte Ihr Dasein einen Sinn!«

»Und eines Tages trete ich Ihnen noch in den Hintern, Novarra!« sagte Dr. Simpson beleidigt. »O Gott, wäre das schön, wenn Sie mal als Patient vor mir auf dem Tisch lägen ...«

Gegen Mittag erreichte der Trupp das Hochplateau.

Männer, Frauen und Kinder aus der ganzen Umgebung waren versammelt und winkten mit beiden Armen, riefen »Hoch! Hoch!« und gebärdeten sich wie toll vor Freude. Unter ihnen die Männer von der »Burg«, der fast blinde Pepe Garcia, die Familie Pebas und Juan Zapiga mit seiner Frau Nuria und seinen zehn Kindern. Pater Cristobal gab dem Boxer Miguel ein Zeichen. Mit seiner dröhnenden Stimme stimmte er einen Choral an. Schüchtern, mit dünner Stimme, fielen die anderen ein, aber dann sangen sie aus voller Kehle, je mehr schwerbeladene Mulis auf das Plateau getrieben wurden.

Henry Duk, der kleine, fette Glatzkopf, tastete mit den Blicken die Menge ab. Dann fixierte er einen Mann, der in der ersten Reihe stand und seinen Arm um die Hüfte eines hübschen Mädchens gelegt hatte.

Das ist er, dachte Duk. Das ist Dr. Morero. Freue dich nur, mein Junge, in einer Stunde bist du steif.

Henry Duk sollte sich täuschen.

Es dauerte länger als eine Stunde.

Dr. Mohr war nie so ungeschützt, daß Duk seinen Auftrag ausführen konnte. Inmitten der 170 Mulis, der Männer aus der »Burg« und der guaqueros half er beim Abladen mit, schleppte die wertvollen Kisten voll Medikamenten zusammen mit Dr. Novarra, Dr. Simpson, Pater Cristobal und Miguel in das Hospital und überwachte den Transport des auseinandergenommenen Röntgengerätes, des Narkoseapparates und anderer unersetzbarer OP-Einrichtungen.

»Heute abend werden wir uns einen ansaufen!« sagte Dr. Novarra. Er saß auf einer Kiste mit Ersatzteilen des benzinbetriebenen Generators, der den Strom für die elektrischen Geräte erzeugen sollte.

Die Männer hatten eine Pause eingelegt. Ihre Rücken schmerzten vom Kistentragen. Dr. Mohr, schwitzend, das Hemd bis zum Gürtel offen, rauchte eine Zigarette. Auch andere diverse Dinge hatte man mitgeschickt: Tee, Kaffee, Zigaretten aus Amerika, Whisky und kolumbianischen Kognak. »Doctor, sind Sie sich bewußt, daß durch Sie hier ein neues Zeitalter begonnen hat?« fragte Novarra.

»Ich würde das nicht so hymnisch benennen …«

»Aber es ist so. Um diesen Teil der Welt hat sich keiner mehr gekümmert. Über 30 000 Menschen existierten nicht mehr. Sie waren höchstens noch Maden, die über die Steine krochen. Ein Leben galt hier gar nichts – und da kommen Sie des Weges, bekleidet mit der Unbekümmertheit eines Idioten…«

»Danke…«

»…lassen sich nieder und sagen ganz schlicht: Hier baue ich ein Hospital und behandele diese armen Lebewesen, die außerhalb der Menschheit stehen! Und es gelingt Ihnen sogar: Sie stellen ein Krankenhaus auf die Beine!« Dr. Novarra klopfte sich auf die Schenkel. »Kaum zu glauben! Verraten Sie mir einmal, was den Erzgauner Camargo bewogen hat, Ihnen das alles zur Verfügung zu stellen.«

»Er hat es mir versprochen.«

»Natürlich! Aber mit welchem Hintergedanken? Ein Don Alfonso krümmt nicht mal den kleinen Finger, wenn nicht wenigstens etwas dabei herausspringt. Da er die guaqueros jetzt ärztlich betreuen läßt, kann das doch nur eines heißen: eine verstärkte Tätigkeit in den Minen. Ein Gesunder schafft mehr als vier Schwache, das ist eine Regel. Dieses wiederum bedeutet: Es kommen viel mehr Smaragde ans Tageslicht.«

»Das mag sein.«

»Sie Trottel vom heiligen Geist! Mehr Smaragde, mehr Tote – das ist die Satansformel. Begreifen Sie das nicht? Auf dem Wege von hier bis Penasblancas und von Penasblancas bis Bogotá lauern die Aufkäufer, die nicht mit Pesos, sondern mit Bleikugeln bezahlen! Und wem es gelingt, Bogotá zu erreichen, der muß erst noch die Emerald-Street überleben, denn hier ist die Endstation. Hier muß er seine Steinchen absetzen, sonst sind sie so wertlos wie Kiesel. Dann stehen sie sich gegenüber: Die Dealer mit den Ausbeulungen in ihren Jacketts und die Schürfer mit ihrem grünen, glitzernden Vermögen in verknoteten, dreckigen Taschentüchern. Das ist eine geradezu elementare Situation! Sie wird in Zukunft in verstärktem Maße stattfinden, dank Ihrer ärztlichen Tätigkeit. Sie päppeln Menschen hoch, damit man sie später erschießen oder erdolchen kann. Kommen Sie da nicht in einen Gewissenskonflikt, doctor?«

»Ich will nur den Kranken helfen, Ramon. Was sie aus ihrem Leben machen, ist ihre Sache.«

»Sie ähneln den Ärzten im Krieg, die auch nicht mit ihrem Gewissen klarkommen. Vom ärztlichen Ethos angehalten, flicken sie jeden Verwundeten wieder zusammen, nur mit dem Ziel, den Gesunden dann wieder an die Front zu schicken, damit er die Chance hat, zu sterben. So wird der Arzt Gehilfe eines Völkermordes, so furchtbar das klingt! Auf der einen Seite muß er helfen und heilen, auf der anderen Seite versorgt er damit den Nachschub für den Tod. Jeder Geheilte ist ein neues Opfer! Doctor, ich möchte kein Arzt sein, der die Zurechtgeflickten beglückwünscht und mit dem Wissen entläßt, daß ein neues Sterben auf sie wartet! Wie haltet ihr das bloß aus?«

»Eine böse Frage, Dr. Novarra.« Dr. Mohr trat seine Zigarette aus. »Ich habe das Glück gehabt, nicht mehr in diese Zeit hineinzukommen. Ich glaube, man rettet sich in die Phrase: Es ist fürs Vaterland!«

»Und hier?! Hier ist es für Camargo... für die Smaragde... für die teuflischen grünen Steine... Sie arbeiten auch nur für die Ausbeutung, für die Vernichtung. Erkennen Sie das jetzt?«

»Wenn das Hospital die Arbeit voll aufnimmt, wird sich vieles ändern.«

»Da bin ich aber gespannt.«

»Die Schürfer werden nicht mehr allein ihre Steine zu den Dealern bringen und sich damit in tödliche Gefahr begeben. Ich werde den Smaragdstrom lenken...«

»Sie Phantast! Wie denn?«

»Mit Ihrer Hilfe!«

»Mit mir?«

»Ich brauche Ihre Leute als Leibgarde! Neben dem Krankenhaus werde ich auch eine Sammelstelle für Steine einrichten. Eine Art Genossenschaft. Was in der Landwirtschaft und bei anderen Produkten möglich ist, muß auch bei Smaragden praktikabel sein! Jeder liefert hier seine Steine ab, sie werden geschätzt, und der Schürfer bekommt einen Gutschein über die Summe. Wenn genug Steine zusammengekommen sind, werden sie in einem einzigen, schwer bewachten Transport nach Bogotá gebracht.«

»Und Sie glauben wirklich, Sie kommen durch?«

»Mit Ihrer Streitmacht, Dr. Novarra…«

»Sie Utopist! Was glauben Sie, wird Camargo unternehmen, wenn er sieht, daß sein Smaragdfluß versiegt und Sie plötzlich die Preise bestimmen? Zugegeben: Ihre Idee einer Smaragd-Genossenschaft ist faszinierend, aber Camargo hat die Macht, sogar mit Militär gegen Sie vorzugehen! Die geschäftliche Verfilzung reicht bis in die höchsten Kreise!«

»Wir werden alle guaqueros auf unserer Seite haben!«

»Bis auf die Banditen, die Sie trockenlegen wollen. Und das sind Hunderte, ja Tausende! Das wird dann Camargos Streitmacht!«

»Haben Sie Angst, Novarra?« fragte Dr. Mohr spöttisch.

»Kommen Sie mir nicht so!« Novarra blickte ihn böse an. »Ich bin nur kein Spinner wie Sie! Ihrem Genossenschaftstransport mit Smaragden im Werte von vielleicht 200 000 Dollar stehen Hunderte von Banditen gegenüber, die die Straßen absperren! Jeder Durchbruch nach Bogotá wird eine Schlacht sein! Das machen die Schürfer vielleicht zweimal mit… öfter nicht. Dann versuchen sie es wieder einzeln. Als einzelner durchsickern ist sicherer, als sich in einer Gruppe durchzuschlagen!« Novarra erhob und dehnte sich. »Machen wir weiter. Die nächsten Wochen werden zeigen, wie weit sich der Segen Ihrer Tätigkeit zum stillen Fluch wandelt.«

Er ging zu den Mulis und ließ Dr. Mohr allein. Das war der Augenblick, auf den Henry Duk so lange gewartet hatte.

Der kleine, dicke Glatzkopf lehnte ausgerechnet an der Kirchenwand, keine zwanzig Schritte von Dr. Mohr entfernt. Er hatte beim Abladen mitgeholfen, ruhte sich jetzt aus und kaute an einem Grashalm. Als der Arzt allein war, griff er in die Hosentasche, holte ein ausziehbares Rohr heraus und wickelte aus einem Bogen Papier vorsichtig und mit spitzen Fingern einen etwa zehn Zentimeter langen, sich bis zu einer Nadelspitze verdünnenden Bambuspfeil, schob ihn in das Blasrohr und fixierte mit zusammengekniffenen Augen sein Opfer.

Dr. Mohr sah sich ahnungslos um. Die Hälfte der Mulis war abgeladen... Die anderen standen noch mit ihren schweren Lasten herum, geduldig, mit gesenkten Köpfen, müde und kraftlos. Maria Dolores und Margarita hockten vor den Porzellankisten und packten das Geschirr aus.

Henry Duk atmete tief ein, saugte die Lungen voll Luft, hielt sie komprimiert im Brustkorb. Dr. Mohr drehte ihm jetzt den Rücken zu. Das schweißnasse Hemd klebte an seinem Oberkörper. Noch eine kleine Drehung, dachte Duk. Nur noch ein wenig... Ich muß den Giftpfeil genau neben die Halsschlagader einblasen. Noch besser, wenn man die Ader selbst trifft, aber das wäre zuviel Glück. Es genügt, wenn der Pfeil in den Hals dringt. Dann geht es schnell. Die Lähmung tritt sofort ein. Sie haben ein höllisches Gift, die Indianer von Chopzena. Den »lautlosen Donner« nennen sie es, weil das Blut plötzlich rauscht und durch die Adern donnert, aber das hört nur das Opfer, und das auch nur sekundenlang, ehe die große Dunkelheit hereinbricht.

Henry Duk riß das Blasrohr an den Mund. Seine Brust wölbte sich. Dr. Mohr stand richtig, und Duk hatte noch nie sein Ziel verfehlt.

In diesem Augenblick irritierte ihn ein Blitzen in der Luft, nahe vor seinen Augen. Und bevor er seinen Atem aussto-ßen konnte, um den Giftpfeil mit ungeheurem Druck abzuschicken, traf ihn ein Schlag in den rechten, angewinkelten Arm, dem ein heißer Schmerz folgte. Das Blasrohr fiel aus seiner plötzlich kraftlosen Hand, er atmete seufzend aus und starrte auf das Messer, das in seinem Arm stak. Gleichzeitig aber hörte er eine schreiende Jungenstimme, die den Lärm um ihn herum übertönte.

»Festhalten! Mörder! Mörder! Festhalten! Er wollte unseren doctor umbringen!«

Henry Duk wirbelte herum. Die Schrecksekunde war vorbei, nun begriff er seine Situation. Er preßte den blutenden Arm mit dem Messer an sich und wollte wegrennen, den Hang hinunter in die mit Buschwerk verfilzte Schlucht, aber ein langer, dürrer Mann stellte sich ihm in den Weg, hob das rechte Bein und trat Duk in den Unterleib. Heulend krümmte sich der Glatzkopf zusammen, versuchte trotzdem, weiterzutorkeln, aber drei Männer von der »Burg« ergriffen ihn, rissen ihn hoch und trugen ihn zum Hospital. Duk wimmerte und schrie, wollte um sich treten und schlagen, aber die Männer hieben ihm auf den Mund, drückten ihm die Kehle zu und schleppten ihn weiter.

»Das war gut, Pablo«, sagte Juan Zapiga zu seinem Sohn. Der Junge lehnte bleich an der Kirchenwand, seinen dick geschwollenen, unbeweglichen Arm in einer Schlinge. Die andere Hand zitterte noch, als habe der Messerwurf alle seine Nerven entzündet. Plötzlich weinte er und warf den Kopf zurück.

»Mit einem Blasrohr, Papa«, stammelte er. »Er wollte unseren médico mit einem Blasrohr töten. Im letzten Moment habe ich es erkannt.«

»Du hast hervorragend geworfen, Pablo.« Zapiga zerwühlte die Haare seines Sohnes. »Ich bin stolz auf dich! Warum weinst du?«

»Ich habe zum erstenmal auf einen Menschen geworfen.«

»Aber du hast damit einem anderen Menschen das Leben gerettet. Hast du gesehen, wie ich ihn getreten habe?«

»Ja, Papa.« Pablo blickte hinüber zum Hospital. Dort hatte man Duk zu Dr. Novarra geschleppt. Dr. Mohr und Pater Cristobal redeten auf Novarra ein. Dr. Simpson schrie mit den guaqueros herum, die sich näher drängten. Einige schwenkten Taue oder drohten mit erhobenen Messern. »Was machen sie jetzt mit ihm?«

»Wie würdest du über einen Mörder entscheiden, der unseren médico töten wollte?«

»Frag mich nicht, Papa ...«, sagte Pablo leise.

»Dann dreh dich um, geh in die Kirche, bete und warte. Ich sage dir Bescheid, wenn alles vorbei ist. Pablo, du bist ein tapferer Junge ...«

Novarra hielt sich mit Vorreden nicht auf. Er drehte das Blasrohr in seinen Händen, betrachtete den eingelegten Giftpfeil und hob wie schaudernd die Schulter. Dann blickte er Duk an, der bleich und mit schwammigem Gesicht, über das ein Blutrinnsal lief, in den Händen von vier Männern hing. Um sie herum schrien die anderen in verschiedenen Chören: »Hängt ihn auf! Erschießen! Erschießen! Ins Feuer legen und rösten! Dreht ihm den Hals um!«

Henry Duk schnappte nach Luft. Der Tritt in den Unterleib wirkte noch nach, aber er war so weit wieder bei klarem Verstand, um zu erkennen, daß seine einzige Chance die Gnade war. Mehr gab es für ihn nicht mehr.

»Ein Blasrohr«, sagte Novarra gedehnt. »Lautlos, schnell und sicher. Wer denkt daran, daß jemand unter uns ist, der mit einem indianischen Blasrohr töten kann?! Es wäre ein perfekter Mord gewesen. Auf dich, mein Dickerchen, wäre nie jemand gekommen.« Er blickte zu Dr. Mohr und Pater Cristobal. Margarita hatte sich vor Dr. Mohr gestellt, als wolle sie ihn jetzt noch mit ihrem Körper schützen. Sogar der auf ewig beleidigte und gedemütigte Adolfo Pebas war aus seinem Haus gekommen, hatte sich durch die Menge gedrückt und starrte Duk an.

»Pater… doctor… haben Sie nichts in der Kirche oder im Hospital zu tun?« fragte Dr. Novarra finster.

»Nein!« antwortete Pater Cristobal.

»Verdammt! Ich möchte, daß Sie hier verschwinden! Vielleicht will jemand beichten?«

»Jetzt nicht…«

»Doch! Ich!« Pebas trat vor. »Ich möchte jetzt beichten.«

»In einer Stunde, mein Sohn«, sagte Cristobal mahnend.

»In einer Stunde kann ich tot sein. Wissen Sie es? Man hat uns gesagt: Mit Gott kann man zu jeder Zeit sprechen! Also, ich will mit ihm sprechen. Jetzt sofort!«

»Gut.« Pater Cristobal faltete die Hände. »Dann sprich!«

»Hier?«

»Gott ist überall!«

»Die Beichte unterliegt dem Geheimnis.«

»Dann flüstere mir ins Ohr…«

»Verflucht, sind Sie ein sturer Hund, Pater!« schrie Novarra. »Wandeln Sie endlich in Ihre Kirche! Oder wollen Sie diesen Mörder vielleicht noch segnen?«

»Wenn er es nötig hat…«

»Haben wir es nötig, Glatzkopf?« fragte Dr. Novarra höhnisch. »Gibt es noch was, das du dir von der Seele reden mußt?«

»Hört mich an!« schrie Duk mit quiekender Stimme. »Hört mich doch erst an. Dahinter steckt Christus Revaila.«

»Wo ist Christus Revaila?« brüllte Novarra. »Revaila, vortreten! Er ist nicht da? Merkwürdig! Wer nicht da ist, kann kein Blasrohr durchpusten! Ist das logisch, Fettsack?«

»Ich heiße Duk, Henry Duk. Revaila hat mir…«

Novarra schnitt mit einer Handbewegung den Satz ab. »Wo ist Revaila?«

»In Penasblancas«, stotterte Duk.

»Und wer ist hier? Wie heißt du?« Drohend baute sich Novarra vor ihm auf.

»Duk...«

»Der kleine, fette Duk ist hier! Mit einem Blasröhrchen! Und nicht Revaila hat geblasen, sondern der kleine Duk. Warum sollen wir also Revaila verfluchen und den Blasrohr-Henry streicheln? Warum wohl? Weil er so gerne ein paar tausend Pesos haben wollte, schnell verdient, indem man einen Mann umbläst? Was ist denn schon dabei? Was ist ein Mensch denn wert in dieser Gegend?! Natürlich, der Auftrag kommt von Christus Revaila, ein wahres Miststück ist das, das wissen wir alle... aber wer klebte am Blasrohrmundstück? Wer wollte töten? Duk, wir fragen dich...«

Der dicke Glatzkopf schwieg. Alles an ihm schmerzte. Der Unterleib, der Arm, in dem noch immer das Messer stak, das Herz, das sich vor Angst und Grauen zusammenkrampfte. Plötzlich begann er zu wimmern.

»Ich kann nichts sagen«, stammelte er. »Seid gnädig. Bitte, bitte, seid gnädig.«

»Warst du mit dem doctor gnädig? Wieviel war er Revaila wert, na? «

»Gnade...«

Novarra sah sich um. »Wer hat das Wort schon mal gehört?« fragte er laut.

»Keiner!« brüllten die guaqueros.

»Ich...«, sagte Pater Cristobal in die plötzliche Stille hinein. »Einer also!« Novarra wischte sich über die Augen. »Aber bis er uns das Fremdwort übersetzt, bis wir es begreifen, ist die Zeit verronnen. Duk...«

Henry Duk blickte hoch. Sein feistes Gesicht zuckte. Mit flimmerndem Blick verfolgte er, wie Dr. Novarra das Blasrohr mit dem vergifteten Pfeil an einen Mann weitergab, der wie ein Halbblut aussah. Der Mann nickte, wog das Blasrohr in der Hand und setzte es dann an seine Lippen.

»Wir sind gerecht«, sagte Novarra langsam und betont.

»Wir sind so gerecht, daß wir sogar die Bibel respektieren. Auge um Auge, Zahn um Zahn. Hier heißt es Pfeil um Pfeil... Führt ihn an die Hauswand!«

»Nein!« brüllte Duk. Die Augen quollen ihm aus dem Kopf. Er fiel auf die Knie und umfaßte mit beiden Händen seinen Kopf. Das Blut aus seinem Arm, in dem noch immer das Messer stak, rann ihm jetzt auch über den Schädel und färbte ihn mit roten Streifen. »Nein! Ich schwöre, ein guter Mensch zu sein.« Er warf sich herum, sah Cristobal an und begann auf den Knien zu ihm hinzurutschen. »Pater! Helfen Sie mir«, greinte er. Er faltete die Hände und hob sie wie betend empor. »Pater. Im Namen Gottes, schützen Sie mich. Man kann mich doch nicht einfach töten...«

Zwei Männer rissen Duk von Cristobal zurück und schleiften ihn zur Hospitalwand. Der Glatzkopf schrie durchdringend und grell, stemmte die dicken Beine gegen die Erde, ließ sich fallen – aber es nützte ihm nichts, sie trugen ihn weg, warfen ihn an die Wand und traten von ihm zurück. Er lag auf dem felsigen Grund, zusammengekrümmt, weinend, geschüttelt von Todesangst und glaubte daran, daß ihm niemand etwas täte, wenn er so liegen blieb. Erst wenn er sich aufrichtete, würde man den Pfeil abschießen. Er streckte sich, legte sich auf den Bauch und preßte das Gesicht auf die Erde.

Novarra nickte dem Halbindianer zu. Bevor Pater Cristobal es verhindern konnte, denn plötzlich stand als Bollwerk Adolfo Pebas im Weg, trat das Halbblut an Henry Duk heran und legte das Blasrohr an die Lippen.

»Duk!« rief Novarra hart.

Der Glatzkopf hob den Kopf. Mit offenem Mund starrte er in das Blasrohr, sah wie ein Aufblitzen den Pfeil heranzischen und fühlte den fast schmerzlosen Einstich in seiner Kehle. Gurgelnd warf er sich auf den Rücken, riß sich mit beiden Händen den Pfeil aus dem Hals, aber schon bei diesem Griff spürte er die Lähmung und hörte in sich den

»lautlosen Donner«. Sein Blut rauschte wie ein riesiger Wasserfall, das Grollen schwoll an und erreichte seinen Kopf, und dieser Kopf war nur noch eine himmelweite Trommel, aus der das Leben herausgeschlagen wurde.

Als übermanne ihn eine alles erlösende Müdigkeit, so streckte er sich aus, seine geweiteten, in einem fürchterlichen Glanz schwimmenden Augen suchten das Licht, und so blieb er liegen, mit abgewinkeltem Arm, plötzlich ganz still, steif und in einem letzten Zucken emporschnellend wie ein luftsuchender Fisch.

Der Halbindianer beugte sich über ihn, legte ihm das Blasrohr an die Brust und trat dann zurück. Stumm standen die Männer herum, nur die 170 Mulis scharrten, wieherten und trappelten über das Gestein.

Dr. Novarra ging hinüber zu Dr. Mohr und Pater Cristobal.

»Wollen Sie den Tod feststellen, doctor?« fragte er hart.

»Nein!«

»Und Sie, Pater? Wollen Sie ein Gebet sprechen?«

»Später … wenn Sie weg sind …«

»Sie mögen jetzt über mich denken, was Sie wollen, mich kümmert's nicht! Wer hier leben und überleben will, muß sich an andere Gesetze gewöhnen. Ihre zehn Gebote von Moses sind überholt, Pater! Vertreiben Sie aus einem hungrigen Löwen den Hunger, wenn Sie ihm eine Predigt über Nächstenliebe halten? Sagen Sie nicht: Das hier sind Menschen! Was sie mit Menschen gemeinsam haben, ist ihr Aussehen, sonst kaum etwas! Henry Duk wollte töten. Er ist mit seiner eigenen Waffe bestraft worden! Das ist Konsequenz, Pater. Das ist logische Gerechtigkeit. Ob sie human ist …? Hat der Menschheit jemals Humanität genützt?! Vom Steinbeil bis zur Atombombe schreitet die Entwicklung des Tötens fort … Trotz Humanität! Da sind wir hier sogar ehrlicher: Wir wissen genau, was jeder vom anderen zu erwarten hat. So, und nun klagen Sie hinauf zu Gott!

Und Sie, doctor, massieren sich Ihre Gänsehaut weg und richten Ihr Hospital weiter ein. Unser Leben ist zu kurz und kostbar, um auch nur eine Minute um einen Auswuchs wie diesen Henry Duk zu trauern ...«

Er ließ Dr. Mohr und Pater Cristobal stehen, winkte und brüllte über die Menge:

»Weitermachen! Bis zum Abend muß alles abgeladen sein!«

Um Henry Duk, den Toten, kümmerte sich niemand mehr.

Pater Cristobal winkte Miguel herbei. »Trag ihn in die Kirche«, sagte er.

»Ich?« Miguel schüttelte sein breitgeschlagenes Boxergesicht. »Ich fasse ihn nicht an. Gift! Weiß ich, ob das Gift nicht auch in die Haut geht?«

Pater Cristobal sah Dr. Mohr fragend an. Der nickte. »Ich helfe dir. Wirklich in die Kirche?«

»Ja. Er hat in seiner letzten Minute nach Gott gerufen. Das allein ist wichtig.«

Sie packten den steifen Toten an Beinen und Armen und trugen ihn weg. Jeder, an dem sie vorbeigingen, drehte ihnen den Rücken zu.

In der Kirche, die noch nicht fertig war und in der im Altarraum nur ein einfaches Holzkreuz stand, kniete Pablo Zapiga, der Junge, der Dr. Mohr das Leben gerettet hatte. Er bedeckte mit der beweglichen Hand seine Augen, als Cristobal und Dr. Mohr die Leiche an ihm vorbeischleppten. Plötzlich war auch Adolfo Pebas da, stellte sich neben Pablo und sah zu, wie sie den Toten vor das Kreuz legten. Pater Cristobal drehte sich um.

»Hinaus!« sagte er schroff zu Pebas.

»Ich will beichten, Pater ...«

»Du hast dich mir in den Weg gestellt. Du hast verhindert, daß ich Duk rette.«

»Darum möchte ich beichten. Ich möchte auch für den Jungen hier beichten, der das Messer geworfen hat. Er weiß noch nicht, was beichten ist, er hat es nie gelernt... aber hätte er das Messer nicht geworfen, lebte Henry Duk jetzt noch. Tot wäre nur unser médico. Mit einem Giftpfeil erschossen. Aber anscheinend wäre das richtiger gewesen, als Duk zu töten. Ich kenne mich da nicht mehr aus, Pater. Darum will ich beichten und Gottes Wort hören. Ist ein ermordeter Mörder mehr wert als ein gerettetes Opfer? Sie werden mir das erklären, Pater...«

»Er hatte noch nicht getötet!« sagte Cristobal laut.

»Ein Bruchteil einer Sekunde lag dazwischen. Er hatte die Backen zum Blasen schon gefüllt, als ihn das Messer traf. Für Duk war Dr. Morero schon tot! Hätte man ihn schießen lassen sollen?«

»Adolfo! Welche Frage!« Der Pater kam näher. Pablo, der Junge, bedeckte noch immer das Gesicht mit der gesunden Hand und weinte leise in sich hinein. »Was willst du noch hier?«

»Ich wollte zu Gott sagen: Ich habe verhindert, daß man Duk rettete. Also habe ich ihn mitgetötet. Und ich bereue nichts, ich bin stolz darauf. Die Welt ist um eine Bestie ärmer. Nun, was sagt Gott dazu?«

»Er ist traurig, Pebas«, sagte Cristobal langsam. »Traurig über alle Menschen. Aber er verzeiht dir, wie er jedem verzeiht, auch diesem Toten da vor dem Kreuz. Verstehst du das?«

»Nein!« Pebas drehte sich weg. »Wer Blut sät, soll Blut ernten, das ist mein Spruch. Wer anders denkt, hat in den Bergen bei Penasblancas nichts zu suchen. Pater, Sie werden vor leeren Bänken predigen...«

Er faßte Pablo sanft am Arm, zog ihn hoch, legte dann seinen Arm um die Schulter des Jungen und führte ihn aus der Kirche.

Dr. Mohr sah Pater Cristobal ernst an, als dieser zum Altarraum zurückkehrte.

»Wir werden es verdammt schwer haben, Cris«, sagte er

und vermied es, den Toten anzusehen. Das Gift färbte die Haut hellgelb. »Ich bin mir da noch nicht klar: Entweder denken wir zu normal oder zu anormal. Auf jeden Fall leben wir in einer Welt, für die wir noch kein Rezept haben.«

Am Abend, als die großen Feuer angezündet wurden und die Mulis getränkt und gefüttert waren, kam Dr. Novarra in die Kirche.

Pater Cristobal und Dr. Mohr saßen auf einer Liege neben dem Holzkreuz. Die Leiche von Henry Duk war vor einer Stunde begraben worden. Juan Zapiga hatte sie mit einem düster blickenden Nachbarn abgeholt und versprochen, sie zu verscharren. Aber er tat es nicht. Sie schleppten die Leiche zu einem Abhang und warfen sie in die Tiefe. Geier und Hyänen würden dafür sorgen, daß von Duk nichts mehr erhalten blieb als ein paar Knochen.

»Ihr Prunkstück ist so weit fertig, wie wir konnten«, sagte Novarra. »Die Betten stehen, um den ärztlichen Bereich müssen Sie sich schon selbst kümmern, doctor. Auch der Generator ist schon Probe gelaufen. Wenn Sie wollen, doctor, können Sie Ihr Hospital jetzt einweihen, und der Pater kann den Weihwasserwedel schwingen. Oder grollen die Herren noch immer?« Dr. Novarra machte eine weite Armbewegung. »Sie sollten sich das ansehen, Dr. Morero. Don Camargo hat an alles gedacht, sogar an eine schmucke Schwesterntracht mit Schürze und Häubchen. Und das hier! Aber alles, was recht ist: Ihre Margarita sieht in der Tracht aus wie ein weißer Engel. Darf ich Sie einladen, doctor? Ihr Personal wartet auf den Chef…«

## 11

Es war ein verrückter Anblick, der sich Dr. Mohr bot, als er von der Kirche hinüber zu dem Hospital ging. Die guaqueros bildeten eine Gasse und klatschten in die Hände, als sei Dr. Mohr ein berühmter Star, der soeben die große Bühne betreten würde.

Nicht anders war es aber auch. Ein makabres Stück, eine rührende Komödie, eine beklemmende Vision: Da standen in dem halbfertigen Bau, an dem noch die Türen und die Fensterscheiben fehlten, zwei Frauen in Schwesterntracht. Mit blauen langen Röcken, weißen, gestärkten Schürzen und kleinen Häubchen auf den schwarzen Haaren. Sie warteten an der Tür des Hospitals, Blumen in den Händen, und alle bewunderten Maria Dolores und Margarita ob ihrer Veränderung. Sie sahen direkt respektheischend aus.

Im OP, dem großen Zimmer, das die ganze Breite des Hauses einnahm, stand in der Mitte, einsam, aber dadurch besonders eindrucksvoll, der gerade montierte Operationstisch. Daneben hatte sich gleich einer Ehrenwache, ebenfalls in einem weißen Kittel, Dr. Aldous Simpson aufgebaut. Aus seiner Manteltasche baumelten die Gummischläuche eines Membranstethoskops. Während Dr. Mohr langsam durch das Spalier der Schürfer schritt, überholte ihn der massige Miguel im Laufschritt, verschwand im Hospital und tauchte kurz darauf, breit grinsend, an der Seite Dr. Simpsons auf. Bekleidet mit einer bodenlangen Gummischürze, als wolle er im Blut rühren und mit amputierten Gliedern jonglieren.

»Ihr seid verrückt«, sagte Mohr mit zugeschnürter Kehle »Ihr seid total verrückt!« Er nahm die Blumensträuße von Maria Dolores und Margarita entgegen, küßte beide auf die Wange und betrat dann unter dem Jubel der guaqueros das Hospital. Vor dem OP hing an der Wand ein Schild, mit dicken Nägeln an das Holz gehämmert. Mit Kreide hatte Dr. Simpson darauf geschrieben:

Operations-Plan: Freitag

1) Septische Schußverletzung linker Oberarm

2) Carbunculi Nacken und linke Rückenhälfte

3) Luxation Schultergelenk links mit möglichen Komplikationen
4) Chirurgische Ambulanz

Dr. Mohr blieb stehen. Miguel grinste noch breiter und streichelte seine rotbraune Gummischürze. »Guten Tag, Chef!« sagte Dr. Simpson fröhlich.

»Aldi, das ist Ihre Inszenierung?«

»Gemeinschaftsarbeit, Kollege. Das Leben hier draußen ist, wie Sie wissen, so beschissen, daß man glücklich über jede Feier ist. Und wenn das kein Anlaß ist, ein neues Hospital, das erste in dieser Gegend, solange die Welt besteht, dann gibt es überhaupt keinen Grund mehr, zu feiern!«

Rührung überkam Dr. Mohr. Er sah sich im OP um. Die Kisten standen zwar geöffnet, aber noch unausgepackt an den Wänden. Vier Blechschränke mit weißer Emaillelackierung lehnten, noch nicht zusammengesetzt, daneben: die Instrumenten- und Medikamentenschränke. Im Nebenraum stapelten sich die Kisten des Röntgengerätes. Das Narkosegerät war mit einer Plane abgedeckt.

Dr. Novarra, der draußen auf dem Vorplatz geblieben war, hob die Hand. Im gleichen Augenblick ratterte der Motor des Generators los. Eine armselige Glühbirne an der Decke des OPs begann zu flackern und zu zucken, dann brannte sie, hell leuchtend und eine neue Zeit verkündend.

Die Menschenmenge vor dem Hospital klatschte wieder in die Hände. Dr. Simpson wischte sich ergriffen über das Gesicht.

»Das ist wie eine zweite Schöpfung, Kollege. Licht! Elektrisches Licht! Man möchte sich darunter stellen und sich bestrahlen lassen, als sei's eine Dusche! Und Sie stehen da und sagen kein Wort...«

»Fangen wir an!« Dr. Mohr atmete tief auf. Miguel rannte los, riß einen weißen Arztkittel aus einem Karton, entfaltete ihn und hielt ihn auf. Dr. Mohr zog ihn an und hörte, wie hinter ihm ein Rollwagen hereingefahren wurde.

Margarita kam mit einem Arsenal von Instrumenten, alle noch steril in Plastikhüllen verschweißt. So, wie sie verpackt gewesen waren. Sie blieb neben dem OP-Tisch stehen und lächelte madonnenhaft.

»Ich weiß nicht, was du brauchst«, sagte sie. »Ich habe einfach von allem ein Stück genommen. War das falsch?«

Er schüttelte den Kopf. Die geschäftige Hilflosigkeit um ihn herum fand er rührend. Ein Chaos von Kartons und Kisten umgab ihn, immer neue wurden von draußen hereingeschleppt, aufgeschnitten, Holzdeckel aufgestemmt... und zwischen diesen Materialbergen saßen geduldig die Patienten auf Kistenrändern oder Säcken und warteten auf ihren médico.

»Aldi, wir ziehen die Luxation vor!« sagte Dr. Mohr. »Ich sehe gerade dahinten einen Karton mit elastischen Binden und Schienen. Her damit! Kümmern Sie sich um die Herrichtung des Instrumentariums für die Schußverletzung. Die Luxation richte ich mit Miguel allein. Wo der festhält, rührt sich kein Bulle mehr...«

Spät in der Nacht saß Dr. Mohr dann auf einem Hocker neben dem Operationstisch und sah mit hohlen Augen zu, wie Miguel mit einem einfachen Reisigbesen, der aller Hygiene und Sterilität Hohn sprach, den OP ausfegte. Er war todmüde. Maria Dolores hatte ihm einen starken Tee gekocht, aber auch der Schnaps, den sie dazwischenmischte, konnte ihn nicht mehr aufmuntern. Margarita stand hinter ihm und massierte ihm die Nackenmuskeln, ein altes Hausmittel, das sonst immer half. In diesem Stadium der Erschöpfung war es nur wie ein dumpfes Streicheln.

Dr. Simpson, der begonnen hatte, neben der Patientenkartei auch noch eine Operationskartei anzulegen, hockte vor einem kleinen Tisch mit emaillierter Blechplatte und reckte sich mit einem langgezogenen Seufzen.

»Das waren heute in der chirurgischen Ambulanz 49

Fälle. Morgen werden es 80 sein, übermorgen 100 und mehr. Chef, dabei gehen wir vor die Hunde. Das ist zeitlich nicht zu schaffen, medizinisch überhaupt nicht! In ein paar Tagen werden wahre Wanderungen stattfinden. Da schleppen sie die Kranken auf Mulis oder auf dem Rücken zu uns und legen sie uns vor die Tür, wenn wir sagen: Schluß! Es geht nicht mehr! Wir können hier zehn Ärzte gebrauchen.«

»Dann wird es eben Wartezeiten geben.« Dr. Mohr hielt Margaritas Hände fest. Ruhe… jetzt brauche ich Ruhe, dachte er. Schlafen möchte ich… rund um die Uhr. Die Ohren und die Augen verkleben, nichts mehr hören und sehen… nur schlafen… »Nur die wirklich dringenden Fälle werden angenommen…«

»Jeder, der hierherkommt, betrachtet seine Krankheit als dringend behandlungsbedürftig. Sagen Sie denen mal: Jungs, geht wieder nach Hause. Ihr seid nicht krank genug, um behandelt zu werden. Gießt euch kaltes Wasser über den Leib, das hilft auch! Wissen Sie, was dann passiert?«

»Ein großes Geschrei.«

»Wenn's nur das wäre!« Simpson wischte sich mit beiden Händen über das zerknitterte Gesicht. »Je nach Temperament werden die einen Sie bespucken, andere Ihnen in den Hintern treten, ganz Rabiate stürmen das Hospital und zwingen Sie mit gezogener Pistole, sie zu untersuchen, und wenn das alles nicht hilft, schlagen sie hier alles kurz und klein, damit auch den anderen nicht geholfen werden kann. Hier reagiert niemand wie ein vernünftiger Mensch! Der Berg, die kleinen grünen Steine haben das Gehirn aufgefressen! Das glaubt keiner, aber es ist so! Wer monatelang oder gar jahrelang in den Minen gelegen hat und sich in den Fels wühlte, der hat die Mentalität eines Hammers und eines Meißels… mehr nicht!«

»Dann geben wir Nummern aus.«

»O Himmel, das ist ja noch schlimmer!« Dr. Simpson schlug die Hände zusammen. »Stellen Sie sich vor: Da bekommt einer die Nummer 378 und weiß, daß er fünf Tage warten muß. Fünf Tage fallen aus. In diesen fünf Tagen könnte er vielleicht auf eine Smaragdader stoßen und Millionär werden. Daran glauben sie ja alle! Und da ist jemand vor einem, der hat die Nummer 27 und kommt schon morgen dran. Ein mickriger Bursche, der sich die Schwindsucht aushustet. Was wird passieren, Chef? Die Nummer 378 wird die Nummer 27 ohne ein Wimpernzucken umbringen, um das Zettelchen 27 zu erben! Das wird jeder mit jedem machen, der vor ihm steht! Ein Massenmorden wird das werden, vor unserer Tür, und jeder wird sich im Recht fühlen! Moral? Skrupel? Was ist das? Sind das neue Tabakmarken?!«

»Haben Sie eine Lösung parat, Simpson?«

»Es müssen noch Kollegen her!«

»Woher nehmen?«

»Sprechen Sie mal mit Ihrem Gönner Don Camargo. Er hat einen Idioten wie Sie gefunden, möglich, daß es auch noch andere Idioten gibt!«

»Danke.« Dr. Mohr erhob sich und legte den Arm um Margaritas Schulter. »Ich werde jetzt schlafen. Ich bin für nichts mehr aufnahmefähig, selbst nicht für Massenmorde! Was machen Sie noch, Aldi?«

»Ich packe weiter aus. Morgen haben wir eine tolle Phlegmone des linken Oberschenkels. Da müssen wir weit ausschälen. Eine konservative Behandlung ist da nicht mehr möglich. Der Knabe liegt um 9 Uhr auf dem Tisch ...«

»Simpson, ich bin ein durchtrainierter Kerl und habe heute gestrichen die Schnauze voll. Sie sind ein Wrack und sind nicht kleinzukriegen. Wie schaffen Sie das?«

»Es sind zwölf Kisten mit Whisky angekommen«, sagte Dr. Simpson fröhlich.

»Aldi!« Dr. Mohr starrte den ausgelaugten Arzt an. »Wieviel haben Sie bereits gesoffen?«

»Genau eine halbe Flasche! Chef ... meckern Sie nicht!

Kein Motor läuft ohne Sprit und Öl! Betrachten Sie mich als einen Motor, dann hat alles seine Richtigkeit!«

»Wenn bei der Operation Ihre Hände zittern, jage ich Sie zum Teufel!«

»Sie werden zittern, wenn ich nicht saufe!« Dr. Simpson gähnte mit weit offenem Mund. »Da haben Sie's! Ihr verdammtes Antialkohol-Geschwätz erzeugt bei mir Müdigkeit! Sie werden sehen: Morgen früh jongliere ich mit dem chirurgischen Besteck wie Rastelli! Der konnte es mit sieben Bällen, ich kann es mit zehn Venenklemmen.«

Dr. Mohr war zu erschöpft, um mit Dr. Simpson wieder in eine Auseinandersetzung zu geraten. Er winkte nur ab und verließ, auf Margarita gestützt, den OP.

Sein Wohntrakt war noch nicht fertig. Er schlief nach wie vor bei den Pebas' in einer Nebenhöhle, aber ab heute lag Margarita neben ihm, nicht als Geliebte, sondern von ihm getrennt, in eine Decke gewickelt. Aber sie lag an seiner Seite, sie demonstrierte, daß sie zu ihm gehörte. Wenn sie die Hand ausstreckte, konnte sie ihn berühren, und das genügte ihr. Viel Trotz war dabei. Der Wille, erwachsen zu sein. Eine Frau...

Irgendwann in dieser Nacht stand Adolfo Pebas vor ihnen und blickte auf die beiden Schlafenden hinunter. Er schlug ein Kreuz über seine Tochter, seufzte verhalten und tappte zurück in seine große Wohnhöhle.

Zwei Tage lang geschah genau das, was Dr. Simpson prophezeit hatte: Eine wahre Völkerwanderung setzte ein, nachdem sich wie ein Lauffeuer herumgesprochen hatte, daß das Hospital geöffnet sei.

Was an Krankheiten zu Dr. Mohr gebracht wurde, war unvorstellbar. »Davon kann eine Universitätsklinik leben«, sagte er zu Simpson. »Wir müssen sehen, daß wir so schnell wie möglich voll funktionstüchtig werden.«

Die Männer von der »Burg« packten weiter die Kisten aus,

stellten die Betten auf, bauten Regale und Schränke zusammen, zogen Leitungen von dem Generator in den Raum, wo das Röntgengerät stehen sollte, und montierten nach der beiliegenden Anleitung das Narkosegerät zusammen, während die beiden Ärzte untersuchten, injizierten, verbanden oder gar operierten. Das geschah noch mit Äther. Der süßliche, widerliche Geruch wälzte sich über das ganze Felsplateau und über die Menge der vor dem Hospital Wartenden.

Es zeigte sich, daß Novarra nicht übertrieben hatte: Die Männer aus der »Burg« setzten sich aus vielen Fachleuten zusammen. Elektriker waren dabei, Monteure, sogar zwei Ingenieure, die sich um das Röntgengerät kümmerten, als hätten sie nichts anderes getan, Schreiner und Klempner und sogar ein ehemaliger Radiotechniker, der sich mit dem Narkosegerät auseinandersetzte und es tatsächlich einsatzbereit machte.

In den wenigen Pausen kümmerte sich Dr. Mohr um die Einrichtung der Apotheke und des Ambulanzzimmers, packte die Medikamente aus und sortierte sie nach Gruppen. Ab und zu kam auch Pater Cristobal herüber und machte sich nützlich. Er räumte die Schränke ein, trug die Matratzen herum und half beim Einsetzen der Fenster.

»Noch eine Woche, Pete«, sagte er und rieb sich die Hände, »dann ist beides fertig: das Hospital und die Kirche.«

»Und ich auch!« Dr. Mohr rauchte nervös eine Zigarette. Er stand in seinem Ordinationszimmer, in dem man bereits die wachstuchbezogene Liege, einen Schreibtisch, zwei Schränke, eine Waage, eine Meßlatte und einen ganz modernen Blutdruckmesser aufgebaut hatte. Dafür fehlten noch die Türen und die Fenster. Die Wände stanken nach Holzbeize. »Du mußt mir helfen, Cris ...«

»Sag, was ich tun soll.«

»Ab morgen muß ich Nummern ausgeben. Simpson behauptet, das gäbe dann einen Massenmord, weil jeder die niedrigeren Nummern haben will. Aber anders geht es nicht mehr. Sie streiten sich schon jetzt, wer zuerst da war, und schlagen aufeinander ein. Du mußt Ordnung in die Wartenden bringen. Ich kann mich darum nicht auch noch kümmern.«

»Ich werde die Kirche zum Wartesaal machen«, sagte Pater Cristobal ernst. »Vor dem Kreuz wird keiner morden.«

»Warten wir es ab.« Dr. Mohr zertrat seine Zigarette. »Thomas Beckett ist vor dem Altar erschlagen worden ...«

Am dritten Tag war plötzlich Stille. Das Plateau war wie leergefegt. Kein Kranker, keine Wartenden, keine Verwundeten. Auch die Männer aus der »Burg« fehlten. Dafür erschien auf einem schweißnassen Muli ein guaquero und trommelte Dr. Mohr aus dem Schlaf.

»Sie kommen!« schrie der Schürfer. »In vier Stunden müssen sie hier sein! Wir können sie nicht aufhalten, unmöglich. Es ist ein ganzes Bataillon ...«

Dr. Mohr schnellte aus den Decken empor. »Wer kommt?« rief er.

»Militär! Aus Muzo! Mit Kanonen und schweren Maschinengewehren! Sie gehen vor wie im Krieg: Spähtrupps, dann eine starke Spitze, dann die Masse. Ein Mist ist das! Das haben wir nur Ihnen zu verdanken! Jetzt können wir uns wie Ratten verkriechen ...«

Er spuckte auf den Boden, warf sich herum und rannte davon. Wenig später hörte Dr. Mohr, wie sein Muli weggaloppierte.

Dr. Simpson war in vollem Aufbruch, als Mohr, halbangezogen, nach draußen stürzte. Auf drei Mulis verlud Simpson sein Zelt und vor allem seinen Minenwerfer.

»Was soll das, Aldi?« rief Mohr. »Ihnen tut doch keiner etwas!«

»Und das hier?« Simpson klopfte auf das Rohr des Werfers. »Und mein Name? Gäbe das einen Jubel, wenn die

Uniformröcke den alten Simpson an die Leine nehmen könnten! Ich stehe auf allen Listen, Chef!«

»Wo wollen Sie denn hin?«

»In die ›Burg‹. Dort haben sie bereits den Kriegszustand ausgerufen.«

»Das ist ja idiotisch! Es gibt doch gar keine Chance...«

»Richtig! Das Militär wird sich die Zähne ausbeißen! Wenn sie die ›Burg‹ stürmen wollen... Prost, ihr Heiligen! Sie werden sich vorkommen wie auf einem Schlachthof.«

Er verschnürte weiter seine Habe auf Mulis und zeigte auf Dr. Novarra, der mit zwei düster blickenden Männern gerade um die Felsenecke bog. Dr. Mohr strich sich die Haare aus der Stirn und ging ihnen entgegen. Der frühe Tag war noch bleich. Ein Himmel, den die Sonne noch nicht färbte. Das Licht glitt wie hinter dicken, grauen Scheiben über das Gebirge.

»Was ich befürchtet habe«, sagte Dr. Novarra dunkel. »Ein friedlicher Aufbau... es wäre zu schön gewesen. Jetzt kommt das Militär, um Ihnen zu helfen und uns zu jagen! Viel Blut wird fließen...«

»Ich werde es verhindern!«

»Sie, doctor? Dann kennen Sie nicht den Ehrgeiz der Offiziere. Da spielt jetzt zweierlei eine große Rolle: Erstens der Ruhm, möglichst viele Vogelfreie eingefangen oder getötet zu haben, und zweitens die Beute an Smaragden, die natürlich in keinem Bericht erwähnt werden wird und die in die eigene Tasche fließt! Das ist ein Doppelanreiz: Plünderung unter staatlichem Schutz! – Da können Sie gar nichts erreichen mit Ihrem ärztlichen Edelmut! Sie werden eine Ohrfeige bekommen und in eine Ecke gesetzt werden. Oder haben Sie schon gehört, daß einmal in Marschtritt gesetzte Offiziere sich von einem Zivilisten aufhalten lassen?! Das gibt's in keiner Armee – wie sollte das hier in den Kordilleren möglich sein?« Dr. Novarra reichte Dr. Mohr die Hand hin. »Schade, doctor. Wir hatten beide nur das

Beste im Sinn. Jetzt wird wieder alles vernichtet. Leben Sie wohl ...«

»Ramon, das klingt wie ein Abschied ...«

»Er ist es auch! Wie die Sache auch ausläuft, Sie müssen mit dem Militär zurückziehen nach Muzo. Hier können Sie nicht mehr bleiben. Jeden vergossenen Blutstropfen wird man Ihnen anlasten! Sie haben das Militär hierhergelockt. Nicht bewußt, aber doch, indem Sie hierhergekommen sind! Wir werden uns nicht wiedersehen. Und wenn Sie wirklich den Irrsinn begehen und hierbleiben, dann kann ich Sie auch nicht mehr schützen!«

»Ich schlage in Ihre Hand nicht ein, Novarra«, sagte Dr. Mohr heiser. »Wir sind doch Freunde geworden! Was hätte ich ohne Sie erreicht? Von diesem Hospital stände vielleicht erst eine Wand ...«

»Vielleicht wäre das besser gewesen. Glauben Sie mir, doctor, es ist klüger, sich an das Militär anzuschließen. Das ist auch die Ansicht von José Bandilla.«

»Unmöglich.«

»Wenn er ehrlich sein sollte, das hatte ich vergessen, hinzuzusetzen. Sie haben ihn ja hochgepäppelt. Sie werden ihn auch heilen. Und dann? Bandilla weiß genau, was Sie mit ihm vorhaben ... er wird Sie deshalb sofort liquidieren, wenn Sie ihm sagen: Jetzt sind Sie gesund! Dankbarkeit? Mit welchen Utopien rechnen Sie eigentlich?« Novarra hielt wieder seine Hand hin. »Von Ihrem medizinischen Ethos aus betrachtet, ist Ihre Hilfe eine gottgewollte Tat. In Wirklichkeit heilen Sie Ihre Mörder! Ich weiß, daß Sie das nie begreifen werden. Daß das alles nicht in Ihr Menschenbild paßt. Darum: Wenn das Militär hier seine blutige Spur hinterlassen hat, ziehen Sie mit den Soldaten weg!«

»Und Sie?«

»Wir haben die ›Burg‹ in den Verteidigungsstand gesetzt. Sie ist uneinnehmbar, man könnte uns nur aushungern. Aber dazu haben die Soldaten keine Zeit. Wir werden überleben. Aber die anderen guaqueros, die armen Hunde, die in ihren Hütten und Höhlen hausen... Man wird Sie verfluchen, doctor –«

»Ich habe das Militär nicht gerufen!« schrie Dr. Mohr.

»Das wissen wir alle! Aber es kommt Ihretwegen. Wo ist da ein Unterschied? Die Wirkung ist die gleiche.« Novarra machte eine weite Armbewegung. »Wo sind Ihre Patienten? Leergefegt alles! Brauchen Sie noch mehr Überzeugung? – Also, leben Sie wohl!«

»Auf Wiedersehen, Novarra.«

»Hoffentlich nicht.«

Dr. Novarra wandte sich ab und ging zu den abseits wartenden zwei Männern zurück. Kurz vorher drehte er sich noch einmal um. Dr. Mohr stand noch da, wo er ihn verlassen hatte. In Hemd und Hose, mit zerwühlten Haaren, einsames Denkmal verfluchter Menschenliebe. Die jetzt rotgold am Himmel schwimmende Morgensonne umgab ihn mit einem unwirklichen Glanz.

»Vergessen Sie uns nicht!« sagte Novarra gepreßt. »Ich war jedenfalls froh, einem Menschen wie Ihnen begegnet zu sein...«

Dr. Mohr erwartete das Militär in seinem halbfertigen Hospital. Er war von Bett zu Bett gegangen und hatte die Kranken und Frischoperierten, die nicht weglaufen konnten, mit Beteuerungen zu beschwichtigen versucht. Die Gehfähigen waren schon verschwunden, kaum daß die Nachricht vom Anrücken des Bataillons sie erreicht hatte.

»Niemand wird euch etwas tun!« sagte er zu den Bettlägerigen. »Ich verbürge mich dafür. Keiner wird euch anfassen. Ich stehe euch bei.«

»Man wird Sie einfach umhauen, doctor«, sagte ein alter Mann mit einem offenen Magengeschwür. »Und uns werden sie in den Betten erschießen.«

Pater Cristobal, von Miguel alarmiert, der sich verabschiedete und mit seinem Muli wegritt, versuchte ebenfalls, Hoffnung und Glauben an das Gute zu verbreiten. Um dem Nachdruck zu verleihen, hatte er seine Maschinenpistole um den Hals gehängt. Es war ein seltener Anblick: Ein Mann in Soutane, das Birett auf dem Kopf, um die Schulter die Stola gelegt, betete an den Betten und hatte dabei die Hände über einer MPi gefaltet.

Im OP standen Margarita und Maria Dolores in ihrer Schwesterntracht. Adolfo Pebas hatte sich die Gummischürze von Miguel umgebunden. »Versuch es!« hatte Miguel zu ihm gesagt. »Vielleicht hilft sie dir. Bei mir ist das ausgeschlossen. Ich bin zu bekannt, du weißt ja. Ich komme wieder, wenn alles vorbei ist.«

Zwei Stunden später hörten sie auf dem Plateau von weitem die ersten Schüsse. Dann knatterte es in der Luft. Ein Hubschrauber überflog die Gegend, drehte ab, kam zurück und kreiste über dem Hospital und der Kirche. Pater Cristobal sah deutlich, wie der Pilot in der Glaskanzel in sein Mikrofon sprach und die Soldaten zu dem Plateau lenkte.

Mit dem Spähtrupp, also als erster, erreichte Major Luis Gomez die einsame Schlucht und stieg den Hohlweg hinauf. Er sah die Herde der über 170 Mulis in der Niederung weiden und atmete auf. Der Transport ist also angekommen, dachte er. Meine Befürchtungen waren umsonst. Ein Glück haben die Kerle! Wäre der Transport nicht angekommen, ich hätte jeden, bei dem ich auch nur eine Spritze gefunden hätte, an die Wand gestellt.

Dr. Mohr und Pater Cristobal standen in dem Bettensaal, als Major Gomez das Hospital betrat. Daß um ihn herum alles still war, wie ausgestorben, wunderte ihn nicht. Wohin er bisher gekommen, war es nicht anders gewesen. Sein Ruf, entgegen seinen Vorgängern unbestechlich zu sein, weder mit Smaragden noch mit Mädchen, fegte die Plätze leer.

Gomez ließ das Plateau absichern, brachte zwei MGs in

Stellung und betrat dann mit ausgestreckten Händen und breitem Grinsen das Ziel seiner militärischen Aktion.

»Freunde!« rief er begeistert, als er Dr. Mohr und den Pater sah. »Welch ein Wiedersehen! Nach so langer Zeit! Madonna, was ist alles passiert in diesen Wochen! Das werden wir feiern!«

Er rannte auf die beiden zu, umarmte die beiden, drückte ihnen Küsse auf die Wangen und klopfte ihnen die Schultern. Dann drehte er sich um, überblickte die lange Bettenreihe und klatschte in die Hände. »Welch eine Galerie von Halunken! Mindestens 500 Jahre Gefängnis vereint! So etwas sieht man selten! Pater, wie sehen Sie denn aus? Muß man hier das Wort Gottes mit der MPi predigen? Solche Kerle sind das? Ich bewundere Sie beide ...«

»Das sind Patienten, Major!« sagte Dr. Mohr. Die freudige Begrüßung ließ ihn aufatmen und neue Hoffnung sehen. »Sie sind unantastbar ...«

Major Gomez zog das Kinn an. Der berühmte Feldherrnblick sprang in seine Augen. »Verhören muß ich sie! Sind Kerle aus der ›Burg‹ darunter?«

»Ich unterstehe der Schweigepflicht, Major.«

»Darum bin ich jetzt hier! Ich werde die ›Burg‹ stürmen und endlich diese Pestbeule ausbrennen!« Draußen hörte man, wie das Gros des Bataillons heranmarschierte. Hunderte Stiefel knirschten über den Boden. Kommandos ertönten. Mulis schrien.

»Ich betrachte Sie als meinen Gast, Major«, sagte Dr. Mohr ruhig. »Wir alle stehen hier, einen alten Freund zu empfangen, keinen Feind, der vernichten will. Ich bitte Sie um Frieden.«

In Dr. Mohrs Ordinationszimmer war der Tisch gedeckt. Adolfo Pebas hatte drei Metalltische zusammengeschoben, ein Bettuch darüber gebreitet und das Geschirr aufgestellt, das Don Camargo mitgeschickt hatte: Steingutschüsseln, flache Teller und Becher. Über einem offenen Feuer, vor dem noch fehlenden Fenster, bruzzelte ein Lamm. Der Duft zog aufreizend durch das ganze Hospital, als Dr. Mohr die Tür, die gerade einen Tag alt war, aufstieß.

Major Gomez blieb verblüfft stehen. Sein Blick fiel auf die beiden Frauen in Schwesterntracht. Pebas, mit seiner OP-Gummischürze, begoß aus dem Fenster heraus den Braten.

»Träume ich?« frage Gomez. »Freunde, wo bin ich denn hier? Schwestern! Richtige Schwestern! Das gibt's doch gar nicht! Schwester Maria Dolores und Schwester Margarita.«

Gomez, als galanter Spanienabkömmling, begrüßte die beiden Frauen mit einem Handkuß, ahnungslos, wem er diese Ehre zuteil werden ließ. Pebas, der am Fenster stand, beobachtete die Szene und vergaß vor Entgeisterung, daß er so wenig wie möglich auffallen sollte. Ein Offizier küßt Maria Dolores Pebas die Hand. Das gilt als das unverschämteste Märchen, wenn man es später jemandem erzählt. Für solch dick aufgetragene Lügen kann man Prügel bekommen. Aber es war Tatsache! Maria Dolores lächelte sogar dabei, als habe man ihr zeit ihres Lebens nur die Hände geküßt.

»Auch von Don Camargo exportiert?« fragte Gomez.

»Nein, selbst angelernt, Major«, sagte Dr. Mohr.

»Und das alles in so kurzer Zeit? Doctor, pfuschen Sie Gott nicht ins Handwerk und spielen Sie Schöpfer! Lassen Sie dem Pater auch noch etwas übrig!« Er lachte dröhnend, setzte sich an den Tisch und schwieg, weil der Hubschrauber wieder sehr tief über sie hinwegknatterte.

Ein junger Leutnant kam herein und knallte die Hacken zusammen. »Das Bataillon ist vollzählig eingetroffen!« meldete er.

Gomez winkte ab. »Lassen Sie biwakieren! Wachen im Umkreis. Spähtrups nach allen Seiten. Absicherung. In einer Stunde Offiziersbesprechung.«

Der Leutnant wiederholte die Befehle und ging hinaus. Major Gomez sah zu Dr. Mohr hinauf. Er erwartete eine Anerkennung.

»Zufrieden? Ich hätte auch den Weitermarsch zur ›Burg‹ befehlen können.«

»Ohne die Männer aus der ›Burg‹ wäre ich gescheitert, Major. Das weiß ich jetzt. Man kann mit schönen Worten keine Bäume fällen oder Steine zerklopfen. Hospital und Kirche sind ihr Werk.«

»Das hat sich sogar bis Muzo herumgesprochen. Wir haben alle die Maulsperre vor Staunen bekommen. Hospital, na gut, davon profitieren auch diese Kerle. Aber die Kirche! Was wollen die Halunken mit Gottes Wort?«

»Sich erholen«, sagte Pater Cristobal. »Ich habe nie eine gläubigere Gemeinde gehabt als hier in den Bergen ...«

Pebas beugte sich aus dem Fenster, schnitt das Lamm an, probierte und meldete mit verstellter Stimme, als kenne man seine richtige Stimme und sie gehöre zu seinem Steckbrief: »Das Lämmchen ist gar ...«

Pater Cristobal setzte sich. Er legte die Maschinenpistole neben sich auf den Tisch, als gehöre sie zum Besteck. Gomez schielte zu ihr hinüber und sah, daß sie schußbereit war.

»Pater, Sie trauen den Lämmern aber nicht besonders«, sagte er säuerlich. »Sind sie wirklich so zäh, daß man sie auseinanderschießen muß? Oder wird aus dem Weihwasserwedel in den Bergen eine MPi?«

»So ist es, Major.« Der Pater lächelte freundlich. »Es gibt Situationen, in denen Gott sich daran erinnert, die Mauern von Jericho umgeblasen zu haben.«

»Der hatte es gut.« Gomez betrachtete mit kauendem Unterkiefer das Stück Lamm, das ihm Margarita servierte. »Er stieß ins Horn, und schon hatte er gesiegt. Ich wünschte, auf diese Art könnte man an die ›Burg‹ heran!« Er schnitt ein Stück Braten ab, kaute genußvoll und nickte zufrieden, als Pebas ihm Wein einschenkte. »Doctor, stimmt es, was man munkelt? In der ›Burg‹ soll sich José Bandilla verborgen halten?«

»Ich kenne keinen Bandilla.« Dr. Mohr bekam seinen Braten und schnitt ihn an. Woher weiß er das, grübelte er dabei. Wie konnte das nach außen dringen? Wer wurde hier zum Verräter? Novarra selbst? Aus Angst vor einem gesunden Bandilla? Das war unlogisch, denn damit lockte der ja seinen eigenen Untergang herbei. Wo also war hier eine Lücke in der »Burg«?

Gomez kaute mit vollen Backen. »Sie kennen Bandilla nicht? Sie auch nicht, Pater? Haben Sie die Politik der letzten Jahre verschlafen?«

»Ich war im Ausland«, gab Dr. Mohr zu bedenken.

»Ach ja. Vergaß ich, doctor. Und Sie, Pater, hören im Kloster nur die Glocken läuten, was? – Bandilla ist momentan Staatsfeind Nummer eins! War plötzlich spurlos verschwunden.« Er sah Dr. Mohr forschend an. »Sie wissen wirklich nichts, Pete?«

»Die Männer aus der ›Burg‹ haben mein Hospital gebaut, aber keine Politik mit mir getrieben.«

»Sie waren nicht in der ›Burg‹?«

»Nein! So weit geht unsere Freundschaft nicht. Die Männer kamen am Morgen und gingen am Abend. Ich kenne nicht einmal einen einzigen Namen von ihnen.«

»Eine Bande, sage ich Ihnen, eine Bande! Ich habe die Berichte meiner Vorgänger gelesen. Haarsträubend! Es sollte mich nicht wundern, wenn Bandilla wirklich bei ihnen untergekrochen ist. Ein besseres Versteck kann er sich nicht suchen.«

Am Abend loderten die Lagerfeuer auf dem Plateau, in der Schlucht und im Hohlweg. Pater Cristobal hielt einen Militärgottesdienst. Zwei Sanitätsgefreite sprangen als Meßdiener ein, der fast blinde alte Pepe Garcia hockte hinter dem

Altar und spielte auf einer alten Mundharmonika die Kirchenlieder, so wie er sie noch im Gedächtnis hatte. Es war nicht mehr viel Erinnerung, die Lieder klangen mehr nach einem Tänzchen.

In der Nacht schlich Pebas zur »Burg«. Er umging die Wachen und Patrouillen. Auf halber Höhe, an den Felsen entlang, auf einem Pfad, der kaum einen halben Meter breit war, kroch er ins Nebental. Dort stieß er auf die Posten der »Burg«.

»Wenn das stimmt«, sagte Novarra und blickte Pebas böse an. Er war aus dem ersten Verteidigungsring herausgekommen und saß mit Pebas auf einem Steinhaufen. »Wenn das wirklich stimmt ...«

»Du kannst mich zerhacken ...«

»Man sagt über seine Schwiegersöhne oft nur Gutes, selbst wenn es nach Dreck stinkt!«

»Warum sollte ich? Wäre das ein Grund, unter Lebensgefahr hierherzukommen?«

»Das ist logisch.« Dr. Novarra strich mit gespreizten Fingern durch seinen Bart. »Fassen wir zusammen: Major Gomez wird uns nicht angreifen. Er wird morgen wieder abziehen und die 170 Mulis nach Penasblancas zurückbringen. Dort wird er sich Christus Revaila und seine Privatarmee kaufen. Er wird auch ›Mamás‹ Etablissement ausräuchern, den Laden auflösen und die Mädchen entweder nach Bogotá transportieren oder nach Muzo. Perdita Pebas soll zu dir geschafft werden ...«

»So ist es.« Pebas nickte. »Ich werde sie erschlagen, wenn sie ankommt.«

»Du wirst weinen vor Freude und Glück, du sturer Bock! Weiter: Das Militär wird die Straße offen halten und Transporte ungehindert in die Berge lassen. Die überall lauernden Aufkäufer der Smaragdhändler werden kassiert. Die Macht von Don Camargo wird so an der Wurzel gebrochen. Pebas, das sind Phantastereien! Das ist nie durchführbar! Weißt du, was geschieht? Camargo wird einen Minister zum Abendessen einladen. Dann wird man Major Gomez zum Oberstleutnant befördern und zum Kommandanten irgendeines Militärstützpunktes ernennen. Weg ist der unbequeme Mann aus Muzo. Sein Nachfolger wird wieder hinter dem Rücken die Hand offen halten, und alles bleibt beim alten! Solange es grüne Steine gibt, so lange sind die verflucht, die sie ausgraben!«

»Warten wir es ab. Wenn Gomez die ›Burg‹ nicht angreift…«

»…dann wird der doctor zu einem Heiligen«, unterbrach Novarra. »Er wird der mächtigste Mann in den Bergen werden. Eine Sagengestalt…«

»Bis Bandilla gesund wird«, sagte Pebas dunkel. »Und der doctor macht ihn gesund. So dämlich ist er!«

»So ehrgeizig.« Dr. Novarra erhob sich und gab Pebas die Hand.

»Wir werden uns bald entscheiden müssen, wer wichtiger für uns ist: Bandilla oder Dr. Morero.«

»Das ist keine Frage mehr.« Pebas zog wie frierend die Schultern nach vorn. »Bandilla war ja bereits für alle tot…«

Novarra nickte. Man hatte die gleichen Gedanken. Es wäre Selbstmord, wenn hier die Menschlichkeit über die kalte Vernunft siegte.

Gomez griff die »Burg« nicht an.

Aber er ließ es sich nicht nehmen, sie zu besichtigen. Allein mit Dr. Mohr ritt er auf einem Muli in das Nebental und stand dann vor dem hohen Steinwall, der das geheimnisvolle Felsenlabyrinth umgab. Dr. Novarra hatte alle Posten zurückgezogen. Er ließ Major Gomez die Freude, ein unerreichbares Ziel zu betrachten.

»Man könnte mit Artillerie die Bude sturmreif schießen«, sagte Gomez leise, als halle in der Stille um sie herum seine Stimme wie durch einen Lautsprecher. »Mit Raketen ist das kein Problem. Und Raketenwerfer bekomme ich bis hier herauf...«

»Major.« Dr. Mohr lächelte mahnend. »Wir wollten uns nur den Naturschönheiten hingeben...«

»Tue ich ja.« Gomez grinste. »Meine Liebe gehört der Gartenarchitektur. Ich gestalte gerne um. Mich stört zum Beispiel der Steinwall da. Er ist nicht natürlich gewachsen wie der Fels. Wenn man ihn wegsprengt, ist die Natur wieder sauber...«

»Was hätten Sie in Muzo davon?«

»Da haben Sie wieder recht, doctor.« Gomez lehnte sich an sein Muli, das geduldig und reglos hinter ihm stand und wartete. »Sie verlangen viel, wissen Sie das?«

»Wieso?«

»Jeden Offizier reizt die Einnahme einer angeblich uneinnehmbaren Festung. Militärisch gesehen gibt es keine uneinnehmbaren Stellungen. Dafür gibt es aus dem letzten Weltkrieg massenhaft Beispiele. Die Maginot-Linie, der Westwall, der Atlantikwall, die Alpenfestung... lauter legendäre Stellungen, die butterweich wurden, als man sie richtig nahm.«

»Vergessen Sie die ›Burg‹, Gomez. Sie und Ihr Bataillon sind weit weg in Muzo, aber diese Männer sind neben mir. Ich brauche sie. Sie schützen mich. Das können Sie nicht, Major.«

»Zugegeben, das ist auch der einzige Grund, warum ich plötzlich unmilitärisch denke. Eine verrückte Lage: Gesuchte Halunken bauen ein Hospital und bekommen dafür einen Strafaufschub! Das darf man gar nicht laut sagen! Aber mehr ist es nicht, Pete, das muß ich Ihnen ganz klar sagen: Nur ein Aufschub! Keine Generalamnestie! Heute bin ich nur gekommen, um zu sehen, ob der Krankenhaustransport bei Ihnen gelandet ist. Er ist es – also rücke ich morgen wieder ab und schnappe mir auf dem Rückweg einige kleine Gauner! Als billigen Ersatz. Aber ich komme wieder, muß wiederkommen, denn ich habe meinen Auftrag!«

»Melden Sie sich bitte frühzeitig an, Major. Ja?«

»Sie verdammter Seelenmasseur!«

»Nur wegen des Bratens. Das nächstemal braten wir einen jungen Ochsen am Spieß. Diesmal mußte alles so schnell gehen…«

»Hätte ich Sie doch nie getroffen, doctor!« Major Gomez kletterte auf sein Muli und blickte zur »Burg« zurück. Er wußte, daß viele Augen ihn beobachteten. »Was passiert, wenn ich näher heranreite?« fragte er.

»Nichts! Sie sind ja allein.«

»Das da vorn sieht aus wie ein Todesstreifen.«

»Es ist auch einer. Wenn mehr als drei Mann ihn betreten, gibt es drei Gräber mehr.«

»Und keinen sieht man! Eine phantastische Tarnung. Wer führt die Bande an?«

»Keine Ahnung«, sagte Dr. Mohr. Es kam ihm glatt von den Lippen. »Ich habe ja schon erwähnt: Namen nennt keiner. Die Männer arbeiten stumm, wie Roboter. Manchmal ist es unheimlich.«

Gomez konnte das nachfühlen. Er gab seinem Muli einen Hackentritt und ritt langsam an. Dr. Mohr folgte ihm. Irgendwo in den zerklüfteten Felsen hockte Dr. Novarra und blickte ihnen nach. Ganz fern, vom Plateau her, ertönten Trompetensignale.

Das Bataillon sammelte sich zum Abmarsch.

»Er hat es tatsächlich erreicht«, sagte Dr. Novarra und atmete auf. »Jetzt haben wir bei ihm eine Schuld, die wir nie bezahlen können.« Er räusperte sich und blickte sich um. »Was wird nun aus José Bandilla?«

Drei Wochen dauerte es noch, bis das Hospital auch nach Ansicht Dr. Mohrs voll funktionsfähig war. Die Türen und Fenster waren eingesetzt, die einzelnen Abteilungen eingerichtet. Im Laborraum glänzten auf zwei langen Tischen die Glaskolben, Reagenzgläser, zwei Mikroskope und andere technische Geräte; im Röntgenraum war der Apparat endlich aufgebaut, im abgedunkelten Entwicklungsraum war alles zum Einsatz bereit. Der OP hatte jetzt alle Einrichtungen, die man für mittelgroße Operationen brauchte, aber wie man Dr. Mohr jetzt kannte, genügte das für ihn vollauf, um auch große Chirurgie zu betreiben. Das Narkosegerät arbeitete ebenfalls. Der erste Patient war ein Hund, dem Simpson eine Kugel aus dem Rücken operierte. Ein Nachbar, der sich von dem Gebell belästigt fühlte, hatte dem Kläffer drei Schüsse zugedacht, von dem einer traf. Der vierte Schuß erfolgte vom Hundebesitzer, und den überlebte der Nachbar nicht.

Alltag in den Bergen oberhalb von Penasblancas.

Der Hund überstand die Narkose ausgezeichnet. Dr. Simpson meldete das sofort Dr. Mohr, der nebenan in der Ambulanz die Patienten wie auf einem Fließband an sich vorbeiziehen ließ. Viele wurden sofort in einen anderen Raum umgeleitet, wo Margarita selbständig intramuskuläre Injektionen verabreichte. Dr. Mohr hatte mit ihr geübt, und zwar nach guaquero-Art. Vor 14 Tagen war ein Mann eingeliefert worden, der genau zwölf Schüsse im Körper hatte. Drei davon waren unbehandelbar, und nach sieben Stunden starb der Mann, der natürlich wie alle keinen Namen hatte. An diesem Toten, der später nackt auf einer Trage lag, übte Margarita das Setzen von Spritzen.

Sie lernte schnell. Ihre Hand zitterte nicht, als sie die erste Injektion in den Oberschenkel machte. Den Anblick von Toten war sie von Kind an gewöhnt. Tage später spritzte sie unter Aufsicht von Dr. Simpson, der begeistert war. »Sie ist die geborene Krankenschwester!« sagte er zu Dr. Mohr. »Seit zwei Tagen übe ich mit ihr intravenöse Injektionen …«

»Sind Sie verrückt, Aldi? An wem denn?«

»Da liegen ein paar Burschen, denen ein paar Hämatome mehr oder weniger nichts ausmachen! Und wenn sie eine Luftembolie kriegen... schade ist's auch nicht um sie.«

»Dr. Simpson, ich hätte große Lust, Sie rauszuschmeißen. Zünftig, mit einem Tritt in den Hintern! Auch um Sie ist es nicht schade!«

Simpson nickte schwer, war beleidigt und trollte sich. »Da will man der Menschheit helfen, und was erntet man statt Dank: Drohungen! Nicht einmal aus Kummer einen saufen darf man!«

Der erste Röntgenpatient war ein komplizierter Unterschenkelbruch, ein Splitterbruch. Da es ein Mann aus der »Burg« war, kam Dr. Novarra mit. Begeistert hielt er die Röntgenaufnahme in den Händen und hielt sie gegen das Licht. Deutlich war der zersplitterte Knochen zu sehen.

»So etwas mitten in der Wildnis!« sagte Novarra und gab die Röntgenplatte zurück. »Und keiner weiß etwas davon! Für jeden Politikerfurz gibt es Orden und Auszeichnungen, aber ein Mensch wie Sie, Dr. Morero, bleibt unbekannt. Ihr Name müßte sichtbar für alle Welt an den Himmel geschrieben werden. Übrigens: Bandilla geht es saumäßig.«

Dr. Mohr warf die Platte auf den Tisch. »Aber wieso denn? Vor drei Tagen lief er doch herum, noch sehr wacklig, aber er ging aufrecht und war bester Laune...«

»Er kotzt Galle und Blut.«

»Seit wann?«

»Seit drei Tagen. Am Abend nach Ihrem letzten Besuch fing es an.«

»Und das sagen Sie mir erst heute? Sofort zu mir mit Bandilla! Da kann ein Magengeschwür durchgebrochen sein.«

»Bandilla ist nicht mehr transportfähig«, sagte Novarra verschlossen.

»Das können Sie beurteilen?«

»Ja!« Novarras Gesicht war hart geworden. »Bandilla ist vielleicht jetzt schon tot.«

»Novarra. Sie …«

»Er wollte keinen Arzt mehr.«

»Das ist nicht wahr! Er freute sich immer, wenn ich kam!«

»Aber vorgestern, als ich Sie rufen wollte, resignierte er. ›Keine Qualen mehr‹, sagte er. ›Ich fühle es … es ist umsonst.‹ Und wie er aussah, was er alles ausbrach – man mußte ihm recht geben! Medizin sollte helfen und heilen, aber nicht unnötig quälen, wo keine Hoffnung mehr ist!«

»Novarra, was sind Sie für ein Mensch!« Dr. Mohr setzte sich auf die Schreibtischkante. Der Bärtige ging zum Fenster, drehte Mohr den breiten Rücken zu und starrte hinaus. An der Kirche wurde noch gearbeitet. Die letzten Stellen des Daches wurden mit Holzbrettern und flachen, ziegelartigen Steinen gedeckt. »Sie entscheiden über ein Leben ohne jegliche medizinische Kenntnis …«

Ich brauche keine Kenntnisse der Medizin, dachte Novarra. Ich weiß, daß es für Bandilla keine Rettung mehr gibt. Seit er wieder feste Nahrung zu sich nimmt, mischt man ihm fein zerstoßenes Glas unter das Gemüse. Das reißt die Magenwände auf. In diesem Stadium ist nichts mehr zu machen, Dr. Morero. Auch Sie können keinen ganzen Magen herausnehmen und die Speiseröhre direkt mit dem Darm verbinden. Im Prinzip ist das natürlich schon möglich, aber nicht hier, in den Felsen zwischen Penasblancas und Muzo. Doch das brauchen Sie nicht zu wissen, Dr. Morero! Sie würden nur wieder sagen: Das ist Mord! Und man hätte große Mühe, Sie davon zu überzeugen, daß wir eben gerade damit einen Mord verhindern wollen. Den Mord an Ihnen. Bandillas Dank! Es hat keinen Sinn, einem Mann gegenüber ein Gewissen zu haben, wenn dieser gar nicht weiß, was Gewissen ist! Natürlich, doctor, mir ist bekannt, daß Sie eine andere Moral haben! Aber wir leben nicht in einer geordneten Welt, sondern am Rande der Hölle. Wir haben hier unsere eigene Moral. Ich sage es Ihnen immer wieder, doctor, aber Sie wehren sich gegen diese schaurige Wahrheit! Also müssen wir handeln ohne ihren Ehrenkodex…

»Ich warte darauf, daß die Nachricht von Bandillas Tod kommt«, sagte Dr. Novarra laut gegen das Fenster.

»Ich bestehe darauf, ihn zu obduzieren!« rief Dr. Mohr.

»Abgelehnt…«

»Ich muß die Todesursache wissen!«

»Herzversagen. Das stimmt immer. Der Tod ist ein Herzversagen. Können Sie das widerlegen?«

»Sie haben Bandilla umbringen lassen, Novarra!«

»Ich gestatte Ihnen, den Körper nach Schußverletzungen zu untersuchen.«

»Vergiftet!«

»Sind wir Weiber? Giftmorde sind Frauenprivilegien!«

»Aber irgend etwas stimmt doch da nicht! Bandilla stirbt nicht eines natürlichen Todes.«

»Er liegt brav im Bett! Auch erhängen tun wir ihn nicht! Oder erdrosseln. Oder ersäufen. Er stirbt als braver Mann unter der Bettdecke… doctor, Sie haben alles getan, was möglich war. Aber die Medizin hat ihre Grenzen, das wissen Sie genau. Bandilla liegt hinter dieser Grenze. Tröstet Sie das?«

»Nein!« Dr. Mohr nahm das Röntgenbild. Im OP wartete der Splitterbruch auf die Behandlung. Dr. Simpson verkürzte die Wartezeit, indem er dem Schürfer eine Reihe ungeheuer säuischer Witze erzählte. Der Mann lachte dröhnend und hatte kaum noch Schmerzen. »Aber ich muß mich damit abfinden. Vergessen ist die Sache trotzdem nicht, Novarra!«

»Jeder von uns schuldet dem anderen eine Menge Dank. Werfen wir das in einen Topf…«

»Ein Menschenleben?«

»Was ist hier ein Menschenleben? Haben Sie das denn immer noch nicht begriffen?«

»Ist Ihnen Chica und Ihr kleiner Sohn so wenig wert?«

»Es geht beiden übrigens ausgezeichnet, doctor...«

»Danke! Doch meine Frage...«

»Chica ist nicht Bandilla. Wie behandeln Sie einen tollwütigen Hund?«

»Ich erschieße ihn. Aber Bandilla...«

»Gut!« Dr. Novarra hob die rechte Hand. »Doctor, begreifen Sie endlich, daß ein tollwütiger Hund ein Kuscheltierchen gegen den gesunden Bandilla ist!«

Am Abend brachte ein Bote aus der »Burg« die Nachricht zum Hospital, daß José Bandilla gestorben sei. Nach einem Blutsturz habe sein Herz versagt.

»Da haben Sie Ihre Diagnose!« sagte Dr. Novarra zu Dr. Mohr. »Wollen Sie noch mehr?«

## 12

Es war nachts, als ein paar Tage später jemand an das Fenster von Dr. Mohr klopfte. Seit einer Woche hatte er seine Wohnung im Hospital bezogen, und Margarita war zu ihm gezogen mit einer Selbstverständlichkeit, die keine Frage mehr von Adolfo Pebas zuließ. In dem breiten Bett lagen sie nebeneinander, aber sie lagen da wie Geschwister, nicht wie ein Liebespaar. Jeder in eine Decke eingerollt, ohne sich zu berühren. Bis auf den Kuß, der den Tag abschloß.

Doch sie hörten sich, sahen sich, liebten sich in der stillen Sehnsucht. Manchmal saß Dr. Mohr im Bett und betrachtete die schlafende Margarita mit klopfendem Herzen und schmerzenden Lenden. Oder Margarita kroch zu ihm hinüber, wenn sie seinen langgezogenen, tiefen Atem hörte und wußte, daß er fest schlief. Dann hauchte sie mit den

Lippen über sein Gesicht, streichelte ganz leicht seine Haare und flüsterte ihm ihre Liebe ins Ohr.

Es war ein Glück auf Distanz, aber sie wußten, daß sie diese Stärke nicht mehr lange aufbringen würden.

Als das Klopfen ertönte, schrak Margarita hoch und rüttelte Dr. Mohr wach. Mit einem Satz fuhr er aus dem Bett, riß seine Maschinenpistole, die neben ihm an der Wand lehnte, an sich und stieß das Fenster auf. Dicke Klappläden aus Holzbohlen schützen vor unliebsamen Überfällen.

»Wer ist da?« rief Dr. Mohr. »Das Hospital ist auf der anderen Seite. Dr. Simpson hat Nachtdienst!«

»Lassen Sie mich herein, doctor?« Eine gedämpfte Stimme klang durch die Läden. »Hier ist Zapiga. Juan Zapiga ... Ich muß Sie sprechen ...«

»Ist etwas mit Pablo?«

»Nicht direkt. Bitte, machen Sie auf, doctor.«

Wenig später stand Juan Zapiga, der zehnfache Vater, im Zimmer und lehnte sich an die Wand. Er sah schrecklich aus. Von oben bis unten mit Dreck beschmiert, nach Atem ringend, am ganzen Körper zitternd. Seine hohlen Augen glänzten fiebrig. Er preßte mit beiden Händen ein schmutziges Handtuch vor seine Brust und setzte ein paarmal mit Sprechen an, ehe ihm der erste Satz gelang.

»Ich muß weg!« keuchte er. »Ich muß sofort weg von hier, doctor. Mit der gesamten Familie. O Himmel, rette uns, wenn man das erfährt ...«

Dr. Mohr spürte einen kalten Schauer über seinem Rükken. »Juan, hast du jemanden umgebracht?« fragte er leise.

»O nein, nein ... Ich komme gerade aus dem Berg – habe bis jetzt gegraben. Ich habe es geahnt, ich habe es geahnt. Es war, als ob ich es rieche ... O Gott im Himmel! O Maria! Ich kann hier nicht mehr bleiben! Ich muß sofort nach Bogotá. Doctor ... Mein eigener Vater, wenn er noch lebte, würde mich jetzt umbringen! – Da ist er ...«

Zapiga schwankte zum Tisch, warf sein Handtuch auf die Platte und entrollte es.

Im Licht der nackten Glühbirnen schimmerte ein fast faustgroßer, grüner, klarer Stein. Wie ein Stück Rohglas sah er aus, durchsichtig, von einem satten Grün, das im Licht spiegelte.

»Du lieber Himmel...«, sagte jetzt auch Dr. Mohr und starrte den Stein an. Der große, einmalige Traum eines Schürfers, das ganz große Glück, das es nur einmal gibt, lag hier auf dem Tisch. Aber auch der gnadenlose Tod, wenn der Fund jemals bekannt wurde, ehe er in Bogotá im Safe lag!

»Über 200 Karat...«, flüsterte Zapiga heiser. »Beste Qualität... Das sind Millionen, doctor. Millionen! O Maria.« Er faltete die Hände und betete stumm. Nur seine Lippen bewegten sich. Dann sagte er wieder stockend: »Vor einer Stunde habe ich ihn gefunden. Allein klebte er da, wie ein grünes Nest. Ich habe ihn herausgeschlagen, bin zurück an die Luft und habe geweint. Jetzt habe ich Angst, doctor, furchtbare Angst. Ich muß weg von hier. Über 200 Karat! O Gott!«

Er lehnte sich wieder an die Wand, schlug die Hände vor die Augen und schluchzte.

12 Jahre hatte er daran geglaubt. 12 Jahre hatte er sich durch den Berg gewühlt. Jetzt war er reich, unglaublich reich... und zitterte vor Todesangst.

Es war vergeblich, Zapiga zuzureden, seinen wohl einmaligen Fund im Hospital unter der Obhut von Dr. Mohr zu lassen, keinem davon zu erzählen und zu warten, bis Dr. Mohr und Pater Cristobal, unter dem Schutz von Major Gomez' Truppen, nach Penasblancas ritten und von dort mit ihrem Wagen nach Bogotá fuhren. Das war der sicherste Weg. Aber Zapiga schüttelte den Kopf.

Er hatte sich von seinem Schock etwas erholt, saß am Tisch, trank eine Tasse Tee mit Whisky und hatte das drekkige Handtuch über seinen Riesenstein gelegt.

»Wann wird das sein?« fragte er. »Morgen? In einigen Tagen?«

»Nein! Vielleicht in zwei Monaten...« antwortete Dr. Mohr.

»Ich soll zwei Monate hier herumsitzen und habe Millionen gefunden? Über 200 Karat von der besten Farbe und Reinheit, doctor. An einem Stück! Das hat noch keiner gesehen! Das hält man nicht für möglich. Das hat es noch nicht gegeben! Zwei Monate soll ich in dieser Angst leben?«

»Der Stein ist bei mir. Keiner weiß etwas davon.«

»Das fällt auf, wenn ich nicht jeden Tag im Berg bin! Die Nachbarn werden fragen: Was hat der Juan? Er gräbt nicht mehr! Geht's dem so gut? Kann zehn Kinder und eine Frau ernähren, ohne eine Hand zu rühren? Ha, hat er vielleicht etwas gefunden? Und schon werden sie mißtrauisch! Doctor, wissen Sie, was hier Mißtrauen bedeutet?«

»Natürlich. Das habe ich inzwischen gelernt. Aber man wird noch mißtrauischer, wenn du plötzlich weg bist!«

»Dann bin ich schon über Penasblancas hinaus!«

»Die Straße nach Bogotá ist die schlimmste, Juan! Bleib hier. Erhole dich. Ich werde Pablo operieren, und das ist auch ein Grund, daß du nicht mehr gräbst. Du mußt bei deinem Sohn sein. Soll ich den Pater rufen? Er wird dir das gleiche raten.«

»Ich brauche keinen Rat, doctor, ich brauche Hilfe.« Zapiga deckte seinen Riesenstein wieder auf. Mit fast irrem Blick betrachtete er ihn, streichelte über seinen grünschimmernden Leib, liebkoste ihn wie eine Geliebte. »Ich brauche von Ihnen eine Maschinenpistole, um durchzubrechen. Ich habe mir das alles genau überlegt. Mit Frau und zehn Kindern komme ich nie bis Bogotá. Ich gehe mit den drei größeren Jungen allein. Nuria und die sieben Kleinen bleiben hier zurück. Ich hole sie nach, wenn ich den Stein in Bogotá verkauft habe. Dann ist er weg, dann kann ihn mir keiner mehr nehmen. Das Bankkonto interessiert keinen. Alle wollen nur die grünen Steine!« Er legte beide Hände über seinen Jahrhundertfund. »Wollen Sie auf Nuria und die Kleinen aufpassen, doctor?«

»Ja. Ich nehme sie zu mir. Sie können im Hospital wohnen. Oder bei Pater Cristobal. Aber dein Plan ist nicht gut, Juan.«

»Geben Sie mir eine Maschinenpistole?«

»Nein.«

»Warum nicht?«

»Ich weiß, daß es dann doch ein Unglück geben wird. Der Stein macht dich verrückt, Juan! Ich sehe es an deinen Augen! Du würdest jeden umschießen, der dir im Weg steht, auch wenn er harmlos ist.«

»Ich schaffe es auch so!« sagte Zapiga dunkel. »Pablo kann mit seiner einen Hand gut zielen. Du hast es ja gesehen, doctor. Wie er dir das Leben gerettet hat ... du solltest dankbar sein ...«

»Pablo bleibt hier! Ich operiere ihn in zehn Tagen!«

»Wir werden sehen!« Zapiga erhob sich, wickelte den Riesensmaragd in das Handtuch und klemmte das Bündel unter den Arm. »Wo kann man als Millionär leben?«

»Überall.«

»Wo ist die Erde am schönsten?«

»Jeder Fleck dieser Erde hat seine eigene Schönheit. Willst du nicht in Kolumbien bleiben?«

»Nein. Wie ist Amerika? Florida ...«

»Warum so weit? Ein Paradies für sich sind die Inseln in der Karibik. Santa Lucia, Grenada, St. Thomé, Barbados, Trinidad ... Paradiese, aufgereiht wie auf einer Kette, zum Aussuchen.« Dr. Mohr winkte ab. »Aber das ist doch alles Blödsinn, Juan! Du erreichst nicht einmal Bogotá, wenn du jetzt nicht die Ruhe bewahrst. Du hast zwölf Jahre gewartet ... was machen da zwei Monate mehr aus?«

»Ich überlege es mir«, sagte Zapiga, legte die andere

Hand auch noch über den Riesenstein in dem Tuch und verließ Dr. Mohrs Wohnung. Wie ein Schatten verschwand er in der dunklen Nacht.

Zwanzig Minuten später – Dr. Mohr saß mit Margarita auf dem Bett und besprach den ungeheuren Fund – klopfte es erneut an der Tür. Draußen stand Pater Cristobal mit offenem Hemd und kurzer Hose. Er stürzte ins Zimmer und streifte Margarita, die nur ein dünnes Hemdchen trug, mit einem kurzen Blick.

»War er auch bei dir?« rief er. »Juan Zapiga ...«

»Ja. Er ist also zu dir gegangen.«

»Gerade ist er wieder weg.« Cristobal setzte sich an den Tisch, sah die Whiskyflasche stehen und setzte sie an die Lippen. Nach zwei großen Schlucken stellte er sie wieder zurück. »Das war nötig, Pete! Gott steh uns bei, welch ein Stein! Das hat es noch nie gegeben ...«

»Ich verstehe zwar nicht viel davon, aber ich glaube auch, daß das der sensationellste Fund ist, der je gemacht wurde. Ein Riesensmaragd!«

»Juan hat recht, das sind über 200 Karat! Beste Farbe und Reinheit! Ich habe ausgerechnet, was er bringt, wenn man ihn zerschneidet und nur Einkaräter aus ihm macht. 2 350 000 Dollar mindestens! Pete! Runde 2,5 Millionen Dollar! Läßt man ihn, so wie er ist, am Stück, ist er nicht einmal schätzbar! Ein absolutes Liebhaberstück! Das ist ein Stein, für den Völker ausgerottet werden könnten, weißt du das?«

»Was wollte Juan von dir?«

»Eine Maschinenpistole.«

»Du hast ihm eine gegeben?«

»Ja ...«

»Cris, du bist ein Priester?« rief Dr. Mohr entsetzt.

»Das habe ich nie vergessen! Da ist ein Mann, der eine Frau und zehn Kinder hat. Und man wird ohne Skrupel die Frau, die zehn Kinder und den Mann jagen und töten, um an diesen grünen Stein zu kommen. Da schützen ihn weder Militär noch ein edelmütiger Arzt noch ein predigender Priester. Da schützt ihn nur eine schnelle Waffe! Pete, in diesem Land wird Nächstenliebe anders buchstabiert... und interpretiert...«

»So kann man es auch sehen. Ich habe abgelehnt.«

»Das dachte ich mir. Ich ahnte, daß Zapiga erst bei dir war und dann zu mir kam. Zu einem Arzt hatte er Vertrauen, mehr als zu Gott.«

»Jetzt ist es umgekehrt«, sagte Dr. Mohr bitter. »Verdammt, Cris, ich werde nie lernen, mit euren Hirnen zu denken!«

»Vielleicht ist es gut so, Pete.« Pater Cristobal zog die Whiskyflasche wieder an sich. »Bleib ein reiner Arzt. Ein Priester kann sich schon eher leisten, ein Halunke zu sein. Gottes Wege waren auch nie gerade, wie uns das Alte Testament lehrt.«

Er lachte etwas gequält und trank wieder. Dr. Mohr sah, daß Pater Cristobal sich nicht wohl in seiner jetzigen Haut fühlte.

Am Morgen, als Cristobal die Kirche öffnete, saß Nuria mit sieben Kindern vor der Tür. Dem Jüngsten gab sie gerade die Brust. Zwei Mädchen spielten mit selbstgebastelten Puppen, die anderen lagen auf handgewebten bunten Tüchern auf der Erde und schliefen.

»Kommt rein!« sagte Pater Cristobal. »Wann sind Juan und die Söhne los?«

»Vor vier Stunden.« Nuria lächelte ihn glücklich an. »Bald sind wir reich. Wir werden dir eine richtige Kirche stiften, Pater. Mit einem Turm und einer großen Glocke. Das hat Juan zum Abschied gesagt. Und auf einer Insel will er wohnen. In der Karibik. Kennst du die Karibik, Pater?«

»Ja. Komm rein. Ich zeige sie dir auf der Landkarte. Aber vorher wollen wir alle gemeinsam beten; beten, daß Juan überhaupt bis Bogotá kommt...«

Zwei Stunden später kroch auch in Dr. Mohr die Angst hoch. Er begriff plötzlich, warum Zapiga so schnell das Gebiet verlassen hatte.

Dr. Simpson, der in der Ambulanz arbeitete, nachdem die Nacht sehr ruhig gewesen war und er gut geschlafen hatte, kam hinüber in den OP. Dr. Mohr reinigte gerade eine große Eiterwunde.

»Chef, ein tolles Ding!« rief Dr. Simpson. »Da kommt einer und behauptet, Juan Zapiga sei abgerückt. Ganz heimlich, Hütte leer, alle Werkzeuge zurückgelassen, die Mine verlassen, die ganze Einrichtung... Er ist abgehauen mit dem, was er auf dem Leib trug. Das kann nur eins bedeuten: Er hat einen sensationellen Fund gemacht und ist auf dem Marsch nach Bogotá...«

»Unsinn!« Dr. Mohr zeigte auf die Eiterwunde. »Machen Sie weiter, Simpson. Wo ist der Mann?«

»Ich habe ihn gerade dran. Er sitzt auf dem Stuhl. Habe nur unterbrochen, um Ihnen die Neuigkeit mitzuteilen. Der Mann hat eine Cholangitis...«

Dr. Mohr nickte und ging hinüber zur Ambulanz. Dort saß im Untersuchungszimmer ein typischer guaquero: ausgezehrt, gelbhäutig, geschrumpft. Mit kaltem Blick, der nie mehr ein Erbarmen kannte, musterte er den Arzt.

»Du bist ein Nachbar von Zapiga?« fragte Dr. Mohr.

»Ja. Er ist weg! Mit der ganzen Familie. Hat alles zurückgelassen! Der Kerl hat einen Fund gemacht.«

»Das nimmst du an!«

»Wer verläßt sonst in der Nacht seine Mine? Aber er kommt nicht weit.«

»Was heißt das?« Dr. Mohrs Stimme klang drohend. Der Mann lächelte böse.

»Wir sind schon hinter ihm her. Neun Mann.«

»Ihr Saukerle! Ihr jagt einen Mann wie ein Raubtier und wißt nicht einmal, was los ist? Seine Frau Nuria und die Kinder wohnen bei dem Pater in der Kirche.«

»Ach nee!« Der guaquero grinste gemein. »Und wo ist Juan? Elf Fresser am Bein, das ist ein Klotz, der hindert. Er ist wohl allein unterwegs? Um so besser!«

Dr. Mohr beugte sich über seinen Spritzenkasten. Zum erstenmal in seinem Leben durchbrach er seinen ärztlichen Schwur, in einem Kranken nur einen Hilfesuchenden zu sehen und ihm zu helfen. Zum erstenmal begriff er auch, was Pater Cristobal längst eingesehen hatte. Hier handelt es sich nicht um Menschen, die nach normalen Maßstäben zu messen sind. Man muß sie deshalb anders behandeln. Besonders vor sich selbst muß man sie schützen, denn sie wissen nicht mehr, was sie tun. Sie haben kein Rechtsgefühl mehr!

Mit ruhiger Hand schnitt Dr. Mohr eine Ampulle auf, zog die wasserhelle Flüssigkeit in den Glaskolben und beugte sich über den guaquero. »Hat Ihnen Dr. Simpson gesagt, was Sie haben?«

»Ja. Irgend etwas an der Galle. Eine Entzündung ...«

»Dagegen gebe ich Ihnen jetzt eine Spritze. Die löst die Entzündung auf. Wann folgt ihr Zapiga?«

»Gleich. Wenn ich von hier zurückgekehrt bin. Ich führe den Trupp an! Ich kenne Juans Schliche genau ...«

Dann ist gut, was ich jetzt tue, dachte Dr. Mohr. Dann rette ich als Arzt ein Leben, wenn auch auf Umwegen. Er drückte die Injektion in den Oberschenkel des Mannes und wartete. Nach fünf Minuten wurde er müde, konnte sich auf dem Stuhl nicht mehr halten und kippte um. Miguel, der neben ihm stand, fing ihn auf.

»Zu mir«, sagte Dr. Mohr und tauchte die Hände in eine Sterillösung. »Und gut fesseln ...«

»Fesseln ...«, stotterte Miguel. »Wieso denn?«

»Frag nicht! Trage ihn weg, verschnüre ihn gut, und leg ihn bei mir ins Zimmer.«

Miguel wuchtete den Mann auf seine Schulter, wollte noch etwas fragen, verzichtete aber darauf, als er Dr. Mohrs Blick sah, und trabte mit dem Schlafenden hinaus.

Am Nachmittag alarmierte Pater Cristobal nicht nur alle Anwesenden auf dem Plateau, sondern schickte auch um Hilfe nach der »Burg«. Dr. Mohr saß vor dem gefesselten guaquero in seinem Zimmer, schrie ihn an und ohrfeigte ihn. Aber der Mann schwieg verbissen.

Die beiden ältesten Töchter von Nuria waren verschwunden. Vor einer Stunde hatte man sie noch spielend am Rande des Abhanges gesehen.

»Jetzt geht es los«, sagte Pater Cristobal heiser. »Das ist der Anfang. Sie beginnen, die Familie Zapiga auszurotten, wenn sie nicht preisgibt, was Juan gefunden hat…«

Sechs Tage war Zapiga mit seinen drei Söhnen unterwegs. Sechs Tage, in denen sie nur des Nachts wanderten. Am Tage schliefen sie in Höhlen oder in breiten Büschen, fingen Fische in den Bächen oder jagten mit Hilfe von Schlingen Wild. Alles mußte lautlos vor sich gehen, kein Ton durfte Aufmerksamkeit erregen. Niemand durfte sie sehen. Ihr Ziel war, Penasblancas zu umgehen und ein großes Stück der Straße nach Bogotá ebenfalls in der Wildnis, also seitlich der Todesstraße, zu bezwingen. Das bedeutete, sich durch unwegsame Schluchten zu quälen, Meter um Meter sich vorwärtszukämpfen, bis man den Teil der Straße erreicht hatte, der halbwegs sicher war, weil hier noch Militär und Polizei Patrouillen fuhren und den Verkehr nach Muzo und Penasblancas überwachten. Ein paar Kilometer weiter war dann Niemandsland von Recht und Menschlichkeit. Hier begann die Herrschaft der Gewissenlosigkeit.

Juan Zapiga ging voraus, Er hatte den Stein in einem Ledersack um den Hals hängen, unter dem Hemd, direkt auf der Brust. Dann folgten zwei Söhne, zwölf und zehn Jahre alt. Als letzter, den Rücken sichernd, folgte Pablo, der älteste Sohn. Er trug den dick geschwollenen Arm in einer Schlinge und knirschte am ersten Tag mit den Zähnen, wenn er gegen seine Schulter stieß oder springen mußte.

Aber dann schien er sich an den Schmerz gewöhnt zu haben. In einem Abstand von einigen Metern folgte er dem Vater und den Brüdern. Am sechsten Tag hellten sich die Minen der drei Pebas auf und wurden fröhlich vor Erwartung. Penasblancas lag weit hinter ihnen, die Strecke nach Bogotá verlor mit jedem Meter an Gefahr. Noch einen Tag, und sie hatten es geschafft! Dann konnten sie aus der Wildnis ausbrechen und auf der Straße weiterziehen, im Schutz des Militärs. Der große Augenblick würde kommen, wenn sie an der Endstation des Omnibusses in den Wagen kletterten und nach Bogotá hineinfuhren. Es war die Fahrt in ein neues Leben. Die ersten Häuser würde der neue Millionär Zapiga mit einem Gebet begrüßen.

Gott, ich danke dir! Meine Frau Nuria und meine zehn Kinder danken dir. Wir haben deine Liebe erfahren.

An diesem sechsten Tag der teuflischen Wanderung beobachteten einige Männer, wie ein Junge an einem Bach saß und mit einem Stecken, einer Schnur, einem Haken aus Draht und Würmern Fische fing. Ein zweiter Junge, in zerfetzter Kleidung wie der andere, kam mit einem Hasen aus dem Wald und zeigte ihn triumphierend dem fischenden Kumpanen.

»Die sehen aus, als lebten sie auf den Bäumen!« sagte einer der Männer. »Merkwürdig. Komm, die sehen wir uns mal näher an ...«

Eine Stunde später nahm Juan Zapiga von seinem Sohn Pablo Abschied.

»Versuch es allein!« sagte Pablo. »Ich halte sie so lange auf, wie ich kann. Kümmert euch nicht um mich. Ihr müßt weiter ...«

»Pablo!« Zapiga umarmte seinen Sohn und weinte. »Das ist unmöglich! Ich kann dich doch nicht ... Nie! Nie!« Er griff nach der Maschinenpistole, die Pablo vor der Brust hängen hatte.

»Wir bleiben zusammen!«

»Wir schaffen es nie, Papa! Denk an Mamá und die anderen neun Kinder!«

»Deswegen kannst du doch nicht...«

»Geh, Papa... bitte, geht...«

»Pablo...« weinte Zapiga.

»Geh endlich!« schrie Pablo. »Du mußt mit dem Stein durchkommen. Für Mamá und die anderen... Verdammt, habe ich einen feigen Vater...«

Zapiga heulte auf, wandte sich dann ab und hetzte mit seinen beiden jüngeren Söhnen weiter durch die Wildnis. Pablo Zapiga legte sich hinter einen Stein, drückte die MPi gegen seine gesunde Schulter und wartete. Ich bin glücklich, Mamá, wenn ihr später ein schönes Leben haben werdet, dachte er. Denkt an mich, aber seid nicht traurig. Ich hätte sowieso nicht mehr lange gelebt, der médico hätte mich nicht retten können, ich fühle das. So ist es besser, Mamá, so kann ich noch etwas für euch tun. Werdet alle, alle glücklich...

Sechs Stunden hielt Pablo Zapiga mit seiner Maschinenpistole den Rücken seines Vaters und seiner zwei kleinen Brüder frei, dann machte der Schmerz in seiner Schulter, die bei dem Schuß zu explodieren schien, ihn ohnmächtig. So spürte er nicht mehr, daß er von 14 Kugeln getroffen wurde. Einer seiner Verfolger schoß sein ganzes Magazin auf ihn leer und brüllte dabei: »Du Aas! Du verfluchter Hund! Du stehst nicht mehr auf...«

Doch die sechs Stunden Vorsprung genügten. Juan Zapiga und seine beiden Söhne erreichten den sicheren Teil der Straße nach Bogotá. Ein Militärlastwagen las sie auf und brachte sie zur Omnibusstation.

Ganz langsam, bestaunt von den anderen Wartenden, sank Zapiga dort auf die Knie, und auch seine beiden kleinen Söhne knieten nieder.

»Freunde«, sagte Zapiga mit rostiger Stimme, »wer ein Herz in der Brust trägt, betet mit: Vater im Himmel, verzeih mir, ich habe einen Sohn geopfert, damit elf andere Menschen leben können. Vater im Himmel, wie soll ich das ertragen?« Er blickte hoch und sah in betroffene Gesichter. »Freunde, bitte, faltet die Hände. Betet für die Seele meines Sohnes Pablo. Er war ein Held! Er war noch kein Mann, erst 14 Jahre alt... aber er war schon ein Held. Uns allen hat er das Leben geschenkt.«

Zu dieser Stunde wußte Juan Zapiga noch nicht, daß er auch noch zwei Töchter verloren hatte.

Man fand die Mädchen im Tal, nebeneinander vor einem Baum liegend. Die Kehlen waren ihnen durchgeschnitten worden, aber vorher hatten die Mörder sie noch blutig geschlagen und aus ihnen das Geheimnis der Zapigas herausgeprügelt.

Nuria weinte nicht. Mit weiten, leeren Augen saß sie vor den Kisten, in die man in Ermangelung von Särgen ihre kleinen Töchter gelegt hatte. Selbst als Pater Cristobal zornbebend rief: »Mein ist die Rache, spricht der Herr! Und Rache wird genommen für diesen Mord! Das Blut dieser unschuldigen Kinder komme über jeden von uns, wenn wir weiter dulden, daß solche Menschen unter uns bleiben!«, zuckte kein Muskel in ihrem Gesicht.

Dr. Novarra besuchte nach der Beerdigung Dr. Mohr im Hospital. Der Arzt saß allein in der Dunkelheit, in seinem Untersuchungszimmer und rührte sich nicht, als Novarra eintrat. Dr. Simpson, Miguel und Margarita machten die Abendvisite im Bettenhaus. Es war voll belegt.

»Doctor?« fragte Novarra in die Dunkelheit hinein.

»Kommen Sie näher, Ramon. Ein Stuhl steht direkt vor Ihnen.«

»Danke, doctor.« Novarra setzte sich. »Kein Licht?«

»Nein! Bitte nicht...«

»Sie verzweifeln an der Menschheit, was? Sie verkriechen sich vor ihren Auswüchsen wie ein krankes Tier! Das ist falsch, Dr. Morero. Damit erreichen Sie gar nichts, damit ändern Sie noch weniger: Nur *Sie* gehen dabei vor die Hunde!«

»Die Kehle durchgeschnitten, zwei Kindern... wegen dieser verfluchten grünen Steine... Ich muß das erst verdauen, Novarra. Sie sind jetzt hier, um mir mit vielen Worten klarzumachen, daß das völlig normal ist, wenn man zwei kleinen Mädchen von sechs und sieben Jahren die Kehle durchschneidet und sie vorher noch foltert! Sie wollen mir erklären, das gehört hier zum Leben. Sprechen Sie das bloß nicht aus! Ich zünde sonst heute nacht noch mein Hospital an!«

»Ich bin gekommen, Ihnen auch Gutes zu sagen.«

»Den Glauben an das Gute habe ich gründlich verloren.«

»Wirklich? Lieben Sie nicht Margarita? Das ist doch etwas Wunderbares! Pilgern die Kranken nicht tagelang zu Ihnen? Das ist doch etwas Großes!«

»Und diese Kranken morden dann«, sagte Dr. Mohr dumpf. »Das ist es, worüber ich nicht hinwegkomme! Sie betteln um ihre Gesundheit und töten ihre Nächsten!«

»Welch ein Berg von Menschlichkeit!« sagte Novarra spöttisch. »Hier haben Sie doch den Menschen in Reinkultur, ohne Schminke und Maske. Selbst leben, die anderen vernichten – das ist der Urtrieb! Alles andere ist nur anerzogen. Interessiert Sie nicht, doctor, was ich auf der Pfanne habe?«

»Nein!«

»Gut, dann behalte ich für mich, daß Major Gomez wie ein Gewitter über Penasblancas gekommen ist. Sein Bataillon hat aufgeräumt, zum Teil in regelrechten Straßenkämpfen. Haus für Haus. Christus Revailas Privatarmee hat sich sofort in alle Richtungen verflüchtigt, als Gomez anrückte. Revaila war natürlich wie immer nichts zu beweisen. Ebenfalls nicht ›Mamá‹ Mercedes. Ihre Mädchen, die Gomez befreien wollte, haben den Offizieren einen rauschenden Empfang bereitet. Der ganze Puff war bis unters

Dach mit Blumen und Fahnen geschmückt. Die Mädchen standen im Lokal, nur goldene Feigenblätter an den exponierten Stellen, und sangen Jubellieder. Jeder hatte freies Trinken und freies... Hopplahopp! Die Offiziere waren begeistert, und Major Gomez war einem Wahnsinnsanfall nahe. Aber Penasblancas ist zur Zeit ziemlich sauber. Gomez hat eine Kompanie zurückgelassen. ›Mamá‹ Mercedes wettet bereits, daß die Soldaten in spätestens vier Wochen aufgesaugt worden seien. Polizeichef Salto hat aus Bogotá noch vier Mann Verstärkung bekommen. Jetzt will er die Straße in die Berge kontrollieren. Mut hat der Junge! – Doch das alles behalte ich für mich. Erzähle ich Ihnen erst gar nicht. Interessiert Sie ja doch nicht.«

»Was ist mit Perdita Pebas?«

»Sie ist weg aus ›Mamás‹ Haus...«

»Das sagen Sie so einfach?« Dr. Mohr sprang auf und knipste das Licht an. Novarra blinzelte in die plötzliche Helle. »Wo ist sie jetzt?«

»Sie lebt als Köchin bei einer alten Dirne, die heute in Penasblancas einen Kramladen betreibt.«

»Und warum kommt sie nicht nach Hause?«

»Sie hat Angst, daß der Vater sie krumm und lahm schlägt.«

»Das würde er nie tun! Und wenn er sie abholt?«

»Das tut der alte Adolfo Pebas wieder nicht! Ich kenne ihn lange genug. Wer von allein gegangen ist, soll auch von allein wiederkommen!«

»Dann bringe ich sie zurück.«

»Genau das habe ich mir gedacht.« Novarra grinste. »Aber es geht ja nicht. Sie wollen mich ja nicht anhören...«

»Ramon, was haben Sie noch zu erzählen?«

»Nur einen Vorschlag: Sie holen Perdita Pebas ab und nehmen gleichzeitig die Familie Zapiga nach Penasblancas mit. Ich fürchte, man wird mit dem Mord der beiden Mädchen nicht aufhören. So etwas spricht sich in Windeseile herum. Ich kann Ihnen Begleitschutz bis kurz vor die Stadt geben. Dort kann Sie Leutnant Salto erwarten. Die Fahrt nach Bogotá müßte dann das Militär übernehmen. Dort sind Nuria und die Kinder relativ sicher.«

»Und wenn Zapiga *nicht* durchgekommen ist?«

»Auch dann ist es besser für Nuria. Um in den Besitz von Zapigas Wundergrube zu kommen, würde man rücksichtslos alle vernichten. Zur Zeit halten meine Leute sie besetzt. Aber auch meinen Leuten kann ich bei solchen Aussichten nicht mehr trauen.«

Novarra sah Dr. Mohr ernst an und nickte schwer. »Ja, so ist das, doctor. Die grünen Steine paralysieren! Nuria muß hier weg. Wollen Sie das übernehmen?« Er grinste schief. »Der reinste Frauentransport, eine weg, eine her... Und Sie sind der einzige Mann, auf den beide Frauen hören. Außerdem: Statt im Dunkeln zu sitzen und den Glauben an die Menschen zu verlieren, können Sie damit aktiv etwas leisten: Sie retten Nuria und deren Kinder. Kann sein, daß wir in eine Schießerei geraten, bevor wir Penasblancas erreichen. Und Christus Revaila ist auch noch da! Doctor, wer hier lebt, auch als Arzt, darf nicht nur heilen, er muß auch um sich schlagen und sich den Weg freihalten. Wenn's sein muß, mit der Waffe!«

»Wann?« fragte Dr. Mohr knapp.

»So schnell wie möglich. Noch wirkt sich Major Gomez' Sittenfeldzug in Penasblancas aus. Das sollten wir ausnutzen.«

»Also morgen. Aber wenn Nuria nicht will?«

»Sie will. Bei uns haben die Toten noch nie das Leben behindert. Auch Nuria hofft, daß Zapiga durchgekommen ist und sie Millionärin wird.«

»Ich verfluche diese grünen Steine!« schrie Dr. Mohr. Seine ganze innere Qual lag in diesem Aufschrei. Novarra nickte zufrieden.

»Das ist nun heraus, doctor. Das befreit! Wir alle hassen

sie, aber wir kleben an ihnen. Es gibt für uns kein Zurück mehr. Für Sie schon!« Er erhob sich. »Morgen früh beim Morgengrauen?«

»Ich bin bereit.« Dr. Mohr legte die Hände übereinander. »Ich habe versagt, Novarra. Ich hatte für Nuria und die Kinder die Verantwortung übernommen...«

Nuria und die Kinder standen bereit, als Dr. Mohr und Margarita aus dem Haus kamen. Die Nacht lag noch über den Felsen, nur vereinzelte fahle Streifen am Himmel zeigten den nahenden Tag an. Es war kühl geworden, die Regenzeit begann. In ein paar Tagen würde sich das ganze Land verwandeln. Dann wurden aus den Bächen breite Flüsse und aus den Flüssen reißende Ströme, die die Wege verschlammten. Manche Täler wurden von der Außenwelt völlig abgeschnitten und unpassierbar. Steinlawinen, von den Wassern herausgewaschen, versperrten die Zugänge, und selbst eine große Anzahl Minen liefen voll. Von allen Seiten stürzten dann die Wassermassen in die großen Höhlen, manchmal so plötzlich, daß es jedes Jahr eine nicht geringe Anzahl Tote gab... guaqueros, die nicht rechtzeitig ihre Gruben räumten und elend ertranken.

Aber noch etwas geschah in der Regenzeit. Tausende von Schürfern wurden zu Wäschern. Sie standen an den Ufern der überquellenden Flüsse oder selbst in dem reißenden Wasser und fingen mit großen Sieben das Geröll auf, das die Flüsse zu Tal schwemmten. Man wußte: Das Wasser spülte aus der Tiefe lockere Felsen ab, und in diesem Gestein waren auch Einschlüsse von Smaragden, kleine grüne Körper, vor Jahrmillionen in unvorstellbarer Hitze gebakken und heute ein Vermögen wert. Jedes Jahr geschah es immer wieder, daß die Flüsse das grüne Gold in die Siebe schwemmten... und jedes Jahr nach der Regenzeit stiegen die Morde an, wenn die glücklichen Finder sich auf den Weg machten, um ihren Reichtum nach Bogotá zu bringen.

Am Wege lauerten die »Aufkäufer« von Christus Revaila und Mercedes Ordaz.

In der Nacht hatte es zwischen Dr. Mohr und Margarita noch eine heiße Diskussion gegeben, die Dr. Mohr verlor. Margarita hatte für das große Abenteuer auch einen Ledersack mit ihren Kleidern gepackt und reinigte dann einen 9-mm-Revolver. Dr. Mohr, der von Dr. Simpson zurückkam, nachdem er ihm alles erklärt und das Krankenhaus übergeben hatte, blieb betroffen in der Tür stehen.

»Erkläre mir bloß nicht, du willst mitgehen!« sagte er heiser. »Das lasse ich nicht zu.«

»Es ist alles gepackt, Pete ...«

»Dann packst du wieder aus!«

»Du kannst mir nicht verbieten, meine Schwester abzuholen.«

»Ich kann dir verbieten, dich in Lebensgefahr zu begeben!«

»Ich will bei dir sein«, sagte sie schlicht und putzte weiter den Revolver.

»Einsperren lasse ich dich!«

»Das wäre noch schlimmer, Pete. Ich werde schreien und toben, und einmal läßt man mich heraus. Dann folge ich dir allein, und das ist viel gefährlicher.« Sie lud das Trommelmagazin, ließ es rotieren und dann einschnappen. Sie war schon für den gefährlichen Marsch umgezogen, trug Stiefel und eine Lederhose, ein Buschhemd und einen breiten Gürtel, in den sie die Waffen steckte. Das schwarze Haar hatte sie hochgebunden und mit einem breiten Stirnband festgehalten. Jetzt stand sie auf, ging in den Schlafraum, setzte sich auf das Bett und lehnte sich an die Wand.

»Wer will mich aufhalten?« rief sie. »Ich schieße auf jeden, der mich anfassen will! Auch auf dich!«

»Du mußt im Hospital bleiben! Simpson braucht dich!« schrie Dr. Mohr. »Begreifst du denn nicht, daß du alles nur noch schwieriger machst, wenn du mitkommst?«

»Nein! Ich kann schießen. Ich kann sogar gut schießen. Und ich bin mutig!«

»Ich habe Angst um dich, verstehst du das denn nicht?!«

»Und ich habe Angst um dich und will deshalb bei dir sein. Ist das nicht selbstverständlich?« Sie zog die Schultern zusammen und sah jetzt aus wie eine Katze, die sich zum Sprung vorbereitet. »Schrei nur, Pete. Ruf Papa und Mamá! Hol Pater Cristobal! – Ihr könnt mit mir machen, was ihr wollt. Einmal wird es mir gelingen, freizukommen. Und dann laufe ich hinter dir her!«

Es war sinnlos, weiter mit ihr darüber zu reden. Seufzend ging Dr. Mohr hinüber zu Pater Cristobal, der gerade Dr. Novarra verabschiedet hatte. Der Bärtige ritt auf seinem starken Muli zur »Burg« zurück.

»Margarita hat ihren Revolver geputzt und will mit!« sagte Dr. Mohr hilflos. »Was soll ich tun, Cris?«

»Nichts.«

»Sie kann unmöglich mit! Das kommt einem Selbstmord gleich.«

»Erklär ihr das.«

»Das habe ich versucht. Umsonst...«

»Hier gibt es noch Frauen, die bereit sind, mit ihren Männern zu sterben.«

»Ist das alles, was du dazu zu sagen hast?«

»Weißt du mehr?« Pater Cristobal hob die Schultern. »Nur der Tod könnte Margarita aufhalten, mit dir zu reiten. Ich habe gar nichts anderes erwartet und es schon Novarra gesagt. Er hat damit gerechnet, für ihn war das selbstverständlich.«

»Ich werde Pebas alarmieren!« sagte Dr. Mohr gepreßt.

»Sinnlos! Er wäre höchstens stolz auf seine mutige Tochter. Hat er verhindern können, daß sie bei dir schläft? Noch weniger kann er verhindern, daß sie mit dir lebt, und Leben bedeutet hier in den Bergen: Bedingungslosigkeit bis zum Letzten!«

Dr. Novarra und 15 wild aussehende, schweigsame Männer aus der ›Burg‹ trafen kurz nach Dr. Mohrs Erscheinen vor dem Haus auf dem Plateau ein. Sie brachten Mulis mit, die an jeder Seite einen geflochtenen Korb trugen. In diese Körbe setzte man die kleinen Kinder hinein. Hier waren sie sicher, konnten nicht herausfallen und würden durch das gleichmäßige Schaukeln müde werden und wieder einschlafen. Auf ein Muli hatte man ein breites Brett geschnallt und darauf ein schweres Maschinengewehr montiert. Es war geladen, der Patronengurt war durchgezogen. Ein zweites starkes Muli schleppte vier stählerne Kästen mit weiteren MG-Gurten.

Dr. Novarra begrüßte Dr. Mohr wie einen Bruder, umarmte ihn und zog auch Margarita an seine breite Brust. »Ich freue mich!« dröhnte er mit seinem Baß. »Auch wenn ich nicht bis nach Penasblancas hineinkomme, hoffe ich, einige von Revailas Kreaturen aufzuscheuchen. Doctor, mein Plan ist folgender: Wir bringen Sie und Nuria mit den Kindern sicher bis in die Nähe der Polizeipatrouille. Dann kehren wir ihnen wieder den Rücken, denn mit den staatlichen Ordnungsorganen bekommen wir nie einen freundlichen Kontakt. Da nützt auch Ihre Freundschaft zu dem Polizeichef nichts! Wenn Sie dann in Sicherheit sind, kochen wir unser eigenes Süppchen. Das geht Sie nichts an, das verstehen Sie auch nie, das sind unsere eigenen Gesetze.« Er blickte sich um. Die Kinder saßen in den Flechtkörben. Nuria hockte auf einem Muli und trug Männerkleidung, am Eingang des Hospitals erschien Dr. Simpson und winkte allen zu.

»Aufsitzen!« sagte Dr. Novarra laut. »Pater, wo ist Ihr Handwerkszeug? Kein Weihwasserwedel?«

»Ihr Maschinengewehr nützt mehr!« Pater Cristobal drückte Dr. Mohr und Margarita die Hände. »Gott mit euch. Liebt euer Leben …«

»Cris! Was ist los?« Dr. Mohr hielt Cristobals Hand fest. »Das klingt wie Abschied.«

»Es ist ja einer«, sagte Cristobal leichthin, als wollte er seine Traurigkeit überspielen.

»Ein Abschied für immer? Hast du irgend etwas gehört, was wir nicht wissen? Sollen wir hier weg, weil sich irgend etwas zusammenbraut?«

»Dummheit!« Pater Cristobal lachte, aber es klang seltsam gepreßt. »Und wenn sie sich hier alle mit dem Messer nachlaufen, du weißt doch: Dem Hospital und der Kirche passiert nichts. Es sind alles gute Gotteskinder!«

Mit einem seltsamen Gefühl im Herzen ritt Dr. Mohr weg. Dr. Novarra, er und Margarita bildeten den Vortrupp, zusammen mit den vier Männern und dem Maschinengewehr. Dann kamen Nuria und die Kinder, umgeben von sechs Reitern. Am Schluß der kleinen Kolonne ritten die anderen fünf. Sie waren am schwersten bewaffnet. Würde man sie angreifen, dann erfolgte der Überfall immer von hinten, während man vorne eine Sperre aufgebaut hatte. Der uralte Trick einer engen Falle.

Aber es geschah nichts. Den ganzen Tag über kamen sie gut vorwärts. Sie trafen auf ein paar Schürfer, die vor ihren Waldhütten saßen, ermattet von der Minenarbeit. Sie zerklopften größere Steine in der Hoffnung, Smaragdeinschlüsse zu finden. Dreimal wurden sie von herumstrolchenden Banden beobachtet, aber diese hüteten sich, die Kolonne anzugreifen. Dr. Novarra hatte durch den perfekt funktionierenden Nachrichtendienst der guaqueros verbreiten lassen, daß ein paar Männer aus der »Burg« einen kleinen Ausflug machten. Das genügte, um überall Vorsicht aufkommen zu lassen. Alles, was am Wege nach Penasblancas lag, ging zunächst in Deckung und wartete ab. Das auf das Brett montierte schwere Maschinengewehr machte sichtlich Eindruck. Es sprach sich schnell herum, daß die Männer aus der »Burg« nach Penasblancas zogen, als wollten sie dort Krieg führen. Das genügte, um den Weg leerzufegen.

In der Nacht begann es zu regnen, früher, als Novarra es erwartet hatte. Wie aus Kübeln goß es. Das war kein Regen mehr, das war auch kein Auseinanderbrechen der Wolken. Ein Meer schien am Himmel zu schwimmen und stürzte jetzt hinunter auf die Erde.

»Sie haben Glück, doctor«, sagte Dr. Novarra. Er saß mit Dr. Mohr, Nuria und Margarita unter einer Kunststoffplane. Das vom Himmel fallende Meer klatschte auf sie herunter, als schlüge man mit riesigen Latten auf sie ein. Die Kinder lagen in einer Höhle, in Decken gerollt. Mit hängenden Köpfen standen die Mulis an den Felsen und rührten sich nicht. Im Schwall des Wassers waren sie nur wie Schatten zu erkennen. So muß die Sintflut gewesen sein, dachte Dr. Mohr. Zum erstenmal erlebte er einen solchen Regen, der unbegreiflich für jeden ist, der diese Wassermassen nicht gesehen hat. »Bei diesem Sauwetter hat keiner mehr Interesse daran, eine Frau und kleine Kinder zu jagen. Es ist ziemlich sicher, daß Sie Penasblancas ohne einen Zwischenfall erreichen. Und dann kommen Sie auch nach Bogotá. Dafür wird Major Gomez sorgen.« Er zog die Beine etwas an; vom Rand der Plane spritzte das Wasser über seine Stiefel. »Treffen Sie Don Camargo?«

»Ich weiß nicht. Wenn er sich sprechen läßt...«

»Sie müssen versuchen, wieder an ihn heranzukommen. Wegen Christus Revaila. Ich wette, daß der große Boß nicht weiß, wie sehr er von dem kleinen Ganoven betrogen wird. Revaila ist Ihre einzige große Gefahr, doctor. Und was immer er auch mit Ihnen anstellt – es wird Don Camargo gegenüber stets wie ein Unfall aussehen. Deshalb seien Sie besonders vorsichtig, solange Sie in Penasblancas sind. Auch wenn Sie bei Leutnant Salto oder Major Gomez in der Hosentasche schlafen, Revaila wird versuchen, an Sie heranzukommen! Er ist kein Idiot und weiß genau, was es für ihn bedeutet, wenn Sie gesund nach Bogotá kommen und mit Don Camargo reden. Dann bleibt ihm nur noch der Weg in die Berge, denn zurück nach Bogotá darf er nie. In den Bergen aber warten wir auf ihn! Verstehen Sie, doctor? Ihr Tod ist Revailas Lebensversicherung! Gehen Sie in Penasblancas nie allein aus. Und auch Polizeischutz ist Blödsinn. Wenn man einen Kennedy inmitten von Revolvermännern erschießen konnte, ist ein Dr. Morero für Revaila nicht mehr als eine Zielscheibe.«

»Wäre es nicht einfacher, Revaila zu verhaften?«

»Ohne Grund? Das ist es ja: Man kann ihm nie etwas nachweisen!«

»Auf einmal gelten in Penasblancas Gesetze?«

»Verrückt, nicht wahr? Aber das sind Gomez und Salto. Sie wollen aus Penasblancas ein Musterstädtchen machen! Vielleicht gelingt es Ihnen, daß man Revaila unter Polizeiaufsicht stellt, solange Sie da sind. Was nicht heißen soll, daß Revaila nicht auch das einkalkuliert hat und zufrieden in einer Zelle sitzt, während seine Helfer Ihnen das Fell durchlöchern.« Dr. Novarra winkte ab. Der Regen trommelte auf die Plane, die Straße war zu einem Fluß geworden, der rauschend ins Tal stürzte. Von den Felswänden fiel das Wasser in breiten Bahnen. Von weitem rollte es wie Donnern.

»Da fängt es an!« sagte Novarra. »Bergstürze. Das Wasser unterspült ganze Hänge, die dann abrutschen. Das gibt wieder eine Menge Tote und Verletzte. Simpson, das Saufloch, wird mit Leibern bis unters Dach zugeworfen werden.« Das Grollen verstärkte sich. Es war, als zittere unter ihnen der Boden. »Mein Gott, ist das ein Regen. So war es zum letztenmal vor sieben Jahren. Da hat keiner mehr gehofft, noch einen guaquero wiederzusehen. Die sind alle ersoffen oder vom Berg erschlagen, hieß es in Muzo. Damals zerstörte eine Geröllflut auch die Hälfte von Penasblancas.«

Es regnete bis zum Morgen. Eine Sonne gab es nicht

mehr. Nur einen grauen Himmel, der das Licht aufsaugte, mit Wasser auffüllte und dann auf die Erde schleuderte. Auch als der Regen nachließ und sich normalisierte, was bedeutete, daß es für europäische Begriffe immer noch ein Wolkenbruch war, blieb der Tag wie in einem grauen Sack hängen, ein diffuses Licht, als verlösche langsam die Sonne und die Welt zerfließe ohne die Wärme aus der Unendlichkeit.

Unter Planen und Decken, die schnell durchweichten und dann bleischwer wurden, mit in wenigen Augenblicken durchnäßten Kleidern zogen sie weiter ins Tal von Penasblancas. Wie Geister tauchten sie aus der Regenwand auf, als sie die Straße erreichten, die am Fuße der Berge endete, beziehungsweise begann. Dort wartete Leutnant Salto mit einem Jeep und vier Polizisten in einem Zelt. Ein Ölofen verbreitete herrliche Wärme, in einem Kessel brodelte starker Tee.

Felipe Salto rannte Dr. Mohr mit ausgebreiteten Armen durch den Regen entgegen. Vor fünf Minuten hatte Dr. Novarra mit seinen fünfzehn Männern sich von Dr. Mohr verabschiedet. Ein vorausgeschickter Späher hatte gemeldet, daß die Polizei am Beginn der Straße ihr Lager aufgeschlagen hatte.

»Sie sind ein Glücksmensch, doctor«, sagte Novarra und küßte Dr. Mohr auf beide Wangen. »Jetzt kann ich es Ihnen gestehen: Gestern nacht gab ich für unser Leben keinen Peso mehr. Als ich das Donnern der Bergrutsche hörte, hatte ich abgeschlossen. Da kommen wir nie wieder raus, habe ich gedacht. Wir sitzen in der Falle. Hinter uns der Weg verschüttet, vor uns die Schlucht versperrt, und wir stecken herrlich in der Senke und ersaufen wie die jungen Karnickel. Aber ich hatte vergessen: Sie waren ja bei uns! Das Sonntagskind!« Er hüstelte, küßte auch Margarita auf die Wangen und sagte dann grob: »Und jetzt weg mit Ihnen, ehe die Schlucht volläuft.«

»Und wo gehen Sie hin?« fragte Dr. Mohr. »Wir verkriechen uns irgendwo. Denken Sie ab und zu an uns ...«

»Was reden Sie da für einen Blödsinn! Ich komme in ein paar Tagen zurück!«

»Bis Sie wieder zu Ihrem Hospital durchkommen, kann es Wochen dauern.«

»Dann in zwei oder drei Wochen! Ich habe es mir überlegt: Ich fahre nicht mit Nuria nach Bogotá. Ich gehöre jetzt in die Berge, zu den Verletzten! Mit Don Camargo kann Major Gomez sprechen.«

»Don Alfonso wird Gomez nicht einmal anfurzen, geschweige denn anhören ...«

»Es genügt, wenn Camargo die Wahrheit erfährt. Antworten braucht er nicht. Ich kenne das ja. Er wird in einen leeren Raum hineinsprechen, in einem großen Bürohaus, aber wenn er auch niemanden sieht, er wird gehört werden. Ich aber komme sofort mit Perdita zurück.«

Dr. Novarra nickte. Er stieg wieder auf sein Muli, zog die Plane über sich und hob noch einmal grüßend die Hand. Seine Männer waren schon zurückgeritten und verschwanden im strömenden Grau.

Der Regen saugte sie auf.

»Wenn wir uns nicht mehr wiedersehen sollten, doctor: Lösen Sie sich nicht in Traurigkeit auf! Die Monate, die Sie bei uns waren, haben Geschichte gemacht. Guaquero-Geschichte. Auch die gibt es, aber die hat noch keiner geschrieben. Wer will schon lesen, daß 30 000 Männer, Frauen und Kinder nur wegen ein paar grüner Steine ein unbegreifliches Leben führen? Wen interessiert es? Am wenigsten die Damen, die ihren Smaragdschmuck in der Oper und bei Galaabenden vorführen und sich sonnen im bewundernden Blick der anderen. Wer ahnt denn, wieviel Blut an diesen Steinen kleben kann, welche Schicksale mit ihnen verbunden sind, aus welchem Meer von Elend diese Steine gefischt wurden, die dort am Hals, am Ohr oder am Handgelenk einer schönen Frau ein Vermögen kosten? Vielleicht schreiben Sie mal darüber, doctor.«

Er winkte, trat seinem Muli in die Seiten und trabte den anderen nach. Dr. Mohr blieb im strömenden Regen stehen, bis auch Dr. Novarra in die graue Wand eingetaucht war. Das merkwürdige, beklemmende Gefühl erfaßte ihn wieder, das er schon bei den Abschiedsworten von Pater Cristobal empfunden hatte. Er drehte sich um, rannte zu seinem Muli, sprang in den flachen Ledersattel und sah zu Margarita und Nuria hinüber. Sie saßen auf ihren Tieren, und das Wasser klatschte an ihren Planen herunter. Die Kinder in den Flechtkörben, ebenfalls durch Planen geschützt, waren so still, als seien sie schon ertrunken.

»Weiter!« rief Dr. Mohr. »Noch ein paar hundert Meter, dann haben wir es warm und trocken ...«

In Penasblancas wohnten sie im Polizeigebäude. Dort hatte sich nichts verändert bis auf einen Gast, der in Zelle III auf einer Pritsche hockte und Dr. Mohr aus kalten Raubtieraugen anstarrte, als dieser an die Gitter trat. Er sprach kein Wort, auch nicht, als Leutnant Salto erklärte:

»Ich hielt es für das beste, doctor, Christus Revaila zu seiner eigenen Sicherheit festzunehmen. Ein Anwalt in Muzo hat zwar sofort Beschwerde eingelegt, aber bis die bearbeitet wird, sind Sie längst in Bogotá.« Salto klopfte gegen die Eisengitter. »He, Christus! Du wolltest doch dem médico so viel sagen, wenn du ihn wiedersiehst ...«

Revaila blickte Dr. Mohr voll Haß an, drehte ihm dann den Rücken zu und trommelte mit den Fingern auf die Matratze.

»Er platzt vor Wut!« sagte Leutnant Salto gemütlich. »Lassen wir ihn allein. Vielleicht frißt er sich selbst auf.«

In Penasblancas hatte sich manches nach dem Einmarsch von Major Gomez' Truppe verändert. Die Bar von Mercedes Ordaz war geschlossen. In dem großen Haus wohnten jetzt Offiziere und Unteroffiziere der II. Kompanie. Aus dem Restaurant war ein Büro geworden. Die Mädchen lebten jetzt verstreut in der Stadt und arbeiteten auf eigene Rechnung. »Mamá« durfte in ihren Räumen wohnen bleiben, aber sie stand unter ständiger Beobachtung, verließ kaum noch ihre Zimmer, saß meistens am Fenster, blickte auf die Straße und schien auf ein Wunder zu warten. Auch sie beschäftigte einen Anwalt, der extra aus Bogotá gekommen war, um bei Major Gomez zu protestieren. Gomez hatte ihn ausreden lassen und dann geantwortet:

»Sie haben in allem unrecht, señor! Das ist keine militärische Willkür, das ist kein Rechtsbruch, das ist keine Niederschlagung der persönlichen Freiheit, das ist eine Maßnahme des Innenministeriums zur Bekämpfung der internationalen Kriminalität! Ich habe alle Vollmachten. Beschweren Sie sich beim Minister persönlich!«

Ein paarmal versuchte »Mamá« über Besucher, die sie empfangen durfte, Verbindung mit ihren Mädchen aufzunehmen, um wenigstens diesen Betrieb weiter zu kontrollieren, wenn schon das Smaragdgeschäft vorübergehend eingeschlafen war. Aber auch das mißlang. Die Macht der Mercedes Ordaz war lahm geworden. Ihre Lockrufe verhallten unbeantwortet, ihre heimlichen Drohungen, die sich auf die Zukunft bezogen, denn sowohl sie wie auch Christus Revaila betrachteten den gegenwärtigen Zustand als eine vorübergehende anormale Episode eines beförderungswütigen Majors, wurden nicht ernst genommen, ihre Versprechungen hörte niemand mehr an.

Begann in Penasblancas tatsächlich eine neue Zeit?

»Sie haben uns allen Mut gemacht, doctor«, sagte Leutnant Salto. »Sie und Pater Cristobal waren uns immer ein Vorbild, wenn wir uns sagten: Es hat doch alles keinen Sinn! Wir packen nur in Brei! Diesen Sumpf können wir nie leerpumpen! – Und dann hörten wir, was Sie dahinten in den Bergen alles geschaffen haben. Das trat uns moralisch in den Hintern, verstehen Sie das? Vor allem Major Gomez war ein völlig anderer Mensch, nachdem er von Ihnen zurückkam. Er hat Penasblancas genommen, als stürmte er eine Festung. Und so langsam ändert sich alles.« Salto lächelte schief. »Statt eines Großbordells haben wir jetzt 14 Einzelfirmen! Nicht mehr Mercedes allein beschützt die Mädchen, jetzt übernehmen das 14 Zuhälter. Wir normalisieren uns ...«

»Wo lebt Perdita Pebas jetzt? Wir wollen gleich morgen zu ihr.«

»Sie ist nicht mehr hier.«

»Was?« Dr. Mohr atmete tief auf. »Weiß das Margarita schon?«

»Ja ...« Salto zögerte, dann sprach er weiter. »Sie fragte gleich im Zelt nach ihr. Als Sie Ihre nassen Kleider zum Trocknen aufhängten, fragte sie leise. Ich mußte ihr die Wahrheit sagen. Perdita Pebas ist mit einem Mann weggezogen.«

»Wohin, wissen Sie auch?«

»Es heißt, sie wollten nach Chivor. Der Mann ist ein Händler. Er verkauft Hemden, Anzüge, Stiefel und Mützen, natürlich nur gegen Smaragde. Ich vermute, er verkauft auch Waffen! Aber das war nicht nachzuweisen.« Leutnant Salto zuckte mit den Schultern. »Schade um das Mädchen. Es war ein hübsches Ding. Ich hatte nach dem Auflösen der Bar auch gehofft, daß sie zu ihrem Vater zurückkehrt, aber das Leben bei ›Mamá‹ hatte sie schon zu sehr angefressen. Sie konnte nicht mehr umdrehen.« Er reichte Dr. Mohr seine Zigaretten hinüber. »Wo ist Margarita jetzt?«

»Sie kauft mit Nuria neue Kinderkleider.«

»Allein?« rief Salto entsetzt.

»Einer Ihrer Polizisten, der dienstfrei hat, begleitet sie.«

»Ist es wahr, daß Zapiga einen Millionenfund gemacht hat?«

»Ja.«

»Einen reinen Smaragd von über 200 Karat?« Er wollte es wirklich nicht glauben.

»Ich habe ihn selbst in der Hand gehabt.«

»Maria! Welch ein Gefühl ist das, doctor?« Saltos Augen glänzten. »Kann man da nicht verrückt werden?«

»Nein!« Dr. Mohr schüttelte den Kopf. »Hätte ich vorher gewußt, wieviel Unglück dieser verfluchte Stein bringt, ich hätte ihn mit dem Hammer zertrümmert.«

»Es wären immer noch Millionen geblieben!«

»Ich hätte ihn in die Schlucht geworfen!«

»Dann lebten Sie jetzt nicht mehr, doctor. Zapiga hätte Sie im gleichen Augenblick umgebracht!«

»Sie hätten nicht anders gehandelt, Leutnant? Sie, ein Polizeioffizier?«

»Keinen Moment, doctor. Ein solcher Stein rechtfertigt alles. Menschen gibt es genug. 200karätige Smaragde nur alle hundert Jahre, vielleicht.«

## 13

Es regnete. Regnete ohne Unterlaß. Es regnete neun Tage lang. Neun Tage gab es nur eine graue, untergehende Welt. Neun Tage eine Dämmerung, aus der das Wasser rauschte.

Die Straßen wurden unpassierbar, aus den Bergen schossen meterhoch die zu Flüssen verwandelten Bäche, in der Stadt stand das Wasser kniehoch und konnte nicht mehr ablaufen, Autokolonnen kamen zurück und berichteten, daß Penasblancas abgeschnitten sei. Der Weg nach Bogotá war versperrt, Brücken waren weggerissen, die breite Straße unterspült und eingesunken. Nur über Funk war noch eine Verbindung zur Außenwelt möglich. Die Telefonleitungen hingen zerfetzt an den umgerissenen Masten. Und aus den Bergen wälzte sich ein alles erstickender Brei aus Erde, Steinen und Gehölzen, eine Lawine, die Stück für Stück das Land unter sich begrub.

An diesem neunten Tag kam plötzlich Leutnant Salto nach oben in die erste Etage, wo Dr. Mohr und Margarita wohnten.

»Ein Funkspruch aus Muzo«, sagte er bedrückt. »Ich muß es Ihnen sagen, doctor. Zwei Hubschrauber haben gestern unter lebensgefährlichen Bedingungen die Gebiete abgeflogen, die am meisten von der Katastrophe betroffen sind. Sie... sie waren auch bei Ihnen...«

Dr. Mohr starrte den jungen Leutnant an. Sein Herzschlag setzte aus. Er spürte, wie Margaritas Hand nach ihm tastete.

»Sprechen Sie es aus...«, sagte Dr. Mohr, der sich nur mühsam beherrschen konnte.

»Sie konnten nichts mehr sehen. Nur Wasser und Geröll... Der halbe Berg muß heruntergebrochen sein... sie... sie sind so tief geflogen, wie es möglich war. Sie haben nichts mehr erkennen können... kein Hospital, keine Kirche...«

»O mein Gott!« Dr. Mohr schloß die Augen. Margarita umarmte ihn, preßte sich an ihn und versuchte, ihn mit ihren Lippen, die über sein Gesicht tasteten, zu trösten. Jetzt sind wir allein, dachte sie. Du und ich! Ganz allein. Kein Vater mehr. Keine Mamá. Keine Schwester. Der Berg hat uns alle vernichtet. Dieser verfluchte Berg, in dem Millionen liegen, wie Vater glaubte. Er war stärker. Er hat gesiegt.

»Nur noch Geröll?«

»Das ganze Gebiet!« Leutnant Salto schluckte krampfhaft. »So etwas hat man noch nicht gesehen! Da hat niemand überlebt. Da darf man nicht mehr an Wunder glauben.«

Am fünfzehnten Tag ließ der Regen endlich nach und ging in ein leises Rieseln über. Der Himmel war noch immer eine unendliche graue Masse, die um die Erde geschlungen war wie ein Sacktuch. Aber es war etwas heller geworden. Die Sonne, irgendwo in der nassen Weite schwimmend, kämpfte sich mit ihrem Licht durch.

Längst wußte die ganze Welt, was in den kolumbianischen Bergen passiert war. Fernsehreporter hatten von der Luft aus die Katastrophe gefilmt, die Regierung rief über das Kordillerengebiet den Notstand aus, Militär wurde zusammengezogen, um die Geröllberge zu erobern und nach Überlebenden zu suchen.

Befreundete Staaten schickten Medikamente, Zeltstädte, Ärzte, Nahrungsmittel; man lagerte sie zunächst in Bogotá, wohl in der weisen Erkenntnis, daß es andere notleidende Gebiete in Kolumbien gab als ausgerechnet die Minengebiete mit dem unbekannten Heer der Rechtlosen und Vogelfreien.

Auch die Kolonnen mit den Baggern und Raupenfahrzeugen wurden zunächst nur bis Muzo und Cosques gefahren, bildeten dort einen riesigen Fuhrpark und warteten ab.

Was sollte man mit Baggern gegen ein Gebirge ausrichten? Lohnte es sich überhaupt, die im normalen Zustand schon halsbrecherischen Straßen wieder freizuschaufeln? Für wen denn? Für die guaqueros? Millionen Pesos für diese zerlumpten Burschen hinausschleudern? War es nicht ihr eigener Wunsch gewesen, in den verlassenen Minen zu wühlen? Hatte die Regierung nicht das Interesse an diesen Smaragdbergwerken verloren? Und: Bestahlen nicht die guaqueros den Staat jährlich um Millionen Dollar, indem sie die heimlich gefundenen Edelsteine über Wiederaufkäufer außer Landes brachten?

Eine Kommission flog das Katastrophengebiet ab. Sie kam zu der Ansicht, daß man zwar ein Überschwemmungsgebiet – wie in Indien – wieder nutzbar machen konnte, daß es einfach war, ein Erdbebengebiet – wie in

Marokko – zu sanieren, daß es aber völlig undurchführbar war, weite Berggegenden, die von abgerutschten Bergen zugeschüttet waren, auszugraben, nur zu dem einen Zweck, die Landschaft wieder wie früher herzustellen.

In einer langen Karawane, mit Mulis oder zu Fuß, mit Karren oder mit Tragestangen kamen die Überlebenden aus den Felsschluchten. Elendsgestalten, vor Entkräftung schwankend. Kaum jemand war unverletzt. Die meisten hatten sich schwere Prellungen, offene Wunden, Quetschungen oder Brüche zugezogen.

Sie strömten aus der zusammengebrochenen Hölle, belagerten Penasblancas, Muzo, Chivor und Cosques, errichteten Flüchtlingslager am Rande der kleinen Städte und brachten Terror mit.

Innerhalb von 36 Stunden stieg die Mordrate um das Dreifache. Aus Bogotá rückten neue Militäreinheiten und ein Polizeibataillon mit Panzern an. Die Lager wurden mit Stacheldraht eingezäunt. Aus den Gefangenen der Berge wurden die Gefangenen der Städte. Fahrbare Küchen versorgten vor allem Frauen und Kinder. Die Männer wurden zum erstenmal in ihrem Leben registriert, fotografiert und zu Arbeitskolonnen unter Militärbewachung zusammengestellt. Ein sofort erlassenes Sondergesetz regelte alles.

Jeden Tag standen Margarita und Dr. Mohr stundenlang an den Auffangstellen von Penasblancas, wo die Flüchtlinge aus den Bergen sich melden mußten. Unermüdlich gingen sie von Zelt zu Zelt und fragten: »Habt ihr etwas gehört von Adolfo Pebas? Hat einer Pater Cristobal gesehen? Wo sind hier Männer aus der ›Burg‹? Weiß einer, wo Dr. Simpson geblieben ist?« Viele kannten diese Namen – sie hatten bereits einen sagenhaften Klang bekommen –, aber niemand konnte sagen, was aus den Personen geworden war. Ein Schwerverletzter, der in einer Hängematte, von seinen beiden Söhnen getragen, herausgebracht worden war, sagte stockend:

»Sie sind der médico, nicht wahr? Der einzige hier draußen, der uns liebte... Wie gut, daß wenigstens Sie noch da sind...«

»Und... und die anderen?« fragte Dr. Mohr mit Mühe.

»Kommen Sie zu uns zurück, doctor?«

»Ja. Bestimmt. Jetzt baue ich ein richtiges, großes Krankenhaus für euch. – Wo sind Pater Cristobal, Dr. Simpson und die anderen?«

»Ihr Gebiet, doctor, war am schlimmsten dran.«

Der Alte hustete und verzerrte das Gesicht vor Schmerzen.

»Alles war ja unterhöhlt... Mine an Mine... die Berge waren ja von innen her morsch, leer, Hohlräume... alles nur eine starre Haut... Das ist alles zusammengebrochen... da ist die Welt untergegangen, doctor...«

Am nächsten Tag kam Major Gomez mit einem großen Hubschrauber nach Penasblancas.

Man hatte ihm das Kommando über das ganze Gebiet übertragen, und er griff hart durch... Seit zwei Tagen liefen die Erschießungen aller Plünderer und Totschläger. Im Schnellverfahren wurden sie verurteilt und dann an Ort und Stelle hingerichtet.

»Anders geht es nicht!« sagte Gomez kalt. »Wir kehren zurück ins Mittelalter. Ich lasse die Toten zur Abschreckung einfach liegen! Das ist die einzige Sprache, die verstanden wird!«

Er nickte zu dem Hubschrauber hinüber. »Wollen Sie mitfliegen, doctor?«

»Zu... zu mir... ?« fragte Dr. Mohr leise.

»Ja. Wenn wir können, landen wir bei Ihnen. Ich habe Fotos gesehen. Die Schlucht hinter Ihrem Hospital gibt es nicht mehr. Sie ist voller Geröll. Der Berg vor Ihnen, wo Pebas und die andren wohnten und arbeiteten, ist zur Hälfte abgebrochen. Das Tal mit der ›Burg‹ gibt es auch nicht mehr. Dort steht ein neuer Hügel wie eine Insel in einem See, denn die Ausgänge des Tals sind ebenfalls verschüttet worden. Da hat sich so etwas wie eine Talsperre gebildet.«

»Also keine Hoffnung mehr.« Dr. Mohr starrte in den grauen Himmel mit dem leisen, jetzt fast zärtlichen Regen.

»Wir sollten so stark sein, doctor, und uns sagen: Als der Berg abbrach, war es ein schneller Tod...«

Zwei Stunden später kreisten sie über der Stelle, an der einmal das Hospital und die kleine Kirche gestanden hatten. Es gab nur noch Felstrümmer, nur noch rauschende Wasser, nur noch einen Berg, dessen ganze Flanke aufgerissen war und aus dessen Wunden jetzt mehrere Wasserfälle auf das Plateau stürzten, das keines mehr war.

So tief wie möglich ging der Hubschrauber hinunter und überflog das Chaos. Dr. Mohr starrte sprachlos auf die Verwüstung, auf diese Urweltlandschaft, die hier entstanden war.

»Wir können nicht landen«, sagte Major Gomez leise und legte die Hand auf Mohrs Arm. »Das Wasser reißt uns mit. Können Sie noch etwas erkennen?«

»Nichts...« Dr. Mohr schüttelte den Kopf. »Er hat es geahnt.«

»Wer?«

»Cris...«

»Der Pater?«

»Er nahm Abschied, als sei es für immer. Kann man so etwas ahnen?«

»Das nicht... es sei denn, man hat die Gabe, Dinge vorauszusehen. Es soll solche Menschen geben. War der Pater so einer?«

»Er hat nie darüber gesprochen. Aber jetzt glaube ich, er hat oft mehr gewußt, als er sagen konnte.«

Dr. Mohr drückte sein Gesicht gegen die Glaskanzel.

»Dort muß das Hospital gestanden haben«, sagte er heiser. »Dort die Kirche. Da war das Bettenhaus... voll belegt... 43 Kranke, alle geh-unfähig. Man kann es nicht fassen...«

Sie kreisten noch einmal über dem Gebiet, überflogen den neuen See, wo einmal die »Burg« gewesen war, und drehten dann ab nach Muzo. Unter ihnen zog ein Land vorbei, das kein Gesicht mehr hatte, aber aus den Sprüngen und Rissen sprudelte das Wasser. Eine zerstörte Welt weinte...

»Was werden Sie jetzt tun?« fragte Gomez, als sie die Berge verlassen hatten. Das flachere Land unter ihnen glich einem See mit vielen Inseln. Auf zwei noch gangbaren Straßen zogen immer neue Kolonnen aus den Bergen. Überlebende, die das Wunder ihrer Rettung selbst kaum begriffen. »Bleiben Sie in Bogotá?«

»Ich bleibe in Penasblancas.«

Gomez starrte Dr. Mohr an, als habe dieser einen Rundumschlag ausgeteilt.

»Habe ich mich verhört?« fragte er gedehnt.

»Nein? Ich fahre morgen nach Bogotá, um Nuria und die Kinder abzuliefern und einige private Dinge zu erledigen. Dann kehre ich mit Margarita nach Penasblancas zurück. Sie wird dann señora Mohr heißen.«

»Mohr? Wieso Mohr?«

»Ich bin kein Kolumbianer, Major. Morero war ein falscher Name.«

»Du lieber Gott! Tun Sie mir das nicht an und seien Sie ein Krimineller! Wer sind Sie? Sind Sie überhaupt Arzt?«

»Ich heiße Mohr. Dr. Peter Mohr. Chirurg aus Hamburg.«

»Ein Deutscher!«

»Ja!«

»Daher die Sturheit! Jetzt kann ich mir auch erklären, warum ich mich immer über Sie gewundert habe. Jeder andere hätte in Ihrer Situation hundertmal gesagt: Leckt mich doch am Arsch! – und wäre gegangen. Aber nein. Sie wurden noch dickköpfiger! Ein Deutscher! Und Sie wollen zurück zu diesen Verrückten?«

»Ja. Jetzt brauchen Sie mich noch mehr als vorher!«

»Haben die grünen Steine Sie auch verzaubert?«

»Nein, Major.« Dr. Mohr lehnte sich zurück. »Ich habe immer geglaubt, ich sei ein harter Bursche. Vielleicht war ich das auch, für europäische, für normale Begriffe. Wer legt denn bei uns diese Maßstäbe wie hier in den Kordilleren an! Und plötzlich entdecke ich, daß ich auch sentimental sein kann.«

»Sie? Das ist ein Witz, doctor!«

»Ich muß hier bleiben, Major; wegen Pater Cristobal, wegen Simpson, wegen Pebas und Maria Dolores, wegen all der Kranken, die dort oben unter den Geröllhaufen liegen, wegen des halbblinden Pepe Garcia, der mit seiner Höhle in die Schlucht stürzte, wegen der Männer von der ›Burg‹. Sie erwarten von mir, daß ich nicht aufgebe, daß ich nicht flüchte vor der Natur, daß ich nicht so feige bin, den Fluch der grünen Steine zu glauben. Sie erwarten, daß ich weitermache und wieder aufbaue, was sie mit mir geschaffen haben. Das ist meine Sentimentalität, Major. Ich werde in Bogotá von Minister zu Minister gehen, ich werde Klinken putzen, betteln, die Menschen überzeugen. Ich will ein neues, großes Hospital bauen und den Vergessenen eine Heimat schaffen.«

»Mit Ihnen kann man nicht diskutieren«, sagte Major Gomez beleidigt und wandte sich ab. Der Hubschrauber ging tiefer, unter ihnen lag der Militärflugplatz von Muzo. »Sie zerhämmern einem das Herz und betäuben die Vernunft, doctor, lohnt sich das denn?«

»Es lohnt sich immer, wo ein Mensch gerettet werden kann. Ein Mensch, Major – und hier sind es Tausende.«

Juan Zapiga wartete in einem kleinen Hotel auf Nuria und die Kinder. Weinend fielen sich alle in die Arme, und dann saßen sie in einer der Kirchen von Bogotá vor dem Altar und beteten für die Seelen ihrer drei Kinder, die sie den grünen Steinen geopfert hatten.

Seinen Riesenfund hatte Zapiga noch bei sich. Er mißtraute jedem, selbst den Banken mit ihren Stahltresoren. Mit der Maschinenpistole im Arm schlief er auf dem Millionenstein. Am Tag band er den Ledersack um seinen Leib und ließ ihn zwischen den Beinen schaukeln.

Ewald Fachtmann, Mohrs Freund, der eigentlich an allem schuld war, raufte sich die Haare und beschwor Mohr, sofort nach Hamburg zurückzufliegen. »Nimm Margarita mit und hau ab!« sagte er eindringlich. »Junge, laß dich bloß nicht auf diese Geschäfte ein, davon verstehst du nichts! Soll dieser Zapiga seinen Stein allein losschlagen. Du läßt die Finger davon! 200 Karat an einem Stück! Das ist ja Wahnsinn! Dafür machen sie hier eine Revolution! Und du willst ihn auf den Markt bringen! Das ist Irrsinn!«

»Ich will mit Camargo sprechen. Vereinbare mit ihm einen Termin.«

»Othello ... das ist Selbstmord! Du stehst sowieso auf seiner Liste, nachdem bekannt geworden ist, daß Hospital und Kirche auch Smaragdsammelstelle werden sollten. Und jetzt rückst du an mit 200 Karat!«

»Und einem harten Preis.«

»Wir fahren nachher in die Stadt und suchen dir einen schönen geschnitzten Sarg aus. Dann kaufen wir eine Grabstelle und melden dich zur Beerdigung an.«

»Wenn du zu feige bist, komme ich auch ohne dich an Don Alfonso heran.«

»Warum kann dieser Zapiga den Stein nicht allein losschlagen?«

»Eben aus den von dir erwähnten Gründen. Man würde ihn sofort umbringen.«

»Ist das dein Bier?«

»Meine ganze Brauerei! Ich erzähle es dir später. Dieser verdammte Stein hat drei Kinder das Leben gekostet, zwei waren mir anvertraut! Das muß Don Camargo mitbezahlen.«

»Du redest schon wie ein guaquero!« rief Fachtmann entsetzt. »Du muß sofort zur Heilung nach Deutschland zurück!«

»Wenn der Stein verkauft ist, kannst du mich in Penasblancas besuchen. Du brauchst dazu keine schußsichere Weste mehr, Penasblancas ist so sicher wie Eppendorf geworden.«

»Es war eine hirnrissige Idee, dich nach Kolumbien zu holen«, sagte Fachtmann erschöpft. »Aber wer konnte ahnen, daß aus dem flotten Othello von Heidelberg ein Missionar mit Märtyrerambitionen wird? – Also gut! Ich rufe Don Camargo an und wasche meine Hände in Unschuld.«

Am Nachmittag stand Dr. Mohr wieder nach etlichen Kontrollen in dem großen Zimmer und setzte sich, als aus dem versteckten Lautsprecher die Stimme Camargos klang. Sie war neutral, höflich.

Es war ein Genuß, sein reines Spanisch zu hören. Ein vollendetes Kastilianisch.

»Sie leben also!« sagte Camargo. »Wunder geschehen demnach doch noch! Ich hatte große Hoffnung, Sie für immer begraben zu sehen ...«

»Leider muß ich Sie enttäuschen, Don Alfonso. Auch wenn es nur ein Zufall ist, daß ich hier sitze.«

»Der Pater ...«

»Tot. Alle verschüttet oder ertrunken. Von dem Felsen erschlagen.«

»Ich habe Bilder im Fernsehen gesehen. Es wird Monate dauern, bis die ersten Minen wieder arbeiten können. Ein Millionenverlust.«

»Der größte Stein, der jemals gefunden wurde, ist aber herausgebracht worden.«

»Es stimmt also doch?«

»Es stimmt. Ich habe ihn selbst in der Hand gehabt.«

»Sie?« Camargos Stimme hob sich. »Sie wissen, wo der Stein ist?«

»Ja!«

»Wo?«

»Bei mir!«

Einen Augenblick war es still. Dr. Mohr spürte ein Frösteln über seinen Rücken laufen. Dann war Camargos Stimme wieder da. »Wenn ich wüßte, daß Sie ein ehrlicher Mensch sind...«

»Ich habe es übernommen, den Stein zu verkaufen. Der Finder ist ein anderer. Er hält sich versteckt. Der Stein ist in Sicherheit. Über 200 Karat... feinstes Grün, größte Klarheit. Was bieten Sie, Don Alfonso?«

»Ich kann Sie spurlos verschwinden lassen, doctor«, sagte Camargo kühl und vornehm. »Niemand wird nach Ihnen suchen.«

»Das können Sie! Aber davon haben Sie den Stein nicht. Er liegt in einem Safe. Alle Folterungen und auch mein Tod nützen Ihnen gar nichts. Wir müssen schon verhandeln.«

»Ich kaufe nicht blind. Ich muß den Stein sehen.«

Dr. Mohr lächelte breit.

»Das ist doch nicht Ihr Ernst, Don Alfonso. Ich bürge für diesen Smaragdberg! Wenn das Geld, das wir aushandeln, auf einer Bank in New York liegt, bringe ich Ihnen den Schlüssel des Tresors.«

»Sie sind verrückt, doctor!«

»12 Millionen Dollar...«

»Unser Gespräch ist beendet...«

Dr. Mohr erhob sich aus seinem Sessel und verbeugte sich knapp zu irgendeiner Zimmerecke hin. Er wußte, daß Camargo ihn über einen Monitor genau beobachtete.

»Ich kehre übrigens nach Penasblancas zurück. Trotz Ihrer Kreatur Christus Revaila.«

»Bleiben Sie, Dr. Morero!«

Dr. Mohr drehte sich an der Tür wieder um. »12 Millionen Dollar... «

»Was ist mit Revaila?«

»Darüber könnte ich Ihnen eine Menge erzählen. Haben Sie den Auftrag gegeben, mich zu töten?«

»Nein!«

»Dann haben wir schon einen ungeklärten Punkt! Es gibt viele, Don Alfonso. Im übrigen bedauere ich, daß Sie Ihre Krankenhaus-Investitionen verloren haben. Es war nicht meine Schuld. Das war die letzte Rache der grünen Steine. Alle Berge waren durch die Minen ausgehöhlt und brachen bei diesem Unwetter zusammen. So wie ein Deich, der von Kaninchen durchwühlt ist, bei einer Sturmflut bricht.«

»10 Millionen Dollar, doctor.«

»12 Millionen, Don Alfonso. Wenn Sie diesen Stein sehen, diese grüne Sonne in Ihrer Hand, setzt zunächst Ihr Herzschlag ein paarmal aus.«

»Ich lasse mich nicht erpressen!« sagte Camargo stolz. »Was verstehen Sie schon von Steinen?«

»Wenig! Aber ich verstehe etwas von Toten! Und dieser Stein kostete bisher drei Leben. Drei kleine, unschuldige Kinderleben. Das macht ihn in meinen Augen eigentlich unbezahlbar!«

»12 Millionen...« sagte Don Camargo kalt. »Akzeptiert. Aber wenn Sie mich betrügen, doctor...«

»Mein Kopf ist jederzeit bereit, hingehalten zu werden. Ich gebe Ihnen das New Yorker Konto telefonisch durch.«

»Wann kehren Sie nach Penasblancas zurück?«

»Sobald ich die Gewißheit habe, daß ein neues Hospital gebaut wird. Ab morgen beginne ich mit der großen Betteltour...«

»Ich werde Sie beim Finanzminister anmelden, doctor. Zufrieden?«

»Sehr!« Dr. Mohr blickte sich um, aber er sah keine Kamera.

»Warum tun Sie das alles für mich, Don Alfonso? Es widerspricht allem, was man von Ihnen hört.«

»Ich weiß es auch nicht, doctor.« In Camargos Stimme lag ein zurückgehaltenes Lächeln. »Ich habe einen Narren an Ihnen gefressen... vielleicht, weil Sie wirklich ein Narr sind...«

Im Lautsprecher knackte es. Das Gespräch war beendet. Langsam, unbehelligt, vom Portier ehrfurchtsvoll begrüßt, verließ Dr. Mohr das große Bürohaus in der Emerald-Street. Ewald Fachtmann wartete in seinem Wagen auf dem Parkplatz und hüpfte vor Freude herum, als er Dr. Mohr lebendig herankommen sah. »Du hast ihn gesprochen?« schrie er und umarmte seinen Freund. »Und man trägt dich nicht in einem Zinksarg weg? Wie ist es gelaufen?«

»Zapiga, Nuria und die Kinder werden ein schönes Leben haben«, sagte Dr. Mohr. Seine angespannten Nerven lösten sich. Eine niederdrückende Müdigkeit überkam ihn. Er setzte sich in den Wagen, lehnte den Kopf zurück und schloß die Augen. »Ich bekomme vielleicht ein neues Hospital, und es wird sich kaum etwas ändern zwischen Muzo und Penasblancas. Tausende werden wieder in die Berge ziehen, nach den grünen Steinen graben und auf den großen Fund hoffen. Nur eins wird anders sein: Sie werden einen kleinen Ort haben, wo noch Menschlichkeit ist.«

»Bei dir...« Fachtmann setzte sich hinter das Steuer. »Junge, das ist ein Einsatz, der sich nie auszahlt!«

»Er hat sich schon bezahlt gemacht.« Dr. Mohr hielt die Augen geschlossen, auch als Fachtmann jetzt anfuhr und sich hupend in die Autoschlange einfädelte. Er dachte an Pater Cristobal, an den versoffenen Dr. Simpson, der ein so fabelhafter Arzt gewesen war, an Adolfo Pebas, Maria Dolores, Pepe Garcia, Miguel, den Boxer, Dr. Novarra und die

Männer aus der »Burg«, die der Berg verschlungen hatte … aber er dachte auch an Leutnant Salto und Major Gomez, an Zapiga, Nuria und die Kinder, an Margarita, die bald seine Frau sein würde, an all die Frauen, Männer, Kinder und Greise, die in Zukunft zu ihm kommen würden und seine Hilfe brauchten. Eine Welt im Abseits, randvoll mit Schmerzen und unerwiderter Liebe.

»Ich freue mich auf das Morgen«, sagte er langsam. »Jeder Tag ist ein Abenteuer, und inmitten von allem steht der Mensch. Was gibt es Schöneres, als am Menschen zu arbeiten? Ich habe dort oben in den Bergen gelernt, anders zu denken. Die Welt hört nicht in Penasblancas auf. Jenseits der Alltäglichkeit wohnen auch noch Menschen.«